WANG ZIFU WORKS

中国专业作家作品典藏文库
王梓夫卷

书香门第

王梓夫 著

中国文史出版社

目录

书香门第

一

爷爷总是炫耀我们家是书香门第，我也颇引此为豪。他小时候是个读书人，长大当了教书人，后来不知为什么又成了满脑袋高粱花子的庄稼人。

爷爷懂得那么多稀奇古怪的事情，他说地球是圆的，一天一夜自己转一圈儿，一年围太阳转一圈儿。我把这新学来的道理讲给母亲听。母亲正在纳鞋底，她一边用锋利的牙齿咬着麻线捻儿，一边气哼哼地说："瞎嘞嘞，地球还能转？那咱脑瓜朝下的时候怎么不掉下去？"

我茫然了。

母亲又说："老年古语：天没头儿，地没边儿，牛没上牙狗没肝儿。"

我闹不清到底谁说得对，又去问爷爷。爷爷笑了笑，拍着我的秃脑瓢说："好好读书吧，读了书自己就懂了。"

也许就是受了爷爷这句话的启迪，我从小便喜欢读书。我读的第一本书是《名贤集》。冬日的夜晚，外边昏天黑地，风雪呼啸。我和爷爷坐在热烘烘的炕头上，用同一条被子围着身子，借着窗台上冒着黑烟的小油灯，一字一句地读着。到了柳芽绽黄的时候，整整一冬，《名贤集》我居然能倒背如流了。当然，在此之前，爷爷还教我背过一首词："红酥手，黄縢酒，满城春色宫墙柳。东风恶，欢情薄，一怀愁绪，几年离索。错！错！错！……"直到上了中学以后，我才知道这是陆游的一首千古绝唱，也才渐渐悟出了字里行间那撕裂心肝的情怀。那会儿我还常常在父母亲面前高声背诵。幸亏父母都是西瓜大的字识不了半筐的睁眼睛，听不懂这优美的高深的词句。否则，他们一定会怪罪爷爷这“老没正经”教唆他的孙子“学坏”了。

父母亲都是明白人。在村里为人处世，知情达礼，很有人缘。可是不知为什么，他们却对爷爷那么冷漠。盖了新房以后，他们带着弟弟妹妹搬走了。爷爷则仍然留在老房里，并且另起锅灶，自己过起了日子。当然，我还是跟爷爷睡在一起，有时也在爷爷那里吃。不知是父母亲不愿意带我走，还是爷爷硬把我留下的。

二

爷爷住的那几间老房也真够“老”的了，据说还是爷爷的爷爷那会儿盖的。屋顶上长满了茅草，长着绿苔的瓦檐已经发黑了。门楼残破得像一堆碎砖，但爷爷还舍不得把它扒掉。只因为那铁皮包角的门扇上，镌刻着一副漆皮驳落的对联：忠厚传家久，诗书继世长。只有这扇破门，还保留着我们这书香门第的一点儿遗风。

夏日的夜晚，一般农户是不点灯的。堂皇的理由是怕点灯招蚊子，实际上是为了省几滴煤油。我和爷爷光着身子躺在凉津津的土炕上，月光透过破旧的纱窗像水一样地泼洒进来。于是，爷爷给我讲起了许多有关水的故事。千里烟波，水天一色。白茫茫的芦花满天飞雪，绿油油的荷叶铺满了湖面。你乘着一条柳叶小船，在苇丛里穿过，惊起一行直上青天的白鹭。在莲叶上划行，金灿灿的大鲤鱼会自动跳到船舱里。小船在黄鹂翠柳下靠岸，系缆登堤，顺着一条弯弯曲曲的蜿蜒小路，便会找到一个篱笆小院。小院里种满了大葫芦，葫芦架下，坐着一个聪明、贤惠、美丽动人的渔家少妇。当地人叫她葫芦嫂，爷爷叫她葫芦妹子。“你呢？应该叫葫芦奶奶。”——爷爷很郑重地对我说。

爷爷讲的是白洋淀，他年轻的时候，曾经在那里教过书。爷爷每每讲完葫芦奶奶以后，便是长时间的沉默。我呢，望着窗外边那如水的月光，听着喇叭花上大肚子蝈蝈那清亮的鸣唱，便展开想象的翅膀，在我那还没有着色的心灵的底片上，随意勾画着白洋淀的风光水色和葫芦奶奶的笑貌音容。我常常带着这童话般的意境进入梦乡，又在梦中闯入那童话般的意境。我觉得，这意境像是爷爷讲的，又像是我自己的创作。爷爷那深不可测、妙不可言的故事诱发了我的“灵感”，这也许是我后来迷上了文学的一个因素吧！

当然，其间我也有许多不解之谜。葫芦架下的渔家女人那么年轻，我为什么要叫她奶奶呢？在我的印象中，凡是称得上奶奶的，大多是白毛老太太。我没有奶奶，据说奶奶很早就病死了，爸爸都不大记得她，何况我呢？我有时也羡慕那些有奶奶的孩子，因为他们可以在奶奶怀里随便撒娇淘气，挨父母打的时候，也有奶奶护着。要是不小心摔倒了，奶奶便会奓巴着两只小脚惊慌地跑过来，一边把他从地上抱起来，一边胡噜着脑袋为他招唤被吓跑的魂儿：“胡噜胡噜瓢，吓不着；摔一跤，长得高……”

不管怎么说，葫芦奶奶在我的心里扎了根。有时在陷入遐想的恍惚中，我竟会把葫芦和奶奶的概念混淆起来，认为我应该管葫芦叫奶奶。就像我三岁时因为有病，遵照算命先生的指示，认过村头老槐树做“干娘”，以后见到老槐树，便不由自主地产生一种骨肉之情一样。不是我在冒傻气，因为在爷爷的那张八仙桌上，确实放着（倒不如说是供着）一个大葫芦。那葫芦有一尺多高，朱红色的，滑溜溜的，闪着油亮亮的光泽。爷爷每天都要把它捧在手里，用一块白绸子细细地擦拭着。有时他还站在桌前，用两只闪着泪花的眼睛久久凝视着它。你想想，爷爷对葫芦都那么恭敬，那么虔诚，我难道不该管葫芦叫奶奶吗？

正月初一早晨，我给爷爷拜年，竟冲着八仙桌上的大葫芦磕起了头。爷爷一下子把我搂在怀里，用一只颤巍巍的手，把“压岁钱”塞进了我的掌心里。我抬头一看，两行泪水顺着爷爷那痛苦的脸颊流下来……

三

我最服气的还是爷爷的字写得好。

我上小学一年级的时候，老师就让我们练毛笔字。母亲舍不得花钱给我买红模字，爷爷便给我写了一张仿格，让我放在大字本底下拓着描。仿格的词是旧的：一去二三里，烟村四五家，亭台六七座，八九十枝花。老师说这张仿格比花钱买的红模字还要好。

这一天早晨，我正在八仙桌上练字，爷爷像年轻人一样风风火火地跑了进来，隔着窗子就叫起了我："春子，快端着砚台，跟爷爷去抄写《婚姻法》。"

"什么叫《婚姻法》?"我疑惑不解地问。

爷爷顾不上回答我的问题，一手拿着笔砚，一手拉起我，急匆匆地往外走。

村公所门外的墙壁上，新抹了一块白灰板，白灰板下放着一条椿木凳。爷爷今天显得特别激动，还穿上了他那件据说是当教书先生时穿过的青大褂。他把大褂的袖子挽起来，一手拿着笔，一手展开一张报纸，神色庄重地登上了椿木凳。李村长嫌我个子矮，把砚台接过来，亲自举到爷爷眼前。爷爷蘸饱笔墨，冲着白灰板端详了半晌，才一笔一画地写了起来。白灰板上很快出现了一行匀匀称称、端庄秀丽的柳体楷书：中华人民共和国婚姻法。

村公所门外很快围上来一群人，像看什么新鲜事似的把爷爷和李村长围在了中间。大姑娘小伙子们一个劲儿地往前挤，我被一点一点地挤到了人群外边。爷爷写一句，他们就念一句。念完之后，便七嘴八舌地议论一番，议论中又掺进了嘻嘻哈哈的说笑和你推我搡的打闹。我一点儿也不懂爷爷写的是什么，也不明白年轻人说笑的是什么。

写着写着，爷爷突然转过身来，神色严肃地对年轻人说："你们别嘻嘻哈哈的当儿戏。你们知道，这婚姻法来之不易啊！咱中国自古以来讲的是父母之命、媒妁之言，年轻人掌握不了自己的终身大事。自从'五四'运动以后，读书人才真正打起了反封建的大旗。到如今，三十多年了……咳咳，你们年轻人赶上好时候喽！以后你们可以自由谈恋爱，自主办婚姻。甭扭扭捏捏，也甭偷偷摸摸。有这婚姻法做保证，咱理直气壮，腰杆子硬啊！"

年轻人听爷爷说完，又嘻嘻哈哈笑起来。

爷爷故意把脸一绷，说："笑吧，闹吧，看把你们美的！"

"秦大爷，您不美吗?"

爷爷说：“我美什么？挑水的回头——过景（井）了！”

“您刚五十出头，还能再‘自由’一回呢！满堂儿女不如半路夫妻嘛！”

爷爷红着脸笑了：“你们别拿我这老头子开心好不好？”

年轻人更加放肆地跟爷爷开起了玩笑：“秦大爷，什么时候您‘自由’成了，我们给您抬轿子接新娘子。”

“眼下不兴坐轿子，讲究骑大马，戴红花，嘀嘀嗒嗒吹喇叭！”

“对！还有新郎新娘入洞房，不拜天地吃喜糖！”

“哈哈哈……”

村公所门前，开心的笑声把爷爷包围了。我既为爷爷得意，又为爷爷感到难堪。正在这时，一个凶狠狠的声音使我吓了一跳：“春子，你给我家走！”

天呀！是母亲在喊我。还没容我搭腔，母亲便耷拉着脸走过来：“你是刚十八，还是才十九呀？往这里掺和不嫌寒碜？”

我不明白怎么触犯了母亲，是因为我不够十八九掺和在这里使她丢人了吗？嬉笑声戛然而止。爷爷的脸一阵红，又一阵白，他默默地转过身去，面向墙壁，却半天没有举手写字。

母亲拉着我往家里走，一边走还一边骂着：“亏你还是个识文断字的人，一点儿体面都不讲。老榆木疙瘩了，还想倒开花……”

母亲骂的是什么呀？乱七八糟的。

四

爷爷家里来了一个女人，听说是从挺远挺远的白洋淀坐火车来的。在我们那个小乡村，谁家有一点儿新鲜事，就会把整条街惊动起来。抱小孩儿的妇女，拄着棍的老太太，手脚利索的年轻人，三三两两，呼喝喊叫，像赶庙会似的朝爷爷家里奔去。我正在村头的老槐树底下跟一群小伙伴玩“跳鞋牌”，豆腐坊三婶一边跑着一边喊叫我：“春子，还不快去看你奶奶！”我不知出了什么事，急忙穿上鞋也跟着跑向爷爷家。

爷爷家的屋门口，窗户外，里三层，外三层，乱哄哄地挤满了人。

我从人们的大腿底下钻进去，贴在了门框上。八仙桌旁边坐着一个白白净净、胖胖乎乎的女人。她低眉垂目，满脸通红，那梳得光溜溜的头发上，还戴着一朵淡黄色的小花。爷爷站在女人的对面，手里捧着他那宝贝葫芦，像是正在跟她说些什么。这会儿见一下子来了这么多人，爷爷忙把葫芦塞在那女人手里，转向门外，尴尬地向人们打着招呼："来，来，里边坐，里边坐。"

谁也没有进屋，都拥拥挤挤地堆在屋门口和窗根下。豆腐坊三婶扯着嗓子喊了一声："秦大爷，给俺引荐引荐吧，俺该叫什么呀？"

爷爷支支吾吾地说："到时候一块儿引、引荐吧……"

"到什么时候呀？"

"哈哈……"

不知是谁在背后捅着我的脊梁骨怂恿着："春子，快进去叫奶奶，快叫呀！"

我惕惕怵怵地看着那个女人，看着女人怀里的大葫芦，心里忽地一动：莫非她就是葫芦奶奶？这时候，她也看见了我，轻言细语地说："这就是春子吧？来，快进来。"说着，她便站起身来拉我。她的手很软，手心湿乎乎的，像是出的汗。我依偎在她的大腿上，想到我也有一个奶奶，而且我的奶奶比别人的奶奶年轻、漂亮，也准比别人的奶奶更会疼人。我心里热乎乎的，充满了幸福和自豪。她打开身边的一个花包袱，从里边抓出大把大把的莲子和菱角，一个劲儿地往我的口袋里塞。

突然，人群外有人惊慌地喊了起来："秦大爷，您快去看看吧，春子妈跟他爸打起来了。"

人们又呼啦一下子散开了，一齐朝我家跑去，我也跟着往家里跑。好家伙！我们家的院子里已经挤满了人。父亲和母亲打成了一团，互相撕扯着，怒骂着。人们七手八脚地拉着，劝着，越拉越劝他们越往一块儿冲。看样子，非要拼个你死我活不可。母亲披头散发，满脸泪污，跳着脚地骂着，叫嚷着："你不叫我嚷嚷，我偏嚷嚷。我要当着阖街人的面抖落抖落你们家的骚底！我进你们秦家门十多年了，到如今又钻出一个小婆婆，他不要脸，我还要脸呢！"

父亲一句话也不说，气得眼里喷火星，脸上冒黑烟。他暴怒地扑到母亲身边，举拳便打。人们惊呼着，拦阻着，母亲更加发疯般地哭骂起来："我的妈呀！我丢人呀，我现眼呀，我没法见人啦，我没法活啦……"她哭骂着冲出人群，一直朝凉水河大堤跑去。人们在后边呼叫着，追赶着……

祸从天降，我们家乱成了一锅粥。

五

当这场风波平息下来以后，我只听说，葫芦奶奶走了。她到了爷爷家，连一口水都没来得及喝就走了。我非常惋惜，更为爷爷担心。爷爷躺在他那条小土炕上，蒙着被子，不吃不喝也不动。任别人怎么说，怎么劝，硬是三天没起身。

开始的时候，我非常同情爷爷，憎恨母亲。后来从人们乱哄哄的传说议论中，我终于弄清了爷爷和葫芦奶奶的底细，于是，又恨起了爷爷。人们都说，葫芦奶奶就是白洋淀的那个"小寡妇"。爷爷在白洋淀教书的时候，便跟她有了事儿。"小寡妇"的族长们把爷爷五花大绑捆起来，吊在房梁上打得皮开肉绽，又押着他游了三条街。最后，把他赶出了村，连铺盖卷都没有拿回来……

我不懂得爷爷跟那个"小寡妇"有的是什么"事儿"，但想到这一定是件非常非常丢人的"事儿"，要不人家为什么对爷爷进行那么严厉的惩罚呢？想到爷爷被人家捆起来吊打，在人山人海中游街，被人家赶出了村，我的心尖都震颤起来。这是爷爷的奇耻大辱，也是我们这个书香门第的奇耻大辱。这奇耻大辱也有我一份，我似乎也觉得在村里抬不起头来，没脸见人了。甚至连爷爷也不敢见，或者是不好意思见了。

说也奇怪，自从这件事发生以后，父母亲对爷爷反而好了起来。他们不再让爷爷自己烧火做饭了，而是把爷爷请过来跟我们一块儿吃。有时父亲赶集上店回来，还给爷爷打一点儿酒。爷爷变得沉默寡言了。他来了以后就吃饭，吃完饭就走，很少说一句话。

有一天，母亲对爷爷说："您想吃点儿什么，我给您做。"

母亲又说："把您套棉袄的褂子脱下来，我给您洗洗。"

爷爷说："我回去自己抓挠两把算了。"

母亲忙说："您别自己洗衣服，让老街坊看见，不笑话您，笑话我。"

爷爷大概很理解母亲的心思，便慢腾腾地脱起了外衣。

母亲又没头没脑地说："您甭担心我们不孝顺，到时候我们就是光着，饿着，也得让您吃饱、穿暖。"

爷爷沉重地摇了摇头，什么也没说。

那些日子，我好像一下子长大了，懂得了许多我原来不懂的事情。我不再到爷爷家去睡觉了，爷爷来吃饭的时候，我也尽力躲着他。有一天，我在院子里写大字，爷爷来了。我装作没有看见，低着头写我的字。爷爷蹲在我面前看了一会儿，低声说："春子，你的字长进不大，还是搬到我那儿去吧，我每天晚上帮你练一练。"

我没有吭声，表示不愿意。

沉默了一会儿，爷爷又说："你也看不起爷爷，对不?"

听了这句话，我心里酸溜溜的，想哭。

爷爷深深地叹了一口气："爷爷不怪你，你不懂，你爹你妈也不懂。好好念书吧，念了书就懂了。"

我抬起头来，奇怪地看着爷爷，怎么也不明白他说的是什么。

爷爷又低沉地说："爷爷这一辈子做了许多糊涂事，我都不后悔。最后悔的就是当初没有让你爹好好读书。"

爷爷说完站起身来走了。我看着他那瘦骨嶙峋的驼背，看着他那蹒跚的脚步，心里一阵难过。爷爷老了，他老得真快。

六

我初中还没毕业，父母亲便为我订了一门亲事。姑娘叫小槐子，是我小学时的同学。毋庸讳言，我那会儿已经到了情窦初开的年龄，我偷偷地爱上了班里那个能歌善舞、才华出众的小敏。她似乎对我也颇有好感。我不知这叫不叫初恋，反正我常常为她折磨得夜里睡不着觉。我们谁也没有做过任何表示，而且双方都好像意识到了什么，总是有意地冷落、回避着对方。直到后来毕业分离，我们都把这种炽热的感情隐藏得严严实实，让它在心灵的深潭里慢慢地冷却、沉淀。

在这种情况下，父母亲却让我跟小槐子订婚，这太残忍了。且不说这姑娘长得怎样，品性如何，想起她念书时候的情形，我都替她脸上发烧。我们正在上课，教室外突然就会传来一声粗声大嗓的叫喊："小槐子，捡红薯去!"于是，坐在门口那个黄头发的小姑娘就立刻收拾起书包，低着头走了出去。她不敢违抗父亲的命令，老师也管不了。在我编织的那些充满罗曼蒂克色彩的梦幻中，从来没有记起过还有这么一个黄毛丫头。父母之所以让我跟她订婚，无非是看到她家里穷，不会要许多彩礼，为我及早胡噜一个便宜媳妇。

可怜天下父母心。为儿子盖房、娶媳妇几乎成了庄稼人崇高的甚至是唯一的生活目标，也是庄稼人进行"生存竞争"的一项最重要的内容。谁首先实现了这个目标，谁就是了不起的胜利者；谁要是没有完成这个任务，谁就像是没有资格做父母似的。从我刚刚记事的时候起，就看到父母节衣缩食，像燕子衔泥似的添砖买瓦，准备为我盖房"分窝"。我怎么不理解父母亲这一片苦心呢？

开始的时候，母亲好言好语地劝说，我硬是不同意；继而又哭又闹，连骂带训，我依然不点头；最后，母亲只好把父亲推到了"第一线"。父亲向来是个不尚空谈的"实干家"，他听了母亲的话以后，只甩出了硬邦邦的一句话："依他不同意？哼，姥姥!"听他那口气，这事根本无须跟我商量，或者我再不就范，他便会采取非常措施。

果然，他们按照自己的意志行事了。这天早晨，父亲沉着脸命令我不要上学了，母亲扯着我换了一身新衣服。院子里，请来帮厨的梁大伯正在收拾猪头，煺着鸡毛。我深知父母亲的厉害，不敢直接反抗，只好低着头由他们摆布。母亲仍然训斥着我："别丧门神似的，一会儿人家来了，给人家个笑脸。你不是小孩儿了，该懂点儿事了。"

我不是小孩儿了，我长大了吗？我该懂点儿事了，我懂得还少吗？

唉，要是我像小槐子那样，只读三年书，有多好！那我就不会认识小敏，就不会懂得世间还有“爱情”这个神圣而诱人的字眼。什么全不懂，当然也就没有这么多痛苦和折磨。我会把今天当成大喜的日子，会高高兴兴地跟小槐子结婚，生儿子。然后，再为了儿子攒钱、盖房、娶媳妇……

酒席摆好了。八个盘，八个碗，鸡鸭鱼肉，好体面的“二八席”！父亲派人请“亲家”去了，亲家还没有来，爷爷进了门。爷爷往席上首一坐，脸色铁青，神色威严，一声不响。母亲忙走过来：“您先坐这边喝杯茶。”

爷爷冲母亲把手一挥：“去，把春子爹喊来！”

爷爷向来保留着书香门第的家规，大事小事，直接对儿子说，从来不跟儿媳妇打交道。尽管母亲不是好惹的，但也最怕爷爷这一手。父亲来了，梗着脖子，满不在乎地站在爷爷面前。爷爷突然问：“我问你，我死了没有？”

父亲瓮声瓮气地说：“您这是从哪儿说起呀？”

“给春子订婚，这么大的事你就做主啦？”

“您甭管。”父亲倔巴巴地说。

“什么？你不让我管？你嫌我给你们丢脸了是不是？你嫌我往这桌面上一坐不体面是不是？”

父亲见爷爷发火了，便缓和了一下语气：“春子到年就十六了，还不该呀？”

爷爷更加气怒了：“该什么？他该好好读书！”

“庄稼人念那么多书有什么用！”

“多念点儿书，当一辈子明白人！”

“当一辈子明白人，也备不住办糊涂事！”父亲说了一句戳爷爷肺管子的浑话。

“哗啦”一声，满桌的酒席被爷爷踹倒了。母亲顿时哭叫起来。爷爷顺手脱掉鞋，举着扑向父亲，声嘶力竭地怒骂着：“我揍你这浑小子！”

我们家又闹起了一场乱子。庆幸的是，我在“乱”中解脱了。

七

父亲打来电话，说爷爷不行了。

我立刻向领导请了假，骑上自行车，星夜朝家里赶。两年前，爷爷这个“明白人”又办了一件“糊涂事”。那正是在批林批孔的热火头上，公社刘书记亲自到我们村来蹲点，要抓一个“批林批孔促大干”的典型，好向上级报功请赏。在我们那个小乡村里，真正拜过孔夫子的没几个人，而懂得一点儿“孔孟之道”的大概要数爷爷了。开始的时候，刘书记组织“苦大仇深”的老贫农批判，批得驴唇不对马嘴。甚至还有人非常固执地认为，林彪继承孔老二的衣钵，就是两个人“拜过把兄弟”，“好得穿一条裤子”。为了能使大批判深入下去，刘书记把爷爷抬出来，让他做一次“批判宣讲报告”。爷爷受此青睐，自然很得意。可是上台没讲几句，就暴露了“反动本质”。爷爷说：“孔老二该批，他的‘男尊女卑’‘三从四德’，害死了多少人？不过，‘学而优则仕’不能批。过去当官凭的是学问，眼下凭什么？凭谁能造反？凭谁会拍马屁？凭谁能干昧良心事？这不是乱套了……”

爷爷真是得意忘了形，他怎么忘记了刘书记就是“造反起家”的呢？他的话还没说完，就被刘书记赶下了台。这一下，大批判还真的“深入”了。爷爷成了活靶子——孔老二的孝子贤孙，不但他的“反动本质”受到了严厉的批判，还把他年轻时在白洋淀的风流韵事抖落出来了。不过，这一次没有吊打，也没有游街，刘书记还是讲究一点儿“政策”的。可是大字报却糊满了街筒子，刘书记还在这儿召开了现场会，组织全公社的人前来参观……

爷爷从此卧床不起了。后来，我带他到县医院去检查，他得了“肝硬化”。

我回到家已经是后半夜了，屋子里亮着灯光，窗户上晃动着人影。院子中央，端端正正地摆着一口水泥棺材。那几年木料奇缺，父亲为了给爷爷准备“后事”，托人买来钢筋水泥，做了这口水泥棺材。我小的时候就听母亲讲过，包公老爷死后，他的儿子怕人家偷坟掘墓，做了一口石头棺材。没想到这反而把包公老爷害了。石头棺材埋在地下烂不了，他的灵魂出不来，便不能转世托生。因此，后来再也没有出现过包青天那样的清官。鉴于包公老爷的教训，在父亲做水泥棺的时候，母亲一直在旁边监督着，让他在棺材板上留下几个孔，为的是让爷爷的亡灵能自由出入。

爷爷已经奄奄一息了。他看见了我，那塌陷的眼睛里又放射出了难以觉察的光亮，然后吃力地挥了挥手，示意父母亲出去。

爷爷嚅动着嘴唇，断断续续地说："春子，你你，你懂……懂得爷爷了吗?"

我忍着眼泪，使劲点了点头。是的，我懂了。我完全理解您了，爷爷。

爷爷的目光向四下搜寻着，我明白了，忙把八仙桌上的大葫芦抱起来，放在了爷爷的胸前。爷爷的眼角上涌起两汪混浊的泪水，泪水聚集着，滚动着，但终于没有掉下来。

"拿着葫芦……替我看，看看葫芦奶奶……就说爷爷对，对不起她!"

爷爷说完，便闭上了眼睛。我伏在爷爷的身上放声痛哭起来。

八

白茫茫的芦花，绿油油的荷叶。一条柳叶小船，惊起一行白鹭。我终于走进了这童话般的世界，走进了那种满葫芦的篱笆小院。葫芦架下，坐着一个满头银丝的老人。她的身边，一群毛茸茸的小雏鸡在安闲地啄食。

我把爷爷的葫芦递给她。她把葫芦紧紧地抱在怀里，两行泪水顺着她那多皱的脸颊无声地流下来。过了半天，她才颤微微地说："你爷爷是好人，是个有情有义有良心的好人。"

爷爷临终前要是能听到这句话，将会感到多大的幸福和宽慰啊!

老人拉起我的手，用一双泪眼直愣愣地看着我，又冷丁说："你，你做什么事?”

“教书，也写书。”我回答说。

老人笑了：“啊！你们家的书香门第，到底没有断了香火啊!”

1983年7月于牛堡屯

洋金花

过了很长时间，我才知道它有一个美丽的名字——洋金花；又过了很长时间，我才知道它原来就是《本草纲目》中那大名鼎鼎的曼陀罗。李时珍为了寻找它，曾经历过怎样的千辛万苦啊！那时候我们叫它洋大麻子，只有周妈的院子里才有这种花。

周妈的家在村东北角的边缘上，两间黑咕隆咚的小土屋，一个方方正正的篱笆小院。院子里，除了一条过人的小道和门口那个小凉棚，其余的地方都被洋大麻子占满了。夏天到了，半人高的洋大麻子密密匝匝、拥拥挤挤，碧绿的叶子像大耳朵一样扇动着，洁白的花朵像小嘴巴一样往上张着。在叶腋和枝杈间，结满了卵圆形的蒴果，果皮上长满长长的刺儿。周妈说了个谜语让我们猜："麻酥麻酥，卡巴裆夹个大嘟噜。"我们一边开心地笑着，一边扑打着周妈，说她这是坏谜语。周妈却一本正经地说："这叫荤谜素猜。"噢，这谜底原来就是洋大麻子。

周妈只有一个独生女儿，叫小换儿，早就出阁了。据说是嫁到海子里去了。她和周爹老两口相依为命，周爹患有严重的哮喘病，整天靠在被褥垛上"拉风箱"。实在上不气来了，就吸两口洋大麻子的叶子。从那时候起，我就知道这洋大麻子是一种治疗咳嗽气喘的药材。村里有谁得了咳嗽痰喘病，都到周妈家里来寻几片晒干了的洋大麻子叶，回去揉碎掺在烟里吸。有的管用，也有的不管用。管用的自然要感谢周妈，不管用的也无可抱怨。就这样，周妈在村子里落下了一个好人缘儿。

我小时候，体质很弱，经常闹肚子。按现在的说法，无非是胃肠炎，充其量不过是闹痢疾，吃几片黄连素、痢特灵，或打两针氯霉素也就行了。可那会儿，乡村还没有西医西药，无论是谁得了什么病，都得请"先生"号脉，开处方，煎药。我有一个三姥爷，是个半瓶子中医。

他每隔一天就到我家来一趟，一直来了三四年。这样，我家每年都要给他送去两石棒子的出诊费。我从吃奶水的时候起就灌苦药汤子，越灌越厉害，瘦得一层皮包着几根骨头，成了“大眼灯”。求医不成，只好信命了。母亲从史村请来一个算命先生，算命先生把我的生辰八字按阴阳五行一掐，算出我是土命，而且是“房梁土”。怪不得呢，原来我的命一直是悬在半空中的。接着，他又把母亲的生辰八字一掐，算出是水命，而且是“空中雨水”。正好，我们母子是两命相克。我那点儿“房梁土”怎么也经不住“雨水”浇啊！怎么办呢？算命先生提出了两条：一是让我削发为僧；二是认个木命的干妈。

我是长子，哪个做母亲的能忍心把第一个儿子送去当和尚呢？况且，那正是解放初期，庙里的不少和尚都还了俗，我再去“剃度”，也太不合时宜了。母亲那会儿毕竟是二十几岁的年轻人，脑袋瓜还不至于那么不开窍。可是，算命先生的话还是要信的。那么，我只好去认个木命的干妈了。认干妈，按规矩要给干妈做一身新衣服，买一条红裤腰带。那会儿刚刚翻身解放，一点儿家底也没有。为了还清三姥爷的“棒子钱”，父亲到三间房飞机场当小工去了，母亲是无论如何也凑不出一身衣服钱的。连这第二条也做不到，母亲只好又去求救于算命先生。算命先生倒是从实际出发，因陋就简，让我给村头那棵老槐树当干儿子。母亲从她的一条旧长裙上撕下来一条绸布，拴在树干上，算是给“干妈”系了一条红裤腰带；又让我给老槐树磕了三个头，叫了一声“妈”。从此以后，我这点儿“房梁土”算是有了依附。命保住了，病情似乎也有了好转。母亲一天八遍捧我的瘦脸瞧，说是脸上有了红润；又一天八遍摸我那见棱见角的小屁股，说在干皮和瘦骨之间，好像长出了薄薄的一层肉。母亲盼望着，祈求着，说熬过了“苦夏”，到了秋天，我就会发实起来，长成一个白白胖胖的大小子。没想到，“苦夏”没有熬过去，一场霹雷闪电，把老槐树劈焦了。“干妈”死了，我又病得瘫软在炕上，母亲急坏了，整夜整夜守着我掉眼泪。

周妈来了。是她回娘家的女儿小换儿搀着她来的。她用那枯柴般的手在我身上摸了摸，又叹了半天气，然后对母亲说：“让孩子认我做干妈吧。我请先生算过了，我是木命，还是‘房梁木’呢！我知道你给我买不起衣服，先欠着，等孩子长大了，挣了钱再给我买。这会儿，先给我系根裤腰带，叫一声‘妈’就行了。”

母亲自然感激不尽，一个劲儿地叨念周妈的大慈大悲、大恩大德。她又扯一条红绸布给周妈系上，然后把我扶起来，跪在炕上给周妈磕头，让我叫“妈”。

母亲哭了，周妈也哭了，我的眼泪也忍不住掉了下来。

周妈临走的时候，颤颤巍巍地从怀里掏出一包晒干了的洋大麻子花，让母亲用红糖泡了给我喝。说这样可以暖暖肚子。

奇迹出现了！我的病很快就好了，脸上终于出现了红润，见棱见角的屁股也终于长圆了。不知是因为给周妈当了干儿子，我那悬在半空的“房梁土”找到了归宿，还是因为喝了周妈送来的洋大麻子花，把肚子暖好了。在写这篇小文的时候，我顺手翻了一下《辞海》，看到曼陀罗的花中含有莨菪碱，可以治疗腹痛、肠胃溃疡等病。我想，也许奥秘即在于此。

母亲认定我的命是周妈的命救活的，让我知恩图报，长大挣了钱不要忘记给周妈买一身衣服，不要忘记为周妈尽一份孝心。我真成了周妈的半个儿子，偷空就往周妈的院子里跑。赶上吃饭，就毫不客气地上桌子；晚了，就脱了衣服，钻进周妈的被窝里睡。我为有这样一个疼我爱我的干妈感到幸福，周妈为有了我这样一个儿子更加感到欣慰。夏天的夜晚，周妈把我拢在怀里，一边为我扑打着蚊子，一边给我说谜语，讲故事，唱歌谣。周妈唱的歌谣好听极了，虽然唱的都是流传千古不衰的老一套：“小小子儿，坐门墩儿，哭哭咧咧要媳妇……”可是她的声音却很甜很细，颤颤巍巍的，饱含着一股深潭流水般的情感。窗外，洋大麻子的花开了，也很甜，很细，我在周妈的怀抱里，沐浴着周妈的歌声和洋大麻子花的香气，做过多少美丽的梦啊！

周爹死了。那是一天早晨，我在睡梦中被母亲唤醒，又迷迷糊糊地被拉进了周妈的小院。周爹的灵柩就停在那长满洋大麻子的小院里。这突如其来的事情把我闹蒙了，我被稀里糊涂地拉进屋里，穿上白鞋，戴上白冠，系上白褡裢。然后，母亲又拉我跪在周爹的灵柩前，给周爹烧纸，号丧，守灵。出殡的那一天，我又在“落忙人”的指点下，为周爹摔盆，抱罐，打幡……周围的气氛是悲痛的，更是庄严的，一种从未体验过的神圣感从我心头涌起来。在墓地，周妈一边声嘶力竭地哭着周爹，一边紧紧地抱着我，口口声声地喊儿子。在周妈看来，周爹这个“老绝户”，死后能有我这么一个儿子打幡抱罐，就是他最大的心愿和福气。而周妈这个未亡人，又把我当成了最大的慰藉和依靠。我忽然一下子觉得自己长大了，觉得自己的肩上压上了一种责任和义务的重负。

周爹死了以后，母亲怕周妈孤独寂寞，常让我到周妈那里去。可是不知为什么，周妈却有意地疏远我。周妈的女儿小换儿也常常来，特别是小换儿来的时候，周妈总是不让我在她家吃饭，更不让我在她家睡觉。这当然都是我一个童心的感觉，我没有跟母亲讲，但母亲似乎也体味到了，她不主动催我到周妈家里去了。只是每隔十天半月，母亲领着我去看望一下周妈。

端午节前，母亲包了一些粽子，让我跟她一起给周妈送去。母亲提着粽子，我拉着母亲的手，我们有说有笑地朝周妈的小院里走去。到了周妈的栅栏门外，突然听到屋里有人高声地争吵。母亲拉了我一下，停住了脚步。我听出来了，是周妈和小换儿在吵架。小换儿似乎很气愤：“他凭什么管您叫妈？‘打幡抱罐，家财一半’，哼！我早就看出他姓王的没安好心……”

我知道小换儿是在说我，但说我什么我却似懂非懂。我抬头看了看母亲，母亲紧紧地咬着嘴唇，脸涨得通红，眼睛里噙满了泪水。忽然，母亲使劲拉了我一下，急匆匆地走了。从此以后，母亲再也不让我到周妈家里去了。周妈有时候还到我家来，无非是给我送一些瓜呀果的。每年秋天，她总是掐一把洋大麻子花给母亲送来，让母亲放在窗台上晒干，说不定什么时候有用处呢！

我终于长大挣钱了。我在县城工作，很少回家。每次回去，母亲总是提起周妈。母亲告诉我，小换儿要把周妈接走，把那两间房也扒走。队里不允许，说周妈那房是土改时从地主手里分的，土改“成果”不能出村。这不知是哪儿来的土政策。房子不让扒，小换儿也就不要妈了。周妈入了“五保户”。母亲说：“这回你可以去看看周妈了，她家就是趁六万紫金，也是队里的，咱一分也贪不着，也免得担那份嫌疑。”

我没有去看周妈。为什么呢？我一直惦记着欠周妈的那身衣服。这笔债像一块石头似的压在我的心上，时间越长，分量越重，我越是不愿意马马虎虎地敷衍。我暗暗地发誓，一定要给周妈买一身上等料子的衣服！唉，说来羞愧难堪。我参加工作以后，每月才挣二十五元钱。可是在队里我家算是有“外援户”，规定每月还十元超支款。一个月不还，全年的口粮都不给。后来我的工资长到三十八元，可是娶了媳妇，又有了孩子，日子比原来还紧巴。

周妈入了“五保户”以后，一次也没有到我家来过。有一回母亲在大街上碰到了她，她流着眼泪说：“真没脸见孩子，我除了两手指甲，什么家产也不能给他留下了……”母亲把这些话告诉我，我越发感到难过。我给周妈买不起衣服，欠周妈那么大的情，她反而觉得对不起我。不就是因为我管她叫过“妈”，给周爹打过幡吗？

妻子病了，得了气管炎，服了许多药都不见好。一个当医生的朋友告诉我一个偏方，说是用全棵的洋金花熬成汁，拌在甘草、远志等药里做成丸，长期服用，效果颇佳。甘草、远志等药可以到药房里去买，而全棵的洋金花药房里是绝对买不到的。于是，我又想起了周妈，想起了周妈小院里那密密匝匝、拥拥挤挤的洋大麻子。我决心回家一趟，去看看周妈。天助神佑，妻子恰好追补了工资。我跟妻子一起，跑了好几个商店，花了四十多元钱，给周妈买了一身衣服。又花了十几元钱，给周妈买了一大堆点心、水果等吃的东西。这回见到周妈，周妈该会多高兴，我该是多光彩啊！

就在我准备起程的前一天，母亲来了，她一进门就哭了起来，周妈死了，她死后没有用棺材，也没有人给她打幡抱罐，是队里把她火化的。周妈死前，母亲去看他，她交给了母亲两个纸包。一包是洋大麻子的种子，周妈病了以后，满院的洋大麻子都枯死了。她把种子留给了我；还有一包，是三十元钱。这是她留给我的遗产。她入了“五保户”以后，队里每月给她五元钱，她是从牙缝里一点一滴攒下的。

我心里那块石头更沉了，沉得像一座大山，压得我喘不过气来。那三十元钱，我又添了五十元，买了一个大理石的骨灰匣。听母亲说，队里只花五元钱给她买了一个木骨灰匣。我准备把周妈的骨灰埋到周爹的墓地里去，以慰藉她的在天之灵，更是为了慰藉我这颗愧疚的心。那一包种子，我则种在了阳台的花盆里。明年夏天，这里会长出几棵湛青碧绿、开满白花的洋大麻子。

不，不要忘记它有一个美丽的名字——洋金花；还有一个高贵的名字——曼陀罗！

1983 年 2 月于戴家桥

老祖奶奶

一

老祖奶奶觉得自己是老了。

这一夜，她都没有合眼。她目睹了一场惊心动魄又凶残无比的战争。她觉得，她有权利制止这场战争，却无能为力。她老了。

现在，透过早晨那苍白且干枯的阳光，她看着那满地鲜血淋淋、残破不全的尸体，便觉得无比悲哀，想哭，却没有泪。她的泪泉也干枯了。

老祖奶奶觉得自己该老了。

梭子生秃子那年老祖奶奶就九十九了。人生不满百。长命百岁。最长的命也不过百岁，她不能再长了。于是，她便在九十九岁上打住了。阎王爷也老糊涂了，竟然没有发现她该寿终正寝了。要是她的岁数再朝上冒尖儿，说不定就能晃了阎王爷的眼。她还没有活够。开始的时候，她还记得，知道自己占了多少便宜。便宜占多了，她便懒得记了。终于，从懒得记到记不住了。

岁数上不去了，辈分也上不去了。还是在她一个接一个生“小垫窝儿”“老疙瘩”“后找补”的时候，就有人叫她奶奶了。奶奶的上边是老太太，老太太的上边是祖奶奶。秃子就叫她祖奶奶。据说，寨子里还有比秃子的孙子辈分更小的，同样也大帮儿哄似的喊她祖奶奶。她在寨子里一走，不绝于耳的祖奶奶的呼唤声，虽然使她沟壑般的皱纹里充满了笑意，可是内心深处也鼓噪着一股被压抑的愤懑：乱天伦的东西，都他妈跟你爹你爷一辈了！

要是两姓旁人老街坊，辈分乱点儿也无妨。可是这康家寨里没外秧，都是她跟康老胎一窝一窝份（俗语，繁殖意）出来的，这样没纲没常没章法地乱叫合适吗？

深想开去也怨自己。当年与康老胎在此安营扎寨的时候，光顾得一窝一窝地养活了，却来不及给他们排座次。要是也如圣人门下规定个“兴玉川继广”什么的，根据名字不就能辨出排行辈分了吗？只可惜她没那心思，有那心思也没那学问。她跟康老胎都没有读过书。要是读过圣贤之书他们就不会干那没廉耻的事了。要是不干那没廉耻的事就不会有这兴旺发达继而又衰败不堪的山寨了。那么，康家寨的历史将会成为一片空白。这片空白也许会由另一对没廉耻或有廉耻的男女来补充。

再想，就算有了那长幼分明的排行字号，她也未必能给那么多争先恐后来到人世间的小肉滚儿每人取一个名字。对于她以及与她同样具有非凡生育能力的后辈女人们来说，生孩子并非是什么痛苦的事，难的是给孩子取名字。取名字需要动脑筋。山寨里的人舍得动力气却舍不得动脑筋。一动脑筋便脑瓜仁儿疼，脑瓜仁儿一疼便什么都不想了。只管做，只管吃，只管干那不干便憋得慌或空得慌的事，只管春种秋收般地且年景相当看好地生孩子。于是，满寨人的名字大抵是女人生育之余的即兴之作。她生“后找补”的时候，正帮助三孙媳妇推碾子，只觉得肚子一动，碾棍还没有放下，孩子便掉在裤裆里，这“后找补”便叫了碾棍。十七重孙媳妇不要脸，生了个女儿却取了个美丽的名字：花样儿。那是因为寨子里来了个卖花样儿的，她看上了人家小白脸，便把人家拉到了黄瓜架底下，等各自褪下裤子，小白脸往她肚子上一趴，那稀罕物没进去，孩子却出来了。你说，这背兴鬼不叫花样儿叫什么？

秃子却不然。秃子生下来很长时间没有名字，后来发现他那小脑瓜光秃秃不长毛，便顺理成章地叫起了秃子。秃子秃子地叫了二十多年，秃子长成了一个扳不倒的汉子。壮壮实实憋憋躁躁的汉子告诉自己也告诉别人，该娶婆娘该生娃娃该往下传宗接代了。秃子便在寨子里找了个姑娘，叫笸箩。

在她和她的后辈女人生下了几十个哑巴、傻子及二尾子（两性人）之后，她便恐惧和疑惑起来，以为这是冥冥中神灵对她的惩罚。后来寨子里进了搞运动的工作队，搞什么运动记不清了。工作队为她解开了这个谜，说这是近亲结婚造成的。她很信服，工作队说得对，她心里有数。

所以，当秃子要跟笸箩结婚时，她便极力出面制止，说这是窝吃窝屙，屙不出好玩意儿来。她的反对是无效的，政府发给了秃子和笸箩结婚证，说他们已经出了“五服”，婚姻合法。

都是从她的肠子里爬出来的支脉，而她还活着，怎么就算出了五服了呢？到底是出五服还是没出五服，只有鬼才知道。不过，秃子和笸箩生出那些孩子来，倒都不傻不呆。有蛋泡的壮壮实实，没蛋泡的水水灵灵的。听说还有一个考上了大学，在城里读完了书就留在城里做事了，隔三岔五的有钱给秃子打过来。

秃子不同于别人，秃子有能耐。秃子现如今是寨子里的党支部书记，或者是村长，或者是村主任。她闹不明白，不知道哪个官大。反正在这个寨子里，秃子说了算。

秃子当了官并没有忘记她，昨天晚上还给她端一个炭火盆过来。已经是春天了，可是她还觉得冷。窗外，也看不到半点儿春天的意味。起风了。干风，很猛，把光秃秃的山头上残存的那点儿沙土都扬了起来，昏天黑地。

风沙从窗棂和门缝泼进来，打在她那干枯的面皮上，生疼生冷。炕沿下那盆炭火像是灭了，把手伸过去，却又是暖暖的。

这暖暖的炭火盆是不容她一个人享受的，随着吱吱的叫声，这些伴随了她一生的灰色精灵便铺天盖地而来。缕缕行行，狂奔乱蹿，像过队伍。这来自四面八方的队伍都聚集在炭火盆旁，一队队合成了一片片，一片片又聚成了一大堆。后边的队伍还不断地向这里云集。前边的一大堆已经挤得水泄不通，后边的只好蜂拥着攀登其上，再后边的也依次向上边攀登。不一会儿，炭火盆周围便堆积起一环灰色的山峦。这灰色的山峦像狂涛巨浪一样起伏着，奔涌着。坍塌下去，又堆积起来，堆积起来，又坍塌下去……

战争就这样开始了。撕裂人心的呐喊伴随着撕裂人心的惨叫。利爪尖牙这些用以谋生的工具都变成了凶残无比的武器。谁都忘了自己来自哪一支队伍，谁都忘了自己属于哪一个家族。凶悍的勇士撕开了一位女士的肚皮，才恍惚认出了这是自己亲不够爱不够的妻子；它来不及多想，便觉得蛋泡被人家咬掉了，它又随口咬住了一只下垂的乳房；被咬碎了乳房的母亲想提醒它你就是吮吸这里的乳汁长大的，张开嘴却咬断了一根抽在它脸上的尾巴，那熟悉的味道又告诉它这根尾巴是它丈夫的……

混战持续了整整一夜。天亮的时候，好些战后余生者不知藏到哪里去了。杂陈在她眼前的是一片血肉模糊的尸体……

又一片长着翅膀的黑色精灵铺天盖地而来，近乎疯狂地吞噬着这意想不到的早餐。

二

实话说，老祖奶奶在反对秃子和笸箩这桩婚事的时候，总是觉得底气不足。她和康老胎就是因为乱伦的婚恋被赶出康家庄的。

康家庄在山下几十里的地方，水肥土厚，美丽而富饶。据说康家的祖上是燕王扫北时从山西大槐树下移民过来的。经过几十代的开荒耕作、繁衍生息，康氏家庭在这里深深地扎下了根。康家庄也同后来的康家寨一样，都姓康，都是同一个祖先同一条血脉繁衍下来的。

她是在一个勤俭、殷实又很体面的家庭里长大的。在她还懵懂未凿的时候，就知道这样一个常识：女人是要嫁人的，嫁了人是要生孩子的。当她把这个常识用吐字不清的舌头讲述给大人的时候，招来的却是哄堂大笑。哄笑之后大人们又逗她：“你长大了嫁谁呀?”“我要嫁给幺叔，我要给他生好多好多的孩子。”她说得很严肃，这严肃更招惹得大人笑得喘不过气来。

幺叔是她父亲最小的弟弟，只比她大两岁。她跟幺叔同在一张桌上吃饭，同在一个被窝里睡觉。幺叔像哥哥一样哄着她玩，又像小大人一样地管教她。她对幺叔的依赖胜过对父母的依赖。

童言无忌。她说嫁给幺叔的话谁都觉得好玩，谁都没有当回事。轮到她都学纳花样儿了，还有人用这句话拿她开玩笑。再听到这句话时她知道脸红了，脸红之后又知道有些事情该避着点儿幺叔了。譬如洗澡，譬如换衣服，譬如到河边去打猪草，她要解手的时候再也不让幺叔替她解裤子了。

但是，幺叔还是幺叔，还是很耐心地哄她玩，很严厉地管教她。她呢，也依然对幺叔好。幺叔在村外的瓜田里守夜，住在一个三角形的小窝棚里。她每天都提着瓦罐去给幺叔送晚饭。幺叔吃完饭她舍不得走，仰脸看着天上的星星，或者入迷地听着四周玉米那拔节的声音。这时候，幺叔便给她讲起了古老的或新鲜的故事。她同样听得很入迷。露水洒在她的身上，很凉。幺叔的胸膛热烘烘的，偎在上面很熨帖。也说不清怎么回事，那一次就在幺叔的怀里睡着了，还迷迷糊糊地做了一个梦。她梦见了幺叔把她的衣服解开了，她很怕，却没有挣扎。幺叔问她想不想，她说想。想什么？他们谁都没有说，却做了。

第二天早晨，她不敢抬眼看家人，心里总是咚咚地跳。一根筷子掉在地上，吓得她大叫起来。妈妈只是骂她一声神经病，便不再理她。等剩她一个人在屋里纳花样儿的时候，她的针总是往手上刺，心里像长了草，慌慌地静不下来。她的眼前总是晃动着幺叔那三角形的小窝棚，盼望着黄昏早一点儿到来。

终于，在摘瓜的季节里，她的肚子大了。那一年她十五岁。就是在那三角形的小窝棚里，她和幺叔被举着火把的村民们捉住了。她该叫二爷的那个村长，命令着愤怒得眼里冒血又冒火的村民们，把她和幺叔绑在大庙前那根旗杆上，然后扒光他们的衣服，皮鞭子蘸着凉水往身上抽。抽她的人有她的父亲、她的母亲、她的哥哥和数不清的亲支近脉。他们都认为她和幺叔给他们丢了脸，只有毫不手软地抽打这两个下贱的身体，才能把他们的脸面找回来……

天亮的时候，他们被赶出了村。罚他们上山去看守祖坟，并且永远不许回村。

那会儿的山上是一片望不到边又密不透风的原始森林。在一棵棵千年古树下面，埋葬着先祖的遗骸，也供奉着先祖的亡灵。他们给活着的人丢了脸面，却要在先祖的墓碑下赎罪。因为村民们一致认为，他们给至高无上的老祖宗抹了黑。

他们拖着鞭痕累累的身体互相搀扶着上了山。

三

幺叔叫康老胎。上山以后，她再也不叫他幺叔了，他担起了丈夫的名分，也担起了丈夫的责任。

他们一无所有。他们是遍体鳞伤两手空空上山的。山上有森林，有石头，有摘不完的野果和逮不尽的野兽。也有耗子，但不像现在这么多。上山的第一天，他们在一个废弃的墓穴里过夜。棺材板已经腐烂风干了，但洞穴里仍然弥漫着一种死人的气味。他们依偎在一起，啃着干硬的野梨充饥。面前燃烧着一堆松塔，火光在爆裂中跳动着。一对肥硕的耗子，静静地坐在他们的对面，新奇而又友好地看着这一对突如其来的入侵者。

生活就是这样开始了。他们用几样从山下带来的简陋的工具，开石头，伐木头，在一个背阴向阳的山坡上盖起了一座小屋。然后他们又选择一块略微平坦的坡地，把上边所有的树木都砍倒，把所有的荆棘野草都烧光，开垦出了一片可以种粮食的田地。这里的土真是肥，千百年积存下来的腐殖质使土地都变得油黑油黑的。他们在上边种上了冬小麦，麦苗也油黑油黑的。

最难挨的是这一年的冬天。他们只能吃山上的野货。康老胎会种田，却不会打猎，也没猎枪。不过，有时野物会自动送上门来。大雪封山的时候，一只肥硕的野兔不知是饿的还是冻的，急匆匆地钻进了他们的灶里，康老胎把手往灶门里一伸，便把它捉住了。还有一回，康老胎进林子里伐树，听到一声厮杀惨叫，凑上前去，发现一只豹子刚刚咬死一只野鹿。他扔着石头，呐喊着冲上去。豹子跑了，康老胎把那只血淋淋的野鹿拖回了家。

她的肚子越来越大，康老胎不让她出门，让她静静地待在石头小屋里养身子。

康老胎学会了烧炭。他选择上好的大树，砍倒，劈碎，埋在窑里烧，烧出来便是上好的木炭。他挑着木炭到山下去卖。当然，他不敢去康家庄，而是到四十里外的黑龙潭去卖。卖了钱便买回米，买回面，买回布，还给未出生的孩子买回长命百岁锁。他和她都知道，没有人会来给他们的儿子或女儿过满月的。

交年关的时候，伴随着普天同庆的鞭炮声，他们的儿子出世了，这是康家寨的第一代传人。

春天来了，满山遍野的花都开了，冬眠的麦苗也挺直了身子，齐刷刷地往上长。

儿子也如满山的花草树木一样，长得茁壮而迅速。儿子会笑了，会坐了，会爬了，会走了，会叫爸爸妈妈了……他们把儿子带到森林里，在鲜花野草中间嬉闹欢笑。

山里的阳光真好，他们的心里总是充满着春天般的蓬勃。山里有许多小溪流，泉水清清亮亮的，没日没夜地唱着欢乐的歌儿。他们常常在灿烂的阳光下脱光了衣服，跳进小溪流里洗澡。兴之所至，他们还会在光溜溜的大石头上，坦坦荡荡地干那理所当然的事情……

生活就是这样开始了，自由自在，无忧无虑，清清爽爽。没有人到这里来，这片山林是属于他们的，或者说，他们是属于这片山林的。他们与山林里的万千生灵和睦相处，融为一体。他们不是大自然的主宰，而是大自然的一部分……

这一切，都已经十分遥远了，总有百年以上的光阴了。而现在，当这一切浮现在老祖奶奶那呆痴的脑海里，却近得伸手便可以摸到，仿佛就发生在昨天一样。

山林养育了他们，他们养育了孩子；而他们养育孩子也是依靠山林的。山林是他们祖祖辈辈的母亲，当他们的纯精净血化为一代又一代健康或不健康的肉体的时候，母亲的乳汁便被吸干了，被吸干了乳汁的母亲只剩下一个干瘪的躯壳。这个躯壳也像当年墓碑下的棺材板一样，终归会腐烂风化，变成一片没有生命的死寂……

每生下一个孩子，都要凿石头、伐木头，为他营造一座小屋；还要烧一片林，开垦一片土地。似乎是睡个觉的工夫，当年那望不到边密不透风的山林渐渐地稀疏了，缩小了。开垦出来的土地像一片片的伤疤，贴在赤裸裸的山坡上。山上那厚厚的油黑油黑的土层也迅速地变薄、变粗、变黄。山林老了，脸上失去了光泽，头发脱落了，皮肤干枯了，连筋骨都疏松变形了。

老祖奶奶并不后悔，她没有半点儿忏悔。相反地，她还很自豪。毕竟，她和康老胎创造了一个山寨。满寨的人都是从她的肚子里孕育出来的。当这里人丁开始兴旺起来的时候，外边的人便不得不承认，这里不再是一片老坟，而是一个村庄了。人们管这个村庄叫作康家寨，以区别山下那个赶他们出来的康家庄。

在众多的晚辈儿孙中，老祖奶奶最忘不了的就是梭子。梭子长得很美，浓眉大眼，唇红齿白，身上的皮肉像水豆腐一样白嫩。特别是那两只圆圆滚滚的乳房，像两只新出锅的热腾腾的白面馒头，能馋得人流口水。老祖奶奶逢人便叹息："梭子天生是个生儿育女的好坯子，可惜废了。"

梭子的废大概也是天生的，寨子里的人都叫她傻梭子。她不误吃，不误喝，不误长身个儿，就是什么都不懂，什么都不会干。十七八岁的大姑娘，还整天光着身子满街跑，给她穿上衣服她就扯下。打她骂她都没用。她谁家都敢去，推门就进。进去就摘人家饽饽篮子，抄一块窝头或饼子就跑。她见了男人，就嘿嘿地痴笑，笑得很媚，很浪，两只手还不停地揉搓她那两只圆圆的大乳房。没有人拿她当回事，谁见了都赶她，像赶一条到处起秧子的母狗。

不知道从什么时候起，有人发现她的肚子大了。她仍然光着身子只是不再疯跑疯闹了，见了男人也不再嘿嘿地痴笑了。她有时候坐在山坡上，捧着圆圆的肚子，对着山头上的云朵出神。

梭子生了，男孩儿，很壮实。可是没有人养她的儿子，都怕又是个傻子。梭子的父亲是个哑巴，母亲是个瞎子。一对废人，连梭子都管不了，怎能管她的孩子呢？

人们把梭子生的孩子给老祖奶奶抱去了，老祖奶奶挺高兴，又挺激动，一个劲儿地说："俺梭子不是废人，俺梭子能生娃子，俺梭子一点儿都不废……

老祖奶奶把梭子的孩子放进了自己的被窝里。那一年她九十九岁。

这个孩子就是秃子。

秃子是老祖奶奶亲手带大的。在她带秃子的那些日子里，她最发愁也最痛恨的就是那些耗子。有天夜里，秃子大哭，老祖奶奶醒了，点上灯一看，一只大肚子的母耗子咬掉了秃子的一个小手指头，鲜血染红了秃子的小肚皮。从此，每天夜里，老祖奶奶都不睡，守在秃子身边，随时为他驱赶着耗子。

老祖奶奶把秃子带大不容易，秃子是个孝顺的孩子。

四

也就是生秃子的那年，康老胎死了。他活了一百零一岁，打破了“长命百岁”的纪录。

康老胎的遗骸就埋在这石头小屋的院子里。她说活着的时候要天天能看见他，死了就跟他并骨，下辈子托生了还跟他做夫妻。

康老胎的坟头上长出了一棵小榆树。小榆树发得很快，三年碗粗，十年盆粗。到了秃子娶媳妇的时候，小榆树变成了老榆树，浓枝密叶伸伸展展遮住了整个院子。满山的林木都吹光了，唯有这里汪着一片绿，很稀罕。

那一年闹饥荒，哪一年她记不住了。反正秃子的媳妇笸箩就是那一年饿死的。寨子人满山遍野地挖野菜、挖草根，吃肿身子，吃绿了脖子。不少人都垂涎着这棵老榆树，她却谁都不让动，死守着。她自己也不动，嚼着草根，饿得皮包骨。她觉得老榆树就是康老胎，看到康老胎身子骨挺壮实，再忍饥挨饿心里也高兴。

忽然有一天，早晨起来，她扒着窗户朝院子里一看，惊得她半天喘不过气来。老榆树那一身绿变成了一身灰。灰色的树干，灰色的枝杈，坠着满树灰色的果子……

从那个时候起，她才觉得这个世界上耗子多起来了，本不该这么多的。

经过了这场劫难之后，老榆树再也缓不过阳气来了。苍老的树干上伤痕累累，像当年在康家庄被鞭子抽过一样。有一半的枝杈都干枯了，刮风的时候，嘎嘎嘎地叫个不停，像那些灰色的精灵在磨牙。春天都已经到来很久了，那干枯的枝杈上才吐出了可怜巴巴的几层绿叶，像康老胎临终前那丝丝如缕的喘息……

这以后的某一天，工作队又进寨子来了。这一回老祖奶奶记住了，是限制生孩子的工作队。

工作队把男男女女召集在打谷场上。墙上挂着两幅画，画的是男人和女人那见不得人的玩意儿，大得出奇。是个年纪轻轻的水葱般的姑娘在讲，讲孩子是怎么揍出来的，这还用你讲吗？满山寨的人谁不比你懂得多？当年老祖奶奶跟幺叔在瓜窝棚里就懂这些。这种事不用学，跟吃奶一样，天生就会。连傻梭子都会，连满山横行霸道的耗子都会。要是不会这些，百十年的工夫，这荒无人迹的山林能变成一个人丁兴旺乃至人多为患的康家寨吗？讲完了孩子是怎么揍出来的，然后再讲怎么揍孩子才出不来。还拿出了一些环环套套儿，教人家如此这般地使用。不要说女人，就是平时嘴上总拿这事解宽心的嘎杂子，就是整天价总惦记着偷鸡摸狗憋坏犯嘎的色迷们，都挂不住脸了，把脑袋耷拉到裤裆里。再看看那城里来的姑娘，小小年纪，大概还没有结婚吧？人家脸上不红也不臊，像先生讲小书似的讲得坦坦荡荡。得，服了，世上专门有能把说不出口的事当作正事来说的人，还是女人。

工作队走了之后，寨子里又像开了锅似的热闹起来。那些把脑袋耷拉到裤裆里的嘎杂子琉璃球儿，又都还了阳，把女工作队教给他们的话，挂在嘴边上取笑。“大嫂，这两天是安全期呀，还是排卵子期呀？”“三婶，昨夜里俺三叔戴套儿没有哇？不戴套儿甭跟他性交！”这些新鲜词文明词从他们嘴里出来，就都变成了高粱糙子味儿。

限制生孩子的工作队来了一次，除了给寨子里的人添了不少笑资外，几乎没起到什么作用。工作队留下的那些环环儿，男人们把它用彩线拎起来，成了烟袋坠儿，显得挺雅挺漂亮，权当是姑娘送的定情物；而那些套套儿，则成了孩子们的开心物，一时间满山寨里飘气球……

秃子把这件事汇报给公社，公社书记来了，又把男男女女召集在打谷场上，下了命令：“一家生一个就行了，谁都不许多生！”

有人绷不住劲了，提出了意见：“咱庄稼人活着，就是一天仨饱儿一倒儿。到了晚上，寨子里又没电，点灯又费油，就这点儿乐子，你还想给断了呀？”

公社书记说：“谁说断你的乐子，你乐你的，别揍出孩子来就行！”

“要乐子就免不了有孩子，天下大道理，谁有什么辙？”

“不是发给你们套套儿了吗？那不是给孩子当气球吹的。”

“戴那玩意儿总隔一层，不过瘾。”

“你出了火不就得了吗？还他娘的过什么瘾？”

公社书记急了，骂起了粗话。这不奇怪，公社书记原本也是个粗人，顶着满脑袋高粱花子从村里走出去的。

老祖奶奶也觉得想不通。这政府管匪管盗，管风俗教化，管种田纳粮，怎么又管起生孩子来了？要是当初她跟幺叔上山的时候，也限制只能生一个孩子，恐怕到如今这山里还是孤零零的一支烟囱，这吵吵闹闹、人欢狗叫的康家寨从哪儿来？过日子过的就是人，代代单传，提心吊胆，人稀口少，这日子还有什么过头？

从一对被族人赶出来的非法夫妻，繁衍成几百口人的大村寨，容易吗？这是老祖奶奶的业绩。有了这辉煌而伟大的业绩，她便觉得当年那皮鞭蘸凉水的恶揍没有白挨，她与幺叔没有白爱一场，她这辈子也没有白活。

老祖奶奶虽然老了，却还不糊涂。

五

傍晚的时候了，秃子又来了，送来了一桶水和一块烤红薯。

烤红薯还是热的，软软的，香得诱人。她吃了一辈子烤红薯，还没有吃够。开始的时候，是她喜欢吃，后来是迫不得已地吃。

早年间，这山上土肥水足，插根筷子都冒芽儿，种什么都是大丰收。后来山上的林子砍光了，山上的土冲薄了，那一条条缠缠绕绕的小溪也都干枯成了捆绑这山寨的绳子。春天里，旱风一吹，秧苗便成了老祖奶奶的头发，稀疏且干枯。到了秋后，玉米长成了蜡扦儿。于是，这山上便只能种红薯了，寨子里的人也把红薯当成了救命粮。

好在老祖奶奶喜欢吃红薯。别人吃红薯烧心，从嗓子眼里冒酸水，她却不。她永远是吃得香，排得畅，一天到晚总喜欢咂摸嘴角上留下的红薯味儿。

不过，她现在却不想吃这烤红薯。不是不饿，她觉得身上困乏得很。她把烤红薯放在枕边，闭上眼睛，便觉得脑袋发沉。

她觉得自己是睡过去了，可是又明明白白地看见了秃子放在地上的那桶水，那桶水是清清亮亮的。清亮的泉水在山间欢唱着，她跟幺叔脱光了衣服，在小溪流里自由自在地嬉闹着。山林是他们的伊甸园，纵然偷吃了禁果，上帝却没有把他们驱赶出去。是他们自己，用锲而不舍的创造，把伊甸园摧毁了。

这桶水是秃子从山下提上来的，难为他了。记不清从什么时候起，山上的水越来越少。没有水浇地了，没有水洗衣服了，渐渐地连吃的水也没有了。寨子里的人要到山下去担水吃，天不亮，便担着水桶叮叮当当、成群结队地下了山。到太阳当头的时候，家家户户才把那等着下锅的水盼回来。吃水比油还艰难，尽管山寨里也没有什么油可吃。

这油一样的水伴着烧心的红薯，寨子里的日子越来越不好过了。听说山下边这些年吹气似的富了起来，有什么冰箱、彩电、洗衣机，还有人家还盖起了小洋楼。这些都是下过山的人回来跟老祖奶奶讲的。山里没有电，老祖奶奶想象不出来冰箱、彩电有什么实际用处。至于洗衣机，老祖奶奶听完它的功能之后便认为它简直就是罪孽。洗衣服还用机器，那女人干什么？光剩下生孩子了，孩子又不让生了，女人还有什么用？

工作队又进寨了，这回老祖奶奶也记得，是安排移民的。政府出钱在山下康家庄里盖了房，让康家寨的人去住。康家庄的祖先们把老祖奶奶赶了出去，康家庄的后代却欢迎她和她的后辈儿孙们回去。这事让她震惊，那屈辱和罪恶的双重压力排山倒海般地砸在她那颗枯萎的心上，她有点儿不知所措。

秃子要带她走，她说什么也不走。她和幺叔所受的惩罚是永远不回康家庄。康家庄的后代忘记了老祖宗的古训，她却不能忘！再说，她走了，幺叔怎么办？她得守住幺叔。

脸旁是毛茸茸暖烘烘的蠕动，痒痒的，怪舒服的。她伸手一摸，便摸住了一只小猫一样的大耗子，耗子并不跑，任她轻轻地摩挲着，还把那长胡须的尖嘴伸过来，她闻到了一股诱人的烤红薯味儿。

月光水一样地泼洒进来。洋铁皮的水桶四周被灰色的勇士层层包围起来。这一回不是相互残杀的拼搏战，而是一场齐心协力的攻坚战。前边的勇士心甘情愿地伏下身子，后边的勇敢地踩了上去，再后边的又爬上第二层勇士的肩膀。一层摞一层，叠起了罗汉。终于，最上边的勇士攀缘上了城堡的顶端，又义无反顾地跳了下去。扑通扑通的落水声让老祖奶奶心惊肉跳……

六

终于有一日，下了场春雨，也许是夏雨。雨很大，雷鸣闪电又加上狂猛的风，院子里那棵风烛残年的老榆树被劈去了一个大枝杈，枝杈的伤裂处冒着黑色的焦煳味。

雨过天晴，阳光格外灿烂。山上忽然人声喧闹，还有嘈杂的脚步声。老祖奶奶觉得自己的耳朵出了问题。几个月了，这山上只有她一个人。隔三岔五地秃子来一趟，秃子上山从来不喊不叫，他的脚步声也是单调的。

没容她多想，小院里堆满了人。有男人有女人，有壮年汉子，也有少年娃子。进了门都叫她老祖奶奶。有的还给她带来了新鲜的烤红薯。

老祖奶奶问他们为什么又回来了，是不是康家庄不容他们了。他们说是上山植树造林。这时老祖奶奶才发现，他们每个人的手里都拿着锹，或者扛着镐，有的人的怀里还抱着绿油油的小树苗。

老祖奶奶又感到困惑了。自从她上山以来，只知道砍树、伐树、烧树，从来没有听说过种树。树还需要种吗？也许树确实是需要种的，要不，那望不到边、密不透风的林子，怎么说没就没了呢？可是，从前的那些树又是谁种的呢？

没过几天，那喧闹声和嘈杂的脚步声又在小院里响了起来。这一回人们手里举着的是棒子、叉子，还有扛着从前打猎物的火铳子。他们说是来打耗子，前几天种的小树苗都被耗子吃光了。

这一天，老祖奶奶心里不踏实。满山的呐喊声、厮杀声和一阵又一阵的火铳声使她心惊肉跳。自从寨子里的人迁下山以后，每天都是些耗子陪伴着她。尽管它们曾经咬掉了秃子的小手指头，吃光了老榆树的繁枝茂叶，还抢吃了秃子给她送来的烤红薯，喝光了秃子给她提来的水。但是老祖奶奶从来不记恨这些灰色的精灵，她把它们当成了朋友，当成了伴儿。

战斗持续了整整一天，太阳落山的时候，呐喊声才渐渐地消失。不知道他们的战绩如何。

老祖奶奶知道，就在她所住的小石屋周围，就有成千上万数不清的耗子。她没说，那些打耗子的队伍也没有在她的小石屋周围拉开战线。大概是怕打扰她吧。

她保护了她的耗子。

七

这一晚，没有月亮，也没有星星，天阴得很沉。沉沉的天把夜色涂抹成漆黑一团，伸手不见五指。

但她却看到了那支灰色的队伍。灰色的队伍就在她的小院结集，然后齐刷刷地伸出前爪，向她告别。

灰色的队伍从她的小院里出发了，很威武，很雄壮，浩浩荡荡地向山下挺进。她听得见那整齐的步伐叩击着下山的石板路，像进军的号角……

这支灰色的队伍整整走了一夜。她坐在床前，目送着这支远征的队伍。她不知道它们要到哪儿去，也不知道它们去干什么，或许是去向白天进犯它们的敌人复仇。

天亮的时候，最后一只灰色的精灵向她洒泪而别，义无反顾地离开了她的小院。

一种巨大的空茫与悲哀像浓雾一样地扑向了她，把她淹没了。她哽咽着，想哭。咧开了嘴，面对着院子里那棵烧焦的老榆树，埋藏她的康老胎、她的幺叔的老榆树发呆。

1993 年 2 月 23 日于桑梓轩

桃花眼

一

在我童年的心目中，觉得大宝家的就是世界上最美的女人。我喜欢她那又弯又细、漆黑闪亮像乌鸦羽毛似的眉毛，我喜欢她那甜甜的、脆脆的、像山涧流水般的声音。特别是她那双豆荚形的大眼睛，总是水汪汪、泪花花的，像两颗浸在水里的小星星。她看人的时候，总是把眼睛微微眯缝起来，看得是那么专注，那么深情，嘴角上那两缕温柔的笑意，溢满了深深的酒窝，又涌上了长长的眼角。亮莹莹的眼窝里像笼上了一层薄薄的迷雾。那神态，是我上了中学以后，才懂得应该叫作妩媚的。说心里话，我喜欢她那双眼睛，但我不敢承认。因为母亲曾经怀着极大的义愤诅咒过她那双眼睛，说她那是“桃花眼”，把心里那股浪劲儿全带出来了，能把男人的魂儿勾去。据说，她在娘家的时候曾经勾过一个小伙子的魂儿，还勾出了一个孩子。那个小伙子的父母早就为他跟一个患痨病的姑娘订了婚。她嫁不出去了，胡大宝捡了这个“便宜货”。

这双“桃花眼”能勾男人的魂儿，男人却不敢理她；可是女人们似乎也怕她，由于怕，便生成了恨。就像我睡觉的时候怕狐狸大仙来，便对狐狸大仙恨得咬牙切齿一样。乡里乡间，互相串串门，是庄稼人的一项重要社会交往和精神需要。可是谁也不到她家里去串门。她到谁家去，谁都不欢迎，甚至把她拒之于门外。走在大街上，她上赶着“叔伯婶娘”地跟人家打招呼，人家只是用鼻子“嗯”一声，都不正眼看她。似乎看她一眼，不用她勾，自己那魂儿便会跑到她身上去一样。

那时候，我总觉得大人们很蠢，也很可笑。一个人的魂儿怎么能被另一个人的眼睛勾去呢？她曾经看过我好多次，我的魂儿不是还在自己的身上吗？于是，我越来越为她感到不平起来。在大街上碰到她，离老远我就喊一声“嫂子”。尽管我这一喊，母亲会狠狠地剜我一眼，可我一点儿也不在乎。她显然非常感激我，常常把手里拿的一些果呀瓜的，使劲往我手里塞。母亲说什么也不让我要，那眼神是冰冷的，脸上像蒙着一层霜。她只好含着眼泪走了，我的心里也酸溜溜的。

二

我在村东南一个叫老猪窝的地里挖野菜，光顾逮蚂蚱玩了，太阳都压在了山顶上，我的篮子底儿还没有盖上。我怕回去挨父亲的鞋底子，急得直想哭。这时候，我远远看到大宝家的背着一个筐走过来，我又高声喊起了“嫂子”。她认出了我，几乎是跑着扑到了我的身边，把我一下子搂在怀里，在我的脏脸蛋上使劲亲了一下。我看到两行泪水像小虫子一样从她的眼窝里爬出来，我一下子慌了：“嫂子，你……你怎么了？”

“小弟，你为什么不……不恨我？”

“我喜欢你。”

“喜欢我什么？”

“你美。”

“啊？”

“你心眼也好。”

她笑了。笑得两条“大虫子”都爬进她的嘴角里。她又在我的脏脸蛋上亲了一下，然后站起身来，从她的筐里抓出许多野菜，装满了我的篮子。她拉着我的手朝村里走去。走了一段路，她非常郑重地对我说：“小弟，你要是真喜欢我，就不要叫我嫂子了，叫姐姐好吗？”

“为什么？我管胡大宝叫哥哥嘛。”

“不！我不随他，死了烂成泥也不随他！”

她说这句话的时候，把嘴角咬得紧紧的，两只泪汪汪的“桃花眼”

里也放出了刀子一样的冷光。过了一会儿，她又深深地叹了一口气："唉，你不懂，也许你以后就懂了……"

我觉得她有点儿小瞧我，我怎么会不懂呢？她是不喜欢胡大宝的。胡大宝长得像一头公牛。他很有劲儿，能用两条腿把地上的碌碡夹着立起来；也很能吃，有一次给人家帮工，刚吃完十二碗炸酱面，又跟一个叫小槐子的打赌，干吃了一盒点心。他样子长得很凶，大脸盘子上长满了络腮胡子，连胸脯子上都长了很长的黑毛。给这样一个男人当媳妇，她怎能受得了呢？再有，胡大宝还经常打她，她一定恨胡大宝。她那双"桃花眼"不是会勾魂吗？为什么不把胡大宝的魂勾去呢？

打那以后，我常常跟她一起到老猪窝去挖野菜。到了地里，她让我随便玩。她挖的野菜先装满我的篮子，再往她的筐里装。按照她的要求，我叫她姐姐，她很高兴。有一次，她对我说："我是讨厌人家叫我大宝家的了，我有自己的名字，叫范小鸯。"说着，她在地上用手指写了"范小鸯"三个字。

"这名字真好听，谁给你起的？"

"我妈给我起名叫范淑珍，我自己改了。"

"你怎么想出这么好的一个名字来？"

"有一种鸟，叫鸳鸯，好看极了。花羽毛，白肚皮，小红嘴儿，还有一双滴溜溜的带白圈儿的棕色眼睛。这种鸟，总是一对一对地在水里游来游去，一时一刻也不分离，就像恩恩爱爱的小夫妻。"

她说得那样神往，那样动情，那双水汪汪的"桃花眼"看着远处天边的火烧云。忽然，她轻轻地唱了起来："你我好比鸳鸯鸟，比翼双飞在人间……"

我知道她唱的是《天仙配》。她的歌声很甜，很美，颤颤悠悠的，像一股清凌凌的泉水，从她的心底流出来。我似乎看到了，一对美丽的鸳鸯，顺着这歌声的溪流，相亲相偎地向远方游去……我忽然像是悟出了什么，忍不住问："姐姐，你跟大宝哥是一对鸳鸯吗？"

她停住了歌唱，痛苦地摇了摇头。

"那么，你跟谁是一对鸳鸯呢？"

"一个非常好非常好的小伙子。"

“他是谁？在哪儿？”

“在这儿。”她指了指自己的心口窝。我更加困惑了。

三

马驹桥镇北边有一个关帝庙，八月二十六庙会。这正是小麦刚破土、水稻未开镰的一段短暂的农事闲暇。各路诸神是很懂农业的，他们的庆祝日都安排在播种后、开镰前，或五谷入仓的农闲时间。孩子们才不管农忙农闲呢，吃完“三伏烙饼摊鸡蛋”以后，就盼望着这一天的到来。心里总像有一个小蛤蟆似的拱呀拱，好容易拱到了八月二十六这一天。母亲病了，父亲到三间房修飞机场去了。我看到邻家的孩子都高高兴兴地跟着父母去赶集上庙，急得直掉眼泪。小鸯姐姐来了，她央求母亲让我跟她一起去。母亲心疼我，也出于无奈，居然点头了。

马驹桥镇上，人山人海，熙熙攘攘，三里长街，挤满了喜笑颜开的庄稼人。几十路花会粉墨登场，从镇南的东西店一直排到北门口。后街的高跷，辛屯的少林，壮丁屯的狮子，大各庄的二十四面大喜……好家伙！八仙过海、各占一绝，一档接着一档，真开眼，真过瘾！可是，小鸯姐姐似乎对这一切都不感兴趣，她硬拉着我到关帝庙前去看戏。我不干，她从怀里掏出一个自己烙的烧饼，还买了一角钱羊杂碎，让我夹在烧饼里吃。我敢说，那是我记忆里吃过的最香最美的一种食品，现在想起来还津液顿生。那会儿的钱也真“值钱”，尽管我吃得那么贪婪，一角钱的羊杂碎还没有吃完，晚上还给母亲揣回去一小包呢！

有了好东西吃，我就听她的话了。她拉着我拼命地往里挤，一直挤到戏台口。台上是范庄剧团在演戏。在我们那流传着这么一句话：范庄的戏，没法夸，不是打渔就是杀家。可是那天他们没有演《打渔杀家》，而唱的是《玉堂春》。台上，一个白胡子的老差人，押着一个戴枷的女人。老差人一板一眼地道着白：“你说你公道，我说我公道，公道不公道，自有天知道……”接着，那个戴枷女人跪在台上，凄凄惨惨地唱了起来：

苏三离了洪洞县，
将身来在大街前。
未曾开言心中惨，
过往的君子听我言。
哪一位去往南京转，
为我三郎把信传……

不知是怕我听不懂，不耐烦，还是因为别的什么，台上唱一句，小鸯姐姐就给我念一句。念着念着，我忽然觉得她声音有些异样，抬头一看：小鸯姐姐脸色煞白，嘴唇发抖，眼睛直愣愣的，两行泪水顺着她的脸颊无声地流下来。我再转脸看台上那个戴枷的女人，她正傻子似的看着台下的小鸯姐姐，也是浑身震颤，热泪横流。这到底是怎么回事呢？

“姐姐，你怎么看戏还哭呀？”

“我在娘家的时候，也演过这个角儿。”

“她是谁？”

“他……”

我看到小鸯姐姐的脸涨红了，“桃花眼”里露出了一种异乎寻常的神采，心里忽然一动：“她准是你心里那只鸳鸯！”

小鸯姐姐朝我的脑门上戳了下，羞赧地说：“哼，鬼得你！”

被我猜中了，我很得意；心里一转，又觉得不对路。小鸯姐姐心中的那只鸳鸯，应该是男的呀，这台上的分明是个女人。

小鸯姐姐的神色恢复了平静，她眯缝起那两只泪水汪汪的“桃花姐”，用那笼罩着迷雾一样的眼神看起了台上的戴枷女人。对了，不是说，她在娘家时，用这双“桃花眼”勾过一个小伙子的魂吗？也许，台上的正是那个小伙子，让她把魂勾去了，才变成了一个女人，来替她留在范庄演戏。唉！小鸯姐姐哪儿都好，就是这双“桃花眼”最可怕。想到这里，我拽了拽她的衣襟，轻声地说：“姐姐，你别眯缝着眼睛看人了。”

“怎么？”

“你那双‘桃花眼’，能把男人的魂勾去。”

她像被蝎子蜇了似的惊愣了一下，然后，低下头，沉下脸，紧紧地咬住了嘴唇。

我后悔了，真不该用这件事伤她的心，急忙说："姐姐，你……你这样看我吧，我不怕。"

她把我拢在怀里，沉重地说："小弟，别听人家胡说。告诉你，我这眼睛有毛病，近视，只有眯缝起来，才能看得清。"

我恍然大悟："学校的张老师就是近视眼，他戴了一副眼镜就好了，你为什么不戴眼镜呢？"

她苦苦地笑了笑，摇着头说："我要是戴上一副眼镜，人家还不把我当成妖魔鬼怪，生吞活剥呀？"

真是的，村里人都怕她，她原来也怕村里人。

一出戏演完了，又换了一出戏，小鸯姐姐拉着我，挤出了人群。天地庙后边是凉水河大石桥，桥头有两个相对的亭子。亭子里，一个大乌龟，驮着一块大石碑。小鸯姐姐把我放在亭子里，嘱咐我千万不能动，她说去一会儿就回来。她离开了我，朝大石桥下走去。我觉得很奇怪，便悄悄尾随着跟了下去。正是汛期泄洪之后，河水很浅，露出了一大片河滩。小鸯姐姐左瞧瞧，右看看，钻进了一个桥孔。我像一只狸猫似的，东藏西躲，也靠近了桥墩。啊！桥孔里有一个男人，白白净净的脸庞，闪闪亮亮的大眼睛，留着整整齐齐的小分头。咦？这不就是刚才戏台上那个戴枷的女人吗？没错，脸上还有没洗净的油彩呢！这会儿，怎么又变成男的了呢？

小鸯姐姐哭了，那个小伙子也哭了，两个人一边流着泪，一边抽抽噎噎地说着话。小鸯姐姐问："你真的结婚了？"

"嗯。"

"真的跟那个'痨病腔'？"

"嗯。"

"你真的认头了？"

"那有什么办法？"

"亏你还是个男子汉，就这么没骨气！"

我忽然听到一阵咚咚的脚步声。不好，胡大宝来了！他脸上冒着黑烟，眼里喷着烈火，怒气冲冲，杀气腾腾，径直朝桥孔下冲去。我还没有叫喊出来，胡大宝已经一步蹿到了小鸯姐姐的身边，一把薅住了她的头发，一边怒骂着，一边暴打着。大石桥底下立刻挤满了人……

庙会还没有散，这件事就像旋风似的卷进了村里。于是，当天晚上，母亲握着笤帚疙瘩，声色俱厉地威胁我说："你要是敢再理那臭娘儿们，我敲断你的腿！"

四

我真的不再理小鸯姐姐了。这倒不是因为怕母亲敲断我的腿，而是我自己一天天长大了，懂得了男女之间的奥妙，又明白了她那双"桃花眼勾魂"的真正含义。我并不恨她，但也不敢公开地对她表示同情，更不敢跟她有半点儿亲近。在我们那个小乡村里，什么事情都有人同情，唯独对这种事，必须一致表示强烈的愤慨，这样才能证明自己的清白。哪怕你昨天晚上才偷了人，只要没有人发现，今天一早也得鼓着肚子跟大伙儿一起骂婊子。这是我们村的村风，也是我们村的传统。

男大当婚，娶了媳妇才能称得上是真正的男人。到我该娶媳妇的时候，姑娘们涨了"行市"，"标价"越来越高了。我家哥们儿多，母亲身体不好，光靠父亲一个人在队里劳动，年年分个大窟窿。看来，我得做好参加光棍团的准备了。没想到，苍天有眼，竟把一个便宜媳妇送上了门。一天早晨，在大队当业务员的大姑夫领来一个四川姑娘，说是在永定门火车站用八十斤粮票换来的。这件事把全村都轰动了，我家的小屋里吵吵嚷嚷地挤满了人，一个劲儿地给父母亲道喜，为我祝贺。这对我来说太突然了，我说不上心里是一种什么滋味，就像没有打过仗的新兵临上战场一样，紧张得舌头都短了。范小鸯也来了，她和那个姑娘谈了一会儿，就把我叫到院子里，小声地问："你真准备跟她结婚吗？"

我不知道该怎么回答她。

"你那么爱读书，爱写文章，她一天书都没有念过，将来能合得来吗？"

我还没顾上想这个问题呢，唉！

“你念了九年书，难道不懂得结婚需要有爱情吗？”

她这句话，像一块尖利的石头砸在了我的心上。是的，爱情，我从古今中外许多伟大的文学作品中认识了它，理解了它。它使我神往，让我崇拜，我也曾为它编织过许多美丽的梦。而今，这八十斤粮票换来的姑娘，将要把那五彩缤纷的一切都代替了。可是不这样，加入光棍团难道就可以得到爱情吗？

她好像看出了我的心思，非常郑重地说：“小弟，这终身大事你可千万别跳河一闭眼啊！一步迈错了，后悔一辈子。我是过来的人，这些苦我都尝过了，我不希望你把我嚼过的苦瓜再嚼一遍。你年轻，还不到二十岁，着什么急？姐姐不骗你，只要你有骨气，有决心，是能够找到爱情的！”

……父亲抡着擀面杖威胁我，母亲哭着跟我撞头，大姑夫好言好语地劝说着。我信了小鸯姐姐的话，铁了心，宁可打一辈子光棍，也不跟那个没有爱情的四川姑娘结婚。最后，没办法，大姑夫只好把那个四川姑娘带走了。

不知是谁把小鸯姐姐对我的谈话偷听去了，并且告诉了母亲。母亲明白了，原来是这个“浪娘儿们”把她到手的儿媳妇吹跑了。我们那儿有这么一句话：宁拆十座庙，不破一门婚。破坏别人的婚事，简直是缺大德、犯大罪、十恶不赦的，母亲气坏了，逢人便谴责大宝家的。一时间，昏天黑地，满村风雨。人们都用最粗野、最恶毒的话咒骂她，指责她，甚至有人打抱不平，还到胡大宝面前去讨伐她。我没有办法解释，越解释越会增加她的“罪恶”。她为我承担的压力太大了。有一天，我在村口碰上了她，她正背着一筐青草从村外走来。我看到她头上缠着纱布，脸上青一块红一块，还结了许多血痂。

我知道，她又挨打了，肯定是为了我才挨打的。

五

我要结婚了。

遵从父母亲的意愿，我们的婚礼自然在老家举行。我家的屋里院里都挤满了人，差不多全村的乡亲都来贺喜。母亲为了炫耀，把所有的礼品都摆了出来。人们出于好奇，更出于对母亲的自尊心的满足，对每一件礼品都认真欣赏着，赞叹着，询问着大红礼单上写着的送礼人与我家的关系。妻子拽了一下我的衣襟，轻声告诉我：大门口有一个女人，像是前来贺喜的，可又不进来，在外边转悠半天了。

我走了出去。那个女人见了我，慌忙离去。可走了几步，又停住脚，犹犹豫豫地转过身来。我顿时愣住了，这不是小鸯姐姐吗？几年不见，她苍老多了，我都几乎认不出来了。她的头发蓬乱了，稀疏了，还夹着几根银丝；她的脸庞粗糙了，松懈了，失去了往昔的光泽。特别是她那双晶莹闪亮、泪水汪汪的“桃花眼”，深深地陷在发青的眼窝里，黯淡得像两支将熄的烛光。

“小弟，姐姐没有别的送你，就表表我这颗心吧。”她的声音也变了，不再是那么又甜又细，清清亮亮，而是沙沙拉拉，有气无力的。

她说着，把一个报纸包递到了我面前，我接过来，顺手拉着她的胳膊，往院子里边让着。她挣脱着我的手，使劲往后退着。

我央求着说：“姐姐，您进去坐一会儿，怎么也该吃两块喜糖啊！”

“不，不，你们家那么多人，我别让人家不自在。”

“姐姐，看您说到哪儿去了……”

她不由分说，扭过身，逃跑似的走了。

我拿着那个报纸包回到了新房里，打开一看，原来是一对刺绣的枕套。枕套上，一对美丽的鸳鸯相依相偎，游在一条清悠悠的小溪里。小溪两旁，绿柳丝丝，杏花如雨，一片春色。妻子高兴地笑着，把原来我们那一对枕套扯下来，把这对鸳鸯枕套套在枕芯上。

母亲进来了，发现了这一对枕套，惊喜地叫了起来：“这么漂亮！谁送的？”

我告诉了母亲。

母亲的脸立刻笼上了一层阴云：“你们这新婚大喜的日子，枕她的枕套，不恶心吗？”

我极力分辩着：“不，妈，她可是个好人。”

母亲立刻绷起了脸：“好人？你出去问问，看谁敢说她是好人？”

是呀，果真要问，答案是明摆着的。

母亲未经我们同意，就亲自动手，把那枕套扯了下来。然后，揉成一团，顺手扔在了屋角。

我急忙把枕套拾起来，请求母亲说："这是人家送的礼物，就是我们不枕，也应该摆出来呀！"

母亲正色说："摆出来，让阖街人都看看，大宝家的送你们的一对枕套，多光彩？！"

我心里震颤了一下，只好又退一步说："不贴礼单，谁知道这是谁送的？"

母亲大概也觉得这样做无伤大雅，便同意了。于是，在这一大堆贴着大红礼单、写着名字的礼品中，便出现了这么一件没有"标记"的礼品。幸亏没有人注意，也没有人问起。可是，我却像做了一件亏心事，连往那礼品堆里看一眼的勇气都没有了。

入夜，贺喜的人都走了，洞房里只剩下了我和妻子两个人。我又捧起了那对鸳鸯枕套，心里沉甸甸的，一阵丝丝拉拉的绞痛。妻子走过来，把手搭在我的肩头上，嗔怪地问："你这是怎么了？"

我站起身来，从柜子里拿起一包糖，转身就往外走。

妻子拉住了我："你干什么去？"

"去给小鸯姐姐送喜糖。"

"我跟你一起去。"

我们走在月光如水的大街上，趁着无人，妻子大胆而温柔地挽起了我的手臂。

我们一起朝小鸯姐姐家里走去。

1983年3月春节于通县戴家桥

蒺　　藜

蒺藜，亦称刺蒺藜、白蒺藜，那会儿我们却叫它蒺藜狗子。在千花百草之中，这是我们最讨厌的一种植物。这讨厌的东西到处都有，河坡、路边、田埂，乃至低矮的土墙头上，一棵棵，一丛丛，连成片。它那平卧的茎蔓像蛇一样满处乱爬，互相缠绕。羽毛状的复叶像蛇身上的鳞片，火苗儿似的黄花像蛇嘴里吐出来的芯子。它既不能供人们充饥，也不能喂猪喂羊，甚至晒干了当柴烧都不行。它那一嘟噜一串的果实上，长了五个又尖又硬的刺儿。我们农家孩子多是打赤脚，稍不注意，就会被它扎得嗷嗷乱叫。

我问父亲："蒺藜狗子有什么用处?"

父亲说："什么用处也没有。"

"没有用怎么还长?"

"天底下没用的东西多的是，照样占着地方。"

这又是造物主的过错，我为此感到愤然。

过了许多年我才知道，它那带刺的果实可以入药。性温，味苦，有舒肝、祛风、明目之功能，主治头痛眩晕、目赤多泪、全身瘙痒等症。

唉，我懂得太晚了。

一

其实，他大号叫郭锁，蒺藜狗子是我们对他的谑称。如同我们讨厌蒺藜便冠之以"狗子"一样，也把这讨厌的名字送给了讨厌的人。

据说他家是从河间府迁来的。进村的时候，他爹后边跟着他妈，他妈手里拉着他。落户以后，他家便住在生产合作社的社址里，只有三间土坯房，房后边是一片牲口棚。他爹在社里当饲养员，他妈跟妇女劳力一起下地干活。

他说他九岁，我们不信。他长得又矮又小，细脖大脑壳，还没有我们七岁的孩子显得高，显得壮实。他穿一件盖过屁股蛋儿的黑夹袄，满是污痕；一条说不清什么颜色的短裤，补丁摞补丁。脚上的纳帮鞋咧开了鲇鱼嘴，露出了长满厚皴的黑脚指头。他这身衣服，连同他本身，都像是从破烂堆里捡来的。由于瘦，他两只眼睛显得特别大，特别亮。由于黑，他那刚刚换过的小牙显得格外齐，格外白。

孩子之间是最容易混熟，最容易交上朋友的，他却不跟我们接近，总是躲得远远的，瞪着一双贼溜溜的大眼睛，好奇而又警惕地看着我们。我们走近他，他也不跑，只是紧紧地攥着小拳头，做出一副随时准备自卫的姿态。很难让他开口，他说话侉腔侉调，不知是怕我们听不懂，还是怕我们嘲笑他。我们有时候调皮，想冒点儿坏，张牙舞爪地吓唬他。他一旦发现我们不怀好意，便恶狠狠地骂一句："日你娘!"然后，扭头便跑。我们在后边起哄，叫嚷，佯作追击，他还时不时地回过头来骂几句"日你娘"。

他真是个野孩子。我们是听大人们说的。那个拉着花架子车进村的侉老郭，并不是他亲生父亲，他亲生父亲是谁不知道。怪不得侉老郭打他打得那么狠。用鞋底子打，用赶牛鞭子抽，还让他在毒热毒热的太阳底下跪搓板。打完以后，不给他饭吃，还让他去干活儿。

农家的孩子吃不了三年闲饭，差不多会走路就会干活儿。一人一个小背筐，每天扒开两只眼爬起来就三五成群地出了村。挖野菜，打青草，捡柴火，铲垫脚，一年四季都有活儿干。我们也玩，玩跳鞋牌，玩踢瓦块，玩"老虎吃羊"，一边干活一边玩。蒺藜狗子却自己玩。他把蛤蟆攥在手心里，捏一下，叫一声，挤出一股尿。玩够了，就把蛤蟆活剥了皮。他还玩蛇，把烟袋油子挖出来，喂进蛇的嘴里，让蛇中毒，抽搐成一团。他玩得太恶心，太残忍，也太瘆人。就为这个，我们胆小的孩子都不敢接近他。

有一次，我和大发、小娥一起到河边打青草。打满了筐就游泳，游累了，便钻进一块玉米和大豆间作的地里，躺在豆棵底下休息。潮湿的土地凉津津、软绵绵的，灌浆的玉米和壮粒的豆荚散发着醉人的清香，真舒服，真惬意。远处，呜呜呜，“黄老闷儿”在吹蚂蚁窝，把蚂蚁从窝里吹出来，就用尖嘴衔着吃。孩子们也有安静的时候，我们谁也不说话，默默地享受着青纱帐里的闲趣，突然，一阵沙沙的玉米叶子响，我们都紧张起来，是野兔来下崽，还是“大眼贼”来偷食？要是能捉到一只小动物，可开心死了。我们三个人都屏着呼吸，等着交好运。透过豆棵枝叶的缝隙，我们看到一双贼溜溜的眼睛。天哪！是蒺藜狗子，他要干什么？他猫着腰悄悄地钻进来，又像小偷一样朝四处张望着，倾听着。过了一会儿，他飞快地掰下来一个青棒子，剥开皮，大口大口地啃了起来。他啃得很快，差不多没有咀嚼就咽进了肚子里，奶汁似的玉米浆顺着他的嘴角流下来。

“他怎么吃生棒子呢？”

“怕是饿的吧？”

“生棒子能吃吗？”

“野人才吃生的棒子呢！”

我们认定他就是个野人、野孩子了。越嘀咕越觉得有点儿可怕。他那么脏，那么不通人情，玩蛇，吃生棒子，侉老郭像打野狗一样地打他。唯其是个狰狞可怕的野孩子，那么，与他为敌便显示出我们的勇敢。哪一个崇拜英雄的孩子不想尝尝当英雄的滋味呢？大发提议去打野孩子，我和小娥都斗志昂扬，勇气倍增。我们埋伏在村东车道旁边的沟壕里。蒺藜狗子背着一筐茬头走过来，一边走路一边抓着草尖上的蚂蚱，抓到后便用草茎穿起来，已经穿了长长的一串。我们立即进入了临战状态，心里紧张得突突直跳。大发一声令下，我们手里的土坷垃像雨点儿似的飞了出去。他还没有醒过闷来，身上便中了好几“镖”。他一边逃跑，一边“日你娘，日你娘”地骂着。我们高喊着“冲呀，杀呀”，跃出沟壕冲了上去。

他那一串蚂蚱成了我们的战利品，都是一水的母蚂蚱，肚子鼓溜溜的，满是子。我们拿到大发家，用干锅爆熟，蘸着盐花吃，油汪汪的，香极了。我们欢呼胜利，胜利使我们冲昏了头脑，放松了警惕。几天以后，我去了姥姥家，大发肚子疼，小娥一个人到老猪窝去打青草。蒺藜狗子看准了机会，饿狼似的从后边扑上来，一个扫堂腿，把小娥撂倒在地，又朝小娥的屁股上狠踢两脚，接着，夺过小娥手里的镰刀，顺手扔在旁边的一口水井里，然后，又叉着腿，掐着腰站在小娥面前，两只贼亮贼亮的眼睛恶狠狠地瞪着她。小娥缩在地上，浑身抖成一团，仰着一副惊恐的面孔看着这个凶神。她不敢动，也不敢叫，眼泪一对一对地往下掉，连哭都不敢出声。

看到小娥的眼泪，蒺藜狗子却慌了。他脱掉衣服，扒着井壁的砖缝，一步一步地下到井里。他想为小娥捞镰刀，水太深，捞了半天也没有捞上来。虽说刚入秋，井水却冰凉刺骨。他冻得浑身发抖，上下牙直打战，嘴唇都紫了。小娥先是困惑，后来是害怕，哭着央求他，让他快点儿爬上来。

两天以后，蒺藜狗子递给小娥一把新镰刀，说是赔她的。与此同时，大发家丢了一只老母鸡，我们怀疑是他偷了鸡，卖了钱，才给小娥买的镰刀。要不，他一个孩子，哪儿有那么多的钱呢？

二

我们四个人成了好朋友。这倒不仅仅是因为他对小娥发了恻隐之心，使我们扭转了对他的看法，而主要原因是我们都上了学，懂事多了，接触多了，共同的东西也就多起来了。上小学五年级，要到马驹桥镇上去念。马驹桥高级小学设在镇东门外，是戊戌变法以后，乡绅李万福、徐志昌拆了碧霞元君庙改建而成的，在全县是一所颇有名气的学校，附近几十个村庄的学生都到这里来读书。那会儿有一种挺不好的风气，学生之间经常打群架。一个村就是一个小山头，几个村联合起来就是一个大山头。今天你降服我，明天我吞并你，摩擦不断，战火连绵，重演“春秋无义战”。蒺藜狗子打起架来手黑心狠，不怕见血，是一名骁勇之将。大发足智多谋，懂得“纵横术”，会使离间计，有三寸不烂之舌，是出名的军师。有了这一文一武，我们小小的黑牙村，居然成了少数列强之一。

蒺藜狗子上课不认真听讲，课后不完成作业，书包里不装书本文具，却装满了各种“武器弹药”：撸子、弹弓、泥球儿、石子儿。到了考试的时候，他好歹也能拿七八十分，全凭他一副好脑瓜，老师也拿他无可奈何。平心而论，蒺藜狗子并不是一个坏学生。他对班集体挺关心，在同学中有一定的威信，而且还有很强的荣誉感，或者说有当官的野心。尽管他从一个野孩子到一个闹学生，从来没有沾过什么荣誉的边。也许唯其如此，他才更渴望得到它。

有一个学期，他居然被选上了班里的卫生委员。他干得真卖力气，也真出色：他首先自己做表率，把自己的脏脸蛋儿、黑脖子洗得干干净净，鼻子下面那两条“过河虫”掐掉了，衣服上的污痕也不见了。我们班里差不多天天大扫除，放学以后，总比别的班晚回去半小时，卫生流动红旗像用铁钉子楔在了我们的教室里，谁也夺不去。他还组织我们义务劳动，淘学校的厕所，打扫教师食堂，把犄角旮旯的陈年垃圾都清除了。吴校长在全校大会上表扬他，他的名字上了大殿前边的光荣榜。他越发得意，越发积极上进，学习也一下子上去了。书包里的“武器弹药”换上了书本文具，全校数学比赛他还拿了个第三名。要不是后来他在“献钢运动”中犯了错误，说不定他会变成一个品学兼优的好学生。

“大跃进”，全党全民熬钢煮铁，为一千零七十万吨而奋斗。学校让我们搜集废钢铁，比比谁为共产主义贡献大。这真让我们发了愁，全国一风吹，大人们走到前边去了，家家户户铁锅刀铲都被抄走了，还让我们贡献什么呢？蒺藜狗子急得嗓子都哑了。大殿前边的光荣榜上，好多同学的名字都插上了小红旗，他这个堂堂的卫生委员，却连个铁钉也没贡献出来。那一天他不知跑到哪儿去了，整夜都没有回家。第二天在学校里我们见到了他，他推着一辆独轮车，车上放着一大团铁蒺藜。吴校长亲自过秤，一百八十斤，他成了“钢铁大王”！吴校长说要开会表扬他，给他戴光荣花。他还没有来得及高兴，两个挎着真撸子的警察来了。原来他剪了人家劳改农场的铁丝网，这可是犯了国法。要不是吴校长百般护着他，向警察保证要“严肃处理”，说不定他得戴上一副手铐子。于是，表彰大会成了批判会，非但没有戴上光荣花，还受了“记大过一次”的处分。卫生委员也自然被罢免了。

他一个跟头栽下去，再也没有打起精神来。他的脸蛋又脏了，脖子又黑了，书包里的书本文具又换上了“武器弹药”，又常常率领我们征战疆场，称霸四方。

“大跃进”的熊熊烈火被铺天盖地而来的饥饿扑灭了。食堂每天只给我们一碗红薯面稀粥、两个比核桃大不了多少的棉籽饼窝头。肚子饿，打架没劲儿，学习更没劲儿。从我们村到学校，每天走这六七里路，都累得两腿发软。我们开始逃学。蒺藜狗子还常常发脾气，打我，打大发，就是不打小娥。我跟大发对他不满，可也不想报复他。肚子饿，连恨人的气力都没有了。

三

饥饿终于使人们明白了，要想生存，还得依靠土地，忠于土地。你奉献给土地多少爱情，土地就会奉献给你多少粮食。初中二年级还没有念完，蒺藜狗子便响应号召，回乡大办粮食去了。

一年以后，我跟大发、小娥也回村了。我们是想往上爬，没考上高中栽下来的，灰溜溜的。蒺藜狗子却不然，人家是戴着红花回来的，光荣啊！他回村不久便入了团，当上了生产队长。

我敢说，他是一个难得的好干部。别看他念书时那么厉害，那么爱打架，甚至称王称霸，当了队长以后，就完全变成了另外一个人。社员们饿着肚子，不愿意出工，他挨门挨户做动员。开口闭口大伯大娘、叔叔婶子，那真是动之以情，晓之以理，谦恭得让人心里发热。其实，他肚子也饿，他的筋骨也发懒。可是，为了明年不饿肚子，为了更多的人不饿肚子，也许还为了点儿别的什么，他得咬着牙拼着命干在别人前头。队里大牲畜都没了，人拉大车送粪，他总是抢着驾辕。挑水栽红薯，桑木扁担把他的两个膀子都压烂了。数九隆冬，他带着几十个男劳力，硬是把村里的几个臭水坑翻个底朝天，挖出了几百车坑泥。别的队的庄稼都生拾白捡，玉米长得像蜡扦儿。他们队的庄稼却湛青碧绿，满地冒黑烟。丰收了，他留够了种子、口粮和饲料，向国家超交了二十万斤余粮。那一天夜里，男女老少倾村而出，车拉人挑，灯笼火把，浩浩荡荡，径直把粮食送到通县南库。一路上，穿村过店，送往迎出，甚是壮观。老县委书记刘拓闻讯以后，亲率县委一班人到粮库门前迎候。刘拓握着他的手，眼泪哗哗地往下流，激动万分地说："谢谢你们，谢谢父老兄弟们！"说着，他和县委领导们向送粮的人们深深地鞠了三个躬。农民们受到如此大礼，感动得热泪横流。几个老人看到县委领导们向他们鞠躬，惊恐得跪在了地上。县委领导们忙扑过去，把老人们搀起来，紧紧地搂在怀里……

黑牙村出了名，蒺藜狗子也出了名。那会儿可没有人再叫他蒺藜狗子了，提起来都是大名鼎鼎的郭队长，郭锁同志，像是提起一个声名显赫的英雄。我们毕业回村以后，郭锁同志找我们谈话。谈农村是个广阔的天地，谈在家乡的土地上贡献青春，谈共产主义的壮丽事业。虽说都是我们从书本上、报纸上看到的现成词句，可是他说得很动情，我们听得也很动心。人这一辈子，谁也说不清谁落到哪一步，当年被我们歧视的野孩子，居然成了我们生活的楷模。

小娥对郭锁简直到了崇拜的地步，开口郭锁，闭口郭锁。她把郭锁每一个行动都看成是英雄的壮举，把郭锁的每一句话都奉若神明。说点儿"潜意识"，小娥已经出落成一个水葱般鲜嫩的大姑娘了。在我的印象中，她总像一只花蝴蝶似的在村里田间飞来飞去，匆匆忙忙，一刻也不停歇。她到哪里，哪里便是一片花香，一股清风。我最爱从背后看她，她走起路来，那细细的腰身扭扭摆摆，像微风吹动着荷花，别有一番风韵。那两条又粗又黑、长得过屁股蛋的大辫子也随之摇来摇去，摇得人心旌荡漾，神不守舍。

哪一个血气方刚的小伙子不被怀春的姑娘折磨得睡不着觉？尽管我也喜欢小娥，也对她想入非非，可是有郭锁和大发这两个武将文才，我自愧弗如，也就不敢对她有什么奢望了。不久，我们这等边三角形终于失去了平衡，小娥明显地倒向了郭锁这条底边上。

大发拿来一张纸条，正反两面各写着一首小诗。我一看就知道这是郭锁和小娥的笔迹。小娥写的是：我有一首诗，天下无人知。有人来问我，我也说不知。另一面是郭锁的笔迹：我有一句言，无人替我传。你若来问我，再等八十年。

我问大发："你这纸条儿是从哪儿弄来的？"

他阴冷地笑了笑，没有告诉我。

我忍着痛苦说："看来是他俩有意思了，咱成全他们吧。"

大发却暴怒起来："不行！她凭什么跟他好?"

"也许小娥真的喜欢他，人家毕竟干出了成绩嘛。"

"哼！要是给我这个机会，我保准干得比他强!"

这话我也相信，因为大发也是个强者，而且是个足智多谋的人。

机会终于给了大发。"四清"运动来了，工作队进了村。大大小小的干部统统被轰上了"楼"，郭锁也不例外。开始我们认为他是最清白的人，通过"洗手洗澡"就能下"楼"。没想到，工作队突然宣布，已经从河间府调查回来了，他是大地主出身，他的爷爷还是被镇压的。我们都感到很震惊，郭锁也蒙了。他不服，认为自己的成分应该随侉老郭，侉老郭是他家的长工，后来妈妈又嫁给了侉老郭，侉老郭是贫农。他去找工作队说理，工作队长是北京针织总厂的副厂长，一个小个子南方人。三说两说，两个人吵翻了，郭锁一怒之下，扇了人家一个耳光。这一下可惹了大祸，如同当年卖二十万斤爱国粮一样，郭锁也在全县出了名，成了对抗"四清"运动的典型，成了尖锐复杂阶级斗争的有力证明。

大发来找我："工作队让咱跟他划清界限，主动揭发他的问题。"

"揭发他什么?"

"你想呀，他用地主吴老一看菜园子，用一贯道坛主郑三奶奶喂猪，这都是阶级立场问题。你还记得一九五八年他剪了劳动农场的铁丝网吗?这件事情得重新认识。再有，那年俺家丢的那只老母鸡，咱不是一直怀疑是他偷的吗?说不定这次运动能审出来……"

我的好大发，亏你想得出来，记得起来。

四

"四清"运动被拉下了马，"文化大革命"又经过"痛打落水狗"，大名鼎鼎的郭锁同志变成了"四不清"下台干部，变成了地主狗崽子，"还历史的本来面目"，他又变成了招人不待见的蒺藜狗子。按当时民间流传的“阶级分析法”，他应该属于“十等人”。“十等人，没有辙，推起小车去挖河。”那年头的工程不知怎么那么多，修路，筑堤，清淤，架桥……一搞就是大兵团作战，“人畜机齐上阵，男女老少总动员”。

我这里所说的是温榆河清淤工程，我们公社是第七兵团，驻扎在温榆河东畔的小潞易村附近。“四清”运动以后，我由于在报纸上发表了几篇“小东西”，被调到了公社，任文化干事。无论什么工程，我都在指挥部工作，办广播，办战报，搞“突出政治”。那一次的总指挥是公社副主任孟庆林，人称大青孟，是工程上有名的猛将。只要是他带工，没有一次不夺魁的。他有一手绝招儿，说出来却简单得可笑，就是当时没有人敢这么做，一方面，他拼命地制造“政治空气”，红旗，语录牌，高音喇叭，光荣榜。一方面又偷偷摸摸地搞“物质刺激”，土方定额到人，每超过一方土，奖励一个馒头。

得馒头最多的人居然是蒺藜狗子。别看他小时候瘦小枯干，像一把骨头架子。成人以后却又粗又壮，浑身的腱子肉硬硬邦邦，像一块摞一块的铁疙瘩。只是个子太矮了，圆圆滚滚的，像个大木筲。他赤裸着身子，只穿一条小裤衩。酱紫色的皮肉湿漉漉的，闪着油一样的光泽，像个漆器制品。他的独轮车拍得岗尖岗尖，车轮都陷进去有半尺深。他把袢绳搭在脖子上，双手抄起车把，吭吭哧哧地往堤坡上推。独轮车嘎吱嘎吱地响着，他的两只大脚丫子紧紧地抓着地皮，绳襻深深地勒进皮肉里，脖子绷得耿直，紧紧地咬着牙，两只大眼珠都要瞪出血来了。这情形让人紧张得透不过气来，随时都有车散人翻的危险。

我替他担心，也心疼他，便说：“你干得再好也不能表扬你，干吗这么玩命呀？”

他瓮声瓮气地说：“为了挣馒头。”

我说：“你光棍一个，自己吃饱全家不饿，挣那么多馒头干什么？”

他冲我咧了咧嘴，不知是在笑，还是表情肌在痉挛，很难看。

那天夜里，我正在指挥部的工棚里赶写广播稿，一阵乱哄哄的叫嚷，一群戴着红胳膊箍的民兵推搡着一个五花大绑的人拥进来。我惊得差点儿叫出声来，这被捆着的人正是蒺藜狗子。他挺着宽宽厚厚的胸脯子，梗着又短又粗的脖子，紧闭着厚厚的嘴唇。一副破罐破摔，要杀要砍随你便，老子满不在乎的神态。只是见了我，才把眼皮耷拉下来。

民兵们说，他奸污了一个姑娘。这个姑娘是不久前从四川逃荒来的，还带着个身缠重病的老父亲，就住在小潞易村的场房里。他跟那个姑娘正扎在稻草垛里干那不要脸的事，被民兵们当场抓住了。

我完全惊呆了，他怎么能干这种事呢？那个姑娘我见过，看样子也就有十六七岁，长得皮白肉嫩，娇小羸弱，像个文文静静的女学生。她前些天到工地上来，要求找点儿活儿干，挣点儿钱，工地没有收留她。真不知道蒺藜狗子跟她是怎么勾搭上的。那年头，上边对这种事处理得特别狠，乡民们对这种事又特别恨。处理得多过分，都没有人敢同情。再说，你也不掂量掂量自己是什么身份，这不是耗子舔猫奶——作（嘬）死吗？

我越想越觉得可怕，得想办法为他开脱一点儿罪责。趁着民兵们乱哄哄地去找领导之际，我诱导他说："你们是不是在谈恋爱？"

他阴冷冷地说："谈个屌！我跟她讲的就是这个条件，三个馒头一次！"

我打了一个寒战，同时也被他激怒了："你，你也太可恶了！"

"比我可恶的有的是，你问问她为什么逃荒的！"

"你这不是乘人之危、落井投石吗？"

他斜了我一眼，没有说什么，我感到浑身一阵冰凉。

他被判了刑。八年，强奸罪。

五

蒺藜狗子进了劳改农场。就是当年在"献钢运动"中，他剪了人家铁丝网的那个劳改农场，这也许是命里注定。

小娥要去看望他。她跟大发好起来了，两个人要结婚，小娥提出了这个要求，大发不同意。一个不下马，一个不接鞍，闹到最后，只好到公社来找我进行斡旋。实事求是地说，大发并不是那种贪心残忍、置人于死地的家伙，凡是他想得到的，一旦得到了，便也会表现一种意得志满和宽宏大度。他反对小娥这样做，不是简单地出于嫉妒。"四清"运动以后，他取代了蒺藜狗子，当上了生产队长。黑牙村又成了全县有名的“大寨队”，学大寨工作队正在培养他入党。他与在押犯蒺藜狗子要是有什么牵连，让人家咬住，不就把他的前途毁了吗？在当时的情况下，我作为一名公社干部，只能站在大发的立场上，做小娥的工作。我给她讲了这件事的利弊，几乎没费什么口舌，她便点头同意了。

蒺藜狗子没有关八年，四年就回来了。人家说他表现好，减了刑，他梗着又短又粗的脖子跟人家抬杠：“减什么刑？本来就不该给我判刑！劳改农场装不下了，就把我放回来了。叛徒、特务、走资派，多的是，刑事犯罪，算是小玩闹儿。”

蒺藜狗子回来后的日子并不好过。他妈在大办食堂的时候得浮肿病死了，他后爹侉老郭也死了。三间土坯房因年久失修，早已坍塌了。那地方是通往马驹桥和南堤两条路的交叉点，一块自然形成的三角地。村民们每年脱坯、抹房、上垫脚，要用不少土，又不愿意到村外去推，就在那块废墟上往下挖。日久天长，那里便成了一个三角坑，终年满坑臭水，把我家通往村里的路都断了。蒺藜狗子没有地方住，大发提出让他住在知青宿舍，工作队不同意，说是怕他教唆知识青年犯罪。本来那里就够乱的了，再加上一个犯罪分子，还不翻了天。

没办法，他只好住进村边的一间机井房里。机井房八面透风，他用花秸泥胡乱堵了堵。没有门，挂块草帘子。地上铺着厚厚的稻草，又当床又当被。小屋里黑咕隆咚，耗子成群，虱子滚成蛋，臊臭味熏死人。人的忍耐性和适应力并不比这些小动物差。他照常用三块砖支个小锅煮饭吃，照常每天到队里去干活儿。村民们也跟他打招呼，少油没盐地扯几句淡，可那神态分明是冷漠的、有戒备的。他毕竟犯的是一种无法让人同情的罪。

我已经调到城里工作了，偶然回老家，听说了他的情况。这天中午，我到他那间小屋去看他。他正蹲在屋门口，捧着一个豁了口的大海碗喝粥。粥是黑乎乎、黏稠稠的，像是放了不少红薯叶。见了我，他非常机械地站起来，胸脯挺得梗直，两眼愣呆呆地看着我，却不说一句话。他的头发很长，很乱，起码有半年没理发了，上边沾满了泥土和草末儿。身上穿一件说不清什么颜色的破绒衣，大窟窿小眼，像一块破网片。

他又成了一个野人，我心里很难过。把几个衣兜儿都翻开，倾其所有，凑了十来块钱，递给他。他不接，他说知道我一个月才挣三十多块钱，在城里安个家更难。他有钱没钱一样能活。可是过了一会儿，他又说："你要真想帮我点儿忙，我就求你一件事。"

我心里突突直跳，按他目前的处境，提出什么要求，诸如上诉、找工作、安排住房之类的，都是我力所不能及的，我真怕让他失望，并因此对我产生误解。

"你跟大发说说，咱村办一个造纸厂。我在劳改农场学过这一行，全套技术都掌握，准能赚不少钱。"

我觉得鼻子有点儿发酸，心里却一块石头落了地，真没想到他会托嘱我这么一件事。

"咱到队部去，一起找大发说。"

"那里人多嘴杂，咱得估量自己的身份，不能给他惹事。"

"那么晚上咱到他家去谈。"

"不行，小娥在家……"

我明白了，他怕见小娥，他心里还装着她。

我只好自己去找大发。大发一个劲儿地摇头，他说目前正是批资本主义的热火头上，上级要求"车马归队，劳力归田"，"不能脱轨转向"，"不能为了钱，丢了权"，等等等等。

大发是个执行上级指示不走样的好干部。也难得，也难怪。

那一年冬天我又一次回老家的时候，听说蒺藜狗子逃跑了，是畏罪潜逃。这回他犯的是盗窃罪，偷各家各户的大白菜，到集市上去卖。我们那个地方，大多把白菜窖挖在院外。虽说没什么防范措施，由于窖都挖得很深，没有梯子，下去上来也不容易。人们告诉我，他用一根竹竿，上边绑上钢钎子，一棵一棵往上扎。这倒是一大发明，蒺藜狗子毕竟是个聪明人。

我去找大发，想问个明白。大发不在家，我跟小娥聊了起来，小娥愤愤不平地为蒺藜狗子开脱说："把谁挤对到那一地步，谁也得走那条路。一个劳动日合三分钱，他自己养活自己，还超支三十多块。他灯可以不点，盐可以不吃，可总得弄件棉衣服穿呀！”

是的，他需要一件棉衣，这要求并不高，否则就活不到来年春天。

小娥又说：“你偷就偷得了，还偷得那么傻。每一家就偷三五棵，差不多把全村都偷遍了。他算计着这对谁家都伤不了筋，动不了骨，没承想得罪了一大片，激起民愤了。”

他又犯了一件招人恨的罪过。

小娥还告诉我，公安局要抓他，是大发给他通的风，让他逃跑的。临走的时候，大发还送给他一件棉大衣、二十块钱。

小娥为此很感激大发，我也是。

六

听父亲说，蒺藜狗子回来了。他在外边发了财，回来办了两个厂子，一个是蜂窝煤厂，一个是造纸厂。这两个厂子办得挺红火，差不多每户都有人到那里去做工，每月工资能拿到一百多块呢！父亲也被他请去了，看传达室，活儿很轻松，工钱却不少拿。

我对这消息感到震惊。我知道这两个厂子的兴办对于蒺藜狗子和村民们的重大意义所在。我们那地方是稻区，最发愁的是烧柴问题。每年把大量的稻草都烧掉了，那东西光冒烟不起火，一大筐也做不熟一顿饭。锅底下的并不比锅上边的省钱，实在不合算。有了煤，稻草就可以造纸，可以变成钱了。蒺藜狗子的愿望终于实现了。我真想回去看一看他。算起来，我已经两年多没有回老家了，整年价东奔西跑，行色匆匆，实在抽不出闲暇来。

五一节前夕，我刚刚从西沙群岛回来，便接到了蒺藜狗子的一封来信。信写得很简单，让我无论如何要回去一趟，有特别要紧的事。下边还有大发和小娥的亲笔签名，这就等于是他们三个人邀我回去的。既然如此郑重和急迫，我也只好受命而往了。

他是在厂部办公室接待我的。两个工厂都建在村西一块叫阳台子的地里，厂房很大，也很简陋。不过那两座大门却修得颇有气势，水磨石门柱，红漆大铁门。“老虎眼”照明灯，旁边还有一个专供走人的侧门。跟一个国营工厂的门脸相比，也毫不逊色。大发跟小娥早就等在那里了。蒺藜狗子简直让人认不出来了，一身深灰色的毛料西装，雪白的高级衬衫，还扎着一条红白斜条的真丝领带，完全是一副当代企业家的派头。

他见了我，显得很高兴，也很激动，紧紧地攥着我的胳膊，眼睛里闪着泪花，说话都颤巍巍地变了腔调。我们久久地也不分开，似乎不是久别重逢，倒像是生离死别。我注意到他瘦了许多，大眼睛眍瞜进去了，两腮也瘪进去了，脸是蜡黄的，缺少血色。

我很为他担心："你怎么这么瘦？是不是病了？"

他苦笑了一下，没说什么。

大发解释说："累的。这一年多，办这两个厂子，铁人也得脱几层皮。"

"来，先劳一下你的大驾。"寒暄了一阵之后，他便谈起了正经事，指了指办公室里的一张宽大的写字台，上边摆着文房四宝，两张裁好的长条宣纸已经平铺在桌面上了。他见我发呆，又解释说："你没见我这两个厂子的大门上还没有牌子？借你的手刷几个字。先写在这宣纸上，然后我再请人去雕刻，制成大理石的，万年牢。"

好家伙，如此气魄，如此神圣，我的字行吗？可是，从他眼神里表现出来的真诚和对我的信任，以及还有一种说不出来的理由，都不允许我有半点儿客气。我只好遵命提笔，问："写什么？"

他说："一个是'蒺藜狗子煤厂'，一个是'蒺藜狗子造纸厂'。"

我愣住了。我发现大发和小娥也用疑惑的目光看着他。

他似乎对我们的神态不理解，郑重地问："怎么，这名字不好吗？"

我略微思索一下，试探着说："要不，就写刺蒺藜、白蒺藜，或者铁蒺藜，这样雅一点儿。"

"不行，就写蒺藜狗子，就这样写！"

他激动起来，脸涨得红红的，两只深陷的大眼睛里闪着泪光。我似乎悟出了一点儿什么，拿起笔来，照他说的写了。

"把你的名字也写上，我在城里见过许多招牌上这都写着某某题。"

"那是名人大家的手笔，咱这小人物就不必了吧。"

“在咱这个小地方，有你这个小人物就够了。”

他仍然说得那么果决，那么真诚，我只好从命。

字写好了，宴席也摆好了，一桌极为丰盛的酒菜。鸡鸭鱼肉，水陆并阵，连庄稼人少见的乌龙凤蛋、油烹大虾、盐爆干贝都上来了。酒也是让人垂涎的，中外驰名的“五粮液”。他不让我们动手，亲自张罗，包括小娥在内，给我们每人满满地斟了一杯酒。

小娥困惑地说：“你这么‘事儿’似的，原来就是把王哥找回来，给你写两个招牌呀！”

蒺藜狗子说：“别忙，这才刚开个头，还有重要内容在后边呢。喝完酒以后，我准备起草一份文件，还要请你王哥代笔。然后再到公证处办手续。”

我问：“起草什么文件？”

“我要把这两个厂子交出去。”

“交给谁？”

“一共分成十股，大发一股，小娥一股，余下的八股归全村共有。成立一个董事会，大发和小娥是终身正副董事长。”

蒺藜狗子垂下眼皮，郑重地说：“我的债还清了，心思了了，可以心安理得地跟你们告别了。”

我心中蓦然涌起一种不祥之兆，紧张得透不过气来。

“今天，我得跟你们说说我的事了。回来以后，除了忙着办这两个厂，关于我自己，我一句都没有说，对谁都没有说。”他仍然低垂着眼皮，一字一顿地说着。我知道，他是在极力抑制着一种巨大的、翻腾躁动的感情。“正如乡亲们传说的那样，我在外边发了财。我组织了一个运输队，把山西的煤运到湖南，这生意很不错。我们准备成立一个运输公司，大干一场，而我就是这个公司的总经理。正在这时候，我病了，尿血，一检查，是膀胱癌。医生让我做手术。做了手术，身上就要插导尿管，挂尿瓶子，我就成了一个废人。我问医生，要是不做手术，还能活多久，他告诉我，一年半，最多不会超过两年……”

我也把头低下来，不敢看他，也不敢看大发和小娥。屋子里死一般的沉寂，只有他那忏悔般的声音沉重地砸着我们的心。

“虽说我是个外乡人，可毕竟是喝黑牙村的水长大的。我在这里让人讨厌过，让人恨过；也让人尊重过，让人爱过……小娥，还记得我那首小诗吗？‘你若来问我，再等八十年。’我那会儿自信能活一百岁的。一百岁以后我要告诉你，告诉全村的人，我不是一棵蒺藜狗子，而是一棵灵芝草，一棵顶天立地的大树。有了这两个厂子，有你们几个朋友，我就没白到这个世上走一遭……大发，我还有一件事对不起你，当年你家丢的那只老母鸡是我偷的……”

小娥首先忍不住了，她伏在桌子上痛哭起来，浑身抽搐成一团。我和大发的眼泪也喷泉般地涌了出来。

“小娥，别哭，你们也别流泪。我今天把你们找来，不是让你们给我送葬的，是想痛痛快快地跟你们最后聚一次。来！喝酒！”

我们都晃晃摇摇地站起身来，小娥也强挣扎着举起杯。四只酒杯颤巍巍地碰在一起，洒了一大片……

窗外，一片通明，一片轰鸣，造纸厂的机器运转起来了……

1985年5月于通县孤峰寨

匪　　妻

一

在我的想象中，土匪都是些青面獠牙、心毒手狠、杀人不眨眼的魔鬼。而土匪的妻子则多是妖冶淫荡、涂胭抹脂、又会吸烟又会喝酒的浪女人。

他却长得那么帅，那么斯文，显得那么有教养。他留个大分头。只有像白牙哥他们那些该娶媳妇又没娶上媳妇的年轻人，才甩着分头去招姑娘的。比他们大的或比他们小的，都一律是秃葫芦瓢儿。他娶了老婆，又有了孩子，却还把大分头留着，而且整天梳得光光亮亮，上面还抹着一层油。像他这个年纪的人，只有小学校的杜老师还留着分头，可人家不是庄稼人呀！他穿衣服也不合庄稼人的规矩。庄稼人穿衣服，是老母猪去赶集，家里外面一张皮。无论什么衣服，穿在身上就是一槽儿烂，他的衣服差不多天天都洗，洗得发白。穿在身上也很在意，干了一天的活儿也沾不了多少泥土。不脏也洗，他回家后换上了更干净的衣服。

他还有一个很有味道的名字——樊梦石。这也不像土匪的名字，我们那个地方的土匪，都叫小吊子、花秃子、瞎魏、大刀老九什么的。

他的妻子也绝不像个土匪的女人。她长得端庄秀丽、娴淑恬静，言谈话语、行动做派都是一副大家闺秀的派头儿。白牙哥说她是黑牙村的第一代美人。说实在的，黑牙村美人并不少，可大都命途多舛，活得不怎么自在，这真是所谓红颜薄命了。她很少在大庭广众间抛头露面，偶尔到沈掌柜的小铺里打点儿油、买点儿盐，也总是默默无声地独往独来。她在路上偶尔碰上人，也只是点点头，笑一笑，或者轻声打一句招呼。既不让你觉得她失礼，又不让你觉得她对你过分热情。

他不是我们黑牙村的人。说不清他的祖籍在哪儿，在来我们村之前他是住在桑园的。那是凉水河边的一个非常偏僻、非常贫穷的小乡村。我们村虽说不上大，可土地却不少。二百多口人的村子，就有十户地主富农，土地竟达到二十三顷之多。桑园距我们村有十几里路，可当时都属于七区管辖。土地改革在桑园是完全没有意义的，大家都一样的穷，谁也分不到半间房子一垄地。于是，土改工作队便动员桑园的贫雇农迁移到我们村来，庄稼人就这一点儿没出息，穷可以忍着，苦可以熬着，就是舍不得离开那个焐热了的窝儿。动员了半天，只来了三户人家，其中就包括樊梦石夫妇。当土匪的怎么还会是穷人呢?

他们在村西荷塘旁边分了十五亩旱田。本来还在村里给他们分了两间房，他们没有要。自己在分得的土地上脱坯烧砖，燕子衔泥似的盖起了三间草屋，夹了一个篱笆小院。他们本来就是外乡人，在村里没有亲朋故友，又住在这么一个世外桃源里，村民们便很少提起他，更少知道他，甚至都不把他们当黑牙村的人。

有一天，我到荷花塘去打猪草，看到他们两个人肩并肩地从小院里走出来。他们走得很慢，一步一步地往前踱着。庄稼人可没有这样走路的。更何况，那个女人还轻轻地挨着男人的胳膊，这只有在电影里才见得到。他们慢悠悠地走过来，仿佛这个世界上只有他们两个人，一点儿也没有发现草丛里的我。

正是太阳落山的时候，火烧云在西边天空上燃烧着。他们在离我丈把远的地方站下来，紧紧依偎在一起，四只眼睛一往情深地望着天边的火烧云，似乎那里有什么奥妙似的。

“这晚霞真美，美得让人想把自己融化在这晚霞里。”

“那一天，晚霞也是这么美。”

“那一天我们站在山尖上，太阳就像落在了我们的脚下。”

“太阳上方有一块黑云彩，梅花形的。黑云彩四周镶着金边，那金边是透明的。”

“难得你记得那么清楚。”

“我一辈子也忘不了，就像发生在昨天的事情一样……”

我听不懂他们所说的话，一点儿也不懂。但是我知道他们是赞美落日，赞美火烧云。我觉得他们很美，美得像满天的火烧云……

二

他是个土匪，我第一次是从他女儿口里听到的。他们夫妇只有这么一个独生女儿，叫樊碧荪，怕绕嘴，就不那么叫，我们给她另取了个名字，叫豆芽儿。

她长得太像一棵豆芽儿了，又细弱，又娇嫩，水水灵灵的，连说话都轻言慢语，丝丝缕缕。我怀疑她连一个冬瓜都抱不动。她比我大一岁，高一年级。我们那个小学校只有一间教室，一个老师。无论哪个年级，都在一起上课。我和她正好在同一座位上，使用的是同一张书桌。按照心理学的说法，我们那会儿正是崇拜英雄的年龄。当不上英雄，便想方设法做出各种各样的“英雄行为”表现自己。

有一次，杜老师让我们默写生字，她没有注意把胳膊肘压在了我在课桌中间的白线上。我立刻怒火中烧，猛地照她的胳膊上打了一拳。只听她“哎哟”叫了一声，接着哗啦一声响，她的桌子上便乱套了。我们那会儿买不起自来水钢笔，也没有圆珠笔。同学们都使用蘸水钢笔，每个人的桌角都摆着一瓶用蓝颜色沏成的墨水。我打了她的胳膊，她一激灵，正巧把墨水瓶碰翻了。墨水洒了一桌子，把书、本、衣服都弄脏了。我知道自己惹了大祸。女孩子自卫的办法，一是哭，二是告诉老师，三是找到家里去告状。她这样做，我当然要受到严厉的惩罚的。杜老师走过来，瞪着我，厉声问：“怎么回事?”

我急忙低下了头。

没想到，豆芽儿一边收拾着东西，一边却非常镇定地说：“是我不小心……”

我避开了一场大灾大难，却赢得了男子汉们的推崇和赞叹：“看看，你把她整得那么惨，她连声都不敢吭，真有你的!”

不知道为什么，听了这些赞美“英雄”的话，我心里很不是滋味儿。

到了九岁的时候，我们大多参加了中国少年先锋队。鲜艳的红领巾——那是红旗的一角，是革命烈士用鲜血染成的。那一次过队日，我们排着队到老烈属三姑奶奶家里，听她给我们讲她的儿子跟反动派做斗争的故事。听完以后，我们便给三姑奶奶抬水，扫院子，清理垃圾。我端着一簸箕脏土要倒到街上去，刚一出三姑奶奶家的大门，就看到一个身影一闪便躲在一棵老槐树后，原来是豆芽儿。她见我很紧张，低着头，红着脸，两只手摆弄着辫梢儿，像是做错了什么事。

我警惕地问："你在干什么？"

她嗫嚅地说："我……我想看看你们怎么过队日的。"

我突然想起她不是少先队员，这件事我一直感到很疑惑，便问："你怎么不加入少先队呢？"

"我爸爸不好。"

"他怎么了？"

"他是土匪。"

"他怎么会是土匪呢？"

我感到很惊奇，想问个究竟，但她没有回答我，两行热泪顺着她那鲜嫩的脸颊淌了下来。看到女孩子的眼泪，我的心软了。刚刚受完革命传统教育，却说了一句很没有立场的话："豆芽儿……不，樊碧荪同学，以后我再也不欺负你了……"

三

"你可以到我家去玩。"

她说对了。她仅仅比我大一岁，却显得比我聪明得多，懂事得多。她竟然知道我心里是怎么想的，怪了。说实在的，她家那座孤岛似的篱笆小院，我一直看成是个谜，特别是她告诉我她爸爸是土匪以后，我就更对那个小院和那个家庭怀有一种特殊的好奇心了。

我终于进入了这个神秘的小院。那是暑假里的一天中午，我把草筐放在了她家的门外，便轻手轻脚地走了进去。

一家人正在葡萄架下吃午饭。他们请我吃午饭，我说吃过了，他们便拿出西瓜来给我吃。

他们吃饭的时候很安静，低着头自己吃自己的，一声都不吭，连咀嚼饭菜的声音都听不到。绝不像一般的庄户人家，吃饭的时候孩子抢，大人拦，孩子叫，大人骂。忽然，豆芽儿伸着筷子到盘里夹菜，啪的一声，她爸爸抡着筷子打在了她的手上。豆芽儿慌忙把手缩了回来，怯生生地看了她爸爸一眼，又不好意思地瞟了我一下。我怕她难堪，急忙把目光避开了。

吃完饭以后，她爸爸和妈妈便离开了桌子。葡萄架底下有两把躺椅，她爸爸和她妈妈一人一把，歪在上边，舒舒服服地看起了书。她爸爸看的是一本厚书。豆芽儿悄悄告诉我，那是毛主席写的书。这真让我感到震惊，他这个土匪怎么配看毛主席的书呢？她妈妈看的也是一本厚书，可那上边的字圈圈环环，鸡肠子似的。豆芽儿说是一本外国人写的书，这又让我感到惭愧起来。我母亲是个良家妇女，连中国字都不认识，而这个土匪的女人，却能看外国书。这实在有点儿不公平。

更让我感到不平的是，两个大人在一边看书，却让豆芽儿这个孩子刷锅洗碗归置桌子，豆芽儿倒是心甘情愿，这一切她都干得很麻利，很认真。等一切都整理好以后，她才把我带到屋子里去玩。她自己住一个房间，里边很整洁。半铺小土炕，炕上铺着洁白的芦席。在一张没有油漆过的白茬木桌上，放着她的书和作业本。她一边跟我说话一边拿起一件裙子缝了起来。

“你还会做衣服呀？”

“是妈妈教我的。”

“现在的女孩子都不学针线了。”

“爸爸说，我不能跟人家比。别家的孩子可以靠父母，我不行。”

“为什么？为什么他不让你靠他呢？”

“不是不让靠，是不能靠。我不是跟你说过吗？他当过土匪。他让我长大以后就跟他划清界限，说只有这样才有前途。”

尽管豆芽儿跟我说得如此坦率，可我当时一点儿也不明白这些话的真正含义。我当时只是觉得，豆芽儿的爸爸到底是当过土匪的，心那么毒，那么狠，竟然让自己的女儿跟他划清界限。我又想起了刚才在饭桌上无缘无故地打了豆芽儿一筷子的事，便问她："刚才你爸爸为什么打你？"

豆芽儿不好意思地说："我夹菜的时候把小拇指跷起来了。"

"那怕什么？"

"这不合吃饭的规矩。"

"吃饭要什么规矩？"

"干什么都要有规矩，没有规矩就不能做人了。"

四

我真正明明白白地知道他的土匪身份和这种土匪身份给他带来的不幸，还是在"千万不要忘记阶级斗争"的年代。那会儿说台湾的蒋介石要反攻大陆，让贫下中农把村里的阶级敌人看紧一点儿。一时间，治保主任马良便忙活起来，把在庙里的钟三天两头敲得当当山响，听到钟声，那些地富反坏右便到大庙里集合，接受马良的训话。

地主吴老一曾经说过一句反动话，他告诉他的"难兄难弟"，共产党不怕横的，不怕硬的，不怕拼命的，那怕什么呢？一怕穷的；二怕㞞的。于是，他们一个个便装穷装㞞。不知道他们从哪儿找来那么多破衣烂衫，披挂在身上，还故意弄得蓬头垢面，一身肮脏。无论在任何场合，他们都㞞得提不起来，弯腰弓背，缩头缩脑，从不东张西望，不乱说乱动，像是一群大脑炎后遗症患者。

樊梦石不知是精还是傻，他一点儿也不听吴老一的忠告。他仍然穿得那么干干净净、整整齐齐，把头发梳理得光光亮亮。人前人后，他仍然是那么一副斯斯文文、不卑不亢的派头。这可让他吃了大亏，义务劳动，别人都扫街，偏偏让他去淘厕所。

淘厕所本也是庄稼人常干的活儿，谁家不屙屎撒尿呢？可他却穷讲究。身上套件长围裙，脚下穿着两只护袜，脸上还戴着一个大口罩，治保主任马良发火了，把他拉到大庙前边，当众训斥起来："你这是无声的反抗！你对派你淘厕所有意见怎么的？"

"不敢，不敢，我没意见。"

"没意见你为什么还搞成这副熊样子？"

"我是怕把身上弄脏。"

"你还怕脏？这是对你进行劳动改造。"

"劳动改造，主要是改掉思想上的脏东西，身上还是干净一点儿好。"

"浑蛋！这么说我们身上脏的都是思想上不干净的了？"

这一下他无话可说了。马良当众把他这身"行头"扯下来，撕得粉碎。从此，他再去淘厕所，也只好轻装上阵了。

有一天晚上，治保主任马良正在大庙里给他们训话，我们几个孩子趴在窗外偷听。马良一手掐腰，一手挥舞，唾沫星子横飞，正讲得带劲儿："……你们别做美梦，盼着你们的干爷爷回来救你们。告诉你们，蒋介石这个龟孙子躲在台湾那个尿鳖子里出不来，他不出来你们还能多活几天，只要福建前线有点儿风吹草动，咱村的贫下中农就先下手为强，抄起菜刀把你们的脑袋一个个割下来……樊梦石！"

"有。"

"回去以后把刀磨快！"

"啊？不，不……"

"什么不？这是任务，明天一早给我去杀羊，快过年了你知道不知道？"

杀猪宰羊，是庄户人家喜庆的日子。那年头猪也集体化了，私人不许养，过年杀只羊就是最了不起的事了。第二天一早，我们就朝马良家跑去，要看看这热闹的场面。

马良家的羊已经捆好了，平放在一张小饭桌上，桌下放着一个瓦盆，那是接羊血用的。羊血可以做成血豆腐，炒着很好吃。

那只羊又瘦又小，比猫大不了多少，连皮带骨都嚼了，也不够一个壮汉吃一顿的。小羊大概已经预感到末日来临了，紧一声慢一声地叫着，叫得人心里酸溜溜的、凉飕飕的。

樊梦石手里提着一把牛耳尖刀，站在屠宰桌旁边，低着头，泪眼巴巴地看着那只羊。

马良在一边催促着："快动手吧，天不早了。"

樊梦石又转过头来，泪眼巴巴地看着马良，哀求着说："我、我实在是没干过……"

"这有什么？一手扳着头，一手握刀子，把气管割断就行了。"

樊梦石按照马良的指教，弯下腰，伸出手扳住了羊犄角。小羊挣扎了一下，他的手立刻像触了电似的缩了回来。他扬起脸，更加可怜地对马良说："我、我真的下不了手……"

马良瞪起了眼睛："你装什么洋蒜？人你都敢杀，还不敢杀羊？"

樊梦石再一次操起刀子，鼓起了勇气。他一只手死死地扳着羊头，一只手把刀子搁在了羊脖子上。突然，那只小羊凄厉地嘶叫了一声，紧接着，又是咕咚一声响，樊梦石已经一屁股坐在了地上，浑身发抖，脸色惨白，那闪着寒光的牛耳尖刀也掉在了一边。

马良气得把樊梦石踢到一边，自己抄起了刀子……

真没想到，他的胆子竟这么小，连这么瘦小的一只羊都不敢杀。他怎么当土匪呢？听了马良骂他那话，他好像真的杀过人，而且他自己也没有否认。这到底是怎么回事呢？我说过，我是个好奇心很强的人。这些问题一直在困扰着我。

终于有一天，我鼓足了勇气，和他搭讪起来。那一天他没有淘厕所，而是在给猪圈上垫脚，周围没有旁的人，我悄悄地走了过去。

我一时紧张，没头没脑地说了一句傻话："我也不敢杀羊。"

没想到我这一句傻话，却深深地触动了他。他停下了手里的活儿，扬起脸来，眼睛里露出了一种柔和的、激动的光。我用我自己的懦弱，证明了懦弱的合理性。这一下，便赢得了他对我的信任。

"你真的当过土匪吗？"

"当过。"

"你杀过人吗？"

"杀过。"

"你抢过东西吗？"

"抢过……啊，那不是抢东西，是抢人。"

"你为什么要当土匪呢？"

“我本来是要加入共产党的。可是共产党里边讲的是报阶级仇，不许报私仇，我就入了土匪的伙儿……”

我真高兴。我问了他那么多问题，他告诉了我那么多事情。可是，离开他以后，我又被许多新的问题困扰了。遗憾的是，我再也没有机会问起他了……

五

初中毕业以后，我和樊碧荪都没能上高中。这可不是因为我们学习成绩不好，北京市统一考试，我们俩都在前五十名之内，全市四十所重点中学任我们随便挑。我报了二十六中，她报了师大女附中。报了也白报，我因为家里生活困难，读不起。她因为政审不合格，被刷了下来。

农村那种单调、乏味、毫无色彩的生活，距学生时期那种海阔天空的幻想相差太远了。我们两个都觉得很孤独、很寂寞，天地虽然广阔，却难以觅到知音。我们颇有一种同是天涯沦落人之感，只好互相怜惜。我们经常在一起，在一起便觉得是一种欣慰，欣慰之中，又感到一种淡淡的哀凉，还有一种若有若无的甜蜜。九年的学校生活给我们培养起来的那种“小情调”和“小意识”无以寄托，我们就写诗。两个人用一个本子，一唱一和。写绝句，写律诗，填词，管它什么平仄、对仗，甚至连韵脚也不大讲究，那些诗要是能保留到现在，让研究古汉语的学者们看见，非把鼻子气歪不可。

渐渐地，我觉得我已经离不开她了。我们总想待在一起，待在一起就不想分开，分开就有一种茫然若失之感。村里要办民校，我被选为民校教师，到县里受训十天。当我回来的时候，我们那本诗集上却出现了一首新诗：

你去了，
带走了秋天最后一片绿叶，
留给我的，

是千古悲凉的寒冬，
和无休无止的沉寂……

这首诗把我的心搅乱了。她爱上了我，并且用这种最为恰当的方式向我表白了。毋庸讳言，我也爱上了她。我在县城里同样熬煎了这漫长的十天十夜。但我却不能下决心跟她相爱，跟她结为终身的伴侣。我不是嫌弃她的家庭出身，绝不是，而是我不能在农村搭窝做巢，我从来不甘心跟土坷垃打一辈子交道。我要到外边的大世界里去闯，为我的理想去奋斗、去奔波、去求索。娶妻安家，就等于给自己钉上了拴马桩。任你志在千里，也只能槽头长叹了。

我不能娶她做老婆，又不能拒绝她的爱。人这一辈子，生活不知要给你出多少道难题，最难以解答的，还是恋爱婚姻问题，这实在是堪称终身大事，我折腾来折腾去，进退维谷，找不到一条可行之路。在那本诗集上，我也写下了一首新诗：

我的车在感情的荒原上奔驰，
寻不到蹊径，
找不到方向。
沉重的车轮把我的心碾得嘎嘎作响，
……

我把这首诗写完了，却没有勇气给她看，我怕把我内心的矛盾暴露给她，我怕伤害一颗少女的心。现在想起来，我的忧虑完全白费了。一个突然的变化破坏了我们生活的平衡，并因此彻底改变了我和她的命运。

在此之前，“四清”工作队便进了村。先是访贫问苦，扎根串联；再是内查外调，进行阶级摸底；然后寻找突破口，掀起斗争新高潮。这当然只是工作队的战略部署，村民们并不知道。村民们只是觉得来了一批陌生的大干部，有点儿新奇，看到这些大干部从某些破屋草舍里进进出出，也有点儿紧张。

一天凌晨，天刚蒙蒙亮，樊碧荪便来找我。她径直走到我的窗下，把我敲醒了。我顿时涌起了一种不祥之感。我急忙披着衣服出来了，看到她头发蓬乱，脸色惨白，眼圈红红的，神色异常，我的心怦怦地剧烈跳起来。

她把我拉到院外的小菜园里慌乱地说：

“他、他……不是我父亲！”

“什么？你说的是谁？”

“我爸……不，樊、樊梦石……他不是我亲生的父亲……”

“怎……怎么回事？”

“我、我全知道了……我的亲生父亲被他打死了，是他把我妈抢来的，那年我还不到一岁……”

“哎呀！你说的是什么呀？”

“是‘四清’工作队告诉我的，他们调查出来了。我的亲爷爷也来了……今天就要开批斗大会，工作队让我、让我去控诉……”

“我爷爷都跟我讲了。他是个伪装得很巧妙、隐藏得很深的阶级敌人。他是我的仇人，是杀父之仇，是夺母之恨……”

直到樊碧荪走了之后，我还懵懵懂懂的像是在做着一场噩梦。生活中竟然有如此惊心动魄的事情，而且就发生在我的身边。

大庙里的钟果然敲响了，批斗大会就在大庙前边的空场上召开。我没有去。对于我来说，这一切简直太突然、太可怕了！

事后母亲告诉我，有一个老头儿上台揭发了樊梦石。那老头姓刘，河北省雄县人，据说是樊碧荪的亲爷爷。樊碧荪也上了台，一边控诉一边哭，还打了樊梦石两个大嘴巴。会后，有两个穿着警服的人给樊梦石戴上了手铐子，宣布把他逮捕了……

我没有再见到樊碧荪。开完批斗会的当天她就跟着那个姓刘的老头儿走了，听说她到我家来找过我，我不在，她等不及了。

一个月以后，我收到她一封信。她说她已经改名叫刘桂珍，家庭出身是贫农。虽然她的亲生父亲也当过土匪，可是人已经死了，既往不咎了，她是随着爷爷的成分。她说她现在已经成了“四清”运动的积极分子，团支部正在对她进行考验。她还动员我要珍惜自己的好出身，积极参加运动……

这封信写得“革命味儿”很足，完全没有我们身上那种“小情调”和“小意识”了，更看不到我们诗集里那种缠绵悱恻、伤春悲秋之情了。

我没有给她回信。不是我无情，我所留恋的那种“情意”不见了，而她给我传达过来的这种新的“情意”，我又一时不能接受，我感到有点儿失望。

六

荷花塘旁边那座篱笆小院还在，可已经像一个荒凉的坟场。三口之家一下子失去了两口，只有樊梦石的妻子——樊大婶还在支撑着这几间茅草屋。

樊梦石被判了无期徒刑，在团河农场劳改。团河农场离我们村有一百二十多里路，需要从马驹桥镇乘公共汽车到永定门，再从永定门换车才能到达。每隔十天半月，樊大婶就要提一个小篮到团河农场去送东西。

可以想得到，樊大婶的日子过得越来越艰难了。她在队里劳动，每天只能挣四分，按最好的年景，四分也只合两角多钱。那一天我正在会计室里看报纸，樊大婶推门进来了。仅半年多的时间，她似乎一下子老了十几岁。她的脸色是苍白的，像一张枯菜叶子。头发是毛燥燥的，里边还夹杂上了一些银丝。她进了门，垂着眼皮，战战兢兢地向女会计吴思敏提出了请示，要借两元钱。

吴思敏无可奈何地说：“我实在做不了主，借一分钱都要经过工作队批准。”

她红着脸，低声下气地哀求着：“你行行好，过几天我卖了鸡蛋就还……”

吴思敏也很为难地说：“大婶，不是我不给您方便。您还不知道吗？

我现在也是‘四清’对象。我要是私自把钱借给您，吃不了不得兜着走?”

正说着，工作队副队长老杨进来了。老杨是公安局的，天生一副威严样儿。

吴思敏替樊大婶向老杨请示：“她想借两元钱，过两天就还……”

老杨立刻把脸转向樊大婶，用教训的口气说：“我清楚，你借钱是去看樊梦石。难道你忘了，是他亲手打死了你的丈夫，把你抢来的?”

樊大婶低着头出去了。我悄悄地跟了出来，到了村外，我把一张五元钱的票子塞在了她的手里。

我告诉她：“我在《北京日报》上发了一首小诗，得了五块钱稿费，今天上午才取回来的。”

她嘴唇颤抖着想说什么，但终于没有说出来。

临近年关了，家家户户都穷得叮当响，连买点儿年货的钱都没有。我和几个伙伴商量，要摸点儿鱼到集上去卖，好换两瓶酒喝。

这一天傍晚，我们扛着冻镐、冰镩来到了荷花塘，凿了两个冰窟窿，先试试深浅，探探虚实，准备第二天一早就来摸鱼。

嘭嘭的凿冰声大概把樊大婶惊动了。她轻手轻脚走过来跟我们搭讪：“这里有鱼吗?”

我说：“有，肯定有。”

“摸鱼难吗?”

“不难，伸手一抓就上来。”

“鱼不跑吗?”

“人下到水里，身子是热的。鱼也怕冷，都争着抢着往人的身上贴。”

我们把冰窟窿凿好，扛起家什往回走。走出老远，我看到她还站在冰面上发呆……

第二天清晨，我们来到荷花塘的时候，被眼前的情景吓傻了。樊大婶赤身裸体地趴在我们凿好的冰窟窿上。她大部分身子浸在水里，两只胳膊架着冰沿，握得紧紧的手心里，攥着两条小鱼……

我们来到她身边的时候，还听到她轻微的哼哼声。幸亏她腰里缠着一根绳子，绳子的另一头拴在塘边的一棵小柳树上。

我们把她拉上来，抬进了屋里。用干毛巾把她的身子擦干，放在热炕头上，又拉过被子给她盖好。然后，烧开水，熬姜汤，折腾了好一阵子……

她醒来以后，流着眼泪，非常羞愧地对我们说："真、真对不起，我偷了你们的鱼……"

我急忙拦住了她的话："大婶，您要吃鱼，跟我们说一声不就行了吗？这多危险！"

"不，不是我要吃鱼……是梦石，他、他得了肝炎，需要营养……"

七

我还算是幸运的，在报纸上发表几篇豆腐块儿似的文章，便被认为是个"人才"。没有朱砂，红土也值钱。"四清"运动刚结束，我便被调到了公社工作，任文化干事。以后又调到了县委机关。离开了黑牙村，自然也就不大清楚樊大婶的情况了。遇到乡人，也偶尔问起，人家只能告诉我，她还是那样，每隔十天半月，便到团河农场去一趟。

一九七五年的春天，我突然接到县医院打来的电话，说我们村一个妇女在那儿住院，要见我。

万万没想到住在医院里的是樊大婶。她患肝癌，浑身都肿胀起来，皮肉发亮，两只眼睛挤在一起，样子吓人。医生告诉我，她将不久于人世了。

我真为这个苦命的女人伤心，也真想在她临终之前替她做点儿什么。她只求我一件事，把她的女儿找来，说是有话要对她说。

我这才想起了樊碧荪——刘桂珍，她现在在哪儿？

费了好大的周折，我才找到她，她嫁给了山里的一个石匠，那个石匠"文革"中参加武斗，被打死了。她身边留下一个五岁的小女孩儿……

她来了，樊大婶还没有咽下最后一口气……

安置完她母亲之后，她没有再回山里，带着女儿在荷花塘边那篱笆小院里住下来。每隔十天半月，她都到团河农场去一趟，像当年她母亲一样……

不会生孩子的女人

一

我很小的时候便懂得，女人是生孩子用的。不会生孩子的女人，难道也可以叫作女人吗？

这个常识和这种观念，是三姑奶奶直接传授给我的。三姑奶奶改编了一支古老的民谣，并且口对口地把我教会了。那民谣原来是这样说的：小小子儿，坐门墩儿，哭哭咧咧要媳妇。要媳妇干吗？做鞋做袜儿，喂鸡喂鸭儿；吹灯说句悄悄话儿，躺被窝里摸妈妈儿。而三姑奶奶却是这样教我的：小小子儿，坐门墩儿，哭哭咧咧要媳妇。要媳妇干吗？不让你做鞋做袜，不让你养鸡养鸭儿，只让你生一胖娃娃。头生是个棒小子，二生是个俊丫头，三生四生都带把儿，最后再生个老疙瘩……

我后来才明白，人最盼望的东西，便是他最缺少的。三姑奶奶十五岁的时候，便由父母做主，嫁给了剃头匠阮老大的儿子阮民。阮家跟我家一样，在村里是独姓，几代单传，维系到如今没有断线。三姑奶奶真争气，嫁过来的第二年就为阮家生了个儿子。谁承想这儿子生下来就只有半口气，小嘴唇憋得发紫，连眼睛都睁不开。那会儿庄稼人还不懂得妇产医院或新生儿救护什么的，一个小生命在人世间的门槛上挣扎着，一家人也只有烧香念佛，求神灵保佑。门外，几条野狗不怀好意地等待着，等待着从屋抱出一个用稻草裹着的小尸体，成为它们一餐鲜美的佳肴。一家人苦守了三天三夜，那个小生命居然哇的一声哭出声来。于是，阮家释然大喜，那几条野狗颓然而去。而那个小生命，便有了一个理所当然的名字——狗白等。

狗白等还没有出满月，阮民便犯了事。说他是共产党的地下工作者，曾经借着外出剃头之机，给盘山的武工队送过情报。是不是有这么回事，村民们一点儿也不知道。反正从马驹桥镇上来了三个大兵，五花大绑将阮民押走。三姑奶奶哭天号地地追出了村，抱着丈夫不松手，是生是死非要跟着去不可。阮民当着几个荷枪实弹的大兵的面，咕咚一声跪在了妻子的面前，热泪横流地说："把这条根保住，不要让阮家断了香火，我下辈子变狗变马都会报答你的……"

阮民一去便杳无音讯，三姑奶奶上要服侍老的，下要养活小的，白天忙生计，晚上想丈夫，确也尝尽了人间的苦药汤子。直到解放以后，她才知道丈夫死了，死在了乔庄监狱里。他是跟着"犯人"一块儿炸狱，被乱枪打死了。县民政局来了人，宣布阮民是革命烈士，三姑奶奶算是烈属，每月发六块钱的抚恤金。

到了我记事的时候，三姑奶奶在村里已经成了人物了。每逢清明节、建军节，或者我们少先队过队日，老师都带着我们到她家去访问。先是扫院子、挑水，然后便围成一圈儿，由她给我们讲先烈事迹，进行革命传统教育。很可惜，她几乎对自己的丈夫一无所知。她当时究竟给我们讲了哪些先烈事迹，我竟一点儿也回忆不起来了。

三姑奶奶毕竟是烈属。烈属嘛，虽说不是党员，不是干部，可也不能混同于普通的老百姓。因此，在村子里，她是个活跃的人物。她的"活跃"，表现在她热心公务上。凡是村政府不管的事，她几乎都管。比如两口子吵架、兄弟们闹分家、婆媳不和、邻居不睦等等，遇上这类的事情，她便大包大揽，责无旁贷。她不但心肠热，而且讲大义，明事理，处理问题不偏不倚，一碗水端平；批评起人来，不讲情面，又让你心服口服。她是全村人公认的一杆秤、一把尺，谁家闹什么矛盾，都会自动找到她的门下，而她则来者不拒，诲人不倦，更不怕搭茶搭饭赔工夫。因此，白牙哥他们那伙儿年轻人给她取了一个挺确切的绰号：民办法庭庭长。

三姑奶奶是个公平人，公平人也能办出不公平的事来。我觉得，她对她的儿媳妇秋兰就极不公平。这件事让我至今想不明白。

二

我从小就觉得，天底下的许多对夫妻都搭配错了。比如说，那么聪明漂亮、能歌善舞的桃花眼却嫁给了黑熊一般的胡大宝，那么温柔文静、花骨朵儿一般鲜嫩的杜圆圆却让“老不正经”的侉老陈糟蹋了，而白牙哥和珍子表姐这天生地配的一对，却被生拉活扯地分开了。月下老人是醉汉，是个糊涂虫，或者是个极不负责任的马大哈。他兴之所至，随手抓起一把女人的婚姻牌就往男人身上抛。男人们也是毫不在意地胡抓乱接，谁抢到哪个便是哪个。

秋兰的婚姻也搭配错了。她是一个相貌出众的农家姑娘，庄稼人不大讲究什么“身条儿”，更不明白上下身的比例应该是零点六一八什么的，只要身体结实，脸蛋漂亮便是美妞儿。秋兰是个黑美人，皮肤又黑又细又干净，黑里透红细腻得闪着光泽，干净得没有一点儿瑕疵。特别是她那两只大眼睛，像是秋潭里的两块黑宝石，黑得有点儿发蓝，从里边闪烁出来的光波，能把小伙子们的心潮搅乱。

而三姑奶奶的宝贝儿子狗白等，大家知道，本来就先天不足，生不逢时，又加上后天营养不良，像是一颗没有发起来的干豌豆，长得又瘦又小，皮肤干皴皴的。他有一种永远治不好的哮喘病，病发起来常常喘得弯腰驼背。二十多岁的小伙子，硬是扛不动一麻袋粮食。

秋兰刚嫁过来的时候，三姑奶奶甭提对她有多热乎了。婆媳俩几乎是形影不离，三姑奶奶到哪儿去都把她带在身边。在马驹桥集市上，婆媳俩一个烧饼掰两半，都把自己那一半往对方手里塞。秋兰一口一声“妈”，叫得甜甜脆脆：“妈，您吃吧，我不饿。”三姑奶奶一口一声“兰子”，让人听了眼睛发潮：“兰子，快吃下去，别让妈着急！”旁边的老姐妹看到这情形，感慨万端，指着自己的孩子进行现场教育：“瞧人家的闺女多孝顺……”三姑奶奶听了，急忙更正：“哪呀，这是俺儿媳妇！”她脸上那股自豪劲儿无疑在告诉人们，在她的心目中，儿媳妇可是自家的，她可以给你养老送终，为你生儿育女，替你传宗接代。

正因为这样，从秋兰进门的第一个月起，三姑奶奶的两只眼睛就在她的肚子上扫来扫去，扫得秋兰心里发毛。结婚一年了，秋兰的肚子没变样，三姑奶奶的脸上就盖上了黑云。秋兰再火亲火热地喊妈叫娘，三姑奶奶硬是爱搭不理，有时眼皮也不抬一下。结婚二年了，秋兰还是没开怀，三姑奶奶心里发了慌。她找了儿子找媳妇，问他们夜里干的事。问得儿子支支吾吾，问得媳妇面红耳赤。结婚三年了，秋兰还是没胀肚，三姑奶奶可火了，先是在家里冲着秋兰甩闲话："是只老母鸡还会抱个窝呢，不缺零碎儿不少件儿，那点儿东西都让猪舔去了？"到后来，甩闲话不解她心头之恨，她便满街乱嚷嚷："花好多钱买一头骡子。我不知道哪辈子缺了德了，遇上这么一个丧门星。我十五岁结婚，一弹打一雀，当月就挂了怀。要不是那死鬼走得早，我生他五男二女，也不至于这样千顷地指望一棵苗……"

三姑奶奶这些话逢人便讲，讲起来便伤心流泪。庄稼人心软，最见不得别人的眼泪。全村的女人差不多都陪三姑奶奶伤心，似乎比当事人还为难："挺好的一个女人，怎么就不会生孩子呢？真是不打开皮看不出瓤来。唉，阮家要绝户了，三姑奶奶的命真苦……"

三

三姑奶奶是本村人，本村是狗白等的姥家。姥家门口舅舅多，论起来我该管秋兰叫表婶。不管八杆子近九杆子远，总还算是一门亲戚。三姑奶奶家里遇上了这么大的难，我们也不能袖手旁观。不知道他们背后怎么达成的协议，我被送到三姑奶奶家，给秋兰"暖窝儿"。

所谓"暖窝儿"，实际上是没有生过孩子的女人在进行一种做母亲的演习。我到了三姑奶奶家，她叫我喊秋兰"妈妈"，我不喊，她便给我饼干吃。有了饼干，我喊了，喊得秋兰脸红涨涨的，不好意思答应。于是，三姑奶奶又气愤得骂起来："天生的贼货，狗肉上不了席面，你又不是十七八岁的黄花女，装什么正经？……"

秋兰被骂得低着头，噙着泪，一声都不敢吭。我这才发现，秋兰变了。原来光光润润的皮肤变得粗糙了，额头上、眼角上都卷起了细碎的皱纹。原来那双闪闪亮亮的大眼睛也失去了光彩，眼皮总是红红肿肿的，似乎永远是一副刚哭完的样子。我有点儿替她难过了。三姑奶奶再让我叫妈，我硬是不开口，给饼干也不叫，我不愿难为秋兰。三姑奶奶当然很气愤，但她却不敢跟我发作。

到了晚上，三姑奶奶让我跟秋兰睡在一个被窝里，还让我吃她的“奶”。我那年四岁，已经把吃奶看成是“没羞”的事，只有不会走路的小嘎巴豆儿才吃奶呢。但我躺在她的怀里，把脸贴在她那硬邦邦的乳房上，睡得很甜，还梦见了一只欢蹦乱跳的小鹿。

三姑奶奶高兴坏了，她说这是一个吉祥的兆头。鹿便是麒麟，麒凤龟龙，谓之四灵，麒麟送子，明年或者后年，秋兰便可以生出一个像我这样的男孩子。她便可以真正做奶奶了，她便有了真正属于自己的孙子了。为了我这个梦，三姑奶奶给我煮了两个白皮大鸡蛋。这不仅是犒劳我，也是为取个吉利，祝愿她未来的孙子也像这两个鸡蛋一样，叽里咕噜就滚大了，滚得结结实实、白白胖胖。

有一天夜里，我偎在秋兰的怀里正睡得香甜，忽然被惊醒了。原来是秋兰在哭，她哭得好伤心，浑身抽搐成一团，泪水都把的脸淹湿了。我使劲推着她的胸脯子，叫嚷着：“表婶，表婶，你别哭，别哭，我怕……”

她使劲压抑着自己，把我紧紧地搂在怀里。

我问：“表婶，是三姑奶奶又骂你了？”

她轻轻地抽泣着，浑身舒展开了，好像舒服了一点儿。

我更加气愤地说：“三姑奶奶也太厉害了！你别怕她，她打不过你！”

“不怨她，怨我……”

“你怎么了？”

“我、我不会生孩子……”

“不会生孩子怕什么？还省得给他喂奶，省得给他洗尿布，省得跟他生气……”

我想起了母亲为我们所费的操劳，还很为她没有这种累赘而庆幸。

秋兰说：“不行，没有孩子不行，没有孩子就断了根。”

“断了什么根？”

“断了他们阮家的根。”

“我不就是你的孩子吗?”

“好孩子，你真懂事。”

其实，我什么都没有懂。可她既然夸我懂事了，我也只好不懂装懂，不再问七问八了。

我在三姑奶奶家住了两个多月，秋兰的肚子果真大了起来。我都感觉得出来，她的肚脐眼以下，鼓鼓的，胀胀的，轻轻一拍，砰砰的响，像小皮鼓一样。

三姑奶奶又开始眉开眼笑了。一天到晚，她那两片薄薄的嘴唇总是闭不上，两只眼睛都笑成了两条缝儿。再也听不到骂声了，她对秋兰的态度格外的好。每天早晨，她都要煮四个鸡蛋。我两个，秋兰两个，并且她亲手把皮剥掉，看到秋兰吃到肚子里她才放心地离去。至于我吃不吃，她倒并不怎么在意。喂猪的时候，她见秋兰提起猪食桶，慌忙跑过去拦住，告诉她：“以后，你什么活儿都别干，好好养着身子，想吃什么就说话，妈给你买!”

请人家的孩子来“暖窝儿”，是要付出代价的。要管吃管住，还要送礼物。就这样，也没有人愿意让自己的孩子干这种事。母亲把我送过来，一是她本来就心眼好，愿意为三姑奶奶排忧解难；二是我们家生活困难，省两个多月的饭食也值得。临走的时候，秋兰给我做了一身新衣服，蓝布裤褂，还有一双纳帮鞋。她给我穿好，拉着我的手，上下左右打量着，脸仍然是红红的。突然，她轻轻地对我说：“孩子，叫我一声妈妈。”

我心里一阵发热，颤巍巍地叫了声：“妈妈……”

她一把将我揽在怀里，在我的脸蛋上使劲亲着，眼泪顺着她的脸颊流下来，沾到我的嘴角上。

那泪花是苦涩的，我尝到了。

四

三姑奶奶家里闹翻了天。母亲听到消息以后，慌忙泼灭灶膛里的火，急风风地跑过去。我紧跟在母亲的身后来到三姑奶奶家。

三姑奶奶发疯了。她披头散发，满脸泪污，张牙舞爪地朝秋兰扑打着，怒骂着，哭号着。秋兰像小鹿一样缩在墙角，衣服被扯烂了，脸上被抓出了血。她流着泪，一声不吭，默默忍受着三姑奶奶对她的殴打辱骂。

看来三姑奶奶真是要和秋兰拼命了。母亲和另外几个女人死劲拦着她，抱着她，她急得挥胳膊踢腿，抓胸撞头，一下子挣脱了人们的阻拦，又像饿狼似的朝秋兰扑去。她一把揪住了秋兰的头发，两只脚死劲朝秋兰的肚子上踢。大伙儿又慌了，七手八脚地撕扯着。人在发疯的时候，不知道怎么有那么大的劲儿，几个妇女一齐动手硬是拉不动她。母亲使劲掰着她的手，让她松开秋兰的头发，可是怎么也掰不开。

我真怕三姑奶奶把秋兰踢死，便一下子扑上去。还没容我抱着三姑奶奶的腿，她飞起一脚，正踢在我的肩头上。我一下子向后摔去，后脑勺磕在了她家八仙桌的桌腿上。我的脑袋被磕破了一条口子，鲜血直流，我哇的一声大哭起来。

三姑奶奶见我受了伤，她才平静下来，不打了，不骂了，瞪着两只眼睛直发呆。母亲从她家的香炉里抓了一把香灰，按在我的伤口上。秋兰用她的一块花手帕，包上我的秃脑瓢。大伙儿又七手八脚地照顾起了我。

李村长来了，后边还跟着白牙哥和珍子姐几个年轻人。我这会儿才知道，三姑奶奶发这么大的火，原来还是因为秋兰的肚子。三姑奶奶看见秋兰的肚子一天大似一天，昨天特意到马驹桥镇上买来一兜青杏。据说怀了孕的女人都喜欢吃酸东西，多酸都不怕，吃了不倒牙。可是秋兰拿起一颗青杏只咬了一口，就酸得直咧嘴。三姑奶奶又疑又慌，顿时发了蒙。今天一早，她就跑到水南村把张医生请来了。张医生给秋兰一按脉，说秋兰得的是臌症，因肝胆失调、脾肾受损、气滞血凝所致，需要健脾渗湿，化瘀通络，理气逐水……三姑奶奶不耐烦听张医生谈病理、讲医道，她刚一听说秋兰肚子里怀的不是孩子，连药方也没让开，便大吵大闹起来。张医生一见炸了窝，唯恐把自己牵扯进去，便溜之乎也。出了一趟诊，连诊费也没收成，自认倒霉。

三姑奶奶家一下子来了那么多人，屋子里装不下，便一起退到院子里。李村长向来对三姑奶奶尊重几分，批评起她来那语气也柔和得多：

“我说三姐，这可就是你的不对了，怎么能动手打人呢?”

三姑奶奶余怒未消，冲着李村长叫嚷起来：“打死她，我去给她偿命。反正她不让我好活，我也不能让她好死。你说说，我们家要不添个一男半女，断了阮家的香火，我怎么有脸去见那死鬼?”

李村长继续和颜悦色地开导着三姑奶奶：“三姐呀，眼下是新社会了，您这旧思想也该改改了。”

白牙哥却沉不住气了，不讲情面地批评起了三姑奶奶：“您还烈属呢，还给我们讲革命传统呢，纯粹是封建脑袋瓜！告诉您，女人不是传宗接代的工具，女人也是人！不能任您随便骂随便打。打人犯法……”

三姑奶奶不爱听白牙哥的话，使劲瞪了他一眼，堵着他的话茬说：“你敢情站着说话不腰疼，给你找一个不会生孩子的女人做媳妇，你愿意吗?”

白牙哥郑重其事地说：“只要有爱情，生不生孩子我才不在乎呢!”

白牙哥的话声刚落，人们哄的一声笑了起来。大伙儿的目光一下子集中到白牙哥和珍子姐身上。谁都知道，这两个新派青年对上象了。白牙哥的脸红了，珍子姐的脸也红了。我觉得很好玩。

突然，有人大叫一声：“哎呀！秋兰上吊啦!”

人们惊恐地拥进屋，只见里屋门框上，拴着一条黑腿带子，秋兰的脖子吊在腿带子上。大伙儿慌手忙脚地把秋兰放下来，白牙哥拨开人群，为秋兰做起了人工呼吸。

屋子里沉寂下来，每个人的心都悬在了嗓子眼上。不知道过了多长时间，只听秋兰“哇”的一声哭了出来……

五

这是二十年以后的事了。我从县委机关调到了S局，曾一度和总务科长大韩过从甚密，逐渐成了好朋友。关于大韩这个人，我在《春夏秋冬》那篇作品中谈到过他，是政府机关中难得的实干家。他为人豪爽热情，办事认真负责，讲哥们儿义气。也许正是因为这种性格，才造成了他命运中的许多幸与不幸。

在他血气方刚的青春年华，为了响应“你们要关心国家大事，要把无产阶级文化大革命进行到底”的伟大号召，投进了那场疯狂的革命漩流之中。进去了就拼着命地干，不是有野心，也不是为捞点儿稻草什么的，而确确实实地为了“防修反修”。结果干过了头，干到劳改农场去了。在那里一待就是十三年。出狱的那一天，一个虽然额头上堆起皱纹但仍不失俊秀风采的老姑娘在门口等着他。她叫徐星星，是大韩十三年前的旧恋人。他进了监狱以后，便果决地斩断了他们之间的关系，并且用各种各样的办法拒绝与她会面。他以为，她早已走她自己应走的生活之路去了。没想到，她在外边一直默默地等着他，整整等了十三个年头。

新婚之夜，等客人走后，大韩咕咚一声跪在地下，给徐星星磕了一个头。紧接着，他又一把将她搂在怀里，像女人似的呜呜大哭起来。他爱她，更感激她。他又把这种感激化成一种巨大的爱，暴风雨般地倾注在徐星星的身上。他们是幸福的，幸福得过了头，一年以后，他们的爱情之果成熟了。可是，当小星星来到世间睁开双目的时候，徐星星却在产床上闭上了眼睛……

要不是大韩是个硬汉子，要不是这些年的坎坷经历造成了他一种特殊的忍耐力，要不是他的妻子给他留下了一个宝贝女儿，他真的不愿意也没有力量活下去了……然而他挺住了，他把失去妻子的巨大悲痛和对妻子的深沉怀念，都化成了一种对女儿的慈爱。他既当父亲又当母亲，把父爱和母爱一齐给了女儿。他不请保姆，不让别人帮忙，小星星是靠他一口水一口饭喂大的。女儿成了他精神和肉体的极重要的一部分，成了他生命的支柱……

我跟他交往起来的时候，小星星已经两岁了。很难想象，他这两年是怎么熬过来的。不少人都动员他续弦，并一次又一次地给他介绍对象，都被他拒绝了。有一次我们俩人单独喝酒，谈得深了，我又做起了他的工作。谈到后来，他终于吐了活口：“这事我考虑过，居家过日子，没个女人是不行。小星星需要有人照顾，我也不能耽搁太多的工作……”

“那你顾虑什么？”

“怎么能不顾虑呢？你想想，像我这么一个二茬子光棍，能找个什么人呢？找一死丈夫或离了婚的寡妇，前一窝，后一窝。女人嘛，总难免有偏心眼。她对我好坏我不在乎，我最怕小星星受委屈……”

“那就找一个没结过婚的女人，现在社会上不是有一批老姑娘找不到男人吗？你刚四十出头……”

“不行，姑娘结了婚，人家自己不会生孩子吗？有了自己的亲骨肉，谁还喜欢别人的孩子？”

“那就找一个不会生孩子的女人。”

“哪儿有不会生孩子的女人？”

于是，我想起了秋兰。

六

没想到，这门婚事进展得非常顺利。

秋兰的丈夫狗白等已经死了五年了，据说是学大寨的时候搞夜战，他偷奸耍滑，想到河对岸的工棚里去睡觉，一脚踩空，掉进了冰窟窿里。秋兰跟狗白等一起生活了十几年，正如三姑奶奶所说的，连个四条腿的蛤蟆都没有生出来。阮家果真断子绝孙了。

我是托母亲跟秋兰说的，她跟大韩只见过一面，便点头同意了。

结婚以后，两个人过得很愉快，很幸福，这是看得出来的。秋兰是心满意足的，无论从哪一方面比，大韩都比她过去的丈夫不知要强多少倍。她结过两次婚，第一次婚姻给她带来那么多的不幸，这回也该补偿一下了。人活着，全仗着一口气，心舒气服了，就精神得多。秋兰跟大韩结婚以后，似乎一下子年轻了许多，连性格也变了，变得能说、能笑，甚至还会说几句玩笑话了。她几乎每天都抱着小星星到机关里来，同事们叫她秋兰嫂，她高声答应。我本来是叫她表婶的，这会儿也改口叫起了秋兰嫂。

她很爱小星星，把小星星打扮得花枝一般的漂亮。毛衣绒帽是她亲手打的，猫头鞋是她亲手做的。小星星对她也很亲，总是张着小嘴巴“妈妈、妈妈”地叫个不停。听到这呼唤，她脸上总露出一种甜甜的笑模样。多少年来，她盼望着自己能当一个母亲，现今真的如愿以偿了。

大韩自然也非常高兴。男人外边走，带着女人两只手。两年多的光棍汉生活，他没有心思也没有工夫料理自己，总是邋里邋遢的，衣服不是破口子就是丢扣子，上面沾满了粥嘎巴、汗碱巴和孩子尿，头发长得遮住耳朵，胡子都打起了卷，也顾不得进理发店，如今，一天到晚都像姑爷似的，衣服干干净净、整整齐齐。他那胡子拉碴的大嘴巴总是刮得光溜溜的，脸上放着光。见到人，不说话先咧着大嘴巴笑，心里的甜水装不下，一个劲儿地往外溢。

两个不幸的人终于组成了一个幸福的家庭，我真为他们高兴。

七

幸福的家庭笼罩上了一层阴云。

秋兰嫂好几天没有抱着小星星到机关里来了，大家都觉得有点儿寂寞。大韩这几天脸也盖上了一层雾，很少见他咧着大嘴笑，更听不到他在机关大院里高声大叫了。

我有点儿疑惑，别是出了什么事吧？问大韩，他只是摇摇头，苦笑了一下，什么也不说。我越发觉得问题严重了。

星期天一大早，我便到大韩家里去了。他家住在南小门附近的一个小杂院里。秋兰不在，小星星还在床上躺着，大韩正站在床边哄着她穿衣服。

小星星撒起了娇："不嘛，不嘛，我让妈妈穿。"

"妈妈出去买菜了，不在家。"

"我等妈妈，我等妈妈。"

"小星星，听话。以后还是让爸爸给你穿衣服、喂你吃饭、带你去玩，就跟妈妈没来的时候一个样……"

"不，不，我要妈妈，要妈妈……"

"你是爸爸的女儿，是爸爸的亲骨肉，谁也没有爸爸跟你亲，你懂吗？"

"不，我跟妈妈亲，跟妈妈亲……"

我进屋半天了，大韩才发现我。他让我坐，继续哄着小星星穿衣服。费了好大的劲，他才替女儿把衣服穿好。

秋兰挎着一篮子菜回来了。她脸色很不好，蜡黄的，眼圈儿有点儿发黑，无精打采的。

小星星见到她，伸出两只小手就要扑上去。秋兰犹豫了一下，没有接，轻声说："小星星，还是让爸爸抱吧，妈妈要做早饭了。"

小星星哭了起来，秋兰低着头跑到厨房里去了。大韩一把将小星星抱起来，哄劝着说："小星星，别哭，爸爸带你去看电影。"

他说着，抱着小星星便出了门，都没顾上跟我打一个招呼。

秋兰进来了，她递给我一杯茶，然后在我对面的床沿上坐下来。

"出了什么事?"我问。

她的脸涨红了，嗫嚅地说："我……怀孕了。"

我又惊又喜，差点儿从椅子上跳起来："真的?这太好了！秋兰嫂，一定要把这孩子生下来!"

秋兰的眼圈红了，我的话大概又勾起了那些年她所受的屈辱和虐待。

停了一会儿，她才沉重地说："说心里话，我真想把这孩子生下来，无论是男是女，是俊是丑。生下来我就抱回咱黑牙村，让全村的人都看一看。非要把泼在我身上的脏水洗干净不可，非要把这口气争回来不可。"

我非常支持她这个想法，兴奋地说："对，就这么办。等你把孩子生下来之后，我找一辆小汽车，拉着你回村。"

她没有说什么，只是轻轻地摇了摇头。

我解释说："像你们这种情况，再生一个孩子，是符合计划生育政策的。我明天到计划生育办公室去给你要一个指标。"

"别要了，没用。"

"怎么?"

"你没见到大韩的态度吗?"

"他不同意你生?"

"他怕将来我有了自己的孩子，就亏待他的孩子，现在就让孩子疏远我了……”

她说着，伤心得掉下了眼泪。我这才记起大韩过去跟我说过的忧虑，也记起了他找续弦妻子的标准和条件。没想到，我为他找的这个不会生孩子的女人，如今却怀了孕。不过，大韩却没有埋怨我。

“要不，我跟大韩谈谈，他会通情达理的。”

“别，你别跟他谈。两口子之间的事，不到万不得已，最好别让外人管。”

秋兰这话是对的，我是不能瞎掺和。

几天以后我才知道，就在这一天下午，秋兰到县医院流了产……

八

县计划生育办公室找我，说市里要召开计划生育积极分子代表大会，他们上报了秋兰这个典型，让我帮助她总结一份材料，准备在大会上发言。

这简直是乱弹琴！你们知道她刮掉肚子里这个孩子，忍受了多么大的痛苦，付出了多么沉重的代价吗？还让她到大会上去说三道四的，这不是成心糟蹋人吗？

万万没想到，大韩也来求我：“兄弟，还是把你嫂子的事迹写一写吧。”

“干什么？你想出风头到马路上去学雷锋，做好事，别拿自己的老婆当猴耍好不好？”

“兄弟，你这可屈人心了，这么老长时间你还不知道，我是那好出风头的人吗？”

“那你想干什么，尿憋的？”

“我只想让她死了这份心。”

“死了什么心？”

“你想呀，她在大会上讲，报纸上再一登，大喇叭一广播，她把大话说出去了，人人都知道，以后就再也不敢动生孩子的心思了……”

我听着大韩这些话，看着他那张刮得光溜溜的脸，忽然觉得他那么陌生、那么丑恶。一股怒火在我心里腾腾往上撞，我真恨不得照他这张脸上猛击一拳，打他个满脸花。

他也惊愕地看着我，困惑地说：“怎么你、你不愿管这件事?”

“你是个大浑蛋!”

我骂完他这句话，转身就走。他却像一根木头桩子似的戳在那里，半天没动。

九

“女人只不过是男人手里的一件家什，干什么活儿有什么样的用处。过去我不会生孩子，对他没用；现在我会生孩子了，又对你没用。我不愿意让你们这样用来用去了，我得靠自己活下去……”

这几句话是秋兰对大韩说的，当时大韩听完并没有在意，等他下班回家后才发现秋兰走了……

大韩急坏了。在S局大院里，他一把鼻涕一把泪地哭，哀求大伙儿给他帮帮忙。

秋兰到哪里去了呢?有人猜她回娘家了，有人估计她回黑牙村了，还有人提供情况，说她在双桥养牛场找了一个临时工的活儿，兴许到那儿去上班了。

齐局长让我帮助大韩去找，我能找得到她吗?

1985年12月于武汉珞珈山

豆腐坊三婶

一

每当我想起豆腐坊三婶的时候，总容易把她的形象和她担的那两只大木桶联系在一起，甚至于混淆在一起。大木桶像她的腰一样粗，她的身子也和大木桶一样结实、粗壮。桶帮是黑乎乎的，沾满了豆浆、泔水和锅巴。她身上穿的肥裤大褂，是用小灰水染成的白粗布缝制的，灰不拉唧的，上边也沾满了豆浆、泔水和锅巴。所不同的是，桶腰上镶着一道大铁箍，而她的腰间却煞着一根三批绳。

那会儿村子里没有自来水，大家都到十字街头的官井沿上去担水。她家开着豆腐坊，水豆腐，水豆腐，豆腐是靠水做出来的，一天到晚，她家不知要用多少水。你什么时候到官井沿上去，几乎都能看到她和她那两只大木桶。她那两只桶到底有多重，能盛多少水，谁也没试过。据白牙哥和珍子姐他们用什么公式计算，她那一只桶的容积是五十七立升，相当于三只普通铁桶的容量。重量嘛，那就更吓人了，连桶带水，一担大概有二百三十多斤。这么重的一担水，不要说让一般的娘儿们挑，就是放在说五道六的棒郎子身上，也得压得龇牙咧嘴。

豆腐坊三婶成年累月地扁担不离肩，白牙哥说她是铁肩膀。这话是真的，我看到过。夏日三伏的时候，豆腐坊三婶是光着膀子挑水的。她的胸脯子又肥又厚，肥骡子屁股似的两只鼓鼓囊囊的大乳房，像吊在架上的两只大葫芦，走起路来噼里啪啦地拍打着她的肚囊子。她尽管光着上身，可肚皮上还煞着那根三批绳，说是腰里煞着绳子用得上劲。

豆腐坊三婶的身上究竟有多大劲，谁也估摸不透。据说她曾经在马驹桥镇上卖豆腐，保安队的三个兵痞拿她的豆腐不给钱，豆腐坊三婶跟他们讲理，他们还出言不逊，动手动脚。这下可把三婶惹火了，她抡起两只拳头就跟三个大兵招呼起来，三下五除二，三个大兵都狗啃泥似的趴在了地上。马驹桥镇上炸了市，保安队的大队人马来了，把三婶五花大绑捆走了。

豆腐坊三婶在班房里蹲了十五天，她挨过老虎凳，被灌过辣椒水，折腾得死去活来，硬是一声不告饶。最后还是小学校的杜老师用二十袋洋面把她赎了回来。

杜老师在村里也是个有头有脸的人物，他从二十出头就在黑牙村教书，已经教了十几年了。听说他是运河东边的人，家里也有老婆孩子。老婆是父母包办的，命相不合，铜盆遇上了铁刷子，磕磕绊绊总是投不了脾气对不上劲儿。除了每年春节的几天官假，他从来不回家。自从杜老师开始在黑牙村教书的时候起，就吃豆腐三婶的豆腐。豆腐是庄稼人的上口菜，固然人人都喜欢吃，可是杜老师爱吃豆腐已经到上瘾成癖的程度。相传他开始进村拆庙堂办学堂的时候，村公所问他有什么要求，他便顺口提出了一个条件：无鸡鸭也可，无鱼肉也可，唯豆腐不可少。他一日三餐，餐餐离不开豆腐，煎豆腐、炒豆腐、咕嘟豆腐、小葱拌豆腐，还有炸豆腐、冻豆腐、豆浆、豆脑、豆皮、豆腐丸子，无一不视之为佳肴珍馐。

开饭馆的喜欢大肚汉，开豆腐坊的也自然喜欢爱吃豆腐的人，杜老师成了豆腐坊三婶家的老主顾，差不多每天都要到她家里去一趟，或者托个盖帘儿换两块豆腐，或者捧个大碗换一碗豆腐脑。做什么买卖有什么规矩，到豆腐坊去买豆腐，不能说买，得说换。为什么呢？自古以来到豆腐坊去买豆腐，很少用现金交易，也很少以现金计算的，都是说换几升黄豆的豆腐，或换几升玉米的豆腐。说是这么说，也很少有人真的端着黄豆或玉米到豆腐坊，一手粮一手货地交易。而是先记上账，到了秋后收下了粮食，豆腐坊三婶再揣着账本、背着口袋挨门挨户地去讨。杜老师却不这样，他也到豆腐坊去换豆腐，也记账，可是他从来不等豆腐坊三婶上门去讨，也不等一年到头再清账，而是每月发了薪水就主动地把钱送去。先把他要的豆腐折成粮食，再把粮食折成钱，账就是这么算的。

那会儿，豆腐坊三婶还很年轻，长得皮白白的，肉细细的，大眼睛水灵灵的。杜老师也正是青春年少，长袍，礼帽，千层底布鞋，一副斯斯文文的书生气。豆腐坊三婶心里灵秀，就是从小没有念过书，为这她不知感到多么大的痛憾，也为这她更喜欢读书人。杜老师来了，她总是远接近迎，让到屋里坐下后，便端来一碗热腾腾的豆浆，里边还放上几粒糖精。这碗豆浆是不记账的。杜老师受人家如此恩惠，心里觉得老大过意不去，总想为人家干点儿什么，受人滴水之恩，当以涌泉相报嘛，这是读书人的规矩。不久，杜老师便发现了自己的用武之处，他可以帮豆腐坊三婶记账。

豆腐坊三婶不会提笔写账，她有她自己独创的记账方法。她的窗台上，插着许多长长短短、粗粗细细剥光了的秫秸秆，一根秫秸秆就是一家的账，你换一块豆腐，她就在上边掐一道印。全村百十户人家，就需要百十根秫秸秆，哪一根儿是谁家的，她居然记得清清楚楚，从无差错，全凭一副好脑瓜儿。

杜老师觉得她这样记账太原始、太不科学，便用高丽纸订了一本账簿，每天他来换豆腐的时候，都把豆腐坊三婶的秫秸秆文字翻译成中国的方块字，转记在账簿上。一来二去，杜老师又觉得这样捉刀代笔总不是长久之计，便教豆腐坊三婶写字。先是让她一笔一画地依葫芦画瓢，后来变成手把手地教。本来是男女授受不亲的，这样挨肩握手，耳鬓厮磨，又都是尝过滋味的情男怨女，干柴烈火，还能不烧起来吗？于是，杜老师和豆腐坊三婶便生出许多翻云覆雨的风流韵事来。

男女之间的私情，是庄稼人最感兴趣的事，稍有蛛丝马迹，便会闹得满村风雨，没过多久，几乎全村人都知道了杜老师和豆腐坊三婶之间的特殊关系。听风便是雨，有梗添个叶，传来传去，越传越走形，越传越邪乎，便传出许多非常精彩的故事来。而村民们便用这些故事开心解闷，消水化食，打发寂寞无聊的日子。

大伙儿为了寻求一点儿刺激，说一说笑一笑倒没什么关系，但是在传说的过程中，可把豆腐坊三婶的丈夫糟蹋惨了。豆腐坊三婶的丈夫姓宫，官称宫老三。身高足有六尺，像树苗一样，一贪高就容易细，一细就容易弯，宫老三的身条从远处看，活像一棵又高又细的弯脖树，要是让他担那两只大木桶，非把他拦腰压断不可。他个子长得细弱，脾气也软得像刚出锅的豆腐。三十多岁的大老爷们儿，无论见到什么人，一开口说话就紧张，憋得红涨着脸，磕磕巴巴。平时他最犯愁的一件事就是与人打交道。人们也都习惯了，无论大事小事，进了豆腐坊就找女主人，见到男主人都绕着走过去。他终日里就管打着一头小毛驴磨豆浆，任务单一，也落个省心。

传说有一天中午，宫老三磨完了一盆豆，回屋里向老婆请示下一步的活儿。此间豆腐坊三婶和杜老师脱得赤条溜光，正在颠鸾倒凤地干着美事。杜老师听到脚步声，抬头一看是宫老三进来了，惊慌失措，立即要起身逃跑。宫老三惊了人家的好事，心里老大不忍，急忙过去伸手按住了杜老师的屁股，客客气气地说："杜、杜老师，你、您忙您的，我对这有限……"

这传说纯属虚构，却活灵活现地刻画出宫老三的个性特征。我们村那些口头文学家们，还是颇懂得创作规律的。

二

我真正跟豆腐坊三婶熟悉起来，还是在我上学以后。那一年，母亲病了，肺结核。这是一种富贵病，三分要治，七分要养。马驹桥诊疗所的阮医生让母亲多吃一些高蛋白的食物。什么是高蛋白食物呢？鱼、肉、牛奶、鸡蛋，吃得起吗？后来听白牙哥说，豆浆里含蛋白质高，不亚于牛奶。于是，我每天就要到豆腐坊去，趁未点卤之前，换一碗豆浆端回来给母亲喝。这豆浆还真管用，每天一碗，加上阮医生给她打针吃药，过了两个月，母亲的病渐渐地好了。先是不吐血了，后来不咳嗽不喘了，脸上也慢慢露出了红润。母亲算了一下欠账，两个月来换豆浆居然用去了二斗黄豆。对于一个小庄户人家，二斗黄豆可是个不小的数字，母亲不敢再喝下去了，一是她认为没有必要了，二是她心疼黄豆。

豆腐坊三婶有个女儿，叫宫小丽，跟我是同班同学。宫小丽长得很漂亮，脸蛋圆圆的，眼睛大大的，皮肉雪白粉嫩，真像她妈妈做出来的豆腐。有人说她是杜老师的种，我看不像。因为杜老师是教书先生，他的孩子应该喜欢读书才是，宫小丽却不。她整天价在同学面前显摆她的花衣服，晃摇她的小辫子，就是不用功学习。回家以后，也是到处疯跑疯玩，从来不温习功课，不完成作业。

我们家自诩是书香门第，父母亲都坚信“忠厚传家久，诗书继世长”，因此对我管教很严。家里的活儿可以不干，书却不能不读。加上自己生来就有一种读书写字的癖好，功课在班上总是拔尖的。豆腐坊三婶喜欢读书人，也喜欢功课好的孩子。宫小丽学习不好，使她非常头痛。我每次到她家去换豆浆，她都向我打听各家孩子的学习情况。我的功课好，大概是杜老师告诉她的。有好几次我到她家里，都看到她强制小丽做作业，非打即骂，甚至把她锁在屋子里。宫小丽是属小鸭子的，记玩不记打，只要豆腐坊三婶稍一错眼珠儿，她就会逃得无影无踪，锁上门她会从窗户跳出去。豆腐坊三婶那么忙，总不能寸步不离地看着她吧，真是又急又气，只能自己掉眼泪。宫小丽该怎样还怎样，一点儿辙也没有。

有一次，豆腐坊三婶到官井沿去挑水，路上碰见了我，她问我为什么近来不去她家端豆浆了。我把实话告诉了她，她听了，挺痛快地说：“这样吧，从今以后你再端豆浆，我不记账了。”

我说：“我妈妈从来不白要人家的东西。”

她说：“不让你白要。你每天放学以后就到我家去，一边自己温功课、做作业，一边帮助俺小丽。就算是我请你帮忙，开给你的工钱。”

一听到“工钱”两个字，我的心不由得震颤起来。穷人家的孩子，深知父母过日子的艰难，天天盼望着早点儿长大干活挣钱为父母分忧解难，越盼越觉得岁月漫长，遥遥无期。我真没有想到，现在我凭着功课好也可以为母亲挣一碗豆浆喝，这真让我高兴得要狂呼大叫。

宫小丽跟我在一起确实安静多了，每天几乎都能把作业做完，我后来才明白，这女孩子天生是一颗情种，总想跟男孩子在一起，身边有个男孩子，她便有了依靠，有了寄托。在做作业的过程中，她免不了还要搞些小动作，在桌下踩我的脚，猛不丁捏我鼻子一下，或偷偷给我画像。但她毕竟没有往外跑，毕竟还让我生拉硬扯地按在了书本上。宫小丽在学习上的进步是非常明显的，期中考试竟然夺了全班第三名。杜老师高兴，豆腐坊三婶更高兴。中秋节的时候，豆腐坊三婶为了表示对我的好感和谢意，特意端着一盖帘儿豆腐给我家送来了。

豆腐坊三婶进了我家的门，便跟母亲像老朋友似的哇啦哇啦聊了起来。她夸我聪明好学，夸我孝顺懂事，夸着夸着，不禁动了真情，三分玩笑七分真诚地说："二嫂，咱俩做个亲家吧，我把小丽给你当儿媳妇怎么样?"

母亲忙谦虚地说："哎呀，他三婶，你别打我的脸了。你那个天仙般的闺女，将来定要找一个光光亮亮的大人物，你怎么舍得往咱这农家小户里送呢?这不是委屈了孩子，也委屈了你吗?"

"二嫂，快别这么说了。七岁看大，十岁看老，我是瞧出你的儿子有出息才来巴结你的。只怕到时候人家两个小人儿对好了眼，你出来横一杠子呢!"

"我可不干这糊涂事。咱这辈子没赶上自由的好年月，憋屈着算了。轮到儿女的婚事，我可不横管鼻子竖管眼。"

"到底还是二嫂你开通，看来咱姐俩能不能结为亲家，要看你儿子的态度了。"豆腐坊三婶说着，就转过头来问我，"春子，让俺小丽给你当老婆，你愿意不愿意?"

我不假思索地说："不愿意。"

这可大大伤了豆腐坊三婶的面子，她脸上的笑模样像被突然冻结了似的，急巴巴地问我："你为什么不同意?嫌小丽学习不用功是不是?近来她不是把这毛病改了不少吗?"

我没有回答。我心里的话不能告诉她。我不是嫌小丽学习不好，而是怕她将来也变成豆腐坊三婶，这么粗，这么壮，这么有力气。我可不愿找一个管男人的老婆。

三

我小学四年级的时候，到南堤村去读书，后来又到马驹桥镇读高小，读初中。这样，我跟宫小丽接触不多了，竟渐渐地生疏起来。豆腐坊三婶一心巴望着自己的女儿能成为女秀才，但自己的女儿终不争气。宫小丽没有考上初中，高小毕业以后便回村参加劳动。

自从转入高级社以后，豆腐坊三婶便不再开豆腐坊，也和其他社员一样到生产队干活挣分。人们仍然叫她豆腐坊三婶，这是历史遗留下来的。庄稼人尊重历史，至今仍不改变对她的称呼。

到我中学毕业回村的时候，宫小丽已经出嫁了。那一年她十七岁，还未到《婚姻法》规定的结婚年龄。但庄稼人都习惯说虚岁，开结婚证的民政助理员也是庄稼人出身，他觉得宫小丽应该算十八岁，合理合法又合俗。

当今社会层次和社会分工如此精细复杂，但在庄稼人眼睛里却简单得很，条理得很。他们认为，人只分两种，一种是工人，一种是农民。区别只在于，工人是每月发一次工资，农民是一年分一次红，工人是发粮票买成品粮的，农民是吃带皮的粮食的。这就是说，你在外边无论干什么工作，开汽车，挖煤，当医生，当干部，当作家，统统只算作是工人。学大寨那几年，每年都让工人户定出还超支计划，每次他们把一张计划表发到我的手里，我都老大不高兴。不是因为他们把我看成了工人使我觉得降低了自己的身份，那正是工人阶级最光荣、最自豪、“占领一切、领导一切”的时候，在别的地方，我想巴结都巴结不上，而是因为那会儿我的工资实在没有工人高，又要像工人一样往外拿钱，我只觉得这不公平。当然，庄稼人也会对人的社会地位进行分类。区分的方法是以行政级别为标准，大体上只分成公社的、县里的、市里的、中央的。在同一级别里，无论你干什么工作，从主要领导到食堂大师傅，统统归属于一类。譬如村里来个人，说是县里的，哪怕只是一般的小干事，他们也会认为比公社书记高一级，管着公社书记。

宫小丽就是嫁给一个县里的，县民政局的一个小干事，是从部队转业下来的一个残废军人。不知是肋骨断了还是脊骨断了，反正白天黑夜都要穿个铁背心，否则就不能直起腰来。这在庄稼人看来可是个了不起的人物。豆腐坊三婶很神气，走在大街上，开口闭口总说自己的女婿是“县里的”。宫小丽更是得意，得意得有点儿忘形。据说杜老师对这门婚事不大满意，可是他名不正言不顺，不满意也白搭。宫老三呢？本来在这个家里有他不显多，没他不显少，这种事人家问也不问他，他也落了个省心。

我再一次见到宫小丽，是她结婚两年以后的事了。那一天，我们把各家各户的炕坯土集中到生产队的积肥坑里。我们十几个小伙子，每人推一辆独轮车，排成一字长蛇阵穿街而过，大老远，就看到宫小丽从家门里扭出来。

婚后的宫小丽，妖冶得让庄稼人看了浑身打冷战。头发烫成了一个草鸡窝，穿着一件裸露得很多的连衣裙，下边光脚穿着两只拖鞋。我们一边推车朝前走，一边嘀咕开了：

“这娘儿们穿的是什么衣服?”

“你没看见吗? 无腿，无袖，无领，无扣，这叫四无摩登装。”

“还不如光着屁股算了。”

“干吗，你还嫌不够开眼呀?”

我们正在议论着，宫小丽却摇摇摆摆地扭过来，跟我们大伙儿打着招呼说：“你们好呀，劳动哪!”

她这句话一出口，立刻引起一阵哄笑。进城两年，一口乡音全变了。庄稼人见面，互相问候的话只一句：“吃了没?”他们互相关心的，是人生最根本的问题——吃饭问题。要不，人靠什么活着? 人又为什么活着? 这种问候，才是最本质、最有价值、最有意义的。哪有见面问好的? 好什么? 怎么好? 这是哪国的洋话呀? 再说，庄稼人有说“劳动”的吗? 那叫“干活儿”! 干活儿，挣分；挣分，吃饭! 好像你压根没在庄稼地里待过似的。更要命的，是她在说这几句官话时那歪着脖子、眯着眼的媚态和那嗲声嗲气的腔调，让人家一下子想起电影里那些叫“曼丽”或叫“眯眯”的女特务。头顶高粱花子的小伙子没见过这个，见到了就浑身起鸡皮疙瘩，受不了。

更厉害的还在后边呢。正巧这会儿来了一个卖鱼的老头儿，也推着一辆独轮车，车上放着鱼篓子。宫小丽见这帮嘎小子不拿她当回事，还嘲笑她，不免有点儿生气，更有点儿得意。她蹦蹦跳跳地跑到老头儿面前，双手一摩挲，尖着嗓子惊呼怪叫起来：“哎呀! 多么新鲜的小鱼儿呀! 城里可买不到这么新鲜的小鲜鱼儿!”

不知是谁首先起哄叫了一声：“小鲜鱼儿喽——”于是大家齐声喊

叫起来："小鲜鱼儿喽——"我们一边喊着，一边像挨了鞭子的野马一样狂奔猛跑起来。我们推的是独轮车，街上路不平，车子一颠簸，车上的炕坯土便升腾起一条土龙，乌烟瘴气，又黑又呛。有人还故意把车子推得一溜歪斜，似乎要朝宫小丽身上撞去。宫小丽躲闪不及，脚下的拖鞋一绊，四脚朝天地摔在了地上……

这一下，可有了让我们开心解闷的话题，过了很长时间，大伙儿提起这件事来还津津有味：

"你没见她往地下一躺呢，那两条大腿全露出来了。"

"你没见她那小裤衩呢，只有二指宽的那么一条儿，还吊吊啦啦地挽着边儿，打着缕儿，什么也遮不住。"

"你看见什么了？"

"这要是干起事来可太方便了！"

"哈哈哈……"

在村子里，人们再提起宫小丽的时候，没有人叫她的名字，都称之为"小鲜鱼儿"。不过，从那以后，我一直没有再见到她，也没听到关于她的什么消息。只是有一回，我赶着大车到县城里去拉糖醛渣，豆腐坊三婶要搭我的车进城。她挎着满满的一篮鸡蛋，还提着半口袋小米。我问她干什么，她轻声地说："要生了。"

"谁呀？"我一时没转过弯来。

"小丽呀，她要坐月子了。"

我顿时醒悟了，这就是说，宫小丽要生孩子了，而豆腐坊三婶要得外孙子或外孙女了。人一上了年纪，总盼望着隔辈人，盼得邪乎。可是听她的口气，看她的神色，她并没有表现出多少得意和兴奋，反而还有一丝难以觉察到的愁苦和哀凉。

这是为什么呢？

四

我和宫小丽还真有点儿缘分，我调到县城里工作以后，一时找不到房子，加上我的妻子也要临产了，急得像没头的苍蝇到处乱撞。撞来撞去，撞上了宫小丽。她说她们院里有一家最近搬到楼房去住了，那两间平房又舍不得退出去，正空着，她可以帮忙联系借住一下。

这当然是求之不得的事，我真感激她。那两间房子在新城南街南小门甲七号，现在改成了西营房二十一号，是个有十一户人家的大杂院。本来院子不小，院里还有两棵合欢树。唐山大地震以后，各家各户都在门前搭地震棚，后来地震棚越搭质量越好，规格越高，便成了固定建筑，这样，一个大院便分割成十一个小院，中间勉强留下的一条过道只够通过一辆自行车。我在这个小院里住下来，正好跟宫小丽是斜对门。过去的乡亲，今日的邻居，关系自然要比跟别人亲近一点儿。

宫小丽的男人姓郑，我只称呼他老郑，从来没打听过他的名字。他还在县民政局工作，已经熬上科长了，什么科我也没问过。宫小丽原来在县委招待所工作，服务员。豆腐坊三婶自从宫小丽有了第一个孩子后，她就一直跟他们住在一起。现在第一个孩子已经上学了，第二个孩子也两周岁多了。

豆腐坊三婶比在家时利索多了。她粗还是粗，壮还是壮，只是她不再穿那灰不啦唧的脏衣服了，也无须去挑那两只压死棒郎子的大木桶了。她每天的任务是买菜、做饭、洗衣服、带孩子。虽说是个简简单单的小家小户，可是一天到晚看不见她有清闲的时候。她干得最多的活儿就是洗衣服，无论夏天多热，冬天多冷，她总是抱着大盆在水龙头旁边洗。全家人的衣服，包括孩子的手帕、女婿的裤衩、女儿的月经带她都要洗。摊上这么一个能干而又肯干的老太太，宫小丽两口子真是造化。

宫小丽两口子也确实会享福。不要说老郑，就是宫小丽下班回来，无论豆腐坊三婶多忙多累，她都绝不会搭一把手。三婶坐在屋外洗菜，屋里炉子上烧着水壶，宫小丽坐在炉子旁边与丈夫一起嗑瓜子。突然就会听到宫小丽在屋里喊叫起来："姥姥，水开了。"

宫小丽不叫"妈妈"，叫"姥姥"，这是指着孩子叫的。他们两口子都那么叫，直接称呼，好像豆腐坊三婶不配。

豆腐坊三婶听到喊声，便会立即放下手里的活儿，默默地站起来进屋灌开水。是的，她总是默默地走进走出，脚步也是轻轻的，完全看不见当年她挑两只大木桶时的风姿了。她连脾气也改了，本来是爱说爱笑、敢作敢为的女人，这会儿却变得那么一声不响，谨小慎微。我见她的丈夫宫老三来过一次，也只有那么一次，是来给她送棉衣的。这可让她紧张极了，慌得不知所措。宫老三还没有进屋，她就让他站在院子里，浑身上下扫他身上的土，还让他把脚上的泥巴跺干净。宫老三要吸烟，她让他到院子里抽，说是那两口子怕烟味儿。宫老三洗脸的时候，随便拽了一条毛巾，她急忙一把夺过去，惊慌地说："老郑的毛巾你怎能用呢？用我这条吧。"那一天下起了雨，这样她也不敢留宫老三住下，宫老三还是那样窝窝囊囊的，什么话也不说，顶着雨走了。我看到，宫老三临出门的时候，三婶往他的手里塞了两块蛋糕，这大概是宫小丽那宝贝儿子吃剩下的。我真不明白，管了大半辈子男人的女强人，老了以后怎么变得这么软弱、这么胆怯呢？她怕女儿女婿什么呢？就是怕也不至于怕到这份儿上呀！

我实在为豆腐坊三婶感到不平了。有一次，趁着院子里没有人，我委婉地劝她说："三婶，您受了大半辈子苦了，这么大年纪了，也该清闲清闲了。别再这么拼死拼活地干了，没有人心疼您，您该自己心疼自己。"

她叹了口气说："唉，有什么法子呢？我就这么一个闺女，以后的日子全指望她呢。干不了活儿了靠她养，病了靠她管，死了还得靠她往外抬。"

"话不能这么说，她是您的女儿，就有赡养您的义务。您把她拉扯大了就不容易，现在又帮她照顾大了两个孩子，也对得起她了。"

"唉，这事你不懂。我要是有个儿子，就能挺直腰杆，拍胸脯吃他、喝他，在他面前当老子。"

"新社会了，闺女儿子都一样。"

"不一样，可大不一样。老年古语：宁看儿子的屁股，不看女婿的脸子。闺女生来就是脸朝外的人，吃女婿一碗饭难呀……"

豆腐坊三婶说着，眼圈红了。我不敢再跟她谈下去了，靠三五句话，是不能把她脑子里那几千年传下来的老观念改变的。就算是改变了她的观念，也不能改变她的处境。这我明白。

就在我跟豆腐坊三婶谈话以后的不几天，老郑到我的房间里来了。

他是头一次进我的屋门，小院里谁的屋门他都没有进去过。在这个大杂院里，他不屑与任何人打交道，见了邻居的面，顶多也就是点点头。他和这些凡夫俗子、平头百姓住在一起，本来就是上帝的不公平，真够委屈他的。我虽说也在政府机关工作，可最看不惯小官吏在老百姓面前那种傲慢劲。我这个人脾气也不地道，无论是谁，你要是尊重我，我会加倍地尊重你；你要是跟我要“派”，我就会“派”出个样来给你看看。我要不是跟豆腐坊三婶有那么一层关系，就是面对面撞他一个跟头，也不会瞟他一眼的。今天他这样礼贤下士，屈尊到我的门下，肯定有事。

他果然求我帮忙，他让我跟豆腐坊三婶说说，准备让她回去。这件事他和他老婆都难以开口，没想到他们两口子也是好面子的。

“为什么呢?”我忍着性子问。

“最近机关分给我一套楼房，两居室。我是做领导工作的，家里免不了客人多，我想把客厅好好布置一下。这样就没有老太太住的地方了。”

“在客厅里支张折叠床不行吗?夜里睡觉时支上，白天再叠起来，也占不了多大地方。”

“你想呀，客人来了，让老太太到哪儿去待着呢?不能总在厨房里或在阳台上站着呀!”

“到你们卧室去坐会儿不行吗?”

“咳，人老了，毛病多，又从农村带来许多不讲卫生的习惯……”

“再说，老太太走了，谁给你们看孩子、洗衣服、做饭呢?”

“大的上学了，用不着人照顾了。小的我联系好了，可以送到县幼儿园，整托，一个星期接一次。洗衣服嘛，楼房里有下水道，我们准备买个洗衣机……”

“噢，我明白了，合着你们这会儿条件好了，老太太没用了，你们就要把她一脚踢开了，是不是?”

我实在忍无可忍了，终于说出了这句戳他肺管子的话。他的脸红了，仅仅是有一点儿红了。他瞪着两只眼睛茫然地看着我，看了一会儿，像是忽然悟出了什么，便理不直气不壮地把目光避开了。说实在的，听他说了这些话，看到他这副样子，我倒是并不感到怎么气愤，而是厌恶他，鄙视他，甚至还有点儿可怜他。他这样做人，这样煞费苦心地为自己谋算，怎么不嫌累呢？

一天下午，趁着宫小丽两口子还没有下班回来，豆腐坊三婶偷偷地到我房间里来了。她轻声地告诉我，她要走了。

我惊诧地问："是老郑跟你说的？"

"不是。他找你跟我说，你没管，他又去找老杜，老杜跟我说了。"

老杜是我们院靠大门住的一位邻居，在县供销社工作，他们也算是熟人。

豆腐坊三婶看了看我，又把眼皮撂下了。我看到她那副犹犹豫豫的样子，心里一动，便问她："三婶，您有什么难处吗？"

"我走，我不赖着他。可有一件……"

"没关系，有话您就跟我说吧。"

"他得给我二十块钱。"

"什么？"

"你别瞧不起三婶，这话我只能跟你说。这些年来，我没跟他们两口子要过一分钱。我这次回去，没钱可不行。你想想，老街旧坊，侄男甥女，这些年不见面了，总得给人家带几颗糖球回去吧，以后，闺女指望不上了，还得指望着乡亲们呢。"

豆腐坊三婶在说这些话的时候，声音颤抖起来了，眼睛里也噙满了泪水，但她使劲咬着牙，终于没有使眼泪掉下来。我的心里却被泪水溢满了。如果再让我看一眼这苦命的女人，我非哭出声来不可。

当天晚上，我就从自己新发的工资里拿出三十元钱，递给了豆腐坊三婶，告诉她这是老郑给她的。她什么话也没有说，只是把钱在手心里攥得很紧。

五

豆腐坊三婶走了，她回村以后的情况我一点儿也不知道。宫小丽一家也搬出了这个大杂院，我跟他们自然也断了联系。

写完了这篇小文，我心里感到很沉重。我很为豆腐坊三婶晚年的命运担忧，更为宫小丽两口子感到羞愧和难堪。我想等这篇作品发表以后，寄一份给他们看看，或许能唤醒他们的良知。

我满怀希望地等待着，盼望着。

1985 年 12 月于武汉大学湖滨八舍

侉老陈·女人·牛

到如今我也不知道他的名字叫什么。我们那个地方把凡是操外地口音的人统称为侉子，他自己说姓陈，村民们便称呼他侉老陈。

他从哪儿来的，通过什么关系，为什么到我们村来落户，这些村长知道，我不知道。我只看到他进村的时候，手里牵着一头牛。那牛很肥，很壮，身上的皮毛油光闪亮，黑缎子似的。他的衣襟上还挂着一个女人，那女人很年轻，很美。她那两只水汪汪的大眼睛胆怯地东张西望，薄薄的嘴唇紧闭着，一步也不离开他。

我家东院过去是地主吴老一的场院，那里有两间碎砖头垒起来的场房，能遮风避雨，也能支锅做饭。侉老陈和他的女人、他的牛便在这里住下来，这大概也是村长安排的。

一

我们黑牙村的村风是淳朴的、友善的。村民们从来不欺生，但对外来人也并不怎么热情。村子里突然新添了一户人家，大家都觉得挺新奇。侉老陈长得像他那头牛一样的壮，粗胳膊粗腿，大脸盘子，满脸黑胡楂子。说话侉是侉，声音却极洪亮。听他说话，离得近了，震得人耳朵根子发麻。他常常站在家门口喊他的女人：“圆头——圆头——”

他的女人叫杜圆圆。可他喊叫起来，不知为什么省去了前边两个字，后边又加了一个“头”字。“圆头”，我们那个地方是管菜园子的人。一个很雅致的名字，经他的侉腔侉调、粗声大嗓一叫，却变得那么难听，那么俗气。我每听他这样喊叫就非常愤慨，好像他糟蹋的不仅仅是个美丽的名字，而是连同具有这个名字的美丽的女人一起糟蹋了。

村民们听他这样喊叫也很愤慨，这倒不是因为他丑化了女人的名字，而是他这种做法本身就违反了我们村的乡风民俗。夫妻之间，关上门以后，你怎么亲热、怎么折腾都可以。只要出了门，两个人就必须最大限度地避讳。男女授受不亲，跟别家的女人还可以开几句粗鲁的玩笑，甚至动手动脚。和自己的女人可不行，不能并肩而行，不能说悄悄话，不能互相给好脸色，更不用说高声大嗓地直呼其名了。直呼其名在家里也不行，夫妻之间有通用的名字——“喂”“嗨”“我说”，或者“丫头妈”“狗儿他爹”一类的。

侉老陈不仅毫无顾忌地喊叫自己的女人，并且还毫无顾忌地在大庭广众下和自己的女人亲近。他去给牛打草，让女人拿着镰刀跟在他的身边；他下地锄苗，让女人提着水壶跟他一起走；他就是到马驹桥镇上去赶集，也是倾巢而出，身后牵着牛，身边挂着女人。一路上嘀嘀咕咕，不知说着什么私房话，而他的女人则低眉垂目，一声不响，脸红红的，连一点儿笑模样都没有。好像她就是他的影子，或者是他的另一头牛。

他们这样出现在集市的人流里，是很引人注目的。侉老陈神气活现地迈着方步，脸上放着光。如果遇到他新结识的朋友，便立即把他的女人推出来，不无得意地向人家介绍：“这是我女人，叫杜圆圆。”然后又转身命令他的女人：“快叫大哥!”他女人便遵命低着头叫一声。那声音很轻很细，似乎从她嗓子眼里发出来的，刚一通过那薄薄的嘴唇便消失了。

漂亮的女人谁都爱看。他把自己的女人向人家介绍，人家抬头看一眼，要是露出很有分寸的欣赏和羡慕的目光，他便咧开大嘴笑了，笑得口水挂在他的黑胡楂子上。要是人家再看第二眼，脸上稍许露出贪婪和邪淫之色，他便立即闭上大嘴，脸上也立即卷起一阵黑风，急匆匆与人告别，拉起女人便走。

侉老陈的所作所为，在村民的眼睛里，都被看成是一种毛病，不正常。背地里骂他“没出息”“不正经”“色迷瞪眼”。

尽管侉老陈有这种让人不能容忍的毛病，可是他在为人处世和治家理财方面是让人无可挑剔的。特别是他有一门绝技，会盖藏仙楼。所谓藏仙楼，就是给狐狸大仙住的房子。狐狸大仙是会给人们谋福利的，只要你常给它上烟火供点心，诚心朝拜，它就会保佑你逢凶化吉，遇难呈祥，招财进宝，人丁兴旺。这话是侉老陈说的，人们都信，就冲他有那么一个漂亮的女人，有那么一头强壮的牛，就足以证明狐狸大仙对他的特殊恩惠了。人们一旦感觉到自己没有改变命运的能力，便会求借于神灵的力量。侉老陈一宣传，大伙儿活了心，都想盖个藏仙楼。管用不管用，碰碰运气。这种事宁可信其有，不可信其无，说不定心诚则灵呢！

侉老陈不愧是狐狸大仙的信徒，热心公务，有求必应。谁找到他，他二话不说，提把瓦刀就跟人家走。盖藏仙楼也是很讲究的事，首先是看风水，踩地界。乾坎艮震巽离坤兑，天地雷风水火山泽，侉老陈还懂得一点儿八卦。工程也是很要手艺的，一堆碎砖烂瓦、破木棒子，要建成三尺见方的小楼，而且要飞檐翘脊，雕梁画栋。狐狸大仙的宫殿，马虎不得。竣工以后，还要放一挂鞭炮，贴上一两副对联：

晨昏三叩首
早晚一炷香

横披是：有求必应。

庄稼人是最讲究实惠的，“三叩首”也罢，“一炷香”也罢，为的是“有求必应”。不管狐狸大仙愿意不愿意，既然把你请来了，这笔交易就得这么做了。可见世上的神也好，仙也好，都得受人摆布，为人服务。

侉老陈到谁家去盖藏仙楼，谁家都像对待手艺人一样地招待他。没有什么大鱼大肉，也得凑上六盘炒菜喝酒。侉老陈也不客气，端起酒杯就喝，喝了酒话就多。可是他说一千句一万句，也离不开两句话，一是谈他的女人，二是谈他的牛。临走的时候，他还从桌上捡出几样实惠的剩菜，诸如香肠、蛋卷、猪头肉一类的，用大麻籽叶包好，说带回去给他女人吃。就冲这一点，人们又很瞧不起他。劳累了一天，给人家请来了狐狸大仙，人家在感激你之余，又加上几句很难听的抱怨话。功过相抵，白干了。

侉老陈来了不到一年，差不多家家户户都盖起了藏仙楼。到底给谁家带来了好运气，谁家的什么事是狐狸大仙帮的忙，好像也没有人深究细查。这也怪不得狐狸大仙不仗义，据我所知，那“晨昏三叩首，早晚一炷香”的条约谁也没有认真执行。因为我家也盖了一个，在前院的小菜园里。我记得母亲只烧过一次香，磕过一次头。那便是弟弟到老猪窝打草遇上了暴雨，回来发起了高烧。于三奶奶说是惊了魂，求狐狸大仙帮帮忙兴许管用。到底管用没管用，我不知道，反正没过几天弟弟便退了烧。

我家跟侉老陈是邻居，因此交往略多一点儿。侉老陈不在家的时候，他的女人常叫我到他家去玩。她手里有几本书，常常在窗前自己翻看。她有时候坐在窗前发愣，哼着一支听了让人心酸的歌。她的声音很柔弱，像无风的夜晚溢出的一股花草的馨香，隐隐约约闻到了，又不知道它是从哪儿飘来的。

那天晚上，表姐结婚了，侉老陈喝醉了，溜到了桌子底下。这是不足为怪的事，村民们终日里熬着那种寂寞无聊的生活，难得有一次开怀畅饮、放浪形骸的时刻，谁家有了红白喜事，差不多就是全村人的节日。舅舅和表哥把侉老陈送回了家，回来以后，又发现他的烟荷包还撂在我家的窗台上。这是男人不可须臾离开的东西，舅舅打发我给他送过去。

刚一跨进侉老陈家的门，便听到一阵怪声怪气的笑，侉老陈还在撒酒疯。屋子里亮着灯，我推开了门。侉老陈和他的女人已经睡下了，一条被子裹着两个光身子。这么大年纪了，还在同一被窝里睡。看来他家比我家也富裕不了多少，两个人只有一条被子。

我把他的烟荷包放在炕沿上，转身刚要走，侉老陈便把我叫住了：“春子，你来，你来看看。这女人美不美？你瞧这白皮细肉，水豆腐似的；你瞧这两只大奶子，多硬邦，多结实；你再瞧……这是我的女人，我的！她原来不是我的，是我拼着命把她夺过来的……这是命里注定的！这是狐狸大仙给我的造化……我有一个这么美的女人，还有一头那么壮的牛，这是我的两个心肝宝贝！以后，这两个宝贝还会给我生出两个小宝贝！我老陈的福气啊！天底下哪个有我老陈更福气？……”

侉老陈一边忘形地说着，一边得意地笑着，一边用那双粗糙的大手在他女人身上乱摸乱捏……那女人伸着两条细胳膊使劲推着他，拦着他，轻言细语地央求着：“别，别这样……求求你，别腌了孩子的眼……”

我还没有进入青春期，对人生的奥秘还一无所知。但我突然像是悟出了一点儿什么，立即觉得脸热心跳，好不自在。我转身走了，逃跑似的。

奇怪的是，我没有把这件事告诉母亲，也没有对我的小朋友们说。直到现在我写这篇小文的时候，也没有跟任何人提起过。

二

侉老陈除了在众人面前显摆他的女人，便是显摆他的牛了。他把那头牛收拾得很漂亮，犄角上拴着两条红绸子，脑袋一晃，像扯起两只火把。脑门上挂着一个小铜铃铛，走起路来，叮当作响，声音很入耳。特别是他拴牛鼻子的那条小链子，亮晶晶的，玲珑剔透，抖在手里哗然有声。侉老陈说这是一条银链子，祖传的。白牙哥说他吹牛，那不过是条电镀过的铁链子。要是银链子，三条牛卖的钱也买不起。我相信白牙哥的话，因为他确实有学问，知道许多村民们不知道的事。再者，侉老陈确实也有爱吹牛的毛病。

侉老陈稍有闲暇就到凉水河边放牛。他家是在村子的西口，出了家门就有一条通向河边的近路。他偏要舍近求远，取东边的一条路，这样便可以牵着牛穿街而过。看他那副神气样儿吧，挺着胸，昂着头，脸上放红光，迈着四方步。似乎他不是赤着脚，牵着牛，而是顶戴花翎，坐着八抬大轿。如同向人们炫耀他的女人一样，他也热情地把他的牛介绍给他所遇到的人。所不同的是，对于他的牛，他不但允许人家看第二眼、第三眼，还允许人家摸一摸，拍一拍，做出一些亲昵的动作。要是有谁哪怕是说上两句言不由衷的好话，他也会咧开布满胡楂子的大嘴，把上好的关东烟递过去。

侉老陈之所以喜欢我，大概最主要的就是因为我喜欢他的牛。在我们那个贫困的小乡村，没有马，地主吴老一家也只有一头灰不拉唧的老骡子。牛在牲畜当中，就算是贵族阶级了。他常常让我坐在他的牛背上，优哉游哉地朝凉水河边走去。大热天，牛喜欢水，到了河边顾不上吃草就径直下河洗澡。我和侉老陈把衣服脱光，也一起下河。我不会游泳，揪着牛尾巴在水里乱扑腾。侉老陈的兴致更不在游泳上，他握着一把猪鬃刷子，给牛浑身上下地刷洗着。

“我家有驴，是土改时分地主的。跟白房子两家分一头，搭伙，在他家养着。”我在说这句话的时候，心里有点儿酸溜溜的，又有点儿心虚。一方面嫉妒他有这么漂亮的一头牛，一方面又想让他知道，我家不是穷得连一条牲畜腿都没有的。

“我这头牛也是从地主家分的。”他说这句话的时候，并不觉得怎么自豪。

“你一个人，怎么分一头大牛呢？”

“不是大牛，当时它还是个小牛犊，是我一口粥一口水把它喂大的，比喂死了娘的儿子还精心。”

“它的娘死了吗？”

“死了，掉在山崖下摔死了。都怪我，撒泡尿的工夫它就跟一头公牛发了情……”

“什么叫发情？”

“地主把我吊在门楼上打，你看我身上的疤，横一道子，竖一道子，都是鞭子抽的。”

“地主的心真狠。”

“也不能怨人家心狠。庄稼人的命根子，搁在谁的身上，谁都会摘心摘肝的疼。怪我不经心，该打，该打……”

他说着，眼泪哗哗的，很沉痛。我真不明白，他挨了地主的打，怎么还说“该打”呢？

要搞社会主义了，土地连成片，牲畜农具归一堆，全村人要在一起过大日子，女乡长常琳来了，召集全村人开大会。她穿着四个兜儿的蓝制服，留着短发，腰里别着一只小手枪，神气得很。李村长带着城里来的工作组挨门挨户地动员，号召人们报名入社过好日子。庄稼人的心里都着了火，一家人坐在炕头上嘀咕，几家人凑在一起商量。小铺掌柜阮三发了一笔财，灯油比平时多卖出三倍。

侉老陈的行动有点儿鬼鬼祟祟。天不亮，他就牵着牛走了，天大黑以后，他才牵着牛回来。工作组去了他家几次，都没有找到他。还是李村长鬼，到河边去把他寻到了。我跟他正在河里给牛洗澡，听到李村长喊他，急忙命令我跟他一起往河对岸逃。我趴在牛背上，他推着牛屁股，过了河，登上岸，钻进了小树林。李村长见我们逃跑，也脱了衣服下了河。

几个穿着红袄的小媳妇在小树林采蘑菇，光顾得放肆地说笑着，并没有发现我们。侉老陈和李村长的衣服都在河那边，无处躲闪，一起钻进了一堆灌木丛里。我是个孩子，不在乎，在村里也敢光着屁股满街跑。我牵着牛鼻子上的小链子，让它吃树叶，吃鲜草，两个光着身子的男子汉在灌木丛里说起了话。

“常乡长想跟你谈谈哩。”

“糟糕，我的烟荷包还在河那边呢。”

“全村人都走起了社会主义，有八十多户都报了名。”

“春子，别让牛把毒蘑菇吃进去！”

“社会主义好哇，楼上楼下，电灯电话；耕地不用牛，点灯不用油……”

“耕地不用牛，为什么还让我入社？”

“我说是等社会主义走成了，有了拖拉机才能不用牛，这会儿还得用牛。”

“反正我的牛不让别人用。”

“大伙儿的牲畜都放在一起用，这你有什么不放心的？”

“别人不知道我这牛的脾气秉性，侍弄不好。我这牛呢刁，不是什么草料都吃的；我这牛爱干净，棚里邋遢不得；我这牛性子独，跟别的牲畜不合群；我的牛……”

“这样好不好，你来当饲养员？”

“啥是饲养员？”

“就是专门负责喂牲畜，把大伙的牲畜都放在一块儿，由你来喂。”

“中，这倒中！”

“一言为定?”

“我老陈啥时说话没算过数?”

这么几句话，就把侉老陈这个顽固的堡垒拿下来了，李村长兴奋了。他一下子把侉老陈从灌木丛里拉了起来。那几个采蘑菇的妇女正好走过来，看到两个光身子的男人，像见了魔鬼似的嗷嗷怪叫，惊慌失措地向四下逃去。李村长和侉老陈也慌了，光着屁股就往河边上跑。

我笑呀，笑呀，笑得肠子都拧成了一个大疙瘩。

三

这是一个秋末冬初的早晨，天气阴冷阴冷的。我爬起来就到农善社去，因为侉老陈的牛病了，他要到马驹桥镇上去给牛看病，让我帮助他的女人给牲口炒料豆。所谓农善社，全称应该叫作农善生产合作社，全村成立了三个这样的合作社，另外两个分别叫作大兴社和兴旺社。我家入的是大兴社，侉老陈则入的是农善社。农善社的社址就设在他住的那个地主的场院里，又加盖了两排牲口棚，两间炒料房兼办公室。侉老陈和他的女人仍然住在原来那两间碎砖垒起的场房里。

我很喜欢炒料豆这个活儿，圆溜溜的大黄豆倒在大锅里炒，有时候还掺上麦麸、谷糠一类的。那锅很大，锅台很高，用来翻动料豆的大铲子像小铁锹似的。我人小力薄，握不动那把大铲子，只好蹲在地上烧火。烧的是抽风灶，把刨花锯末往灶坑里一送，立刻刮风般地呼呼作响，火苗子蹿得很高，把整个锅底都吞没了。于是，炊烟、热气和料锅里翻腾出来的灰尘弥漫了整个炒料房。虽说烟熏火燎让人睁不开眼，呛得人咳嗽，可这里却夹杂着一股浓郁的香气。那是一种说不出味道的香气，反正是很诱人的。只有种过五谷杂粮的人，才能对这种五谷的香甜有一种敏锐的嗅觉和特殊的情感。

侉老陈牵着病牛走出大门又回来了，吩咐他的女人说，村里来了一个补锅匠，他已经把人家招呼到大门外了，让她把那口漏了一个洞的炒料锅搬出去修补。侉老陈说完就走了。

侉老陈的女人把那口大锅送了出去。她回来的时候，我发现她脚步很乱，踉踉跄跄，要不是用手扶着门框，非跌倒不可。她一屁股坐在锅台上，这时我才发现，她的脸色很难看，干菜叶子一样的枯黄，额角上滚落着豆粒大的冷汗，嘴唇发紫，呼呼喘着粗气。

“大婶，您怎么了？”我有点儿慌，担心她病了。

她吃力地摇了摇头：“没，没什么……”

也许是刚才搬那口锅时累的，我后悔没有帮她把锅抬出去。

我们继续炒着料，我往灶坑里添着刨花锯末，她坐在锅台上翻动着那把大铲子。她翻两下，便停下来；停下来，就再也翻不动了。火苗子呼呼地舔着锅底，锅底都烧红了。一股煳味儿蹿出来，锅里冒起了黑烟。

“大婶，快翻呀！”

我急着叫她，她像是从梦中惊醒了似的，激灵一下，慌忙翻动着大铲子。可是没翻几下，又停了下来。

那一锅料豆都成了煳炭，糟蹋了。我真心疼，急得要掉眼泪，可又不敢埋怨她。

“算了，不炒了，你出去玩吧。”她说。

也只好如此了，况且我还正想去看看补锅匠呢。我们那个小乡村，偏僻、闭塞，一年到头的生活就像推磨一样循环往复，平淡无聊。村里间或来一两个串乡的手艺人，诸如补锅的、锔碗的、修笸箩簸箕的，以及劁猪骟羊的，人们都会感到非常新鲜稀奇。特别是我们这些孩子，更是对外乡人怀有一种特殊的兴趣。

补锅匠就在农善社大门外的老槐树底下。我出去的时候，我那些小伙伴早已经围成了一圈。小火炉已经生起来了，老槐树升腾起一股白烟。

这哪里像一个补锅匠呢？他那么年轻，又长得那么帅。小脸蛋白净净的，留着学生头，还穿着一身干干净净的学生制服。他也不像别的手艺人那样，跟我们孩子说笑话，逗一逗，甚至还掏出糖球来给我们吃。他不理睬我们，架子蛮大，好像生怕我们瞧不起他似的。他紧紧地闭着嘴唇，低着头呱嗒呱嗒地拉着风箱。可是火苗子都升得很高了，他还不干活，不时地抬起头来朝农善社的大门里张望。

补锅有两种方法。要是锅裂个口子，便用一把大钻在口子两边打两排眼，然后钉上几个大铁锔子，在裂缝和锔子的接口处，抹上一种白色的粉末，这叫作锔锅。要是锅破个洞，就要生起火炉，用坩埚把铜化成水，往洞口上浇灌，凝固冷却后再用钢锉把茬口锉平，这叫作锢漏锅。侉老陈女人拿出的那口大锅，既裂了口子，又破了一个洞，连锔带锢漏，这可是要手艺的活儿。

补锅匠站起身来，我们以为他要干活了，谁知道他犹豫了一下，便进了农善社的大门。过了好半天他才出来，手里端着一把茶壶和一只茶碗，原来他跟侉老陈的女人讨茶喝去了。还没干活儿，就先耍派，这是个难伺候的手艺人。

他干起活来可真不怎么样，笨手笨脚的，像是还没有出师的小徒弟。他先是在锅的裂缝两边钻眼，好不容易打了两个眼，用锔子一比画，不行，相隔太远了。又重新钻，废眼便成了一个新洞。不一会儿，他便满头大汗，白白净净的小脸蛋红得像猪肝。他又站起身来进了农善社的大门。又过了好半天，他才出来，端出了半盆清水，水里泡着一条白帆布擦脸巾。他不时地停下手里的活儿，拧干白帆布擦脸上的汗水。

裂缝还没有锔好，他又开始熬铜了。铜水熬好了，端起坩埚往漏洞里倒，流了满地都是，漏洞一点儿也没有堵上。于是他又开始拉风箱、添火、熬铜。折腾了一会儿，他又进了农善社的大门。又过了好一会儿，端出了一盘摊鸡蛋、两张白面烙饼，他坐在老槐树底下细嚼慢咽地吃了起来。侉老陈的女人真傻，这么笨的手艺人，还给他这么好的饭食吃。

看着补锅匠吃饭，我们馋得直流口水，肚子也咕噜咕噜叫起来。到了吃午饭的时候了，小伙伴们都很扫兴地走了。我也走回家吃饭，去跟侉老陈的女人告别。

进了侉老陈的房门，我突然发现侉老陈的女人完全变成了另外一个人。她换上了一身从没见她穿过的新衣服，白底红花的洋布褂，天蓝色的裤子，脚下是一双带拉襻儿的布鞋。她把两条辫子也剪掉了，变成了齐耳短发。她立刻显得容光焕发，年轻了许多，完全像一副女学生的样子。

我进去的时候，她正在收拾东西，炕上铺着一块红包袱皮，上边摆着一摞叠得整整齐齐的衣服。另一个包袱皮上，放着她的镜子、木梳、毛巾、牙刷一类的用具和几本翻旧了的书。她从那几本书里拣出一本，递在我的手里，低声地说："春子，这本书送给你，留着你以后读。"

我似乎预感到了什么，抬起头来直愣愣地看着她。只见她薄薄的嘴唇颤抖着，两只红肿的眼睛里噙着泪水。突然，她没头脑地说："春子，别人问起来，什么都不要说，你懂吗?"

我不懂，她说的话我一点儿也不懂，但我还是使劲点了点头。

她伏下身来，在我的脏脸蛋上使劲吻了一下，吻得很响。我从小就知道，吻是带有声音的，是能够凭听觉传递到心灵深处的。这清脆的吻声已经清晰地录制在我心底的磁盘上，它不时地在我脑海里作响，使我听到它便怦然心动，引起我许多酸楚的记忆，又牵动我许多莫名其妙的情思……

我是到了晚上才听说侉老陈的女人走了，跟那个补锅匠逃走了。是母亲告诉我的，她拉着我去看侉老陈。

农善社里已经有不少人了，都是听到侉老陈的不幸前来安慰他的。侉老陈搂着他那头牛的脖子，呜呜地号着："她走了走了……就剩下咱俩，这狠心的娘儿们不要咱俩了……"

人们搜寻着宽心的字眼和词汇劝慰着，这劝慰在侉老陈的哭号面前显得是那样苍白无力和无济于事。但人们仍然重复着那些劝人的话，好像在履行着一种义务。劝说一阵，人们便发表一通议论，这似乎已经成了劝说的一道程序。

"老陈的命真苦，唉，摊上了这种事。"

"老夫少妻，终归是拴不住的。"

"那娘儿们平时老实得像只绵羊，真看不出来。"

"她跟那补锅匠怕早就勾搭上了。"

"……"

说实在的，我很同情侉老陈，为他失去了那么漂亮的女人感到无限的悲哀；我更恨那二把刀的补锅匠，手艺不行，还把人家的女人拐跑了；我也为侉老陈女人那绝情绝义的行为感到愤慨。然而，当侉老陈事后问起我的时候，我却遵照侉老陈女人的嘱咐，什么也没说。

我手里有她留给我的一本书，一本不同于小人书的真正的书。过了很长时间，我才知道那本书叫作《少年维特之烦恼》。后来上中学的时候，同学们都争相传阅我这本书。上代数课，一个同学偷看，被老师没收了。

我那会儿一点儿也不觉得惋惜，不到一定年龄，不会懂得把人生有价值的东西保存起来的。

四

那会儿的日子过得真快，让人眼花缭乱。社会主义在大踏步地前进，一天等于二十年。土改完了便是互助组，互助组种的庄稼还没有收，便齐刷刷转入了初级社。初级社各种各样的名称还没叫顺，又合并成了高级社。紧接着就是人民公社，“一大二公”“三面红旗”“炼钢煮铁”“深翻土地”“十五年要赶上老英国”……

不管怎么变，侉老陈和他的牛始终在一起，大牲畜怎么拉来变去，侉老陈都是当饲养员，这多亏李村长保护了他。成立高级社的时候，六个自然村合并在一起，牲畜饲养要专门化。我们村是骡子饲养棚，而所有的牛都要拉到史村去饲养。这可要了侉老陈的命，他一时一刻，也不离开他的牛，夜里都抱着被子到牛棚里去住。他打定了主意，要不你就把他和他的牛留下，要不就把他和他的牛一起拉走。谁硬要是把他和他的牛分开，他就不活了。李村长怕这件事张扬出去，上边又要搞起什么“大辩论”一类的麻烦事。他先把侉老陈稳住，让他不要妄自行动。然后又找到六合村的村长（当时已经叫作社长了）商量，让我们村专门饲养牛，理由非常堂皇，我们村稻田多，而只有牛才适于在我们泥泞的稻田里耕作。就地饲养，就地使役，省时间，效率高，符合多快好省的总路线精神。别人提不出什么反对的意见，侉老陈和他的牛都保住了。

侉老陈和他的牛没有分开，可是他们得参加“大跃进”。男女老少齐上阵，深翻土地，“亩产二十万斤”“一步跨入共产主义”“气死美国佬”。人力深翻毕竟是小面积的，大部分土地还得靠牲畜耕。那会儿刚好有了双轮双铧犁，据说这是拖拉机的前身。有了拖拉机，耕地就可以不用牛了，侉老陈就可以放心了。可现在还不行，他的牛还得去拉那笨重的双轮双铧犁。

这可把侉老陈心疼坏了，牛把式每天牵送他的牛，他都跟人家粗脖红脸地吵架："日你娘，它怎出了这么多汗，刚从河里捞上来吗？你光知道人是爹娘揍的，骨肉堆的，这牛也不是钢打铁铸的！"

牛把式外号叫小耗子，是个深浅都不在乎的随和人，侉老陈骂他，他也不恼火，只是笑嘻嘻地说："我说陈大哥，你光知道心疼牛了，也不问问把人累成什么屌样子。搞竞赛，拔白旗，公社里有人看着，连撒泡尿的工夫都没有。你摸摸，这会儿我的裤裆还湿着呢。"

劳动强度大不说，劳动的时间也越来越长。"早晨三点半，中午带顿饭""晚上打加班，昼夜连轴转""十天十夜不合眼"，这些口号越提越狂热，越提越吓人。提出来就得兑现，侉老陈的牛两天两夜都没有回来了，他沉不住气了，第三天夜里便去找。

满田里，到处灯笼火把，到处人欢马嘶。他费了好大的劲，才在这万千灯火中找到小耗子。他摇摇晃晃地赶着牛，牛摇摇晃晃地迈着脚步，那双轮双铧犁也摇摇晃晃地挪动着。似乎只要吹一口气，牛把式、牛和双轮双铧犁就会同时散了架。双轮双铧犁的扶手上挂着一盏风雨灯，摇摇晃晃的火苗似乎随时都有熄灭的危险；牛头上的铜铃铛懒洋洋地响着，那声音也是摇摇晃晃的。

侉老陈一步跨上前去，先是愤怒地夺过了小耗子手里的鞭子，然后又抱住了他的牛脖子。小耗子一屁股坐在了地上，一摊泥似的；牛也趁势卧下来，呼呼喘着粗气。

"日你娘，你不想活命，我的牛还想活命呢。累成了这个样子，你还干，干你娘的屁！"

小耗子委屈地说："不干行吗？四周围都有人监视着，谁敢偷奸耍滑，明天就开他的辩论会。"

"这黑灯瞎火的，你就是歇一会儿，谁看得见？"

"你说得好听，那些公社干部们灵着呢，看到谁的灯不晃动了，听不到谁的牲畜铃响了，他们准会找过来……"

“娘的，你肩膀上扛的是猪脑子吗？你就不兴想想办法？”

任侉老陈再怎么骂，怎么嚷，小耗子都不吱声了，他趴在双轮双铧犁上打起了鼾。侉老陈再看看他的牛，也把沉重的头枕在了田埂上。侉老陈心里一阵发酸，把身上的皮坎肩脱下来，披在小耗子身上。远处，传来了公社干部的喊叫声：“同志们，加油干呀！要过共产主义的好日子，就得不怕多流汗……”喊叫声越来越近，像是朝这边走来了。侉老陈突然急中生智，把牛头上的铜铃铛解下来，又把双轮双铧犁上的风雨灯摘下来。然后，他一手提着灯，一手摇着铃铛，摇晃着朝前走去……

这些情况都是我在侉老陈的辩论会上听到的。那算什么辩论会，跟土改时的斗争会没有什么两样。侉老陈站在人群中间，低着头，自己诉说着破坏“大跃进”的罪行，然后公社干部“上纲上线”，革命群众帮助他“提高认识”。侉老陈毕竟是第一次经受这阵势，面如土灰，两腿发软，他倒是真的把裤子都尿湿了……

辩论会后，他便被送到公社劳改农场改造。原来说要改造一个月的，李村长去说情，半个月后就放回来了。

他回来以后才知道，他的牛已经死了。就是那天夜里，它和小耗子一起倒了下去，小耗子睡了一觉又爬起来了，而它再也没有爬起来……

五

这场“大跃进”之后，便是一场大饥荒。饥荒的年代总是要出一些稀奇古怪的事情，村里闹起了鬼。

首先看到鬼的是小耗子，说鸡叫头遍的时候，他出来撒尿，有一个黑影从他后院溜走了，第二天一看，他家的藏仙楼倒塌了。开始人们半信半疑，说是人肚子饥，容易头晕目眩，夜里看到个黑影并不足为怪。至于藏仙楼嘛，天长日久，自然会倒塌的，何况那玩意儿本来就是用碎砖烂瓦堆起来的。

紧接着，一家两家，十家八家的藏仙楼都倒塌了。人们对鬼的传说也越来越可怕。有人说是一个披头散发、青面獠牙的恶鬼，有人说是一身素白、红口白牙的女鬼，还有人说，黑影过后，就会闻到一股骚味儿。也许是狐狸大仙愤怒了，不愿意在这不仁不义的小乡村里住下去了，它们搬走了，走时连老窝儿都要自己捣毁。

人们就是这样，家里有藏仙楼，拜着不大诚心，放着也没什么用处，至于狐狸大仙能给谁带来什么吉祥，谁也不去深究。人们已经熟悉了这种“虽有如无”的生活。然而一旦这没用的东西坍塌了，消失了，人们才顿悟它的价值、它的存在意义。藏仙楼坍塌了，这是不得了的事。过去的日子再苦，再穷，只要能熬过来，活下去，似乎都是靠这从未引人注意的藏仙楼支撑着。现在大难就要临头了，世界末日就要到来了。人们惶惶不可终日。恐惧像饥饿一样席卷了小乡村，折磨着每一个人。

解铃还得系铃人。既然藏仙楼是侉老陈盖的，现在人们都去问侉老陈，也把避灾躲难的希望寄托在侉老陈的身上。

侉老陈可不再是昔日的侉老陈了，先前的神气一星半点儿都见不到了。他不洗脸，不理发，不换洗衣服，蓬头垢面，一身肮脏。他跟谁也不说不笑，见了面连个招呼也不打。若是有人问起藏仙楼的事，他便翻开眼皮，狠狠地扫你一眼。那目光是阴冷冷的，使人感到不寒而栗。

于是，村子里出现了新的传闻，说是侉老陈的魂灵被狐狸大仙带走了。现在附在他身上的是一个恶鬼，一个阎王殿里逃出来的恶鬼。人们又开始对他怜悯起来，丢了女人，死了牛，又被鬼魂缠住了，真是倒霉到家了。有几个好心的老太太还张罗着到史村请一个男巫，为侉老陈驱驱邪。据说，此事被李村长制止了。

外祖父病故了，父母亲带着弟弟妹妹去奔丧，我因为已经上学，耽误不得功课，便留下来。我在伯父家吃住，可我家还养着几只鸡，每天晚上，我得回来把鸡喂一遍，把鸡窝堵好。这一天晚上，下着蒙蒙小雨，我办完这些事就匆忙出来，要到伯父家里去。我刚出院门，忽然听到砰的一声巨响。我吓了一跳，定睛一看，原来是侉老陈。他正举着一把大镐，朝我家的藏仙楼上刨着。他大概以为我家没有人，正在大胆放心地干着，丝毫没有意识到我会出现在他面前。

我站在他的对面，一直看着他把藏仙楼刨塌，砸碎。我一点儿也不害怕，也不觉得气怒。我只是对他这种举动不理解，想弄清这到底是怎么回事。

他停下镐以后才发现了我，借着从农善社办公室里放出来的灯光，我看到他有那么一点儿尴尬，有那么一点儿难为情。但很快他恢复了那阴冷冷的面孔。我们面对面地站着，谁也不想先离开。

“村里的藏仙楼是你刨塌的?”我问。

“是我。你去对全村人说吧，这是我干的!”

“藏仙楼都是你盖的，为什么又把它刨塌?”

“我为大伙盖藏仙楼，是想让大伙儿过好日子。如今我混成了这个样子，哼！谁也甭想舒坦!”

他说这几句话的时候，是那样的理直气壮、那样的咬牙切齿。我呆愣愣地，越看越觉得他像个青面獠牙的恶鬼，不由得毛骨悚然。我跑了……

六

侉老陈死了，就在我看到他刨藏仙楼不久后死的。他死以后，还剩有半盆白面、一罐小米，还有一簸箕玉米。这在那饥饿的年代里，是一笔多么巨大的遗产呀!

可是，他把所有吃的东西都撒上了药，倒上了煤油……

我不明白，他的心为何变得那么狠，那么毒。

1985年11月于武大湖滨八舍

黑牙村纪事

一

野人怀土，小草恋山。离开家乡的时日越久，越对那片养育过我的土地怀着一种骨肉般的思恋之情。我记忆中的那个小乡村是荒僻的、贫困的，如同一个家境贫寒的母亲为了养育众多的子女，耗尽了她全部的心血、汗水和青春年华，使她变得苍老而又丑陋。那歪七扭八长满茅草的土坯房，那枝枯叶黄永远也长不高的小榆树，那结着厚厚碱疤的像生了牛皮癣一样的街道和土地，还有那浑浊、苦涩的水——那是母亲伤心的眼泪。这一切都让我厌恶过，使我下决心离开她远走高飞，到外边的大世界里去寻找一块肥田沃土。

找到了吗？难说。

是的，家乡的水是浑浊的、苦涩的，用这种水，洗出的衣服是僵硬的，做出的豆腐是锈黄的。女人们用它来洗头，脑袋上总是黏糊糊的，头发结成一缕一绺，永远也不能蓬蓬松松地散开。村里人都有喝茶的习惯，可是用这种水，多好的茶叶也沏不出味道来。那用来烧水的铁壶，三五天不清理，壶底上就会沉淀一层厚厚的水垢。

我那会儿却尝不出那水的苦涩。因为我呱呱落地吮吸的第一口乳汁，就是用这苦涩的水酿成的，然而有一点我却不能忍受，尽管小村人祖祖辈辈都在毫无痛苦地“忍受”着，我却不能。那就是喝了这种苦涩的水，牙齿就会渐渐变黑。

在我们那个小乡村，人人都长着一嘴黑牙，漆黑漆黑的，闪着亮晶晶的光泽，像是涂着一层彩釉（我幸亏离开家乡较早，但至今牙齿上还保留着淡淡的黄斑。这黄斑无论用什么"特效"牙膏也是刷不掉的)。在马驹桥镇那人山人海的集市上，卖主一吆喝，买主一还价，就会立即让人认出黑牙村的人。就是走出三五百里，不用通名报姓，也能找到故乡人——全凭这一嘴黑牙！

外乡人把我们那个小村谑称为"黑牙村"，我很为这名字感到丢脸。表叔却满不在乎，他理直气壮地说："黑牙怕什么？啃猪蹄不香吗？"

细究起来，表叔这一辈子怕也没有痛痛快快地啃过几次猪蹄。

二

表姐很在乎牙齿的颜色。据我看，跟她般上般下的姑娘也都很为这一嘴黑牙苦恼。别村的姑娘都喜欢春天夏天，好展示她们美丽的腰身和多彩的服装；黑牙村的姑娘却喜欢冬天，树叶刚一落，她们就每人捂上一个大口罩，把嘴巴严严实实地遮盖起来。我们一帮尕杂子想方设法地淘气，见到她们就喊："从南京，到北京，没见过驴屁股打补丁。"姑娘们很恼火，把我们追得四处逃散。被她们捉住可不得了，给你来个"猴剔牙"，耳朵根子被揪得疼三天。

其实，黑牙村的姑娘们个个都出落得水葱儿似的鲜嫩漂亮，又一个赛一个地心灵手巧。特别是表姐，更是拔了尖的姑娘头儿，她脸蛋儿很圆，红扑扑的，显得皮肉很鲜嫩。她的眼睛很大，睫毛又很长，两只眼睛一忽闪，似乎都能听到上下睫毛相碰时发出的细微的沙沙声。她的小鼻子调皮地向上翘着，鼻尖上有几个淡淡的雀斑，更是逗人爱怜。她在马驹桥镇照了一张半身像，放得比真人小不了多少，摆在照相馆的橱窗里，可神气了。只是那张照片太严肃了，一点儿笑模样也没有。我知道她那小心眼里想的是什么，准是怕开口一笑，露出那一嘴黑牙。

这一嘴黑牙真难为了表姐，亏待了黑牙村的姑娘们。

表姐长得很漂亮，漂亮的姑娘难免有几分高傲。很多小伙子都喜欢表姐，有事没事都往她身边凑。家里要是有点儿活儿，无论是脱坯、搭炕，还是挑水、浇园，总少不了有人前来帮忙。晚上表姐要是出村去看电影，前后左右呼啦跟着一大帮，这个递瓜，那个递桃，连我都沾了不少光。可是我渐渐地发现，表姐只喜欢一个人。

他叫吴天山，我叫他“白牙哥”。

听表叔说，白牙哥的父亲很小就出去闯世界，后来不知怎么当上了石油工人，在外边成家立业了。白牙哥就是在天山脚下出生的，他的父亲是在大沙漠里渴死的。我想象不出来大沙漠是什么样子，一定很干很干，一滴水也没有。渴还能死人，这在我们那常年水泡着的小乡村的人心里，是怎么也想不通的。白牙哥是去年才跟着母亲回来的。表叔说他们是寻“根”来了，人行千里，落叶归根，他们的“根”就在黑牙村。表姐不同意表叔的说法，她说白牙哥是初中毕业生，本来在那边可以找一个很体面的工作，人家学习邢燕子，回来建设新农村。

表姐总是处处护着白牙哥，谁要是伤害他一点儿，她便挺身而出跟谁干。白牙哥留着个大分头，长长的发梢经常垂落下来，遮住他的右眼，于是他使劲一甩头，发梢便上去了。这甩头的姿势很美，很优雅，很有“派”，引起我们这些“秃葫芦瓢”的嫉妒，我们便唱顺口溜编派他：“留分头，抹板油，搞个对象不发愁！”白牙哥不急也不恼，还冲我们嘿嘿地笑。表姐可不答应，听见我们唱这顺口溜，便一人一个耳光，毫不客气。夏天，男人们下地干活，大多都穿一条短裤。白牙哥却穿一条盖上脚面的长裤子，往地里一走，便被露水打湿了半截，又沾满了泥土、草叶，湿溻溻、沉甸甸的。表叔看不惯他这么糟蹋衣服，说他“不是正经八百的庄稼人”。表姐却为他争辩，说人家是讲“文明”，“文明人越干脏活越要穿工作服”。听听，她好像比表叔懂得还多，惹得表叔把脸拉得老长。

白牙哥回村以后，第一件事便是办起了民校。李村长兼任校长，他当老师。每天晚上，差不多全村的青年男女都去听他讲课。表姐也想去，表叔有点儿不愿意，可又没有充足的理由阻拦她。表叔过去在城里学过徒，认识几个字。他自称见过世面，思想开通，是个“新派”人物。可让表姐黑天半夜跟一群小伙子掺和在一起，他怕人家嚼口舌。他无疑是爱表姐的，也爱他自己的脸面。最后决定让我跟着她，说是怕她害怕，给她做个伴儿；实际上是给她安个小尾巴，限制一下她的“野性”。限制得住吗?

民校设在村东头的大庙里，殿堂里的泥胎搬走了，用砖头垒起了几十张课桌。吊在屋顶上的两盏汽灯嗞嗞地叫着，把散发着霉味和土气的教室照得灿如白昼。姑娘们大概都喜欢白牙哥，因为她们进教室以后，争着抢着往前坐，把小伙子们都挤到后边去了。

白牙哥站在前边讲课，有时还教大伙儿唱歌。他教的第一支歌是“蓝蓝的天上白云飘，白云下面马儿跑，挥动鞭儿响四方，百鸟儿齐飞翔”。这歌很美，很诱人，把我带入了一个新奇而辽阔的世界。在一个相当长的时间里，曾经引发了我无边的遐想。

他讲课，唱歌，一张嘴便露出那让人眼馋的白牙。他的牙齿真白，一颗挨一颗像玉米粒一样排列得整整齐齐。在明晃晃的灯光下，他那洁白的牙齿一闪一闪，发出亮莹莹的光泽。我敢说，他的牙齿是半透明的。你如果趴在他面前，对着他那光洁的牙板一照，里边准能映出你的影子来。就因为这一点，我特别喜欢他，简直被他迷住了。

表姐喜欢他，不知是不是也因为他那一口白牙。

三

我觉得白牙哥是世界上懂得最多，也是最“能”的一个人。他知道人是猴子变的，煤是大树变的。还从表叔买来的那些硬煤块中，找出了许多树枝树叶的痕迹。表叔不信，我和表姐信。他还说应该消灭“三大差别”，要把农村建设得像城市那样，“楼上楼下，电灯电话”；要让农民像工人那样，一天只干八小时的活儿，星期天还要休息；要让所有的人都学文化，“变成知识脑袋瓜”。他一说这样的话，表姐就开心得笑，笑得忘记了她那一嘴黑牙。

我们那个小乡村，差不多是被水泡起来的。全村百十户人家，稀稀拉拉地疏落在几个大水洼的旁边。夏秋之季，天上一下雨，四面八方的水一齐往村里灌。大水漫过了门槛。喇喇蛄、屎壳郎，还有“卖油的”“卖酱的”，都争着抢着往炕沿上爬。村里人出不去，外村人进不来。这家到那家，即便只隔一条道沟，也要搬根檩条儿搭个独木桥。一天到晚，村头上总响着大车把式那声嘶力竭的吆喝声。进进出出的大车，没有不窝在村头那烂泥潭里的。那吆喝声很响，伴随着噼里啪啦的鞭花声，在水面上哗啦地飞，震得家家户户的窗户纸哗啦啦地响。被浑水淹泡得软塌塌的小村庄顿时有了几分生气，洪水一退，太阳一晒，其实那烂泥潭坚硬得很，像岩浆凝结成石头。今年的车道沟、牛蹄窝、人脚印，能保留到来年雨季都不变形，不走样。这里的泥土就是这样怪：晴天一块铜，下雨一窝脓。

白牙哥曾经有一个颇有气魄的设想：把村子西迁二里，那里是一片沙土地，地势又高，离马驹桥镇又近。他跟表姐两个人用了半个多月的时间画了一张设计图。房子是一排一排的，一水儿的玻璃门窗。有小学校、供销社、青年俱乐部，还有一个高耸入云的自来水塔。房子中间有一条笔直宽阔的大街，街两旁栽满了洋槐树。街道是用沥青铺成的，白牙哥说，沥青是炼石油剩下的残渣，用它铺成的街道又干净又平整。躺在上边打滚，身上都沾不上泥土。

白牙哥把那张设计图交给李村长，李村长笑着说："这主意好是好，可我办不了，等你当村长的时候再办吧！"白牙哥一直也没有当上村长。因此，三十年来，小村庄尽管人口增添了一倍，却依然拥拥挤挤地坐落在几个大水洼旁。

四

"表姐，你说白牙哥的牙为什么是白的？"我装出一副大人样儿，故意问她。

"他从小是在外边长大的，没喝咱黑牙村的水，所以牙不黑。"

"得了吧，我知道，他的牙是刷白的！"

"去，没眼猪——瞎嘞嘞！"

"你还不信？我早晨去放羊的时候，看见他站在院子里刷牙。用一把小刷子，还蘸着白粉……"

我详尽地描述着我看到的一切，表姐相信了。第二天一早，她说要跟我一起去放羊，还假模假式地拿着一把镰刀，装着要出村去割羊草的样子。

白牙哥的家在村子的西北角，三间长满茅茅草的土坯房，一座爬满牵牛花的青篱小院。他家的房后边是一片小树林，那里边长满了羊最喜欢吃的青草野菜，有爬拉蔓、水稗子、苣荬菜、马齿苋等等，我一直不知这是白牙哥的家，过去这里住着一个叫作"狗白等"的老人，是专门管打更下夜的。半夜从梦中醒来，有时恰巧能听到他那更梆的敲击声。一更天敲一下，二更天敲二下，三更天敲三下……那声音单调、哀凉，像一只远去的孤雁。在这万籁俱静的深夜，能引起失眠老人哀伤的回忆，能牵动怀春姑娘的万缕情思，也能为我们这些胆怯的孩子更增添几分恐怖。据说"狗白等"是白牙哥的远房爷爷，白牙哥跟着母亲回来以后，他便搬到村东大庙里去住了。

我们赶着羊来到白牙哥的小院外，表姐急忙蹲下身子，双手扒开缠着篱笆的牵牛花，从篱笆缝往里瞧。白牙哥刚刚起床，穿着白短裤，红背心。他身上也很白，一疙瘩一块的腱子肉使他胸脯子鼓绷绷的，显得很结实。你要是冲上去给他一拳，一定会"嘭"地一下子把你弹回来。他又像昨天那样，用一把小刷子刷起了牙，嘴角上溢出了一团白色的泡沫儿。刷完以后，他又高高地昂起头，冲着刚升起的太阳喷着水，他的眼前立即飘起一团彩虹般的雾气。

表姐瞪着眼睛看得入了神。我那小羊羔真坏事，一高兴便咩咩地叫起来。白牙哥转过身，发现了我们，穿着短裤就走了过来。表姐不知为什么那么惊慌，双手捂着脸，起身就跑，像是做了贼似的。连我和小羊羔都不顾了，多自私！

几天以后，表姐也有了那么一把小刷子，还有包白粉面，她说是从马驹桥镇上买来的。每天晚上，等家人都进屋睡觉以后，她便蹲在葫芦架下刷起了牙。她使劲呲呲啦啦地刷着，刷了一遍又一遍，总也刷不完，刷得牙床子都流出了血，恨不得在一夜之间，把那层厚厚的黑釉全刷掉。表姐的牙床和嘴唇被刷得肿起了老高，连吃饭都张不开嘴了。表叔骂她"吃饱了撑的"，她一声都不响。我理解她的心情，好心好意地告诉她，白牙哥不是那么个刷法，她应该找他学一学。她却跟我翻了脸，气得一下子撅断了牙刷，摔碎了牙缸，趴在葫芦架下呜呜地哭了起来。

我真不知道怎么触犯了她，心里觉得怪委屈。

五

这一天，村里来了一个江湖医生。这不算是什么新鲜事，在我们那个偏僻的、缺医少药的小乡村，各种各样的江湖医生是经常光顾的。他们有的会几套拳脚，有的会几手戏法，有的拉只猴子或狗熊耍耍小把戏。进村以后，先是打个地摊儿，然后把一面破铜锣敲得山响。这叫“打通”，为的是招徕顾客。围上去的固然先是我们这些孩子，接着便是妇女、老人，最后那些男子汉也经不住诱惑，慢慢地凑了上来。等人差不多了，江湖医生草草地练两下，耍两手，便拿出他那“祖传秘方”，具有“神功奇效”的丸散膏丹，大张旗鼓地兜售起来。有治咳嗽痰喘的，有管半身不遂的，有叫哑巴说话的，有治不生儿子的……凭着他那三寸不烂之舌，把东头大庙前的石狮子都说动了心，恨不得也买俩吞进去。庄稼人屡屡上当受骗，可总也不接受教训。江湖医生总有办法把农民那攥得紧紧的几个钱从手缝里抠出去。

这个江湖医生怪新鲜，他不会拳脚把式，也没带狗熊猴子，更没有敲锣“打通”。他声称能把黑牙治白，并且当场试验，不见奇效不收钱。这一下可把年轻人吸引住了，大姑娘小伙子把他团团围着，争着抢着请他治牙。只见他拿着一把小摄子，捏起一个棉球儿，从一个小瓶里蘸一点儿药水，在人们的黑牙板上轻轻地擦着。不大一会儿，牙板上那层黑釉渐渐地褪去了，露出了一层发黄的颜色。年轻人惊喜地赞叹着，江湖医生更加神采飞扬：“看到没有？第一次由黑变黄，第二次由黄变浅黄……三次三块钱，保你换上一口漂漂亮亮的白牙！”

天哪！花三块钱就能买一口白牙，就能解除终生之苦，就能变成一个毫无缺陷的美男子或漂亮姑娘！表姐也兴奋地挤在里边，脸颊由白变红，由红变白。她刚在江湖医生面前的小方凳上坐下，还没容张开嘴，就被一只大手猛地拉了起来。

来的人是白牙哥，他气喘吁吁，是刚从远处闻讯赶来的。他叫着表姐的名字，急切切地说："珍子，你不能治！你知道他那擦牙的药水是什么吗？是盐酸，盐酸，你懂吗？连金属都能被它腐蚀，你，你那牙受不了……"

表姐遭到白牙哥的阻拦，满脸又涨得通红。她紧抿住嘴唇，嗫嚅了半天，突然顶撞了白牙哥："我不怕，我偏要治，你甭管！"

白牙哥也动起了火："你敢！不许你毁自己！"

"这嘴破牙，我就是要毁！要毁！"表姐是带着哭腔喊出这句话的，噙在眼里的两兜泪水被她那长长的睫毛剪断了，溅落在她那痛苦的脸颊上。

我第一次发现，白牙哥在表姐面前失去了"权威"；我也第一次发现，表姐对她那一嘴黑牙，是如此深恶痛绝！

奇怪的是，青年们都站在表姐一边，他们挡开白牙哥的苦苦劝阻，仍然争先恐后地往江湖医生跟前凑。白牙哥气得一跺脚去找李村长。李村长把江湖医生带到大庙里去了……

那天晚上，我趴在民校教室的窗台上睡着了。当我醒来的时候，屋子里空荡荡的，只有讲桌上那盏灯头捻得很小的汽灯还在咝咝啦啦地响着。我忽然听到窗子外边一阵抽抽咽咽的哭泣声，抬头一看，窗前的丁香树下，晃动着两个身影，那是表姐和白牙哥。是表姐在哭，她好像哭得很伤心。白牙哥在一旁轻声地劝慰着："珍子，别难过了。我不嫌你牙黑，一点儿也不嫌。"

表姐哭得更厉害："我嫌！我嫌！我自己嫌自己！"

"别说傻话了，江湖医生那办法不行。即使把那层黑斑全擦去，以后还会长出来。你知道，咱村的井水里含有一种叫'氟'的物质。喝了这种含氟量过大的水，就会引起氟中毒。轻的变成黑牙，重了还会使身体变成畸形……"

"生在这个鬼地方，咱祖祖辈辈，都生在这个鬼地方！"

"珍子，别那么悲观。我最近查了好多资料，像咱村这种情况，只有浅水层含氟量大，要是能打一眼深水井，就能让全村人都喝上含氟量最低的水，我们的儿孙后辈就能长出一口白牙齿……"

表姐不哭了，她似乎也振奋起来了。两个人在丁香树下嘀嘀咕咕的，我越来越听不清了。我只是迷迷糊糊地想：水里怎么也有一个“佛”呢？

六

尽管我们村的水那样苦涩，可是到了夏天，人们照样保持着喝生水的习惯。表叔从地里干活儿回来，通身是汗，总是打发我去给他打水。我提着一个铁吊子，吊梁上拴一根细麻绳。来到房后的井边，把吊子往井里一扔，咕嘟嘟灌满了水。提上来以后，吊子底儿不能沾地，提水人不能回头，径直走进家门。表叔直接把吊子接过来，仰起脖便咕嘟嘟地灌进肚子里。然后长出一口气，用胳膊抹去嘴角上的水珠儿，显出一副无比舒服畅快的样子。这样打来的水叫作“井拔凉”。喝了可以清热败火，开胃顺肠，疾病全无。

然而每到夏天，村民们总是闹一阵痢疾。有的会整家整家地病倒，大街上晃动着蔫头耷脑的人们。总有几个老人、小孩儿，或者身子骨不壮的人挺不过去，见了阎王。那时候人们已经知道这种病是通过病毒传染的了，罪魁祸首当然是那可恶的苍蝇，还有那些没有洗净的瓜果梨桃。谁也没有怀疑井水，人们尽管上吐下泻，还是照常咕嘟嘟地灌“井拔凉”。

我们村的水井，水面大多很浅，井台也很低，有的干脆没有井台。天一下雨，洗衣服的脏水，饮牲口的剩水，还有街道上的人粪马尿就会一齐流进井里。雨水一大，水面和地面差不多相平了。拿只水瓢，可以直接从井里舀上水来——水井变成了水缸。把水舀上来，常常发现瓢里还有一只欢蹦乱跳的大蛤蟆。老辈人讲，“井里的蛤蟆酱里的蛆”，那是不脏的。把大蛤蟆捡出来，瓢里的水照喝不误。酱缸里生了蛆，用笊篱捞一捞，那酱也绝不会被糟蹋。要是蛆实在多得捞不完，就把它用石磨磨一磨，把蛆磨碎在酱里，平添了不少荤腥，吃起来更有味道。还有人煞有介事地引证说，过去马驹桥镇“一条龙”饭馆，有一种叫作“炒肉芽”的名菜，就是用酱缸里生的蛆烹制的，连乾隆皇帝尝了都赞不绝口呢！

这一天晚上，民校没有上课。在白牙哥的带领下，青年们每人拿着一个马粪纸卷成的广播筒，散布在村子的各个角落，搞起了土广播。白牙哥跟表姐一组，算是第一号广播台。他们喊一句，下边的组就重复一句，然后依次传播开来，整个村子里，喊声嘹亮，此起彼伏，煞是新奇热闹。

动员起来除四害……

井水消毒讲卫生……

坚决防止痢疾病……

那时候，人们已经习惯了各种各样的宣传，对于“土广播”这件新鲜事，人们更多的是注意哪一句是哪个姑娘或小子喊的，谁的嗓门最大，谁的声音最好听。而对于他们所喊的内容，则不大往心里装。没想到，第二天青年们却把宣传变成了行动，这一下触犯了家家户户，引起了一场轩然大波。

早晨起来，女人第一件事是倒尿盆，男人第一件事是挑水。当我闻声爬起来的时候，看到官井沿儿上已经堆满了人。开始是前来挑水的男人，后来那些没有梳妆的女人也都掩着衣襟跑来了。井台上放着一桶桶刚打上来的井水，那水是浑浑浊浊的，散发着一股呛人的氯气味。人们嗡嗡嘤嘤，议论纷纷，有的还愤怒地咒骂着。

“真缺德，往井里撒毒药，安的什么心?”

“我还等着用这水泡凉粉呢，这顿饭还怎么吃呀?”

“这帮年轻人，胡闹得没边了……”

白牙哥来了，他耐心地向人们解释，这井里撒的不是毒药，是漂白粉。漂白粉能消灭病菌，有点儿怪味没关系，喝了不得痢疾……谁也不听他这一套，人们把他包围起来，指鼻子剜眼睛地指责他。村里的人就是怪！能习惯这水的苦涩，能容忍井水里的“佛”把他们的牙齿变黑，却死活不能容忍这漂白粉的怪味道。

事情越闹越大，好多人家都因这水里掺了漂白粉而没有做饭，把上工都耽误了。最后，人们把李村长找来了。李村长这次可没有支持白牙哥，而是当着众人的面把他狠批了一顿。说他妨碍了人们生活，影响了生产，还让他写一份书面检查。

那天晚上，民校又没上课。白牙哥不知跑到哪里去了，青年们到处找他。表姐似乎知道一点儿底细，她拉着我出了村，直向凉水河大堤奔去。借着朦胧的月光，我看见他一个人坐在荒草滩上，双手抱着头，像个石头人一样，一动也不动。表姐拉着我轻轻地走了过去。

他沉重地抬起头来，我看到他的眼角上印着两道泪痕，他哭过。

“珍子，我，我要走了……”过了半天，他才低沉地说。

表姐似乎吃了一惊：“你到哪儿去？”

“我去当石油工人。”

“当工人去？你……你不建设新农村啦？”表姐好像急了。

白牙哥苦笑着说：“是啊！我真想过。想把我全部的光和热献给家乡。可是，一瓢一瓢的冷水在浇着这盆火。我，我一个人，怎么燃烧啊！……”

他的声音哽咽了，我一阵心酸。……我觉得天底下，白牙哥是最可怜的人了。

七

白牙哥到底没有走。不知是表姐把他劝住了，还是李村长把他说服了。李村长早已不是什么“村长”了，成立农业社，他当了社长；公社化以后，他又成了生产队长。人们还是称他最初的官衔，不愿意改口，连这么一点儿习惯也不愿意改。

有一件事使白牙哥突然振作起来，他高兴得差点儿发了疯。上级指示各村打井抗旱，并且拨来一笔专款。虽说黑牙村就守着大水洼子，再怎么旱也没事儿。可这是任务，是必须完成的。白牙哥知道了这个消息以后，立即拉着表姐去找李村长。建议用这笔钱打一眼深水井，地址就选在村西口。这样往外可以浇地，往内可以供应村民们饮水，一举两得。

几乎没费什么口舌，李村长居然采纳了他们的建议。李村长是个重实际的人，他不仅考虑到人们吃水的问题，更主要的，村西口是一片菜园子，把井打在那里，便是好钢用在了刀刃上。一亩园顶十亩田嘛。

白牙哥那股狂劲儿就甭提了。他每天骑着那辆“飞天掌”牌自行车（他那辆车蹬起来沙啦沙啦有节奏地响着，像是一种“飞天掌”的蚂蚱抖动着翅膀，于是我们便为之授此雅号），进城上镇，来往奔波，马不停蹄。联系脚手架呀，借井锥滑车呀，筹备砖沙石料呀，他把这一切都包揽下来了，俨然是打井的总指挥。

那会儿所谓打深水井，不过是经过革新的砖井。砖井打好以后，再用井锥从井底往下凿一个很深很深的泉眼。然后把掏成窟窿的竹竿用棕包严扎牢，一根一根接起来竖进泉眼里。这样，地下的泉水通过棕过滤进入竹竿，源源不断地喷到井里。

这活说起来简单，干起来却是一项相当精密复杂的工程。单说那从井底往下凿泉眼吧，在井上面竖起一个十几丈高的脚手架，一张用碗口粗的榆树干弯的大弓吊在脚手架上，那沉重的井锥用接起来的竹片垂吊在弓弦上。四个彪形大汉脱光了膀子，齐心协力地压着连在井锥上的十字杠。压下去，弹起来；弹起来，再压下去。大弓嗡嗡地响着，声音是浑厚的、圆润的；竹片嘎嘎地叫着，声音是尖啸的、欢快的；而那井锥沉重地敲打着井底，和压锥人发出的低沉的“哼哟”声，则像是立体声音乐中那节奏感极强的低音层，从那洪大的音响中很有力地迸射出来。井锥灌满了泥沙以后，便把那长长的竹片接到脚手架顶端那硕大无朋的轮子上。两个身强力壮的汉子爬进大轮子里，用双脚用力地蹬着。轮子像风车一样在云端里旋转着，让人看了心惊胆战，眼花缭乱。这简直是精湛的杂技艺术，是勇敢、力量与美的结晶。

一眼深水井至少要打十天半月，稍不顺利，还要拖更长一些。在这一段日子里，全村人都处于一种亢奋状态，我们这些好奇的孩子们更是整天守在现场上，大人不脱下鞋来威吓，是决不肯回家的。女人是不能上前的，在我们家乡，诸如盖房、打井这种庄严隆重的工程都是谢绝女人观瞻的。一旦有女人违背了这规矩，不但事主倒霉，女人本身也会受到报应的。哑巴白铁匠的儿子是兔唇，我们那个地方叫“豁子”，据说就是他媳妇带着重身子去娘家，村口正有一家盖房的，木匠师傅的斧头把她肚子里那宝贝儿子的上唇砍豁了。像打深水井这样如此壮美的工程，女人们居然无此眼福，我真为她们感到不平。别的女人也许忍得住，表姐怕不行。因为白牙哥整日整夜地守在井边，他们那么长时间不见面，受得了吗？

李村长带着几个有经验的人在井下挖泥盘砖，白牙哥在上边指挥着拉滑车。拉滑车也很好玩，白牙哥手里挥着一面小旗子，昂着头，颇有气势地高喊着："拉——滑——车——哟——"随着他的号子，十几个小伙子拉着绳子飞快地向远处跑去。滑车嘎啦啦地响着，像湍急的山泉冲击着满河的石块，像几十辆花轱辘怪车在石子路上奔跑。白牙哥的喊声像一块拴着绳子的飞镖向远方抛去。一直抛到了天的尽头。突然，白牙哥把喊声一收："回——来——哟——"顷刻，滑车的响声和小伙子们像闪电似的又回到了井边……

井底下大概是冰凉刺骨的。每隔一段时间，李村长他们就坐着滑车上来，大口大口地喝着酒，蹦蹦跳跳地烤着火。打井工地上堆满了烤火用的稻草。有时候也有人把白牙哥换下来，让他休息一会儿。他不喝酒，只是四脚朝天地仰卧在稻草堆上，久久地凝视着头顶上的蓝天、白云和白云缠绕的脚手架。我悄悄地凑到他的身边，好奇地问："白牙哥，你在看什么？"

"看生活。"

"看什么生活？"

"看未来的生活。"

"未来的生活是什么样子？"

"很美很美，像早晨的霞光……"

我听不懂他的话，但看得出来，他心里一定很兴奋，很激动，两只眼睛像喝了酒一样，醉迷迷的，闪着早霞般的光芒……

就在这天夜里，发生了一件可怕的事情。井壁塌方了，把李村长和另外几个人捂在了里边。全村顿时乱成一团，灯笼火把，惊呼怪叫，鸡飞犬吠。我也被惊醒了，光着身子就跑了出去。人们用担架抬着受了伤的人，拼命地往马驹桥镇上跑，女人跟在后边发疯般地哭号着，叫喊着……

一阵混乱还没有平息，又一阵混乱像浓烟似的滚来了。天呀！白牙哥和表姐五花大绑着，被人们推推搡搡地走过来。人们愤怒地撕打着，叫骂着，往他们身上啐着唾沫。他俩披头散发，满脸铁青，衣服都被撕破了。我被吓得哭了起来……

过了很长时间我才弄清了事情的缘由。原来人们把李村长他们从井下救上来以后，发现了白牙哥和表姐搂在一起睡在稻草堆里。这还了得？一个女人不但违反清规来到了井边，而且还跟一个男人睡在一起，能不受到惩罚吗？人们把这场灾祸统统归罪到白牙哥和表姐身上了。他们被带到了大庙里，说是第二天还要到马驹桥镇上游街示众，向龙王请罪。幸亏李村长的伤不重，第二天一早闻讯后就骑着毛驴赶回来，制止了事态的发展……

我说过，表叔是一个极好脸面，脑子里又装有许多旧东西的人。自己的闺女招来这么大的灾祸，他觉得对不起乡亲；闺女被人家“捉了奸”，他更觉得没脸见人。乡亲们放了表姐，表叔却不依不饶。他插上门，把表姐吊在房梁上，用“懒驴愁”蘸上盐水抽，抽得表姐皮开肉绽，表姐一声都不吭。三天以后，他就把表姐草草地嫁了出去，嫁到了千里之外的内蒙古……

八

表姐出嫁不久，我也离开了家乡。那眼深水井自然是报废了，后来便被人们填平了。现在，恐怕连一点儿痕迹都找不出来了。有谁能记得，这里埋藏着当年那壮美的场面、壮美的音乐、壮美的憧憬与追求呢？

白牙哥怎么样了呢？我只听说他后来也结了婚，媳妇是花三百块钱的彩礼从河北省“买”来的。他们合得来吗？幸福吗？我很想知道这一切。

前不久，我正准备行囊，要到一个旅游胜地去参加某刊物举办的笔会，一个陌生的小伙子进了门，他个子高高的，显得很剽悍。方方正正的脸盘上长满了“青春痘”。两只眼睛很大，眼神是天真的、腼腆的。我正在困惑，他咧开嘴羞涩地一笑，露出了一嘴漆黑的牙齿。

我顿时醒悟了，这是我的故乡人，谁呢？

小伙子说话了："爸爸让我来找您。"

"你爸爸是谁？"

"吴天山，您记得吗？"

怎么不记得呢？我首先记起了他那一口诱人的白牙，还有……不过，看着白牙哥的儿子那一嘴漆黑的牙齿，我心里涌起一股不可名状的酸楚……

"爸爸托你买一批自来水管，让你无论如何要帮这个忙……"

"什么自来水管？"

"爸爸当了村长……"

"村长？"

"你还不知道吧？咱农村又实行村长制了，乡亲们一致选他。他说，他这一辈子只当一次官，只办一件好事。他打了一眼深水井。那井水甜极了。经过化验，含氟量已降到最低点，对身体一点儿影响也没有了。爸爸说，黑牙村的后代儿孙都会变成白牙齿了……现在，只差一批水管，就可以把自来水引到家家户户的锅台上……"

小伙子兴奋了，跟我滔滔不绝地说着。我的心也激动得震颤起来。我立即给编辑部写了一封致歉信，告诉他们我不能去参加笔会了。我要跟着小伙子一起去买自来水管，尽管我还不知道这东西究竟到哪儿去买，需要什么手续。然后，我要跟小伙子一起回黑牙村去。

我要去看看白牙哥，看看乡亲们，尝一尝刚从地层深处挖掘出来的甘泉。

1984 年 3 月于海南岛—西沙群岛

老疙瘩

一

在我的记忆里，童年的全部生活大抵就是这么四项内容：挨饿、挨打、读书、干活。也有玩，玩是不合法的。犯了法是要受到惩罚的。惩罚的办法也不过是这么四项，有时是单用其一二“刑”，有时是四“刑”并用。

我这样说实在是有点儿对长辈不公平，好像我们一生下来便成了苦役犯似的。不，不是这样的。不管这四项的内容是义务还是惩罚，抑或是权力，实行起来都是有一定的尺度的，这个尺度随父母对孩子的疼爱与放纵的程度而定。虽说有松有紧，有宽有严，有疏有亲，却大抵上有一个共同的标准。超出了这个标准，便属于异类了。

老疙瘩便是个异类。

大凡叫老疙瘩的人都是众多孩子中最小的一个。娇头生，惯老生，中当间的打补丁。可见他是个幸运儿，这是说他有父母的时候。父母不在了，谁来娇惯他呢？

老疙瘩的父亲是个地主，土改时定为“恶霸”，有民愤的。那会儿已经有了人民政府，有民愤的恶霸应该由国法来制裁。村里的几个民兵却觉得国法制裁不足以平民愤，便把他从政府的班房里偷出来，拖到村北乱棒打死了。几个民兵依然义愤难平，又闯进他家将他的老婆强奸了。事后，他老婆悬梁自尽了。几个民兵也因此蹲进了监狱。

那时候老疙瘩才三岁，也算是劫后余生吧。

老疙瘩是跟着他哥哥长大的，他哥哥至少比他大二十岁，已经有了老婆孩子。

我不记得老疙瘩念过书。大概从刚会走路开始，他便拖着个小筐，提着把小镰刀，在村头上转悠。无论是打青草，还是拾柴火，他的小筐总是不满。他贪玩，没有一个孩子不贪玩的，不过他比别人贪玩得更厉害些。常常玩得丢了镰刀，撕破了衣服，或者一根青草都没有打。等待他的，自然是回到家的一顿恶揍。

他哥哥外号叫老蔫。长得人高马大，却总是蔫头耷脑，低眉垂目。他跟谁都不说不笑，走在路上总是低着头，不知是怕脚下的砖头绊他一个跟头，还是盼望着走运拾个青棒子什么的。

别看他这一副闷葫芦样，打起人来总是心毒手辣。他从不用手打人，武器是随手便可以抄得到的，笤帚疙瘩、掸子把子、顶门杠、铁锨头……而且下手从无轻重，不管脑袋屁股腰椎肋骨，他都下得去手，可足了劲儿地往上敲。看到他打老疙瘩，便使人自然地想到，当初他该是跟他爹一起被民兵乱棍打死的。那会儿虽说捡了一条命，可这条命早晚也会了结在他哥的棍棒下。

棍棒底下出孝子，农村孩子没有不挨打的。一般来说，一个家长打孩子，其他家长也是站在家长的立场上的，并且不失时机地警示自己的孩子："看到了吧，不听话就得挨打！"我在前边说过，对孩子的惩罚是有一定尺度的。这个尺度大体上是，既让孩子感觉到皮肉之苦，又不至于伤筋动骨。有的家长下手重了些，或者由于孩子嘴硬不认错停不下手来，邻居们便会上前阻拦。这是给家长一个台阶下，一般的人都会给这个面子的。

老蔫却从不给任何人面子。他每次打老疙瘩的时候，都把院门关得紧紧的。人们被关在外边，只能听见他挥着棍棒穷追猛打的声响和老疙瘩那杀猪般的惨叫。这哪里是打孩子，简直就是关起门来在棒杀一条野狗。

小村的生活是寂寞的，每天的日子都如昨日般的平淡无奇，唯有这老疙瘩挨打，倒是能在这死潭里搅起一层微澜。老疙瘩挨打大多是在吃晚饭的时候，这也是村民们最闲着的时候。老蔫的棒喝一开始，村民们便从四面八方蜂拥而来，老蔫的院外瞬间便簇拥起层层叠叠的人群。有的扒着门缝，有的爬上墙头，还有娇惯的孩子登上了大人的肩膀。我至今说不清当时的人们是一种什么心态。我们每个孩子都挨打，每个大人都打孩子。有时候我们刚挨完打，一边揉着火疼的屁股一边往老疙瘩家跑去。我们看到老蔫瞪着血红的眼睛，抡起茶碗粗的木棒朝老疙瘩身上狠敲，看到老疙瘩逃窜、求饶、惨叫，常常吓得用双手捂住眼睛。我们怕看到脑浆迸裂、鲜血喷发的惨象，可又不愿意这场恶揍没滋没味地结束。我发现，站在门外围观的大人们，大抵上也是这种心态。只是我们孩子是堂而皇之地来看热闹，那些大人们却给自己戴上了一副堂而皇之的面具。他们一边很过瘾地观看，一边又煞有介事地喊叫着："别打了！别打了！"在我看来，这喊叫无异于给老蔫鼓励助威。

二

大人灌输给我们孩子的道理是这样的：孩子要有出息，要长大成人，不但要给以糠菜，还要给以打骂。可谓是"不挨骂，长不大"，"三天不打，上房揭瓦"。大人打孩子，是为了让孩子学好，给孩子帮助，孩子挨打，是因为自己身上出了毛病。一般的打，是因为你办了错事；像老疙瘩那样的恶揍，则是因为你办了坏事。受了皮肉之苦之后应该记住，以后不要再犯类似的错误。一般地说，这种训兽式的教育方法是行之有效的，但对于老疙瘩却有限。

老疙瘩恰好把犯错误与受惩罚的因果关系颠倒过来。他每挨一次打，都要办一件坏事，小打办小坏事，中打办中坏事，大打办大坏事。大人用打骂惩罚孩子，他却用办坏事报复大人。他到底挨了多少打，连他自己也记不清了。要是说他每天都挨打，那肯定会有几天能够便宜他；要是说他隔一天挨一次打，那肯定是有若干次没有算进去。同样，他究竟办过多少坏事，也同样难以计数。我们小孩子只记住了他办的那些有意思的坏事，那不但充分显示了他的聪明才智，也同样显示了他那以牙还牙的反叛性格。

冬天那次挨打，他把老蔫放在茅房里的夜壶钻了眼，然后又用黑土封上，表面上看不出来。那会儿的农村是没有任何取暖设备的，屋子里冷得如冰窖，数九隆冬也只好多铺点儿多盖点儿，要是夜里光着身子起炕撒尿，不冻成冰棍儿才怪。因此，大多数人家都在炕沿上放一只夜壶，有了尿伸出一只胳膊迅速把夜壶拽进被窝里。睡得迷迷糊糊的老蔫正对着夜壶嘴非常惬意地放着尿，忽然觉得身子下边一阵湿热，急忙掀开被子一看，铺了三层的褥子都湿透了……

夏天那次挨打，他又给老蔫媳妇使了个损招儿。农村的茅房，大多是秫秆或玉米秆扎的，可谓遮君子不遮小人。讲究一点儿的人家，是用土坯垒的。老蔫家毕竟是个财主，土改时虽然被扫地出门了，但住的还是自家的场房，船破有底，他家的茅房居然是用碎砖头垒成的，这在全村依然是最讲究的。更讲究的是，他家的茅房里还备有草纸，塞在伸手可取的砖缝里。老疙瘩便把这些草纸上都抹上了洋刺子毛。洋刺子，学名黄刺蛾，是树上常见的一种害虫，它身上长着细细的绒毛，有剧毒。只要有一两根细毛沾在身上，就会顺着毛孔钻入体内，疼痒钻心。这一天正赶上老蔫媳妇上茅房，出恭之后，用草纸揩腚，草纸上洋刺子毛便粘在了腚上……

老疙瘩不但对他的哥嫂施阴招儿放暗箭，而且对我们这些小伙伴也一点儿都不友善。他在村子里没有朋友，总是一个人独往独来。到牛洼水库去打青草，要经过一片泥泞，有几块大石头铺路，我们可以踩着石头迈过去。这一天我们又结伴到牛洼水库去打草，一只脚刚迈在石头上，石头便翻了个儿；急忙往前边的石头上迈，前边的石头也翻了。我们正冲着满鞋的污泥发愁，却听着一阵开心的大笑。抬头一看，老疙瘩正站在一座破闸门上。原来是他搞的鬼，他把每块石头底下都掏空了，又用树枝架好，表面上看不出来。我们气急了，向他扔起了土坷垃。他却抄起破闸门上的半头砖，瞪着两只血红的眼睛，拼命地向我们砸来。向来是弱的怕横，横的怕不要命的。我们看到他那副拼命三郎的样子，吓得四散而逃……

这件事，我们自然向他哥哥告了状，他免不了又挨了一顿恶揍。事后，我们更加胆怯了，生怕他使出绝招儿来报复我们。因此，我们更加小心谨慎地躲着他，谁也不敢理睬他。

他变得越来越孤单了。他越孤单越厉害，我们越觉得他可怕……

三

有很长时间没有听说老疙瘩挨打了，似乎在这段日子里也没有见到老疙瘩的身影。老疙瘩哪儿去了呢？

人们之所以把这件事忽略了，是因为另外一件事情使寂静的小乡村喧闹起来，吸引了众多人的注意力。

疏浚凉水河工程开始了，黑牙村住进了几百名民工，大多是从河北省蓟县来的，说话大嗓，侉里侉气。他们分别住在各家各户，吃饭却在用苇席搭起的工棚里。工棚就搭在村西口的三角地上。这里离我家很近，有一次，我到官井沿上去打水，意外地遇上了老疙瘩。

我首先注意到的，是老疙瘩脚上穿的那双蓝力士鞋。我们农家孩子穿的都是能踢死牛的纳帮鞋。只有从下乡来的城里孩子的脚上，才能见到这令人眼馋的奢侈品。老疙瘩还在官井沿上洗青菜，原本是蹲着的，见我来了，故意坐在井台上，把两只脚跷起来。

我忍不住跟他打招呼，却故意不提他那双鞋："老疙瘩，这些天你到哪儿去了？"

老疙瘩仍然跷着两只脚，却不理我。

他越这样，我越不提他的鞋："老疙瘩，你怎么不到牛洼水库打草去了？"

他绷不住了，放下双脚，抬起头来问我："你叫谁呢？"

"叫你呀，你不叫老疙瘩吗？"

"我改名了，叫牛松林。"

"你怎么姓牛呢？"

"我爹姓牛我就姓牛。"

"你爹不是……"我刚要说他爹被民兵乱棒打死了，发现不妥，忙收住了口。

"我爹是炊事员。"他使劲挺着胸脯，一副很自豪的样子。

这时候，工棚里也传出了一个同样很高兴、很自豪的声音："松林——松林哎——"

老疙瘩高声答应着："爹——我在这儿洗菜呢！"

工棚门口出现了一个黑黑胖胖、矮矮墩墩的男人。我立刻认出来了，他是蓟县那伙民工的炊事员，他一进村就跟我们这些孩子混得很熟。我听他有一次跟胖村长抱怨过，他结婚二十多年了，他老婆连个会蹦的蛤蟆都没给他生出来，所以他见了小孩儿特别稀罕。

看得出来，黑胖子很是疼爱老疙瘩，比我们那些亲生的父亲还疼。他每次做完饭以后，就带着老疙瘩在村口散步。两个人有说有笑，其乐融融。还有人看见他们在村边的草地上摔跤，老疙瘩把他摔倒了，还骑在他的脖子上，他一点儿也不恼，还举起双手投降告饶。

中秋节前夕，黑胖子特意请了一天假，带着老疙瘩到北京城里玩了一天。天呀！老疙瘩这个没爹没妈、猪狗不如的野孩子顿时身价倍增，成了全村最幸运的人。在我们这群孩子当中，他第一个坐上了汽车，第一个进了北京城，第一个逛了金銮殿。这且不说，黑胖子还在北京给他买了一身新衣服和一块大月饼。那块月饼差不多有老疙瘩脸盘子那么大，乳白色的，油光光的，上边还刻着鲤鱼跳龙门的花纹。

老疙瘩可真够意思，他那块大月饼没舍得一个人独吞，而是把我们这些人召集到一块儿，让我们每人咬一小口，大家都尝一尝。我们都很自觉，张开嘴，像耗子嗑食似的嗑下那一小块儿，谁也不好意思多咬，然后，再用舌尖轻轻地舔着那一小块儿月饼，细细地品味着，一股香甜渗透了全身的每一个毛孔。

自从老疙瘩认了个胖爸爸，我们大家都不把他当外人了，都愿意跟他做朋友。老疙瘩也确实够朋友，常常从工棚里拿出一些发面馒头或小米饭锅巴给我们吃。听说凉水河工程修完以后，他要跟胖爸爸到蓟县去，我们都有点儿舍不得离开他。

就在民工们即将撤离的前几天，民工们还在吃晚饭，老蔫找来了，他声言黑胖子不能把老疙瘩带走。

黑胖子一听急了："咋啦，咱不是写字儿了吗？还有村长做中保人，你又反悔啦？"

老蔫说："反悔倒没有，可是你不能这样就把他带走。"

"咋样带走？"

“你也不问问他是怎样长这么大的？这些年他吃了我多少饭，穿了我多少衣？”

老疙瘩从旁边跳出来，急赤白脸地冲着他哥哥嚷着：“我还给你干活了呢！这些年我给你打了多少草，拾了多少柴？”

黑胖子把老疙瘩拢到身后，问老蔫：“你想啥？说吧！”

老蔫说：“别的我不要，你给我三十斤小米，咱就算两清了！”

黑胖子一听，脑袋就涨了，谁都知道，在那“低指标，瓜菜代”的年月里，要三十斤小米，比要一条人命还难。尽管黑胖子是炊事员，每天都有整袋的米从他手里下锅过勺，可那些都是大伙儿的呀！属于他的，每天只有不到一斤的指标，要是给了老蔫，他还怎么活呀？他活不成，还要儿子干什么？

民工中不知是谁喊了一声：“不就三十斤小米吗？胖子，给他！咱一人少吃一口就出来了。”

这个人的话音刚落，民工们一起喊叫起来：“给他！给他！给他……”

黑胖子两眼含泪，像一根石礅子似的戳在工棚门口，不知该如何是好。

一个穿着白围裙的炊事员早就提出了一个米口袋，放在老蔫的脚下：“我称好了，三十斤，不信你再称称！”

黑胖子急忙转过身，把老疙瘩推出来，带着哭腔说：“孩子，你不是我一个人的儿子，你是大伙的儿子，快给大伙磕头，叫爹！”

老疙瘩咕咚一下跪在人群里，声嘶力竭地叫了一声：“爹——”

这一声爹刚落地，工棚里立即响起了撼天动地的答应声：“哎——”

老蔫急忙弯下腰，提起那袋小米，贼一样地溜走了。

四

谁也不知道老疙瘩是什么时候走的。突然有那么一天早晨，我们跑出家门以后，发现那苇席搭成的工棚拆了，那些说话侉里侉气的蓟县人也不见了。

这天早晨，老蔫打开院门以后，发现门口放着一筐鲜灵灵的羊草。

这一筐羊草，给了老蔫很大的慰藉，他逢人便说："老疙瘩有良心，他不记恨我。"

村民们也说："老疙瘩是个好孩子，将来会有出息的。"

我们这些孩子，在挨饿、挨打、读书、干活中渐渐地长大了。长大以后，再也没有人提起老疙瘩了。

1992年8月于通县游泳馆

傻五姑爷

一

村东头有一座大庙，中间的大殿号称“大雄宝殿”，正中供着佛祖释迦牟尼，两边是阿弥陀佛和药师佛。据说，这里也曾有过“金炉不断千年火，玉盏长明万岁灯”的鼎盛时期。解放以后，乡民们破除迷信，搞“唯物”，便“门前冷落车马稀”了。那个老态龙钟、干瘪得同木乃伊一般的老和尚智海，除了每天熬三遍粥聊以度日以外，连念经敲磬的气力都没有了。日久天长，那被一把大锁囚禁在大殿里的三位佛祖，都快被尘土掩埋起来了。终于有一天，那智海老僧在他的禅房里坐化升天，到极乐世界享清福去了。到头来，以劝人修善积德为天职的佛门弟子都扔了祖宗，可见咱这肉体凡人之中，也难免出现一些不尊不孝、背信弃义之事。

大庙里除了智海和尚，还有一个杂勤工，叫李二。由于他终日厮守空门，陪伴比丘，耳濡目染，便明心见性，笃信释佛。他清心寡欲，素食戒劳，略有积蓄，便为庙里添香加油。智海诵经时，他也香汤漱口，双手合十，虔诚地跪在一边。他本来可以剃度为僧，接智海的班，也免得让佛祖断子绝孙。只可惜他染上了红尘，娶了老婆。唉，悔之晚矣。

李二的老婆是本村财主吴吉寿老先生的千金，排行老五，人称五姑娘。这五姑娘虽然投胎到锦衣膏粱之家，却有命无运，生下来便抽“四六疯”，害得吴财主花了几十石玉米，请良医，求珍草，总算保全了女儿一条性命。可是从此落下了病根，动辄抽疯不止。直抽得鼻斜口歪，足跛手拽（读 zhuāi），变成了一个残废人。这样，五姑娘年过二十，还找不到婆家，成了吴财主的一块心病。财主拿出三间砖房、二十亩肥田，作为五姑娘的嫁妆。

李二是个孤儿，上无片瓦，下无插锥之地。从刚懂事起，便沿街乞讨，棚庙为家。幸亏智海老僧大慈大悲，替他在庙里谋了个差事，混得一碗稀粥喝。李二感念智海和尚的大恩大德，终日辛勤，洒扫庭除，担水浇园，不敢有半点儿怠慢。至于添房置地，娶妻生子，他连这样的梦都不敢做。这一下时来运转，他成了一个有家有业的殷实庄户，实在是慈云天降，度他出了无边苦海。为了报谢佛门，成婚以后，他特地破了一笔家财，为庙里捐了两匹黄绫子。

李二自从娶了五姑娘以后，村里人便官称他“傻五姑爷”。这“傻”字似乎有点儿不恭，不过傻人有傻命。“人嘛，还得积德行善，善有善报，看人家李二……嘿嘿！”人们就是这样拿李二作为劝善的榜样。可惜吴财主只有这么一个有病的女儿，如果有俩，怕也没有人愿意再去做“傻六姑爷”了。

二

到我记事的时候，大庙里的泥胎佛像便被青年们套着绳索拉倒了，砸烂了。大庙成了村公所，大雄宝殿成了戏台。逢年过节，村剧团便在这里唱大戏。我挤在人山人海中，看过吴树衡主演的《罗汉钱》、张广祥主演的《柳树井》和张宝玉主演的《祥林嫂》等戏。冷落了一段时间的大庙，居然成了村里政治文化的中心。

傻五姑爷仍在村公所里打杂。除了担水扫地而外，还负责招呼村民开会，给下乡的干部派饭，以及挨门挨户地宣传“种了牛痘，小孩儿就不会变成麻脸”的科学大道理。

大庙后边是一片荒地，附近没有人家，周围是长满荆棘野蒿的坟冢，其间有一座坍塌的砖塔，还有几棵歪歪扭扭的枯枝疏叶的老榆树。树尖上常盘桓着几只乌鸦，一声声地发出凄厉、哀凉的呼叫。那几棵老榆树的下边，有一座篱笆小院，这便是傻五姑爷的家。

这片荒地像一个神秘的海岛一样诱惑着我们，等待我们去冒险，去探索，去开发。这里有许多新鲜有趣的东西。爬上老榆树，可以抓到窝里的喜鹊蛋或刚出蛋壳的小喜鹊。扒开砖塔的碎砖乱瓦，可以抓到三尾儿的蛐蛐。更有趣的是，从那陈年滑秸垛里，可以抓到出来觅食的小刺猬。

最使我们感到新奇的还是那座篱笆小院。在我们孩子的心目中，那个常年关在屋子里的丑姑娘就像神话故事中那个变化莫测的老妖婆。我们又怕，又好奇，总是千方百计地想弄清她的底细。

我们常悄悄地爬到那道篱笆外，扒开缠满篱笆的牵牛花，从篱笆的缝往里偷看。这时候，我们就会看到窗前坐着的形容丑陋、神色凶恶的五姑娘，她正在对镜理妆。听大人们说，这个丑女人自以为长得美丽非凡，总是对着镜子孤芳自赏，终年的精力都消耗在梳妆打扮上了。不论什么时候，只要她高兴，便招呼傻五姑爷给她梳头。这女人确实长着一头值得自豪的秀发，乌黑闪亮，又厚又长。打开以后，从肩上披散下来，像一匹闪着光泽的黑缎子。从后边看去，还真以为是一个有着倾城倾国之色的天生丽质呢！傻五姑爷单腿跪在她的身后，用一把篦子给她梳理着头发。那神态很专注，很虔诚，又有几分痴迷迷的，像是在伺候着一位威严美丽的皇后。他一下一下地梳着，麦麸般的头皮像筛糠似的飘飞着，沾满了他那粗大笨拙的手臂。偶或从发根里梳出一个鼓溜溜的大虱子，他便用手指捏起来，用舌尖一舔，咯嘣嘣地嚼破了。

我们看得正出神，不知是谁忍不住笑出了声。五姑娘从镜子里也瞧见了我们，便扭过她那张丑陋的脸，哇啦哇啦地叫喊着，我们吓得急忙把脑袋缩回来。这时候，傻五姑爷出来了。我们一点儿也不怕他，他对谁都那么笑眯眯的，说话点头哈腰，谦卑得像个讨饭的。他拿出一把晒蔫了的大酸枣，一边往我们手里塞，一边低三下四地央求说："去吧，去吧，到那边玩去好不好？"

我们成心跟他逗："五姑爷，屋里那厉害女人是谁呀？"

"五姑奶奶呀，你们该叫五姑奶奶！"

"她怎么不出来呀？"

"我们进去看看行吗？"

"不行，不行，五姑奶奶要生气了！"

屋里的五姑娘看到傻五姑爷跟我们客客气气的，顿时愤怒起来，随手抄起一盆脏水，从敞开的窗口泼下来。我们一哄而散，傻五姑爷却被泼个满脸花。我们躲在一边，开心地哄笑着。

三

我终于看清了五姑娘的真面目。

我小时候很馋，家里又没有细粮，每到吃饭的时候，我看到那棒子面的饼子，就愁得要死。吃不下饭，我长得又黑又瘦，身子弱得像棵灯草。母亲很发愁，可也无可奈何。有一次，母亲给我买来一把五香花生米，让我就着饼子吃。我咬一口饼子，嚼一粒五香花生米，又香又脆，顿时食欲大振，竟然吃下去整整一个大饼子。母亲高兴了，她差不多每天都给我买一把五香花生米。我的饭量日增，身体也逐渐壮实起来。这天母亲忙，没有给我买花生米，我闹着不肯吃饭。她便给我五分钱，让我自己到魏踋子的小酒铺里去买。

魏踋子是一个名声不好的女人，长得粗腰大屁股小短腿，走起路来，两只白薯脚一踋一踋的，像只笨鸭子。她很年轻就死了男人，没儿没女，也没有改嫁。传说她曾经跟智海和尚靠在一起，他们在禅房里幽会，李二在外边给他们看门。魏踋子为了报答这个忠实的“卫士”，也常常让他沾一点儿便宜。说得有鼻子有眼儿，可谁也没有亲身眼见。自从智海和尚死了以后，她便在村东口开了一个小酒铺。常常有一些轻浮浪子，整夜整夜地在她那小屋里喝酒赌钱。不管当着什么人，魏踋子都敢脱了衣服，钻进被窝睡觉。而那些赌徒酒鬼折腾困了，也跟她挤着睡在一起。

去魏踋子那个小酒铺，必须经过大庙后边那片荒地。我刚走近那个神秘的篱笆小院，便听到里边传来恶狠狠的叫喊声：“喂——喂——”我顺着篱笆缝往里一瞧，吓得心里咚咚直跳。五姑娘从屋里出来了，她个子真高，差不多脑袋都要碰到上门槛了。她的脸歪着，嘴巴斜着，长长的口水顺着她的嘴角流下来。两只长胳膊曲在胸前，勾搭起来的拽手，像两只鸡爪子。她走起路来，两条大长腿一蹦一跳的。真是一个让人毛骨悚然的老妖婆。

傻五姑爷听到了五姑娘的叫喊声，匆匆忙忙从屋后边跑出来，两只手慌乱地系着裤子：“哎呀！你怎么出来啦？你没喝粥吗？”

五姑娘歪咧着嘴，乌里乌涂地说：“我要七，七牛咬（吃油条）……”

傻五姑爷唯唯诺诺地说：“你要吃油条？这好办，我马上给你买，快到屋里等着去吧。”

傻五姑爷说着，便急匆匆地出来，朝魏跩子的小酒铺走去，刚进了小酒铺的门，我便听到魏跩子气哼哼地说：“你坐下敞开肚皮吃，我管肚饱不管怀揣。那个母狐狸要吃，哼，我跟她没那么大的交情。”

傻五姑爷嬉皮笑脸地说：“你做买卖嘛，宁可得罪皇帝老子，也不得罪一个买主……”

“那好，现钱拍！”

“别，别，先赊着，记上账。”

“不行，你的油条账，比人家的酒账还多呢！她这是吃了你的骨头都不吐渣，你还打算过不过啦？”

“别这么说，她没吃我。人家不是赔了屋子、赔了地吗？”

“你那地不是入社了吗？”

“入了社，也算，算俺的。”

“你呀，冒傻气吧！”

魏跩子嘴里说着不行，却伸手从她那小笸箩里捏起两个油条，傻五姑爷伸出两只大手去接。魏跩子把她那张油汪汪的胖脸凑到傻五姑爷耳边，轻声问：“说实话，你到底跟她睡过没有？”

傻五姑爷红着脸，支支吾吾地说：“没，没有，她，她不让……”

“她不让，那你娶她干什么？”

“快给我油条吧，她还在家等着哪。”

“你今儿晚上还不来吗？”

“不行，天一黑，她就不让我出门。”

“这母狐狸，自己不用，又手拿把攥地占着，真不安好心！”

魏跩子说着，一边把油条塞进傻五姑爷的手里，一边在他身上胡乱地抓了一把，又咯咯浪笑起来。傻五姑爷躲闪着，尴尬地说：“别，别闹，看有人来了。”

魏跩子一看是我，便摇动着她那胖身子，坏模坏样地说：“小伙子，你是闻着味儿来的吗？”

傻五姑爷急了，把魏跩子推一个趔趄，气怒地说：“哎呀，你戏弄人家小孩儿，真造孽！”

魏跩子没有理睬傻五姑爷，又摇摇摆摆地走到我面前，还用她那只油腻的手，在我的脸上捏了一把。

他们说的话，我一点儿也不懂，可是看到魏跩子那不怀好意的样子，我本能地感到莫大的侮辱。我瞪着两只眼睛仇恨地看着魏跩子，冷不丁骂了一句“肏你妈！”然后，撒腿就往回跑。

四

大雄宝殿前边有一棵老槐树，树上吊着一口大铁钟。钟上密密麻麻地刻满了字，相传刻的是《金刚般若波罗蜜多心经》，村子里竟然没有一个人能把那字念下来。这大钟敲起来声音洪亮宽厚，撼人心魄，借着凉水河的水音，七八里地之外的马驹桥镇都听得清清楚楚。过去，日本鬼子进了村，这大钟敲响过，人们听见钟声便仓皇出逃；夜里谁家突然着了火，这大钟也敲响过，人们从睡梦里被钟声惊醒，慌忙爬起来赶去救火；还有，村里捉到一个贼，在大庙里吊打处罚，也用这钟声把村民们召集起来。久而久之，这钟声成了报凶告急的警报。难怪有人说，大钟一响，胆小的尿湿了裤子。我们生长在太平盛世的孩子们，谁也没听到过这钟声，实在遗憾！

大钟终于敲响了。那时候我已经初中毕了业，当年盼望听到钟声的迫切心情早已经淡漠了。这是一个阴沉的下午，天空和大地都是灰蒙蒙的，那阴冷的钟声像是从天空中抛洒下来的，沉重地砸在人们的心上，人们不知出了什么事，惊慌无主地向大庙里奔去。

大庙里已经挤满了人，大雄宝殿前的戏台上，跪着一排蓬头垢面、血迹斑斑的人，每个人的胸前都挂着一个大牌子，为首的便是傻五姑爷的岳父吴吉寿。戏台上空的横幅上，贴着“横扫一切牛鬼蛇神”的大标语。一群戴着红袖章的本村造反派和下乡煽风点火的城里红卫兵，上蹿下跳，呼天喝地，像一群天兵天将在惩罚着这些“罪恶滔天”的“妖魔鬼怪”。

忽然，魏跩子跳上了台。她虽说是一个不要脸的女人，可是出身赤贫，根红苗正，是造反派们依靠的对象。她跺着两只白薯脚，挥着两只短胳膊，唾沫横飞地叫嚷着：“同志们，还有一个漏网的牛鬼蛇神。解放以前，她和她老子一样，是喝咱穷人血长大的；解放以后，她还继续剥削压迫咱兄弟李二。咱应该替李二报仇，把她打翻在地，砸烂她的狗头！”

魏跩子的话引起了一片混乱。造反派们呼啦啦地冲了出去，不一会儿，又呼啦啦地涌了进来。五姑娘像一条死狗似的，被造反派从那神秘的小屋里拖出来，拉进了大庙，拽上了戏台，让她跪在了吴吉寿的身边。五姑娘是被吓昏了，她歪扭着软塌塌的身子，耷拉着面如土灰的丑脸，半跪半坐在戏台上。一块画着黑叉的大牌子也挂在了她的脖子上。

人群外传来一陈嘶哑的哀号。傻五姑爷失魂落魄，一步一个跟头地跑进来。他挤过人群，爬到台上，跪在造反派的脚下，像捣蒜似的磕头求饶：“行行好，行行好吧！她是一个残废人，你们别难为她呀……”

魏跩子怒气冲冲地站在傻五姑爷面前，厉声问：“李二，你怎么这么没有觉悟性儿？你知道不知道她是什么人？”

傻五姑爷磕着头说：“她是一个残废人，你们饶了她，饶了她吧……”

魏跩子更加愤怒了，她叉着腰，跺着脚，把唾沫星子喷在傻五姑爷那张泪脸上：“浑蛋！她是地主婆、寄生虫、牛鬼蛇神母狐狸。你应该站起来革命，跟她一刀两断，划清界限！”

傻五姑爷可怜巴巴地哭号着：“划不清，划不清啊！她有病，我，我得伺候她……”

一个下乡来煽风点火的女红卫兵走上来，指着傻五姑爷对大伙儿说：“你们看到没有，这个李二早已背叛了自己的阶级，成了典型的地主阶级的孝子贤孙。我们必须向他大喝一声，击一猛掌！”说着，几个红卫兵冲上来，把一块写着“地主阶级孝子贤孙”的牌子挂在了傻五姑爷的脖子上。傻五姑爷止住了哭号，哆哆嗦嗦，失神地跪在了五姑娘的身边……

看着这一切，我的心都提到了嗓子眼，不知为什么，两条腿也瑟瑟发抖起来。

打那以后，傻五姑爷便加入了“黑五类”的队伍。每天早晨，他都扛着一把大扫帚，跟“黑五类”一起去扫街。那年头就是这样，“帽子”有人给戴，却没人给摘。给戴“帽子”的人是响当当的革命派，摘“帽子”的人闹不好会把自己搭进去。其实被戴上“帽子”的人悄悄蔫退了，没有人追究，也就算过去了。我以为傻五姑爷不明白这番道理，便想提示他一下。有一天他扫到我家门口，我悄悄地对他说：“您知道不知道您是贫农？”

傻五姑爷认真地说：“土改时定我是雇农呢！土改工作队说，那房子、那地，是五姑娘从娘家带来的。不过三年，不算数……”

我打断了他那啰啰唆唆的解释：“您既然都清楚，那为什么还跟他们混在一起？”

“我是替、替五姑奶奶改造的。”

“什么，这还有替的？”

“得替，得替。”他说得非常肯定，“人就是这样轮回转世的，得人一牛，还人一马。我上辈子欠她的，这辈子就得还她，下辈子我就无债一身轻了。”

唉！我完全失望了。他脑子里装了这么多糊涂糨子，我还提示他什么呢？

五

自从我出来参加工作以后，便很少见到傻五姑爷了。听说，他不再跟“黑五类”一起扫街了，可也没有“官复原职”，到大庙里去打杂，而是被派到养猪场喂猪去了。五姑娘已经寿终正寝，傻五姑爷终于还清了前世欠她的冤债，得到了解脱。

两年前的一天傍晚，我骑着自行车回家，走到村东口，正好遇见傻五姑爷。他已经老了，背驼得很厉害。可是精神却挺好，脸上喜滋滋的，眼睛里也放出了少见的光彩。他迈着蹒跚的脚步向前挪动着，双手捧着一个大海碗，碗里是刚出锅的面条儿，腾腾冒着热气。他见了我，显得很高兴，又很亲热，笑眯眯地迎上来。我急忙下车向他问候，他滔滔不绝地跟我聊起来。问我做什么工作，一个月挣多少薪水。还嘱咐我回家来要多跟爷爷说说话，给爷爷买瓶酒。老人不是争口吃喝，而是稀罕儿女们的一片孝心。我恭敬地听着他的教诲，不住地点头答应着，说着说着，他见我盯着他手里的面条儿，便解释说："魏踱子得了半身不遂，我每天给她做三顿饭。"

我听了心里一动："这是队里派您的差吗？"

他脸一红，有点儿不好意思地说："不是，我帮帮她。"

想到那可恶的魏踱子，我有点儿愤然了："当初她那么多相好的，这会儿都到哪儿去了？"

傻五姑爷嘿嘿笑着，没有说什么。

我开着玩笑说："您现在伺候魏踱子，也是上辈子欠她的吗？"

傻五姑爷认真地说："这都是命里注定，命里注定。"

"您欠这个的，欠那个的，那么谁欠您的呢？"

"佛爷心里有数。他那儿有笔账，一丝一毫都不会差的。"

他说完，弯着腰慢腾腾地朝前走去。我看着他那艰难的步履，心里一阵发沉。唉，这个傻五姑爷，让我该怎样看他、怎样想他、怎样说他呢？

他走了几步，又回过头来，高声说："你知道吗？我快熬出头了，不用等下辈子，这辈子也有出头之日。"

我疑惑地问："怎么回事？"

他兴奋地说："公社成立一个养老院，第一批有我，也有魏踱子，后天就去。"

我看着他那心满意足的笑模样，那颗沉重的心也随之轻松了许多。我默默祝愿着，祝愿他在公社养老院里度过一个幸福的晚年；同时，在新的生活中，也让他受到一点儿教育和启迪。

1984 年 2 月于通县戴家桥

哑巴白铁匠

在地上画一个圈儿，往圈儿里吐一口唾沫，再跺上一脚——这是在骂哑巴。骂的是什么？不知道。我们是看大一点儿的孩子这么“骂”才这么“骂”的。哑巴好凶，他瞪着眼睛，呵呵叫着，拼命地追我们。追上以后，便使劲拧耳朵。我们大喊大叫，高声讨饶。他听不见，却哈哈大笑。

因此，在我们那群小伙伴中，谁敢领头骂哑巴，便是英雄好汉。“打仗”的时候，也许还会晋升为“军长”“司令”什么的。我们恨哑巴，又喜欢跟他逗。离开他，就有点儿寂寞。哑巴似乎也有同感，如果我们因耳朵余痛未消，几天不敢向哑巴进攻，他便出来挑衅。他从后边悄悄走过来，趁我们不备，把其中一个小伙子的帽子摘下来，一只手把帽子高高举起，一只手在那“光葫芦瓢”上打三下。然后，他便手舞足蹈，得意忘形地“哇啦哇啦”怪叫，那意思是说：“剃头打三光，不长虱子不长疮。”于是，我们被激怒了，纷纷在地上画圈儿，吐唾沫，跺脚，再四下奔逃。哑巴看准一个目标，穷追不舍。拧耳朵，哟哟怪叫，哈哈大笑……

别看他又聋又哑，却心灵手巧，是个手艺高超的白铁匠。在村头的老槐树底下，他常常生起小火炉，为乡亲们焊洋铁壶，补洗脸盆，或砸个拔火筒什么的。这时候，他那双凶顽的眼睛，总是把目光收拢起来，那长得自己都能看得见的眉毛，也低垂下去。他干活儿时很认真，绝不向我们看一眼。我们便也放心大胆地围成一圈儿，老老实实地观望着。有时我们还为他拉一拉那油光闪亮的小风箱，这样，我们从家里带来的青棒子、生红薯，就可以放在他的小火炉上烤着吃。

哑巴是个手艺人。在我们那个偏僻的，几乎是与世隔绝的小乡村，手艺人是格外受到尊重的。只是因为他是个哑巴，这尊重便减弱了几分，如果有什么活儿需要求哑巴做，常常是打发孩子送过来，这样做还有一个好处，就是可以借机少给钱或者赖账。哑巴很怪，脾气也很暴躁。哪一个大人要是不给他钱，你就甭想把家什拿走。你要是跟他争执，他会举起锤子把焊好的地方凿裂，把破家什扔给你，任你再作揖鞠躬，百般央求，他牛脖子一梗，理都不理你。对我们孩子他则不然了。你把焊好的家什拿在手里，拔腿就跑。跑几步回过头来，在地上画圈儿，吐唾沫，跺脚。他虽也挥着锤子呵呵怪叫，做出一副起身要追你的姿态，可是却不十分认真。一是他离不开那个小火炉，再者，他跟我们这些孩子有缘分——这话是父亲说的。

我一点点儿长大了，便一点点儿跟哑巴疏远了。在乡间，标志着一个男孩子的成长程度，主要是看你能胜任什么样的活茬儿。打青草，放羊，拾柴火，这算不了什么，光屁股的小嘎巴豆儿都能干；若是说，一个男孩子可以挑水了，这便是真正蜕掉了胎毛，向男子汉的行列迈进了。有了劳动的权利和义务，便有了对工具的渴望与要求。挑水，有的用大木桶，一桶能装两桶水，放在棒郎子的肩膀上都压得龇牙咧嘴；还有一种黑铁桶，虽说装的水少，却死沉死沉的，挑空桶时最不合算；最让人眼馋的是一种非常罕见的白铁桶，又轻又薄，干净漂亮，挑在肩上，桑木扁担悠悠颤，简直是一种享受。我们家什么水桶也没有，每次挑水都要到邻居家去借。我从小口闷，最懒得跟人家借东西。常常是母亲把水桶借来，我去挑，挑完以后再由母亲还给人家。

我做梦都盼望着自己家里能有两只水桶，可是总没有。买两只水桶要十来块钱，一年不吃盐都攒不够。好容易等到有钱了，又无处去买。那年月刚刚刮过“炼钢煮铁”的风，供销社里连一根铁钉都买不到。父亲托人买了两根水车上用的水管，求哑巴改做两只水桶。那真正是洋铅铁的，嘭嘭作响，上面还有漂亮的花斑。我兴奋极了，几乎每时每刻都在心里欢呼着：我们家要有两只水桶了，而且是两只精巧漂亮的白铁桶！

水桶做好了，虽说是又轻又薄，表面上也很漂亮，可是却又高又大，而且还是平底。这可把我害苦了，挑水的时候，空桶轻飘飘的，打满了水便沉得可怕。我没有试过，恐怕比大木桶盛的水还要多，往水缸里倒水的时候，抠不着底，一抠就打滑，常常是一桶水洒在外边大半，浑身精湿，地上成河。最难受的还是栽红薯的时候，挑水浇埯，总要一只手提着桶梁，一只手抠着桶底，这样才能准确均匀地把水浇在埯里。我那两只又高又大的平底桶，差不多需要抱着才能把水倒出来。弄不好，人和桶摔起了跤，叽里咕噜满地滚，汗水、泪水和井水一起，洒在热烘烘的土地上……

我提着水桶去找哑巴，让他给我改成两只“标准化”的白铁桶。他又是摇头，又是摆手，那意思是说不能改，绝对不能改。我气得真想在地上画个圈儿，吐口唾沫，狠狠跺一脚。可是我已经大了，不能再干那淘气包儿的事了。我终于从叽里咕噜满地滚中，把身个滚大了，把肩膀滚硬了，把胳膊滚粗了。在栽红薯的比赛中，我甩掉扁担，用两只手提着两桶水，独占一绝，夺了头魁。

我们那个地方地下水位高，井水都不深，多用扁担打水。这可是个技术活儿，用扁担钩住桶，弯腰放在水面上，左摆，右摆，看准时机，往下一扣，咕噜一声响，水桶灌满了。然后是“三把”上水：一把直起身；二把抓住扁担中腰；三把水桶就到了井台上。那优美的姿势，那干净利索劲儿，那把水提上来以后的自我满足，真不亚于京剧舞台上那一套“整袖、正冠、紧甲”的程式。可是我们家那又高又大的平底桶，很难摆起来，经常把桶掉在井里。捞水桶，更是一项技术活儿。一根三批绳上拴满了秤钩、肉钩、扁担钩，沉到井底，一点一点地横拉竖拉，仔细摸索。水井底大口小，水又深，加上井底有淤泥、烂石，凸凹不平，很难把水桶钩住。往往钩住了，绳子提得不当，出了水面还许滑下去。要掌握这一套技术，就要有丰富的经验。凭着水的响声、手的感觉，就能判断出水桶在井下的位置。这不仅需要灵敏，也需要毅力。谁要是会捞水桶，也算是有了一技之长，差不多就是半个手艺人，也同样会受到庄稼人的尊重。我终于练出了这一手“绝技”。就是掉下去两三个月的水桶，我只要把钩子抛下去，用不了一袋烟的工夫，准能捞上来。直到现在，我想起因此而得到的若干荣誉和赞赏，心里还充满了自豪感。

我读完了书，要到外边工作去了。那几天很忙，接亲送友，准备行囊，顾不得给家里挑水了，连那两只与我朝夕相处的大水桶也忘记了。临行的那一天，哑巴来了，他手里提着两只水桶。我一看，正是我家的那两只桶，他给改好了。精致、小巧，底是凹进去的。这是我从童年到青年跋涉的旅途中朝思暮盼、梦寐以求的“标准化”的白铁桶。他曾经那么肯定地“说”不能改，而当我要与这水桶告别的时候，他又给我改好了。我不由得气愤起来，但并没有想在地上画圈儿，连这个念头也没有。

哑巴举着手里的水桶，指了指年迈的父亲，那意思是说：我是专为你父亲把桶改好的。接着，他放下水桶，走到我的面前，拍了拍我的肩膀，用手使劲压了压；又摸了摸我的手，弯腰做出一副捞水桶的架式。然后，跷起了大拇指，扬起头，哈哈大笑起来。他笑得那么开心，那么得意，就像当初揪住我们的耳朵那样胜利地大笑。

我明白了，哑巴的一番好心，都在这两只水桶上。还是父亲那句话说得对：哑巴跟我们这些孩子是有缘分的。

哀　歌

一

那是一段又细又瘦的日子，月亮也是枯黄的，像秋霜里的一片叶子。村外涌进来的哭声使我开始了对恐惧的体验。这惊心动魄的哭声是属于一个男子汉的，而且这个男子汉又是一村之长——一个在村民心目中足以引起另一种恐惧的人物。

多年以来，一种奇怪的感觉总像梦魇般地缠绕着我：我认为小强子的死我是有责任的。其实那天我并不在现场，可是由于这种无法摆脱的自责，我却总觉得我是亲临其境的。而且还非常清晰地记得，那一夜没有月亮，天空中堆着又厚又重的云，夜黑得让人联想起死后的世界。从云团中飘落下来的细碎的雪花，云隙间偶尔闪出的三五颗星星，以及带着魔鬼脚步声响的擦着地皮的冷风，都把那个可怕的世界点缀得更加具体而真实。

死神就是这样一步一步逼近的，没有人发觉，但确实有人谈到了死。记不清是谁谈的了，说是这样死去大概也跟睡着了差不多，没有什么可怕的。

许多年之后我才懂得，出于对安全的需要寻求庇护，是人类的一种本能。错误的是，小强子他们（或许还包括我），不该把死神居住的洞穴当成是逃避黑暗与严寒的庇护所。

挖那个洞穴我确实参加了。疏挖凤岗河的工程正是在那个大饥饿的冬天开始的。放了寒假的我们之所以参战，是为了响应胖村长的号召，也是为了领取两个不掺糠菜的窝窝头。那一年的冬天出奇的冷，冻土层有两尺多厚。人们挥着油锤，凿着钢钎，像开石头一样开着冻土层。冻土层打开了一个缺口之后，下边的土便可以用铁锹挖了。挖来挖去，便很自然地挖出了一个洞穴。于是，想起了“地道战”，兴致顿时赶走了饥饿，越挖越深。钻进钻出，呐喊厮打，好玩！

原来该没事的。在那个穴洞坍塌之前，外边吹起了冲锋号，胖村长在洞口外喊叫着，动员人们一鼓作气，冒雪夜战，天亮的时候每人分一碗杂面汤。别的孩子都爬出了洞，他们怕胖村长，更怕胖村长不给那碗杂面汤喝。小强子却不怕，因为胖村长是他的爸爸。

胖村长并没有偏袒小强子。他很快就发现了小强子不在队伍中，很气怒，派九猪去找。九猪跑到那个洞穴口，看到的是坍塌下去的一条长坑。当他意识到出了什么事的时候，便吓得失去了神智，尖着嗓子惨叫起来。他的惨叫立即使整个工地进入了一种疯狂状态……

小强子被人从洞穴里扒出来的时候，似乎一点儿事都没有。没见血，没见伤，胖村长把他脸上的浮土抹掉，他还冲胖村长调皮地眨了一下眼睛。可是，当人们用门板把他抬到公社卫生院的时候，医生却说他不行了。谁都不信，医生说他受的是内伤，腹腔里都充满了血。

腹腔里充满了血的小强子表面上平静得如同睡去，甚至他的脸色依然是红润的，双目微含着，眉梢上挂着细碎的土粒——这个形象深深地印在我心灵的底片上，时至今日，只要一闭上眼睛，便能鲜活地显现出来。

然而，那一天我确实不在现场。伯父病了，我赶着小驴车为他去请一位乡村医生。因为伯父也是村干部，我勉强可以算作出公差。胖村长答应我那两个窝窝头可以照发的，母亲却不好意思去领。我挥鞭驱驴朝回猛赶，一是为了伯父的病，二是惦记着那两个窝窝头。当我知道母亲为了自己的面皮而牺牲了我那饥肠辘辘的肚皮的时候，便气得跟她大吵大闹起来。

我是在跟母亲的吵闹中被村口那哭声震动的。

二

胖村长姓甫，白胖的脸庞上长着几颗碎麻子。村民们当面喊他村长，背后却大多叫他甫麻子。其实喊他村长也不准确，在我叙述的这件事情的年代，已经有了“三面红旗”，他该是党支部书记或者大队长之类的官，可是人们依然喊他村长。他自打解放就当村长，村民喊惯了，改不过口来了。

胖村长的家住在村子的最东头，一个很深很长的院子。三间土房，住人。土房的里边，还有一间不住人的房子，常年门窗紧闭，每当我找小强子去玩的时候，总是忍不住朝那间房子里张望几眼，甚至有时候还扒着窗子朝里边瞧一瞧。因为我认定在那间房子里藏着花生。

对于我们那个年代的农村孩子来说，花生恐怕是最奢侈的食品了。特别是我们村，不是盐碱地便是黑土漏风地，种点儿花生就更难。秋收之后，每家分一瓢花生便当成了宝贝，逢年过节的时候才给孩子炒几颗。村里人娶媳妇，讲究扔喜糖让孩子们抢，那喜糖里便常掺有花生。我们手眼慢一点儿的孩子，抢不到糖果，抢几颗花生也能兴奋十天半月的。

小强的手里却常有花生。有了花生，他便握有极大的权力。在学校里，我们替他值日，替他完成作业；放学以后，又替他割草，替他拾柴，替他朝他瞧着不顺眼的家伙扔砖头。他的身边总围着三五个馋猫似的跟屁虫，这其间也包括我。我们所得到的好处，就是从他那有着许多暗兜的书包里抠出几粒花生米。这几粒花生米捏在我们脏兮兮、汗污污的小手心里舍不得吃。有时候馋极了，便放在嘴里含一含又吐出来继续保留着，宝贝似的。

说公平的，小强子并不霸道。我们干这些事情都是自愿的，要是你不高兴为他服务躲开他就是了，他也不计较。不仅如此，小强子还挺够朋友讲义气。那时候，集体食堂已经名存实亡。村民们都缺粮，没吃的了便向队里去借。找胖村长批条子，每次也只能借十斤八斤的，吃完了再去借。我说过，母亲是个好脸面的人，全村人都去借粮，母亲把借粮这件事看得比关老爷过五关斩六将还难，不到万不得已绝不向胖队长开口，致使我们全家人都一度得了浮肿病。后来我把借粮这件事承揽下来，母亲高兴得把自己那个菜饼子掰给我一大半。于是，小强带着我去找他父亲。条子很容易就批下来了，还比别的家多批了两斤。小强子又带着我拿着条子找保管员称粮食。分量称好了，小强子又帮助我抓了两把。保管员看见了，只当作没看见。

尽管有我跟小强子这层关系，我还是挺怕胖村长的。他不但胖，块头也大，嗓门更大，他要是站在村头上吼一声，全村的窗户纸都震得哗啦啦地响。他的力气也大得吓人，有一次在场院里，饲养员周憨顶撞了他两句，他一嘴巴扇过去，把周憨打得在地上滚了一骨碌儿，爬起来以后，又发现掉了两个槽牙。在村民的心目中，胖村长就是恐惧的象征。孩子不听话，又哭又闹，当妈的左哄右哄哄不好，便会掏出最后一个绝招儿："甫麻子来了！"于是，孩子便立即止哭息闹，乖巧如呆。

我那会儿就懂得，村民们怕他，最主要的是怕他摘"嗑食罐"。在饥饿的年代里，整人最残酷的办法，就是不给他饭吃。全村人吃的是"大锅饭"，可是勺把子却在他手里攥着，谁不怕他呢？

食堂解散的第二年，村民们的嘴头上便活泛了些，这主要是得益于当时兴起的"小摸小拿"之风，下工回来，衣襟里、裤裆里、筐底儿上，总有办法捎回来一些"进口物"。渐渐地，家家户户又有了自己的"小金库"。当时的"摸拿"之风是非常普遍的，后来整社的时候有一种说法，叫作"有不偷的人，没有不偷的户"，这一评估大抵是准确的。对于这一现象，别的干部都睁一只眼闭一只眼，网开一面。胖村长却非常认真，铁面无情。每天下工的时候，他都在村头守候着，无论男女老少，都得让他翻个遍。要是翻出点儿"小摸小拿"的东西，那算是倒了霉。不但要把你拉到大会上去斗，还要扣口粮，谁都怕扣口粮。

他不但在村头上拦截，还在村民吃饭的时候搞突然袭击，闯进家门，看看你的饭桌上有没有从地里"摸拿"来的东西。那个时候，家家户户吃饭的时候都提心吊胆，把耳朵支棱起来。有一天晚上，母亲把弟弟"摸拿"的几块红薯煮熟，刚端上桌，就发现灯影里竖起了一堵黑墙。母亲吓得干张着嘴，连叫喊声都发不出来了。还是父亲手疾眼快，把母亲手里端的饽饽抢过来，塞在了桌子底下。幸亏那会儿点的是小油灯，灯光又被母亲的身子挡住。当胖村长把他那黑乎乎的胖脸凑过来时，看到的只是那照得见人影儿的稀粥。明明知道胖村长已经走半天了，还是不敢把那几块红薯端上来。那一顿晚饭，全家人都烫了满嘴的燎金泡。

县里乡里也不断有人来，说是要狠刹“小摸小拿”之风。别的村的干部，总是用各种各样的办法应付上边来的人，让村民们能蒙混过关，上边来的人也交得了差。胖村长却不这样，他的原则性特别强。上边领导只要吐个唾沫星儿，他便能在村里兴风作浪。

人家来刹“小摸小拿”之风，只要能把这股风气刹住也就行了，哪怕狠点儿厉害点儿都没关系。他却硬是要来个釜底抽薪。带着上边来的工作组，挨家挨户地翻粮食。于是，装在衣柜里的玉米，埋在柴堆里的红薯，藏在葫芦里的绿豆，还有缝在枕头里的高粱谷粒，都被扫荡个干净彻底。

那一天晚上，谁家的烟囱都没有冒烟，全村人集体绝了食。人们都默默地站在了自家的门口，眼神是漠然的，脸上毫无表情，谁也不说话，连我们这些少不更事的孩子都停止了往日的嬉闹。在灰暗的暮霭里，我看到了满街的人组成了一片参差有致的人林。这片林子被霜雪蜕落了枝叶，却顽强地挺立着那尚有生命的躯干，像是等待着一场更加严酷的寒潮的到来。

我忽然感到一片恐怖。

三

在他那撼天动地的哀号中没有提到小强子，尽管他这痛苦是由小强子的死引起的。他张着双臂，仰着泪脸，冲着那深不可测的苍穹号喃着：“天呀，报应！天呀，报应……”

我虽然不明白这“报应”的确切含义，却感觉到了这“报应”的威力和“报应”的恐怖。

小强子死后，我便想起了小强子的种种好处，想着想着，便悲从心来，泪水也随之涌出。有好几次，我都不由自主地走到胖村长的家门口，似乎可以看到小强子背着他那有好几个暗兜的书包，一边啃着棒子饼，一边斜楞着身子从里边走出来。奇迹终于没有出现，这就更加剧了我对死亡的恐惧。我常想，人活着是那样的不容易，要挨饿，要挨打，要读书，要干活。而死去却是那样的轻而易举，一眨眼的工夫这个人就没了，就从这个乱哄哄的世界上消失得无影无踪了，连挨饿、挨打、读书、干活的权利都没有了。

失去了儿子的胖村长像是也失去了他往日的自己，他完全变成了另外一个人。他虽然还是那么胖，可是过去的胖是鼓鼓胀胀的，像一只打足了气的皮球；这会儿的胖是软绵绵、黑塌塌的，像一个放娄的瓜。首先失去的是他那一脸黑烟般的威严，还有他那为这威严呐喊助威的大嗓门。

他依然当着村长。逢到开会的时候，他还是站在那棵老槐树下敲钟，那钟声也失去了往日的威严，战战兢兢地拍打着村民的窗户纸。钟敲完之后要是人还没有到齐，他也不会站在村头上大喊大叫了，而是极有耐心地登门招唤。过去，他进谁家都如同进自己的家，总是破门而入。现在，他却恭恭敬敬地站在人家的大门外边，轻声慢语地朝里边喊着："三叔，吃了没有哇？该开会了。"

又到了青黄不接的日子。去年秋天，人们提心吊胆、燕子衔食般积攒起来的小仓库，却被胖村长翻个底朝天。眼下，家家户户都盆干碗净，三副肠子闲下来两副。无精打采的人们在结着碱巴的土地上晃动着，寻找着刚刚冒出芽来的野菜，连诅咒的心思都没有了。

一个让人既兴奋又恐惧的传说在小村里飘落着。从河南来了一个侉老陈，他是牵着一头牛带着一个漂亮的女人进村的，胖村长收留了他。侉老陈为了讨好村民，按照他家乡的习俗，给每户修了一个藏仙楼。有了众多的藏仙楼，善良而多情的狐狸仙女便在小村里落了户，并且常在夜间光顾一些可怜的人家，给他们送去福音与恩惠。沈三奶奶断了顿，三天三夜没打牙，饿得趴在窗台上，撕着窗户纸上的干糨糊吃，撕着撕着，忽然发现外边的窗台上摆着两个焦黄焦黄的窝窝头。"桃花眼"生了孩子，两只乳房干瘪得挤不出奶来，孩子饿得连哭的劲儿都没有了。第二天早晨一开门，门墩上放着一包小米和一包红糖。"桃花眼"喝了红糖小米粥，奶水胀得往外喷。周爹的哮喘病又犯了，吃自造的洋金花丸止不住，想找医生看一看又没有钱。正急得没办法，一抬头看到玻璃外边贴着一张五块钱的票子……

类似的传说越来越多，开始的时候大多数人都不相信，说是那些人饿傻了，急疯了，便产生了一种幻觉。后来，那些不相信的人也有不少人得到了恩惠。于是，这传说便实实在在地被人们肯定下来。

有了这种传说便有了希望。夜里，饿得睡不着觉便冲窗户纸发呆，祈祷着狐狸仙女快点儿光顾。为此，我常常整夜不睡觉。这一天，月亮格外的皎好，白花花地铺在院子里，像下了一层薄雪。我又开始对着月亮想入非非了。忽然，窗纸下印了一个硕大的身影，紧接着一只大手从猫洞里伸了进来。尽管是盼望着的事情，它的突然到来仍然把我吓得大叫起来。母亲醒了，点上灯，我们看到窗台上放着一把花生。

我刚要伸手去抓花生，母亲却摁住了我的脑袋："快，快给狐狸仙女磕头！"

我说："不是狐狸仙女。"

"那是谁？"

"我看像胖村长。"

"别胡说。"

"这花生跟小强子给我的一模一样。"

"花生还有什么两样的？快磕头！"

是呀，花生还有什么两样的呢？我那会儿实在是只见过同一品种的花生。我只好遵照母亲的命令，冲窗外磕了一个头。

四

工作组又下乡来了。他们这次来，不是要刹村民们什么"风"的，据说是要刹干部的什么"风"。工作组一进村，胖村长就接过了地主吴老一的粪担子，挨门挨户淘茅房去了。我那会儿在马驹桥镇上读高小，每天上学出村或放学回去，总会看到他挑着粪担子，晃晃悠悠地走在那清冷的街道上。他那又高又胖的身子越发显得软绵绵、蔫塌塌的了。大脸盘子上的肉皮松垮垮的，像吊着一个面口袋。有时候我们走碰头，他总是冲我笑一笑。那一笑，像是在面口袋上又捏出了几个死褶。让我看了，先是难受，继而恐惧。于是，我总是有意地躲避他，我见不得一个显赫人物衰败下去的那副样子。

有一次，村民们正在上工的时候，他又挑着粪担走过来。看得出来，他是有意地加快了脚步，并且低着头，以便逃过人群里那冷箭般的目光。忽然，狗白等妈从人群中跳出来，追了上去，大声叫着："甫麻子，你站住!"

胖村长站住了，对着怒冲冲追上来的狗白等妈，面口袋般的大脸盘子上又笑出了几个死褶。然后，沙哑着嗓子说："三婶，您叫我干什么呀?"

"昨儿是你给俺家淘的茅房吧?"

"是……是呀。"

"你没盖茅坑，俺家的一只小鸡掉进去淹死了。"

"三婶，那茅坑我盖了。"

"放屁，盖了小鸡怎么掉进去了。"

"三婶，那茅坑我确实盖了。"

"少废话，你赔我小鸡，我那一只小鸡三毛钱哪!"

胖村长不再说话，他放下粪担子，两只手浑身上下地摸索起来。摸了半天，他从上衣兜里掏出一支花杆钢笔："三婶，我身上没有三毛钱，把这支钢笔给您吧!"

"我一个睁眼瞎，要你这破钢笔干什么?"

"我这支钢笔值三块多呢!"

"它就是值六万紫金我也没用。"

"那……那我改天再给您吧。"

"不行，就得今儿个给。"

"我今儿个确实没有钱。"

"没有钱给工分也行，拨我三十个工分。"

胖村长犹豫了一下，把工分本掏出来递给了狗白等妈。

胖村长挑着粪担子走了，狗白等妈胜利了，像一只鸭子似的嘎嘎地笑着，也像一只鸭子似的扭着白薯脚回到了人群里。没有人说什么，甚至连陪着她笑一声的人都没有。狗白等妈大概觉得挺没脸，便戛然收住笑。她手里的那个工分本却攥得紧紧的。

小村里依然平静得像一潭长满绿藻的死水。工作组的进村，胖村长淘茅房，狗白等妈对胖村长讹诈，都已经不再是什么新闻了。我也依然每天背着书包，跑到六里外的小镇上去读书。

春天已经过了大半，田野里才渐渐地有了些绿色。牛洼水库的水渗出来，淹去了田间土路。我上学的路被切断了好长的一段，于是只好从一块叫作阳台子的田里绕过去。阳台子的南端，有一个水塘，塘边有几株歪脖柳树。这块地在合作化前是属于我家的，那几株歪脖柳树还是父亲亲手栽种的。

这天早晨我起猛了点儿，那会儿小村里没有几户人家有钟表，估摸钟点都是白天看日头，夜里听鸡叫。这便苦了我们这些早起求学的孩子。有一次夜间阴天，灰蒙蒙的月色我以为是黎明的曙光，便一骨碌爬起来。跑到学校一看，老师正在办公室里批作业，还没有回宿舍睡觉。这一天我走到阳台子那几株歪脖柳树附近，东边刚刚露出一点儿鱼肚白。熹微中我看到一株柳树下站着一个身影，从块头儿和轮廓上，我立刻认出了这是胖村长。论乡亲辈分，这该叫他甫大伯。我仅仅觉得有点儿奇怪，天还这么早，他在这里干什么呢？于是，我冲着他喊着："甫大伯，您在这儿干什么呢？"

叫了几声没有听见回音，又见他的身子一动不动地贴在树干上，我便有点儿发慌了。出于好奇，我还是向前移动着脚步。离他只有两三步远的时候，我才看清，原来是一根绳吊住了他的脖子，他的双脚已经离开了地面。我吓得扭头就朝村里跑去，一边跑一边哭喊着……

胖村长死后，父亲便把那几株歪脖柳树砍了。几年以后，阳台子那个水塘也被填平了，又过了几年，那条弯弯曲曲的泥泞土路，也被修成了笔直的石子公路。现在，再也找不到胖村长自杀地的半点儿痕迹了。

除了小强子，胖村长还有一儿一女，都在外边工作。胖村长死后，他的老伴便被儿女接走了。那又深又长的院子也易了主，后来又被人扒掉旧宅盖起了新屋。

黑牙村再也没有甫姓了。三十年以后的今天，似乎也没有人提起什么胖村长。这个人，这一家子，这一个姓氏，便从小村的历史上被彻底地抹掉了。想到这些，我就更加深了对死亡的恐惧。

1992 年 8 月于通县游泳馆

檀木梆子

没想到，此一举竟会得到那么多的荣誉。省委领导接见，报社记者采访，广播电视录音录像，这一期的《戏剧》杂志还刊登了一幅她年轻时的照片。如同她第一次在舞台上赢得了刮风般的掌声，以及随之而来的巨幅广告、大块文章和形形色色的崇拜者时一样，她又处于一种激动得近乎眩晕的状态中。然而，她又觉得不大一样。那成名之后的激动是充实的、富有的，使她随时随地都产生一种跃跃欲试的力量。而这一次，她在激动之后，却有一种空洞洞的、茫然若失之感。失去什么呢？——舞台。是她自己让的，把这金碧辉煌的殿堂拱手让给了年轻人。

叱咤风云的战马离开了沙场，疲了；枝繁叶茂的树木离开了土壤，萎了。她真担心自己这样垮下去。女儿的话是对的，应该到外边去走一走。干什么去呢？是排队买菜，推着小车哄外孙女，还是到公园里去练鹤翔庄气功？……命运对她还算是公平的，过去把她的时间都掠夺去了，使她连吃饭睡觉都不能自己安排；如今又"落实政策"，把侵占她的时间又退还给她，她一下了成了时间的富翁。

也许是闲暇寂寞的缘故，也许是人到了暮年便容易唤起童年的记忆。黑牙村带着一股亲人般的气息，总是闯入她的梦里。梦醒之后，黑牙村还像烟雾一样在她眼前缭绕。"剪不断，理还乱"，"别是一番滋味在心头"。她决定回黑牙村一趟，这桩三十年的夙愿该还了……

黑牙村像天边那惨淡的弯月，默默无闻地度着那淡淡如水的岁月。忽然，一件新奇事撞破了每一个农家小篱门和窗口。多年在外流落的郑狗蛋回来了，他正在挨门挨户地攒小米，要集资办剧团。据说郑狗蛋一直在省里一个河北梆子剧团当勤杂工，学会了念唱做打的全套本事。黑牙村出了个大能人，黑牙村也要有自己的剧团了，这是祖祖辈辈修德行善积来的好事。人们情愿勒紧裤带，从牙缝里挤出小米来交给郑狗蛋。

郑狗蛋用这些小米买来了胡琴琵琶、锣鼓单皮，还买了一块大幕布。全村心灵手巧的姑娘自带银针彩线，去给幕布绣字。郑狗蛋请镇上的教书先生写几个大字，一笔一画地描在幕布上，又一字一句地念给姑娘们听：黑牙村河北梆子剧团。天哪！真神气！姑娘们心花怒放，一边绣字，一边扯着嗓子唱起来。她们唱《小姑贤》，唱《打渔杀家》，唱《赵连璧借粮》……这些都是逢年过节在镇上看戏时学来的，东一句西一句，谁也拿不准腔调，更唱不出完整的一段。然而她们高兴，高兴时想咋唱就咋唱，管他呢！

幕布绣完了，郑狗蛋把她留下了：“你行，准能当个好演员！”

她惊愕了。在她的心目中，能够登台演戏的都是天神仙女，她也像对待天神仙女似的崇拜她们，向往她们那神话般的生活。每次从镇上看戏回来，她都关上门，咿咿呀呀，指手画脚地模仿她们。她有时也幻想自己能穿上戏衣，登上戏台。这想法一出现，她自己的脸先红了，像做梦一样的可笑。而现在，见多识广的郑狗蛋居然说她能当演员，这莫不是在做梦吗？

“真的，你的嗓子很好，唱的也对味儿。”郑狗蛋又说。

她身上那种被压抑的渴求一下子被诱发出来，她的心怦怦乱跳。

“你叫什么名字？”

“俺……臭丫。”

“这名字不好，将来没法上海报。”

她也知道这名字难听，都怪妈妈当时乱叫。可是从别人嘴里说出不好来，她还不服气：“你是剧团团长，不也叫狗蛋吗？”

“不，俺艺名叫郑秋痕。”

什么是艺名她不懂。这名字叫着绕嘴，听起来却挺新鲜。

“俺最服的就是省梆子团的大主演袁月秋。俺要是有他一点儿影子就知足了，所以起名叫郑秋痕。”对他的解释，她似懂非懂。

“俺给你起个艺名，叫岳秋香吧。”

“臭”变成了“香”，这名字很好听。可为什么也带一个“秋”字呢？然而她默认了。

县文化馆到镇上办戏剧培训班，每个村可以来两个人参加学习。郑狗蛋带着岳秋香去了。岳秋香尽管还没有登台演戏，名字却叫开了；郑狗蛋尽管当了剧团团长，还是没有人叫他郑秋痕。村里人就是这么不公平。

培训班是借用放了暑假的小学校开办的，早晨去，晚上回来，中午带一顿干粮。开班的第一天，杨老师让每个人都唱一段，说是摸摸底。见别人都唱了，岳秋香躲不过，壮着胆子唱了几句，哆哆嗦嗦的，舌头根都麻，连她自己都不知道唱的是什么。杨老师还说不错，鬼知道“不错”是什么意思。最后轮到郑狗蛋唱了。他倒是不怯场，连脸也不红，站在人群里梗着脖子唱起来。他说唱的是《女起解》。天呀！这是在唱戏吗？就像有人掐住了他的脖子，他在尖声尖气地叫喊。这声音像玻璃碴子一样扎耳朵。扎得人浑身起鸡皮疙瘩。没等他唱完，杨老师就挥着手制止住了他。杨老师说他“缺五音”，“短六律”，“典型的左嗓子”，根本就不是唱戏的材料。

郑狗蛋红着脸，支支吾吾地想说什么，又说不出来。岳秋香真替他难为情，这事要放在她身上，她非自杀不可。

杨老师更加不客气地说：“明天换个人来吧。”

岳秋香觉得实在难堪，鼓起勇气替他申辩：“杨老师，他是俺剧团团长。”

杨老师绷着脸说：“咱这次培训的是演员，不是团长。”

看来杨老师是决意把他赶走了，可老天爷却救了他的驾。这天下午，突然彤云密布，骤风四起。紧接着雷鸣电闪，大雨像瓢泼似的浇下来。天越来越黑了，雨却越来越大，丝毫没有云破天开的征兆。学员们都着急了，晚上回不去，在这教室忍一宵倒没什么，庄稼人都没那么娇气。可是一来第一天出来就不回去，怕家里大人不放心；二来带的干粮中午都吃光了，肚子饿得不好受呀！杨老师也急得转起了腰子，绞着十根长长的手指想不出办法来。

郑狗蛋从一个角落里站起来：“杨老师，让我跑一趟吧。给各家送个信，顺便再把大伙儿的干粮取来。”

“你？这么大雨？这么多人？”

“没事！这一带我熟。”

郑狗蛋不等杨老师点头，拔腿就往外撞。杨老师一把拉住了他，把自己带来的帆布雨衣给他披上，又使劲握了握他的手。郑狗蛋大概受不了杨老师这“婆婆妈妈”劲儿，一扭头就冲进了雨地里。

郑狗蛋走了，天越来越黑，雨越下越大。人们的心也一点一点地悬了起来。开始的时候，杨老师还在故作镇定地讲着课，希图以此分散人们的焦灼和忧虑。渐渐地，他也讲不下去了，扶着门框，眼巴巴地向外张望着。外边，是一个漆黑混乱、魔鬼厮杀的世界；屋里，一盏咝咝叹息的汽灯发出冷冷清清的寒光，照着一张张惨白的脸庞。人们挤在门前窗口，默默地忍受着难熬的分分秒秒。

直到午夜时分，郑狗蛋才回来。他一进门就一头栽倒在硬邦邦的砖地上。人们惊呼着围了上去。郑狗蛋浑身精湿，脸色惨白，嘴唇发紫。可是他怀里紧紧地抱着一个大帆布包，包里是为大伙儿带来的干粮。

杨老师一边用毛巾为他擦着脸上身上的雨水，一边心疼地问：“你，你怎么不把雨衣穿在身上？”

郑狗蛋上下牙打着架，半天才说出话来：“我，我怕湿了大伙儿的干粮。”

开始排戏了。这个从大戏班子出来的剧团团长，闹了半天什么也不会。“三大件”他一样也抄不起来，连个跑龙套的演员也当不了。可是，排练场上，一时一刻也离不开他。演员渴了，他给沏茶倒水；演员冷了，他去给人家取衣服。排练完了，他还要把胆小的姑娘一个一个送回家。他身为团长，从来没见他指手画脚地指派过谁干什么。相反地，无论是演员还是演奏员，即使是抽烟取火这样的事情，也理直气壮地支使他。他不恼，也不烦，更不觉得这是丢人失身份的事。有一个从镇上嫁到黑牙村来的小媳妇，他听说人家在娘家时唱过戏，就好说歹说地把人家请来了。可是，小媳妇有一个吃奶的孩子，这样，每到排戏的时候，他都要给人家抱孩子。孩子的尿布换下来，他还拿到井沿上去给洗。岳秋香实在看不下去了，噔噔噔追到井沿上，气愤地说：“你也太下三烂了！”

郑狗蛋憨厚地笑着："这有啥？她排戏忙嘛。"

"她忙我也忙！"

"你让我干什么？"

"我让你给我打水洗脚！"

"这……"

岳秋香一扭头，气冲冲地走了。哪儿来的这么大的气呢？人家愿意干什么就干什么，与你有什么相干？岳秋香心乱了。

说郑狗蛋什么都不会，也不公平。他会敲梆子。他有一对檀木梆子，用一块红绸子包着，据说是省梆子团的一个朋友送给他的。那梆子是两块长方形的檀木，紫红紫红，光光溜溜，拿在手里沉甸甸的，像是金属铸成的。那敲击出来的声音，也是金属般的，又清又脆。演员的唱腔学会了，开始连排的时候，他便成了乐队中的一员，站在"三大件"的后面，一丝不苟地敲起了梆子。别看郑狗蛋天生一副"五音不全"的左嗓子，可是他节奏感很强。他的梆子敲起来有板有眼，沉稳扎实，毫不含糊。不论是排练还是演出，岳秋香只要听到这梆子声，她心里便有了底。像是做鞋有了样子，走路有人引导一样。渐渐地，她就是不排戏、不演戏的时候，好像也离不开这梆子声了。听不见它，心里便发了慌，总是恍恍惚惚的，吃饭都走神，睡觉都不踏实。这是怎么了？唉，姑娘大了，心也大了。

黑牙村剧团出了名，岳秋香也出了名。从腊月三十到正月十五，四邻八村都争抢着请黑牙村剧团去唱戏，上午场，下午场，晚上还一场，一天三场戏都安排不开，无论到哪个村，人们都争着抢着点岳秋香的戏。岳秋香终于也成了那"天神仙女"般的人物。那一年全县戏剧调演，黑牙村剧团抱回来一面奖旗，岳秋香自己抱回来一面镶着玻璃框的大奖状。

就是那一年春天，岳秋香悄悄地闯进了郑狗蛋的小屋，把自己绣的一条鸳鸯戏水的红兜肚儿塞进他的手里。那时候真逗，农村的小伙子还兴穿兜肚儿。姑娘也用这个作为定情的礼物。

郑狗蛋慌了，他双手攥着那红兜肚儿，憋得满脸通红，半天说不出话来。

岳秋香极力装出一副大大方方的样子，说一些满不在乎的话，以掩饰内心的慌乱和紧张：“犯什么傻呀？咋不说话呀？”

郑狗蛋终于结结巴巴地说：“秋香，这，这礼物俺收下……可这情，俺，俺不能收……”

“你，你瞧不上俺？”两兜儿泪水溢满了岳秋香的眼窝儿，她一把抢过那红兜肚儿，扭过身，推门就往外跑。

郑狗蛋急忙追了出来，一直追到村头老槐树底下，才迎头把岳秋香拦下。

“你，你欺负人！”岳秋香说着，趴在老槐树上，伤心地哭起来。

“秋香，你，你别误会。俺是说，你，你得唱戏。”

“俺跟你好，也误不了唱戏！”

“不，俺是说，你，你不在咱村唱。”

“那到哪儿去唱？”

“省梆子剧团要招收新演员，俺，俺要带你去考……”

她真的去考了。郑狗蛋牵着一头小毛驴，她坐在驴背上，怀里抱着一个小包袱。此情此景，以及春阳、绿草、草地上那欢蹦乱跳的小鸟，引起了她多少脸红心跳的遐想啊！

此一去她便没有回来。她没有忘记他，她给他写过好多信。在排练遇到困难时她给他写过信，她分配到角色时写过信，她一举成名之后还写过信。他一封信都没有给她回。这个无情无义的家伙！

直到她结婚以后，她才收到他一封信。那是一封平安书信，只是希望她能回黑牙村看一看，说乡亲们惦念她。这是多么胆怯而又可怜的要求啊！然而，她却一直未能满足他的要求。到底是谁无情无义呢！

她又听到了那清脆、沉稳、敲击金属般的梆子声。末班车到了镇上，天就黑了。又走了这十来里路，进了村，已经灯火阑珊了。她循着这声音走进了一个陌生的大院。在灿如白昼的灯光下，青年们正在排戏。一张张容光焕发的脸庞，一阵阵轻松热烈的欢声笑语，以及那幼稚淳朴的唱腔，她都觉得是那样亲切、熟悉，似曾身临其境。

那是他吗？站在“三大件”后边那满脸皱纹、白发苍苍的老人。他怎么变高了？那粗大的骨架、宽厚的肩头从单薄的棉衣下显现出见棱见角的轮廓。他眯缝着双眼，紧绷着嘴角，仄着耳朵，一丝不苟地敲着梆子。这神态她是熟悉的，这一板一眼、丝丝扣扣的梆子声她更熟悉，一下一下，像敲击在她的心尖上，她的眼睛模糊了。

一段戏排完了，她的耳边又响起了她熟悉的叫喊声："狗蛋爷爷，快来杯水吧，嗓子眼都着火了。"

"狗蛋爷爷，把您的'大前门'拿出来，犒劳犒劳我们！"

"狗蛋爷爷，你管管二嘎子不？他把俺化妆盒抢跑了……"

他憨厚地笑着，给人家倒水、递烟，耐心地解决着让人心乱的事情……这还是他，他还是这样。尽管已经熬到爷爷辈上了，还是那么殷勤地受人家支使，还是没有人叫他郑秋痕。

……等人们都散去以后，他才把她带进自己的小屋。还是三十年前那间小屋，只是秫秸顶换成了瓦顶，泥土墙上刷了一层白灰。靠着房山有一张单身木板床，床单是旧的，却挺干净。忽然，她发现枕头边上有一样异常熟悉的东西。她急忙奔过去，抓在手里——一条绣着鸳鸯戏水的红兜肚儿。兜肚儿已经褪了色，布纹也松懈了。可是那两只彩线绣成的鸳鸯仍然清晰鲜艳，活灵活现。她的整个心灵都震颤起来。半天，她才抬起头来问："你，你没家？"

他还是那样憨厚地笑了笑："这不就是家吗？"

"我是说，你，你一直没成家？"

"没，用不着。"

"那么，这些年你是怎么过来的？"

"也简单，批剧团的时候，咱就弯弯腰，给他们两个耳朵；让办剧团的时候，咱就给人家敲敲梆子。"

"敲梆子？"

"是啊，咱只会敲梆子，这你知道。"

他说着，从怀里掏出一个绸布包，打开，把两只檀木梆子递到她的手里。她把这两只沉甸甸的檀木梆子捧在手里，自己的心也开始沉了下去……

"你离开了舞台，清闲了，就多住些天吧。"

"不，不，我过两天就走。"

“干吗那么急?”

“我得回去，回去!”

“有什么事吗?”

“我也要去给人家敲敲梆子，敲敲……”她话没说完，就捧着那两只檀木梆子哭了起来。

连她自己也不明白，她究竟为什么要哭……

1983 年 5 月于通县南小门

同胞兄弟

一

康孝觉得，还是过穷日子苦日子好，有盼头，总希望生活能改变，明天早晨一睁眼，就有一个新的太阳挂在他们的头顶上，于是一切都美好起来，幸福起来。

他跟老婆马淑湘讲这番道理，是在床上，刚把马淑湘剥个精光，他兴致高，脑瓜儿灵活起来，居然说出了这么一套有哲理的话。老婆可不像他这么有“哲理”，她有的只是抱怨，是委屈，是愤愤不平。听了他的话，马淑湘就怒不可遏地把他推开，给了他一个肥厚松懈的后背。他再扳她的肩膀，她只说睡吧。什么兴致都没了。

他们一家四口，挤在这间不足九平方米的小平房里，女儿二十六了，儿子十七了，大男大女的什么都懂得，他们夫妻那点儿可怜巴巴的责任和义务也只能免了。今天是星期天，女儿跟朋友们到郊外玩去了，儿子到外婆家去了。要知道，难得有这样的机会，机不可失，时不再来。康孝后悔得直咬自己的腮帮子。

康孝睡不着，老婆没有把那胖乎乎的身子给他，却把那气呼呼的情绪给了他。可不是嘛，他跟老婆在这个厂已经干了三十多年了，现在女儿又在这个厂当助理工程师，儿子也上了厂办的技校，真是献了青春献终身，献了终身献子孙。这个厂可是国营的，国家的厂子国家的人，他们把大半辈子都交给工厂了，可工厂给了他们什么呢？还是这不足九平方米的又阴暗又潮湿的小平房。工资低，可以将就，该吃的不吃，该穿的不穿，该花的不花。可一家人在这小土窝里挤着，就要出大毛病了。

妻子本来是挺贤惠的，知冷知热地疼他爱他，女儿是挺懂事的姑娘，儿子也是挺孝顺的。可挤在一起，你碍我的眼，我妨你的事，时间长了，都心里烦，都别扭，挺和睦的一家人，心里却都憋起了仇疙瘩。

不是康孝非要赖在工厂里，只因为这个工厂是国家的，制度就是这样：工厂把你像螺丝钉一样拧在机器上，你就得老老实实一动不动地发挥螺丝钉的作用，直到锈掉，烂掉，把你换掉；反过来，你的一切工厂也全包了，吃饭、吃药、住房以及子女的前途和命运，等等，都有领导替你操心。

有时候，康孝也设身处地为领导操操心，两千多人的大厂，衣食住行、吃喝屙睡，一个大家族的家长是那么好当的吗？他说有盼头也不是瞎说的，五年以前厂里就开始盖住宅楼，一幢一幢地平地起来了，一户一户地搬进去了。房确实没少盖，可是能住楼房的仍然是少数，狼多肉少，有什么办法。总得一批一批地排队等呀，先是领导、科室干部，再是老工人，再是技术人员……下次总该轮到他康孝家了。天有不测风云，一幢新的住宅楼建好快两年了，人家建筑公司就是不交钥匙。原因是工厂欠人家的建筑费还不起，工厂效益不好嘛。

眼巴巴地盼着搬进新楼，盼来盼去，盼得连工资都发不下来了，医药费都报销不了了，奖金更甭提了。你康孝不是说过穷日子苦日子好过吗？那就让你过个够。你不是说生活中要有盼头吗？那你就慢慢盼着吧。

二

马淑湘今天的情绪特别好，她带来了一个让全家人惊喜万分的消息。她在工厂的收发室工作，消息特别灵通，不管是大道的消息还是小道的消息，反正她是耳听八方、眼观六路的。今天她特意加了两个菜，还给康孝新打开一瓶原装的酒。她要等全家都坐在餐桌上再宣布这重要的消息，以便提高一家人的胃口。近来诸事不遂心，难得有好胃口的时候。

其实，每个人都在猜，差不多都猜的是同一件事：工厂要分新楼了。没想到，马淑湘把头摇得一家人都看着眼晕了，才像外交部官员一样发布令人震惊的消息："咱厂要换厂长了。"

康孝急着问："换谁?"

马淑湘说："咱大哥。"

一家人全愣住了。马淑湘说的咱大哥是康孝的同胞哥哥康忠，在机械局工作。工厂效益不好，一方面是市场经济的原因，不适应，要改革；另一方面，也是领导的不得力，软弱无能。全厂上下，早就议论着要换厂长，这是国营工厂，还得国家说了算，厂长都是上级任命的。他们这个厂属于机械局管辖，当然也是由机械局选换厂长了。

这个消息先把他们的女儿康小丽刺激起来了。康小丽是属于事业型的女人，之所以二十六岁了还不结婚，就是想干出点儿名堂来。她从小就争气要强，是继康忠之后的康家第二代大学生，所以大伯康忠格外喜欢她。

康小丽也有她的烦恼，不是房子问题。她虽说还住在家里，只是因为没结婚，而结婚是早晚的事。对象已经找好了，在部队当兵，只等着复员后就独立门户。所以房子不是她所操心的，她操心的是她自己。她是正宗大学毕业分配到这个工厂来的，已经五年了，按照惯例，工作三年后就可以评为工程师。两年以前她就申报了，可没批，原来的厂领导为了顾全大局，都没批。原因是有一批自学自修的取得了大专、中专学历的人也申报了。如果批了康小丽，多数人会有意见，都不批谁也说不出什么来。原来的厂领导别看领导市场经济不行，在统治人管理人上还是有一套办法的。

康小丽说得找大伯评评理，大伯也是大学生，是知识分子，他会理解她的苦衷的。

康小丽的话没说完，儿子康小健就抢着说，得找大伯给他安排工作。他上的是厂办技校，毕业后原本可以直接到工厂上班的。可是近两年效益不好，现有的职工还要下岗，学校突然宣布不包分配了，让自谋职业。

听到这个消息之后康孝一直没言语，低着头喝酒，任一家兴高采烈地想入非非。等康小丽和康小健说出了实质性的问题，康孝说话了，而且语出惊人，给全家来了个“约法三章”。

康孝放下酒杯，满脸的严肃，一字一板地说：“你们都听着，你大伯是国家的人，咱是自家的人，自家的人得服从国家的人。眼下不少当官的都走后门、拉关系、谋私利，一人得了道，鸡狗都升天，你大伯可不是那种人，我了解他。我规定三条：第一，谁也不许找你大伯走后门；第二，谁也不许打着你大伯的旗号干事情；第三，谁都不许到你大伯的办公室去。”

康孝说完这第三条，特意看了老婆马淑湘一眼，马淑湘撇了一下嘴，站起身来，气呼呼地离开了餐桌。

三

自从康忠任厂长以后，康孝一家便不那么安宁了。说不上什么原因，原来拥挤狭窄的小屋倒显得空荡荡的无着无落，原来一家人到一块儿就争争吵吵，现在都沉着脸、闭着嘴，个个心事重重。好像这个大厂的破烂摊子不是压在康忠的肩上，倒是压在了康孝一家人的心上。

康孝最惶惑，总觉得兆头不对，终日提心吊胆。厂里开大会，康忠在台上做报告，说得慷慨激昂，每句话都像锤子一样敲着工人的心。康孝坐在一个角落里听着，马淑湘和女儿康小丽也坐在一个角落里听着。听着听着，心里便打开了鼓。新任厂长康忠说要掀起改革风暴，要伤筋动骨，要触及每一个家庭、每一个人。

康忠新官上任三把火，第一把火就是搞所谓优化组合，打破铁饭碗，让三分之一的人下岗。下岗就是失业，就是解雇，可康忠不那么说，他说是为厂分忧，光荣下岗，动员干部家属带头。

首先慌了神的是马淑湘，不管怎么说，当厂长的是她丈夫的亲哥哥，横竖她都算是干部家属。她知道，丈夫是车间主任，下不了岗；女儿是助理工程师，不在下岗之列。那么要带头的只有她了。

马淑湘心里没底，回家总拉着脸，准备的饭菜也马马虎虎了。临上床睡觉的时候，她甩给了康孝一句话：“我也是三十年的老工人了，让我提前退休可以，让我下岗？哼，他要是六亲不认，到时候可别怪我不给他面子!”

康孝听了这句话心里就折腾开了，按规定，再有三年她就可以退休了，就可以领百分之八十的工资。现在下岗只能领每月七十元钱的生活费，太亏了。他知道马淑湘的脾气，她也是个要强要脸面的人，而且敢说敢做，敢发火敢骂街。真要是把她惹急了，她可不管你什么厂长不厂长，大哥不大哥。

下岗的动员工作在紧锣密鼓地进行，康孝心里的火苗子也越烧越高。他最担心的是马淑湘跟大哥顶起牛，倒不是他夹在中间不好做人，他做不做人的没什么，关键是大哥的威信受影响。你当厂长的连自己的家属都管不了，还想搞什么改革？大哥是国家的人，他的脸就是国家的脸，自己的脸可以丢，国家的脸是丢不得的。

下岗大会如期举行了，康孝这回开会没敢再躲在角落里，他找了一个守着台口的地方坐下来。他担心大哥一宣布名单有马淑湘，马淑湘会跳上台去跟大哥闹。真要那样，他得不惜一切地把马淑湘拦住，哪怕两口子闹翻了脸，也不能让大哥下不来台。

他的心一直在怦怦跳着，大哥已经坐在台上了，似乎还冲着他坐的那个位置瞟了一眼，他更紧张起来。他的脑袋嗡嗡地响着，不知道什么时候会议已经开始了。大哥在台上讲的是什么他没听见，他回头在会场里寻摸了一下，没见到马淑湘的踪影。他希望马淑湘今天没有来，或者大哥念的下岗名单上没有她，这恐怕不大可能，他知道大哥的为人和作风。

康孝正在胡想乱想，台上一个人影像闪电一样把他击晕了，那分明是他的老婆马淑湘！不好，看来他所担心的事情终于发生了！他不由自主地站起来，冲向台口，可台口太高，这个工厂的礼堂他进出过三十多年了，可从来没有到台上去过。他不知道马淑湘是从哪儿上的台，正踌躇不定，他似乎听到会议的主持人宣布，下面是下岗职工的代表发言。紧接着，他便听到了马淑湘通过麦克风放大了的声音，他顿时傻了……

四

晚上吃饭的时候，康小丽向母亲发起了进攻：“妈您这是怎么了？吃错了药了？您不是死活不下岗吗？怎么又成了代表，还上台发言？您出这风头干吗？是不是也想搞政治了？”

马淑湘任女儿连珠炮似的向她进攻，不急也不恼，脸上还挂着微笑。

康孝沉不住气了，批评女儿说：“你这叫什么话？你大伯当厂长，咱不以身作则，他还怎么领导别人？”

康小丽说：“我奇怪的是，妈怎么一夜之间来个一百八十度的大转弯？”

康孝抬头看了看马淑湘，那目光中分明也表示出了自己的疑问。马淑湘一副高深莫测的神态，笑吟吟地不说话，故意卖起了关子。

康小丽猜测着：“是不是大伯找您做工作了？”

马淑湘说：“他找我干吗？人家是厂长，我不过是个下岗职工。”

康孝说：“那么，你找大哥了？”

马淑湘说：“你不是说不让我们到他的办公室去吗？我还敢找他？”

康小丽说：“这就怪了，那您干吗带头下岗？”

马淑湘指着丈夫和女儿说：“你们呀，目光短浅，一点儿政治头脑都没有。”

康孝更是丈二和尚摸不着头脑了：“这跟政治有什么关系？”

马淑湘循循善诱地说：“我问你们，目前咱家存在的主要矛盾是什么？”

康孝想了想说：“那还用说？咱最困难的最需要解决的就是房子问题。”

马淑湘问：“还有呢？”

康孝说：“还有……还有就是小健在技校快毕业了，将来工作分配也是个事儿。”

康小丽抢着说：“还有我的职称问题，这都需要大伯帮忙。”

马淑湘得意地笑了："就是啊，你们看，这么多问题需要解决，哪个问题都比我下岗重要。我这回要是不带头，群众肯定有意见，将来让大哥不好说话呀。所以呀，甘蔗没有两头甜，你就得看哪头轻哪头重了，要想得到重的，就得先舍去轻的，你们说这叫不叫政治？"

康小丽首先服气了："瞧，说您胖您还就喘起来了，您这谋略还真够深的，佩服。"

马淑湘直着眼睛盯着丈夫，希望丈夫也能像女儿一样夸她两句什么，可康孝低头喝酒硬是一句话没说，比马淑湘还显得高深莫测。

五

康孝和马淑湘小心翼翼地保护着大哥的权威与尊严，特别是马淑湘，下岗后连工厂的大门都不进，生怕一脚走错了，给大哥脸上抹黑。没想到，康小丽却炸了，面对面地跟她的大伯厂长吵了起来。

平心而论，康忠当上了厂长以后工作还是很有起色的，下岗了一批工人，减轻了工厂的负担。又及时地上了新项目，生产新产品，机器总算转动起来了。据说，不到半年的时间，工厂已经从亏损变为盈利了。在这种大好形势下，工厂开始解决前任领导遗留下来的问题，其中有一项就是解决技术人员的职称问题。

康小丽觉得自己最有条件、最有资格评上工程师了，所以三级评审她根本没在意，手拿把攥的事，操什么心。她万万没想到，职称评审完了，榜上竟然没有她的名字。

她以为搞错了，去问，人家告诉她，就是没有她。她慌了，问为什么，有知情人向她透露，说本来有她，名单报到厂长那里，厂长把她的名字圈掉了。

康小丽急了，也顾不得父亲定的"约法三章"，径直闯进大伯的门，问大伯为什么。

大伯依然对她很好，笑眯眯的和蔼可亲，还从抽屉里掏出一块巧克力给她，似乎大伯早就在等着她的到来。

康小丽不服，坚持让大伯做出解释。

大伯亲切地对她说：“你还年轻，还有机会，和别人比起来，你的工龄还比较短……”

康小丽争辩说：“我工龄短不假，可我学历比他们高，我符合规定。”

大伯更加耐心地说：“名额有限，你应该发扬风格，我也应该对你高标准……”

康小丽说：“凭什么要我发扬风格，凭什么对我要高标准？”

大伯严肃地说：“道理很简单，因为我是厂长，全厂两千多双眼睛都在盯着我呢，我每一步都要行得正，走得直，让人家说不出半个不字来。”

康小丽说：“这跟我有什么关系？”

大伯说：“因为你是我的侄女！”

康小丽把巧克力往大伯桌上一扔，捂着脸跑了。

六

在大伯面前，康小丽强忍着没哭，到了家她可忍不住了，趴在床上哭得惊天动地。

马淑湘首先被激怒了，她也顾不上什么政治家的谋略了，站起来就要到工厂去找康忠讲理。

康孝一把拉住了她，死活不让她去。

马淑湘气得也哭了起来，边哭边替女儿鸣不平：“咱也没找他走后门，也没让他照顾，他凭什么这么缺德，该咱得到的都不给咱，他还有点儿人味儿没有……”

康孝劝完女儿又劝老婆，他也没有多少词好劝，只是反复说着那句话：“大哥是国家的人，咱是自家的人，自家的人得服从国家的人，得为国家的人牺牲……”

康孝讲的这番道理，根本就不是他的发明创造，只不过鹦鹉学舌地重复当年母亲对他的要求而已。

康家只有兄弟两个，康忠和康孝。真是龙生九种，种种不同。康忠比康孝大三岁，长得白白净净，脑瓜灵，嘴巴巧，一副天生的读书人的好料子；而康孝则拙嘴笨舌，膀大腰圆，力大如牛，一副天生卖苦力的胚子。康孝出生不久父亲便死了，康母跪在丈夫的灵前哭着发誓要把两个孩子拉扯成人。康母对两个孩子因材施教，一文一武，文的读书，武的干活；一个是为国家培养的，长大了要尽忠；一个是为自己培养的，长大了要尽孝。

康母虽不识字，却很明事理。她知道为国家培养人才的重要，因此从小就对两个孩子实行不同的政策和待遇。同是吃饭，康忠的碗里要多一点儿，三个鸡蛋，康忠两个，康孝一个；同是穿衣，康忠总穿新的，康孝总穿旧的；康忠一直上了大学，可康孝只读完初中康母就让他到工厂当学徒工。康孝没有觉得不公平，这不仅仅因为康忠是哥哥，当弟弟的应该让着哥哥。更主要的是，康母从小就这样教育这兄弟俩：康忠是国家的人，康孝是自家的人，自家的人应该服从国家的人，应该为国家的人牺牲……

康孝也确如他的名字一样，是孝悌的楷模，母亲的话他不但接受了，还牢记在脑子里，融化在血液中，并成了他为人处世和教育妻女的理论根据。

七

康小丽辞职了，到深圳闯世界去了。她是带着满心的委屈和一肚子气愤走的，连个辞职报告都没写，她不给大伯这个面子。康小丽一走，小屋里立刻显得空荡荡的了。康孝觉得他的心也空荡荡的了，女儿是父母的贴身小棉袄，他的心被女儿带走了。

别看康孝在老婆孩子面前不说什么，他的心里可不是滋味。他老实、厚道，可并不傻，他觉得大哥这样做也确实太过分了。你当官，我不想沾你的光，可是你总得一碗水端平吧？你为什么要这样做呢？为了给人家看？是的，老百姓是都盯着当官的呢。当官的要是谋私利，他们立马就会议论纷纷，可是当官的对自家人不公平，怎么就没有人站出来说句话呢？

康孝心里别扭，又不敢吐露半点儿怨气。特别是在大哥面前，他更得表现出一副大公无私的样子。虽然他在大哥面前的机会不多，除非大哥带着上级领导或新闻记者深入车间的时候。他这样做，完全是为了大哥，因为大哥是国家的人。一个公民，能跟国家发脾气使性子闹情绪吗？

现在，他必须得见大哥了，求大哥了，不为别的，就为了住房。大哥把建筑公司的欠款还了，人家把新楼的钥匙交了，工厂马上就要分房了。全厂上下又沸沸扬扬起来，除了念大哥的政绩和恩德，就是想方设法地为自己据理力争了。

马淑湘和儿子小健每天都催促他，他总说没问题。按照规定，上次分房就应该有他的，只因为他是车间主任，带头让给更困难的职工了。这件事分房委员会的人都知道，而且大哥也知道他们的住房紧张。他这样解释，马淑湘一句话就把他问倒了："什么叫应该？还应该给咱小丽评上工程师呢，怎么你大哥大笔一挥就给圈了？"

自从女儿出走之后，马淑湘就对康忠记恨起来，再提起来，就总是"你大哥"了。她动辄就说："咱小丽就是你大哥给逼走的。"

其实，康孝心里也一直在打鼓。多少年来，他已经习惯了服从大哥，为大哥做出牺牲。可是，房子问题实在非同小可，这是最后一批房子了，以后工厂再也不会给职工盖房了，这个末班车他怎么也得搭上。老婆下岗也就下了，女儿没评上工程师也就罢了，甚至以后儿子的工作你也可以不管，可房子……房子可不能再牺牲了……

想到这些，康孝便恐惧起来，有一种想撒尿的感觉。不行，他一定得找大哥，求大哥，这辈子就求你这么一次，别的什么都可以，唯独房子你可不能克扣我……

他今天必须得找到大哥，据说明天分房委员会就要开会了。一个月以前马淑湘就逼着他找，他今天拖明天，明天拖后天，就这么一天一天地拖到了今天。今天可拖不过去了，马淑湘说："你今天再不去找你大哥，我就跟你离婚。"他知道马淑湘是威胁，是气话，他不怕马淑湘跟他离婚，他只是觉得对不起马淑湘，跟他过大半辈子了，给他生了一儿一女，不到五十岁头发都白了，什么福都没享过，什么光都没沾过，要是不让她住上几天楼房，恐怕她死都闭不上眼……

他鼓起了勇气，一定要找大哥。有什么了不起的？他不就是大哥吗？他当的官再大，也是从一条娘肠子里爬出来的，至于那么怕他吗？

不怕，找就找。不过，上班的时间不能找，上班的时间大哥办的是公事，他去找算怎么回事？他等着下班，下班的铃声一响，他连工作服都没换，就径直奔大哥的办公室来了，也不知道哪儿来的一股勇气。

大哥的办公室在三楼，他是听别人说的，自己没去过。他上了二楼，脚跟就发软了。他不是怕，大哥有什么可怕的？有一个念头突然从他脑子里爬出来：到大哥的办公室合适吗？办公室是办公的地方，不管怎么说，我们是亲哥俩，是自家人。自家人有事应该到自家去说，真是的，差点儿失去原则，何不到大哥家去等他呢？

想到这里，康孝急转身，急下楼，急回车间门口，骑上他的自行车，急出工厂大门，朝大哥家奔去。

大哥家住在机械局家属宿舍，三室一厅，光使用面积也有一百多平方米。康孝每年都来一次，春节时来拜年。他不嫉妒大哥的住房，因为他是国家的人。他对国家贡献大，该住得宽绰一些。

不知不觉地来到了大哥家的门前，他没进去。又有一个念头从他的脑子里爬出来，虽说是亲哥俩，但大哥家里还有大嫂，有侄子，有侄孙女，总不能这么空手巴脚地进大哥家的门吧？要带点儿东西，可带什么呢？大哥最反对有人提着礼物进他家的门了，这不同春节，春节时纯粹是自家串门，拿点儿什么也没关系。可是这不年不节的，况且又是去求大哥办事，要提着礼物进去，算不算走后门呢？唉，空手不好，拿礼物也不好，真不该到大哥的家里来，还不如到他的办公室去找他呢……

他扶着自行车，冲着大哥的家门发愣，进不得，退不得。正在这时，他身后一声汽车的喇叭响。他激灵一下扭过头，认出了是大哥的汽车，还没等他反应过来，大哥已经从车里走出来。小汽车开走了，大哥朝他走过来，他想躲已经来不及了，他的自行车挡住了大哥的路。

大哥见了他，吃了一惊：“你在这儿干什么？”

康孝支吾着：“啊……我……我等个人……”

大哥问："等谁？"

康孝说："啊……是……是个朋友。"

大哥又问："你到家来吗？"

康孝忙说："不……不，我还有事……"

大哥见他忙，也没再让他，就绕过他的自行车上楼了。

康孝恨不得找个没人的地方，狠狠抽自己两个嘴巴。

八

康孝醒来的时候，发现眼前是一片白色，身子也轻飘飘的，像是腾驾在白色的云雾中。过了半天，他才听到有人在叫着他的名字，那声音很近，就响在他耳边。他想转过头来，可是脑袋不听他的使唤。他渐渐地看清了，白色的墙壁、白色的床单、身穿白色大褂的姑娘，他明白了，这是在医院里。

他怎么到医院里来了呢？他病了吗？

那个呼唤他的声音还在响着，他听清了，是马淑湘。他的脑袋不能动，马淑湘已经把她的胖脸贴过来，继续喊着他的名字。

他眨着眼睛，意思是告诉马淑湘他听到了。

马淑湘抱着他的头哭起来："康孝，康孝……你可得想开一点儿呀……房子没有咱不要，可我不能没有你啊……"

他忽然看到了女儿那张年轻的脸，女儿不是走了吗？她怎么又回来了？

女儿也在哭，哭着叫他："爸……爸……您别伤心，他不给咱房子咱不要，咱自己买，我挣了钱，一定先给您和我妈买一套楼房……"

房子，他们怎么都在说房子？房子怎么了？

康孝使劲搅动着自己的脑汁，搅来搅去，似乎搅出一件事来。对了，是房子，是因为房子。他只记得工厂分房子，大家挤在一起领钥匙，好像他也挤在里面，向人家伸出了手。可是，人家没有给他钥匙，说没有他的房子……后来……后来乱哄哄的，他就什么都不知道了。

他想问，张了半天嘴，却没有声音。他想伸手向老婆和女儿比画，可是手也不能动了。他又试着动腿、动脚、动肩，完了，浑身上下每一个零件都不听他使唤了。这时候他才意识到自己病了，而且他知道得的是什么病，他母亲就是得这种病死的。中医叫中风，西医叫脑血栓。

他身子虽然不能动了，可是他听得见，看得见，肚子还有饿的感觉，能吃，但要有人喂。喂他的是老婆，有时候是女儿。儿子也常来，儿子知道他的眼睛看得见，就把家里的小电视机搬来了，放在他的床头柜上。他的脑袋只要稍微侧一些就能看得见，对了，他的脑袋能稍微动一下了。这让全家人都感到了有希望、有盼头。

儿子又来了，给他打开了电视机。电视里正在播新闻，那个他很熟悉的长得很甜的女播音员说，要给大家介绍一位不谋私利、不徇私情的好干部。紧接着，那个好干部出现了，白白净净的，笑眯眯的，挺和蔼可亲的样子……大哥！他认出了他，对，是他，他是个好干部，大家都说他是个好干部……一只黑蛇般的话筒伸到了大哥的嘴边，大哥说话了，他支棱起耳朵，想听听大哥说什么。啪的一声，儿子把电视机关掉了。

屋子里一片昏黑，他闭上了眼睛。

可是大哥并没有离开他，大哥朝他走来，笑眯眯的，这笑容像阳光一样晃他的眼。突然，大哥拉过他的手，把一个亮晶晶的小东西放在他的手心里。他感觉那是一把钥匙，凉津津的，很舒服……

九

又过了不知道多少天，老婆马淑湘来了，一脸的兴奋，告诉他："咱厂又换厂长了。"

他用眼睛问："换谁了?"

马淑湘显然把他的眼神理解错了，撇着嘴说："你大哥高升了，调机械局当副局长。"

于是，他闭上了眼睛，不再问。

后来发生的事情都是"据说"了。据说，康忠在离任的时候，向新任厂长交代完工作，又说了一些很动感情的话。他说他对不起康孝，康孝应该分到房子，他没想到康孝那么脆弱，但是他有责任云云。

康忠的话说得很含糊，但新任厂长都听懂了。新任厂长是康忠亲自选的，是个很有政治觉悟的人。

新厂长上任不久，就来到了医院，代表康忠副局长来看望康孝，并带来了一把三室一厅的新楼的钥匙，这是上次分房时特意留下来的。给谁留的就不知道了，反正现在新任厂长决定给康孝了。

新任厂长来到了医院，刚一上楼就听到了一片惊魂动魄的哭声。他问护士，康孝在哪个病房，护士指着一群哭叫着的人说："那不，正往太平间送呢。"

新任厂长站住了，远远地看着那群哭叫的人，使劲攥着手里的那把钥匙。一股鲜血从新任厂长的手心里流出来，他却没觉得疼。

1997 年 1 月 29 日于北京

结义兄弟

一

自古燕赵多慷慨悲歌之士。位于大运河源头的古城通州，乃京都之咽喉要镇。一脉京杭碧水，贯通大半个中国。古城内外，货场棋布，粮仓林立。满河船棹鱼贯相接，岸边车马流水飞龙。上下官吏，八方商贾，文人墨客，江湖艺人，纨绔子弟，烟花女子，都云集在这温柔富贵之乡、花柳繁华之地。有来寻乐的，有来发财的，有求功名的，有凑雅兴的。而更多的人，则是为了向大运河索求一粥一饭，果腹活命而已。这其间，少不了地痞流氓之辈、鸡鸣狗盗之徒，却也不乏慷慨解囊、拔刀相助、具有一副侠肝烈胆的英雄。一句话，这里是藏污纳垢之所，又是伏龙卧虎之地。

话说北果市大街二十六号，有两间歪七扭八、透风漏雨的小厢房。里边住着一个穷汉，名叫李子雄。他本是个武林世家之后。祖父是个颇有威名的“老江湖”，刀枪剑戟，斧钺钩叉，十八般武艺，样样拿得起来，使得漂亮，收得利索。他带着全家老小，从老家天津静海县来到通州府，立刻博得众彩，占下一块地盘。江湖艺人嘛，一靠手脚的功夫，二靠嘴皮子的本事。他见自己站住了脚跟，便忘乎所以，大话越吹越邪乎。说什么“不敢妄称举世无双，反正京东八县无敌手”。这一天，他正吹得唾沫横飞，来了一个俊俏的小媳妇。蛾眉凤眼，皮白肉嫩，乌黑的云鬓上插着一根银簪。小媳妇上前施礼，口称师父，要请教一二。“老江湖”叫了半天阵，上擂台的居然是个妇道人家，他觉得受了莫大的侮辱。没想到，三招两下，“老江湖”便被打翻在地。在一片惊天动地的喝彩声中，“老江湖”口吐鲜血，昏了过去。这一个跟头栽下去，他再也没爬起来。临终的时候，给后辈儿孙留下遗训：李家后代，可凭力气吃饭，可凭手艺养家，唯独不许舞枪弄棒闯江湖。这叫作，为人休争三分气，烦恼皆因强出头。

李子雄遵循家训，没有承继祖业。可是他自幼耳濡目染，依样画葫芦，也学了几路拳脚、几套刀枪，虽算不上武林高手，也堪称一方壮士。加之他长得虎背熊腰，扇子面的胸脯，浑身的腱子肉一疙瘩一块，鼓绷绷，硬邦邦，你就是举着大油锤砸上去，也会嘭的一下子给你弹回来。他毕竟是武门之后，性格豪爽侠义，为人慷慨大方，好结交四方八路的英雄好汉，在运河边上，颇有点儿人缘。

李子雄一没有买卖，二没有手艺，只好“卖块儿”——到码头上扛大个，当搬运工。这古城重镇，虽说是灯红酒绿、纸醉金迷，风吹票子满地滚，可要是凭卖力气挣饭吃，可就难了。他每天搬山扛岭，挥汗如雨，也只能混个囫囵肚子，家里除了一床一被、一碗一筷，连二斗高粱米的积蓄也没有。如今已年过二十，还是光棍一根，过着上床一双鞋、出门一把锁的清苦日子。

近年来兵荒马乱，盗贼四起，码头上的活儿更难做了。早晨起来，连吃早点的钱也没有了，空着肚子不能卖力气。他只好把汗褟儿脱下来，送进当铺，又拿着当票换两个烧饼。晚上收了工，再用挣来的钱买回当票，赎回汗褟儿。第二天，再如此这般捣腾一番。于是，这汗褟儿倒成了他混饭吃的唯一资本。猪往前拱捞糟，鸡往后刨觅食，穷人自有穷人活命的办法。

这一天，李子雄当了汗褟儿，光着膀子，一边咬着烧饼，一边朝码头上走去。刚出城东门，就看到关帝庙前围着一群人，污言秽语，骂骂咧咧，再加上一些人呐喊起哄，乱成了一锅粥。李子雄生性好奇，急忙摇晃膀子挤进去，原来是一帮街痞子在痛打一个外乡人。那个外乡人浑身是泥，满脸是血，被打得倒在地上，一边叽里骨碌地打着滚儿，一边苦苦地哀求着。

这几个街痞子，是东门外有名的混混儿。他们跟通州城里另外几股街痞子沆瀣一气，各霸一方，终日游手好闲，寻衅闹事。南来北往的买卖人，都得向他们烧香上供塞红包。不让他们先嘲嘲筷子头，谁也甭想吃口消停饭。就是本城有点儿钱财势力的人，得罪了他们，也没有好日子过。潞兴洋布行开张大吉，大红帖子请了州府官员、驻军将士、乡绅财主、社会名流，以及诸方同僚，都是有头有脸的人物，唯独没有请这帮街痞子。等到金匾一挂，大门一开，呼啦啦进来一大帮，足有百八十号。一个个蓬头垢面、破衣烂衫，在柜台前拥拥挤挤，每个人攥着一把肮脏污烂的零钱碎票，别的一概不买，一个人半尺大五福白布。伙计们累得满头大汗，掌柜的急得百爪挠心。更可恶的是，他们把大五福白布买到手，往腰间一扎，成了白褡袱，进进出出，吵吵嚷嚷，起哄架秧子，一个大吉大喜的日子，愣是让人误认为是办丧事。

李子雄早就对这帮街痞子恨之入骨，可是平时人家欺负不到他的头上，他也犯不上招惹人家。这会儿见他们这样狠地打一个外乡人，忍不住怒火中烧，往他们面前一横，立目横眉，大吼一声："给我住手!"

这帮街痞子，一个个心黑手辣，弗如禽兽。他们正打得痛快，见来了一个"挡横的"，立即红了眼，饿狼一样朝李子雄扑来。李子雄挥钢拳，踢铁脚，心中不平，手下无情，嘁里咔嚓，两三个街痞子倒了地，两三个街痞子挂了花。领头的说声"不好"，一个个连滚带爬，逃之夭夭，只恨爹娘少生了两条腿。

李子雄这才顾得上把那伤痕累累的外乡人扶起来，问明原委。

原来这外乡人叫申有财，城南四十里运河湾人。他也是孑身一人，靠打鱼为生。这几天，他驾着一条小船，带着几个鱼鹰子，溯流而上，来到了通州城。白天，他把打来的鱼提到岸上，卖几个钱，买两升小米；晚上便将船系在桥头，燃烟煮饭。也该他倒霉，让这几个街痞子发现了。他本来不懂得这街面上的规矩方圆，街痞子见他如此"不识时务"，便砸了他的船，掐死了鱼鹰子，又把他拖上岸来拳打脚踢。一方面要给他点儿颜色看看，一方面也是杀鸡给猴看，让那些想来此发财的外乡人对他们不敢等闲视之。

申有财被李子雄从狼群里救出来，感激涕零，匍匐在地，口称救命恩人。李子雄忙把申有财搀起来，充满豪气地说："这有什么？在家靠乡亲，出外靠朋友。我今天助你一臂之力，说不定来日也有求你帮忙的时候。”

申有财见李子雄豪爽大度，气宇非凡，不仅从心底感激不已，更油然升起一股钦佩之情。他双拳一抱，声泪俱下：“大哥，如不嫌弃，就受小弟一拜吧！”

就这样，两个人携手进了关帝庙，在千古忠义楷模关云长的神像前海誓山盟，成了结义兄弟。李子雄长申有财三岁，当为兄长。盟誓毕，二人来到小楼饭馆，四盘小菜，两杯淡酒，举杯问盏，意合情投。吃喝完毕，两个人都傻了眼，谁的身上也没有一分半文，拿什么结账？李子雄求掌柜的记上账，宽容几日，掌柜的不允。他只得把腰间的板带子一解，脱下裤子，往柜台上一撂，腰上围块包袱皮，便扬长而去。

李子雄把申有财领进了他那透风漏雨的小厢房里，相依为命地过起了日子。两个人只剩下一条裤子了。白天，李子雄穿上它到码头上扛大个；晚上，申有财穿上它到街上去卖酸梅汤。如此，你出我归，我归你出，挣钱糊口，艰难度日。虽说清苦，却情义深长——真可谓是穿一条裤子的交情。

日久天长，这一对结义兄弟，便成了街头巷尾的一段佳话。小两口儿不和，闹别扭；亲兄弟反目，闹分家。有好管闲事的前去劝解，总是拿他们当说辞，开口便是：“你看人家北果市那哥俩……”有不明内情的，听了这话，还以为他们真是从一根娘肠子里爬出来的亲兄弟呢！

有人给李子雄说媒提亲，问他家里有什么人，他说：“只有一个兄弟。”姑娘过了门，申有财敬嫂如母，百般孝顺。在外边挣了钱，或多或少，回来如数交给嫂子，自己一分半文也不留。嫂子对这小叔子也尽心尽力，照顾周详，体贴入微。申有财有李子雄做靠山，再也不怕街痞欺负他了，又干起了打鱼摸虾的老本行。他的脚被毒鱼咬了，肿得像冬瓜那么粗。后来伤口又化了脓，骚腥恶臭。这贤淑的嫂子每天都为他亲自洗伤敷药，毫无半点儿嫌弃，感动得申有财这五尺高的汉子，在嫂子面前哇哇痛哭。嫂子生了孩子，没有奶，急得李子雄满地转。申有财听说鲫鱼汤能下奶，便瞒着李子雄奔向了运河边。正是三九隆冬季节，申有财砸开冰窟窿，腰里拴根绳子下了水……等李子雄找来的时候，申有财已经趴在冰上不省人事了，身边放着一堆冻僵的鲫鱼……说来也是笑话，申有财当了叔叔了，李子雄媳妇还以为这两个人就是亲哥俩。平时李子雄提起来，总是有财长，有财短；有了孩子，便是他叔胖，他叔瘦了。直到通州解放了，新政府重新登记户口，李子雄媳妇才知道有财原来姓申。一问，才真相大白。

不久闹起了土改，申有财听说要把地主的土地分给农民，便生了思乡之情。李子雄也觉得城里没有好营生，倒不如去乡间种地。于是，携妇将雏，车推肩挑，跟申有财一起来到了运河湾。

李子雄到哪儿都是出人头地、抛头露面的人。他浑身力气，满身豪气，为人侠义，热心公务，很快得到了运河湾人的尊敬和信任。成立农业社，他被推举为社长。公社化以后，他又成了大队长、党支部书记。都知道大队这一层是“折饼干部”，这次运动你上来，下次运动我下去。运动不断，干部也像走马灯似的换来换去。李子雄当然也不能逃此厄运，可是，至少有一次，他却是因为申有财下的台。那是三年困难时期，吃食堂。每人每月定量十三斤七二六，尽管精确到小数点后面第三位，人们还是纷纷得了浮肿病。于是，人们的一切聪明才智都用在如何填肚子上了。一时间，“双蒸法”“增量法”“人造淀粉”“瓜菜代”……新的仪器和新的烹饪技术应运而生，层出不穷。申有财的老婆还赶上生孩子，为了救活两条命，他把从食堂里打来的那点儿东西都给老婆吃了。自己光吃咸菜喝凉水，浑身肿得闪光发亮，一摁一个坑儿。李子雄实在看不下去了，一狠心，把向公社“献礼”的一篮子“双蒸法”窝头，统统提到了申有财家里。没有不透风的篱笆，这件事很快被公社知道了。他被撤了职，还到公社党校受了四十天的“训”，差点儿被开除党籍。

“文化大革命”开始了，李子雄成了“走资派”，整天价游街挨斗，清查他解放前在码头上“卖块儿”的那段历史，非要把他打成“社会渣滓”不可。李子雄这个暴烈汉子，哪能轻易服软低头呢？他跟造反派顶起了牛，造反派一怒之下，五花大绑一捆，把他关在了白菜窖里。没想到，造反派关起了李子雄以后，便被县“兵团总部”调去搞夺权。一去就是一个多月。他们凯旋以后，才想起了李子雄。这会儿，恐怕连骨头都烂了。他们毕竟是庄稼地里的“土造反派”，没有城里那些“大造反派”有气魄，这乡里乡亲的要是出了人命，可不大好办。等他们战战兢兢地打开白菜窖一看，好家伙！李子雄不但还活着，而且养得白白胖胖。他们先是惊魂不定，再是满腹狐疑。一调查，闹清楚了。原来每天申有财都把好菜好饭给李子雄送来。人没死，他们胆子又大了，“革命性”又坚定了，不但加倍地批斗李子雄，还把申有财这个“走资派”的“走狗”揪出来示众……

这几十年，人世沧桑，命途多舛。这一对结义兄弟却一直遵循着关帝庙里的海誓山盟，有福同享，有难同当，相依相靠，骨肉情深。这样的哥们儿，够“铁”的吧？这样的交情，能掰吗？

嘿！说掰就掰了！为啥呢？

二

天有不测风云，人有旦夕祸福。申有财撑篙驾船，前追后赶，放了一天鸭子，直累得精疲力竭，饥渴难熬。他真盼望着到家以后，喝它二两烧酒，躺在热炕头上歇歇。没想到一进门，家里就有一件扎心窝子的事等着他呢！老婆肖玉英坐在炕沿上，一阵怨，一阵骂，蓬头散发，满脸泪痕。宝贝女儿申丽霞蒙头躺在炕上，号啕大哭，痛不欲生。他一下子蒙了，这到底是怎么回事呢？

“还怎么回事哪？你看看吧！”肖玉英怒不可遏，跳起身来，把手里的一件东西使劲往墙柜盖上一拍，像是要给申有财一个大嘴巴。

申有财往后一趔趄，定睛一看，原来是女儿的订婚小帖：

两姓相结　天赐姻缘

谨遵

台命

忝眷弟申有财鞠躬

坤造辛丑年七月五日未时生吉

申有财举着小帖，双手发抖，眼前发黑，一阵眩晕恍惚，险些摔倒。他真不敢相信会发生这样的事，天哪！

肖玉英还在喋喋不休，愤言恶语噼里啪啦地向他耳边甩过来：

“这是李良田的爹打发人送来的，人家等着要咱这张小帖呢！”

“你，你给他了？”

“我这不是刚找出来吗？去，你立马给他送去！这件事咱不能含糊，许他无情，就许咱无义。他瞧不起咱，咱还不愿意攀高枝呢！拿着猪头还找不到庙门，我就不信我闺女会当‘家窝姥’……”

申有财顾不上听老婆唠叨，他又把肖玉英摔给他的另一张小帖捧起来，用无神的眼睛呆愣愣地看着：

谨遵冰语　愿效秦晋

敬求

金诺

眷愚兄李子雄拜

乾造己亥年三月四日丑时健生

两张小帖，是两个晚辈的终身大事，也是他们这一对结义兄弟多年的夙愿。这两张纸片子，值千金，重如山！这能说撤就撤、说悔就悔吗？“大哥，他……好糊涂啊！”

肖玉英又叫嚷起来：“还大哥呢，有这样的大哥吗？他有一星半点儿的大哥儿味吗？你跟俺大人治气，别拿孩子扎筏子呀！这，这是人办的事吗？”

老婆的话气中有怨，怨中有恨，说出来太扎耳朵，可并不是没有道理。俺登门叩头，给你赔不是道歉都行。你怎能拿孩子的终身大事当儿戏呢？这俩孩子，能腻和到今天这个样子，容易吗？说拆就拆，拆得散吗？

说起这一对结义兄弟，几乎在没娶媳妇的时候，就有了这么个心愿，将来有了家室，生儿育女，就结成儿女亲家。用这种牢固的血缘关系，进一步巩固他们异姓兄弟的生死之交。可是，老实巴交的申有财打了半辈子光棍，直到过了三十岁，才娶了肖玉英。苍天有眼，当年媳妇当年孩，头生就是位千金。尽管肖玉英从此关了门，再也没生一男半女，可也遂了两家的心愿。李子雄的小儿子当年刚两岁，正好是一对天赐姻缘。为了这姻缘，申有财不是得了浮肿病差点儿饿死吗？李子雄不是冒着大风大险偷了一篮子窝头，差点儿开除党籍吗？

可是两个孩子并不理解双方家长的良苦用心。小的时候，他们青梅竹马，两小无猜，终日里亲亲热热，耳鬓厮磨。在同一个饭桌上抢过菜，在同一个被窝里尿过炕，还在同一个澡盆里洗过浑身锅烟满脸泥。李子雄和申有财喝了两口酒，兴之所至，总是亲家长，亲家短，叫得骨酥肉麻。孩子嘛，就是大人的玩意儿，运河湾人差不多都知道这一对小兄妹未来的关系，两个人在一起玩，总有过路人好逗他们："小良田，你管她叫什么呀？"

"叫妹妹。"

"不对，她是你媳妇。"

"小丽霞，他是你什么呀？"

"是俺哥。"

"错了，他是你丈夫。赶明儿，你们是夫妻。"

"什么叫夫妻呀？"

"看见你爸跟你妈没有？他们就是夫妻。你们要有了孩子，你就是爸爸，你就是妈妈。"

小兄妹俩听了这些，一点儿也不觉得难堪，还觉得挺开心、挺好玩，整天价手拉手，蹦蹦跳跳地唱着不知是谁教他们的歌谣：

> 大公鸡，大母鸡，
> 我们俩人是夫妻；
> 大蚕豆，大把抓，
> 你是爸爸我是妈……

渐渐地，他们长大了，似乎朦朦胧胧地懂得了"夫妻"的含义，便开始害羞起来。小良田比小丽霞大两岁，懂得更早一点儿。人家再拿他起哄，他就受不了了。两个人一块儿到运河边去打草，有人看见了，问一句：“良田，你打得多还是你媳妇打得多呀?”小良田听了，面红耳赤，背起自己的草筐便跑，把小丽霞扔在运河滩上不管了，急得小丽霞在后边跺着脚地哭着喊哥哥。为这事，小良田还挨过爸爸一个“脖拐”。就在这似懂事非懂事的时候，男孩子总有那么一种“仇视”女孩子的集体意识。他们一起玩打仗，玩跳鞋牌，上树掏鸟，下河洗澡，没有女孩子在场，照样兴致勃勃，丝毫没有缺少点儿什么的感觉。如果有哪一个“男子汉”稍微表示出一点儿对女孩子的同情和亲热，便立刻被视为异端，群起而攻之。有一次，小良田跟伙伴们正在“巷战”，双方打得飞沙走石，天昏地暗，满街都是砖头瓦块。小丽霞捧着两个粽子，冒着“枪林弹雨”来送慰问品。小良田东躲西藏，小丽霞一边追，一边叫。男孩子们见了，立刻化干戈为玉帛，矛头一致对准了小良田，嗷嗷怪叫，跳着脚地起哄。小良田挂不住劲儿了，他从小丽霞手里抢过那两个粽子，当成了手榴弹，向起哄的伙伴嘭嘭扔过去。接着，便高声怒斥着小丽霞：“你给我滚！不许你再理我！”

小丽霞哭着跑回了家。不过，这一次她没有把自己的委屈告诉爸爸妈妈。她觉得自己一下子长大了，懂事了。从此以后，她再也不追着良田叫“哥哥”了，也不再找他一起到运河边打青草挖野菜了。就这样，一对小兄妹变得疏远了、生分了。随着年龄一天天地增长，他们之间那道隔墙也越垒越厚，甚至走碰头谁也不理谁。假如他们要像老一辈庄稼人那样，这种状况也无关紧要。到时候硬掐鹅脖，给他们圆了房，生塞进一个被窝里，也许还能成为一对甜甜美美的小夫妻。就是不甜不美，也能疙疙瘩瘩地过一辈子。可是，他们毕竟是七十年代的年轻人。他们读了书，知道了世界的博大，懂得了人生的深远，还明白了只有爱情才是婚姻的唯一基础。如今，对于情窦初开的少男少女来说，他们向往的不是那种千篇一律的男婚女嫁，过日子，生孩子，而是一种多姿多彩的、充满了酸甜苦辣的罗曼蒂克。还有一点也很重要，在当今这个年代，那种由父母之命而决定的“指腹为婚”，就算是当事人双方没有什么异议，在社会上也总是或明或暗地受到歧视。

既然两个年轻人疏远了，陌生了，也就毫无爱情可言了。他们都有自己的世界，这个世界是让人眼花缭乱、心神不宁的。特别是李良田，他初中毕业以后，便到公社综合厂工作。每天，他都看到自己身边的伙伴成双成对地出去，又成双成对地归来，“月上柳梢头，人约黄昏后”，芳草萋萋的运河滩上，洒下了多少情男恋女的窃窃私语和柔情蜜意啊！眼前的生活，把小伙子撩拨得不能自禁。可是，没有哪一个姑娘来找他，都知道他有一个已经下了喜帖的未婚妻，也知道他们那“娃娃亲”的全过程。

双方家长的这种美意，非但没有给两个年轻人带来幸福，反而成了他们心灵上的沉重负担。终于有一天，李良田忍不住了，向父亲提出了退婚的要求。李子雄一听，立刻火了：“你敢？有我活着一天，你就休想跟申家掰交情。”

李良田跟父亲争执起来：“这门婚事是包办的，我不能依！”

“谁包办的？下小帖的时候你知道不知道？提着六样礼拜老丈人是谁去的？这白纸黑字、红口白牙定的事，你要反悔？”

“领了结婚证才能算数，这您清楚。您是共产党员，又是干部，更应该……”

“共产党员怎么样？干部又怎么样？共产党员、干部更应该讲良心，讲义气！”

这父子俩，一个是叱咤风云的烈汉子，一个是点火就着的暴脾气。钢砧铁锤，叮叮当当，越争越火，越急气越猛。李子雄向来是威严不可侵犯的。在外边当官，是个自己说了就算，听不进别人半点儿批评的一言堂；在家里，实行的也是吐个唾沫就是钉的家长制。他岂能容忍儿子这样刀对刀、枪对枪地跟他争来吵去。他气得七窍生烟冒火，顺手抄起一根镐把，就朝儿子抡去。没想到，一下子闪了手，那镐把实实拍拍地打在了儿子的左腿上。李良田惨叫一声，瘫倒在地，一条腿变成了两截。

李良田住进了公社卫生院，腿上打了石膏，吊在床上，连窝儿都不能动。两天两夜，他不吃不喝，不声不响，真想这样活活饿死算了。他腿上的伤一剜一剜地疼痛，而他心里的伤痛更让他无法忍受。婚没退成，让父亲打断了腿，这件事成了轰动全公社的新闻。而公众舆论又都一致谴责他是个忘恩负义的“陈世美”，他父亲则成了大仁大义、铁面无私的“包青天”。没处去说理，庄稼人有庄稼人的道德标准，挡得住千军万马，挡不住老百姓的舌头。他丢尽了人，现尽了眼，又受尽了罪，却得不到半点儿同情。窗户外，就是熙熙攘攘、嗡嗡嘤嘤的市场，而他独自躺在病床上，就像被抛弃在世界之外的荒岛上。李良田越想越伤心，一边哀声长叹，一边暗自流泪。

忽然，病房的门轻轻地开了，闪身进来一个姑娘。李良田一看，竟然是“冤家”申丽霞。他急忙闭上了眼睛，装作没看见。

申丽霞把手里的竹篮放下，掀开上边盖的花头巾，从里边端出个饭盒，饭盒里装满了热气腾腾的小饺子，犹豫了半天，才轻声地说：“良田哥，俺爹让俺给你送饭来了。”

李良田一声没吭，像是根本没听见。

“良田哥，身子骨要紧，你还是吃一点儿东西吧。”

“不吃！你拿走！”李良田气怒地喊了一声，把头扭向了一边。

申丽霞不说话了，她强忍着眼泪，在床头站了半天，才颤巍巍地说：“良田哥，俺知道你心里苦，还是想开一点儿吧。你要是不同意咱们的婚事，等大伯消了气，我、我去跟他说。”

申丽霞说完，转身走了。姑娘留下的这几句话，却像一瓢热水泼在李良田的心里，他觉得心里一阵发烫。他后悔了，他不应该这样粗暴地对待人家。虽然一切都跟她有关，可是她本身又有什么错呢？

第二天，申丽霞又来了，不但给他送来了饭，还带来了几本书。姑娘把东西放下就要走，李良田忍不住说：“坐一会儿吧。”

申丽霞顺从地在他床头的小凳上坐下来，低着头，红着脸尴尬地摆弄着辫梢儿。

李良田歉疚地说：“昨天我不该那样对待你。”

申丽霞含着泪说：“我知道你都是因为我，是我不好。”

李良田又被深深地感动了：“别这么说，你是个好心的姑娘……”

伤筋动骨一百天。李良田出了院以后，就被申有财接到他家去养伤。连李良田自己也说不清楚，他为什么竟然这样痛痛快快地住进了申家小院，是因为他不愿回自己的家去见父亲那阴沉沉的脸，还是因为别的什么。

申丽霞每天给他烧水、做饭、煎汤、换药，还骑自行车到公社图书馆去给他换图书。有时候，申丽霞忙完了自己的事，也拿着毛活儿到李良田的屋里来坐一坐。李良田很愿意让申丽霞到自己的房间里来，即使一句话都不说，往他身边一坐，他心里就有种非常舒服的感觉。等他的伤好一点儿，申丽霞便牵着一只雪白的小山羊，陪着他到运河边去散步。秋天的大运河是美的、迷人的。繁花野草，稻香谷甜，南飞的大雁，潺潺碧水。这一切，都在小伙子心里产生了一种特殊的感觉，什么感觉呢？他说不清。他常常情不自禁地把目光落在姑娘的身上。他似乎刚刚发现，申丽霞已经出落成一个十分文静漂亮的大姑娘了。她的脸蛋儿红扑扑的，是鹅蛋形的，细嫩的皮肤闪着诱人的光泽。她的眼睛很大很亮，总是水汪汪的，连长长的睫毛上都像是挂着一层细碎的雾珠儿。她又是那样心灵手巧，家里地里，炕上炕下，各种活计她都干得干净利索……他不敢多看，不敢多想了，他真担心自己会爱上这个姑娘。那可太荒唐了，还不让人笑掉大牙吗？

终于有一天，天大黑以后他们还没有回来。申有财不放心，到运河边去找。月光下，两个年轻人紧紧地搂在一起，那只雪白的小山羊咩咩叫着，像是在催促他们快点儿回家。申有财见了，臊得扭头就跑，踉踉跄跄差点儿摔倒在运河大堤上……

两个年轻人，经过了七磨八难，绕了一个大圆圈，好不容易才捏合了，入了套儿，成了一对有情有义的小恋人。这会儿，你李子雄又要把接上的骨头重新敲断，这不是造孽吗？再说，我们究竟怎么得罪你了？为那点儿小事，犯得上吗？

三

李子雄和申有财这兄弟俩，虽然是情同手足，亲如骨肉，这些年来，却用的是两股劲儿，花的是两门子心思，走的是两条路。说白了，一个是走财运，一个是走官运。人各有专嘛！

用申有财的话说，他是穷怕了，苦日子过够了。手里不攥着几个钱，睡觉都得撒癔症。别说，土改以后，他还真过上了几天殷实的日子，混了个腰圆肚饱，盖上了三间土坯房。可是，从高级社到公社化，越“大”越“公”，他的腰包就越瘪。直到后来“文化大革命”“学大寨”，差不多把所有挣钱的路都堵死了。不过，打鱼摸虾出身的申有财却相信，老天爷饿不死瞎家雀，有水就有鱼，从烂泥塘里兴许还能抠出几个泥鳅来呢！

三年困难时期一过，庄稼人的腰带放松了，捆着农民手脚的政策绳索也放松了。又给社员分了自留地，一人三分，申有财全家三口人，侵沟占道，差不多有一亩地。别的人家都种粮食，申有财却种了整整一亩地的白蜡杆。据说这是他老婆肖玉英的主意。她在河南老家的时候，就经营过此道。一年过去了，家家户户都大囤满，小囤流，申有财家却颗粒无收。有了粮食，人们都吃上了净米净面，申家的饭桌上，却仍然摆着掺糠加菜的窝窝头。他并不觉得寒苦，庄稼人空着半挂肠子，是平平常常的日子。两年过去了，别的人家都用自行车驮着粮食，到河北省的安次、永清去卖高价，大把大把的票子塞进了腰包，申家的地里又是一个钢镚儿都没有抠出来。他并不瞧着别人赚钱眼红，照常侍弄他那一亩白蜡杆，整枝打杈，锄草施肥。那一棵棵白蜡杆长得齐刷刷、直溜溜，湛青碧绿，像是平地升起一片绿云彩。

据说，这白蜡杆可是稀罕玩意儿，工厂用的锤子把、武术队用的花枪长矛三截棍，都离不开它。还能用旋床子加工成各种机器上用的物件，漂洋过海，赚洋人的钱。四年以后，也就是“文化大革命”开始的第二年春天，村子里开进了几辆大汽车，要买申有财的白蜡杆，每棵三块钱，一手钱一手货，当面交易。申有财这一亩地种了四千棵，三四一万二千块！好家伙！数一过万，无边无沿，运河湾的老百姓一听，都吓傻了眼。好像申家出了真龙天子或妖魔鬼怪，不知是福还是祸。申有财两口子也是平生第一次见到这么多的钱，慌得心肝发颤，手脚乱哆嗦。他用一块包袱皮把钱包起来，提着去找李子雄。那会儿李子雄虽说还没有被罢官夺权，眼见着也是泥菩萨过河——自身难保了。他对申有财说：“这年头不太平，钱是惹祸的根苗，你最好把它存到银行去，一分都别动。”

没想到，这笔钱可把申有财害苦了。不久，李子雄成了“走资派”，申有财成了“走资派”的“走狗”。后来，“革命向纵深发展”，工作队进了村，大批资本主义。那年头生产队都穷得打不起煤油，一个劳动日合不上一盒火柴钱，申有财却是个“万元户”，这还不成了轰动全县的“高级典型”！工作队挖出了申有财，那功劳不亚于打败了蒋介石八百万大军。小母牛倒拉着——这回可有的吹了。申有财被戴上了高帽子，挂上了黑牌子，全县十七个公社轮流游斗，比李子雄受的磨难还要大。那一万二千块，当然也被没收了……

经过这场大难不死，申有财就算是洪福不浅。可是被没收的那笔钱，他想起来心里就像刀剜一般地疼。一万二千块，鼓鼓囊囊的一大包袱呀！说没就没了，他能甘心吗？倒霉的是“文化大革命”以后，什么政策都能落实，“右派”改正了，地富不算数了，冤假错案都推翻了。申有财找公社申冤，找县里去告状，他的问题硬是解决不了。为这事，神通广大的李子雄还跑了好几趟，也无济于事。原因有两条：一是他那批白蜡杆卖给了造反派，人家用它做扎枪搞武斗，死过不少人。这说起来还算政治问题呢，现在不追究，你申有财还不认便宜？二是那笔钱没收以后，被当时的“红色政权”取了出来，三天一小宴，五天一大宴——“胜利果实”嘛，不吃白不吃。这会儿找谁去？找公社，公社哪有这笔钱？找当时的当权者，现在一个个都下了台，成了平民百姓了。再说，吃进肚子里的东西能吐得出来吗？又不是三个人五个人独吞的，嗍过筷子的人海了，谁肯认这个账？

都说一朝被蛇咬，十年怕井绳。申有财为钱吃了这么大的亏，遭了这么大的难，到如今还谈钱色变，惊肝裂胆！可他是属小鸡子的，记吃不记打。见钱不捞，手心发痒，夜里睡不着觉。党的十二届三中全会以后，对外开放，对内搞活经济，农村实行责任制。上级指示，土地往下包，骡马车辆往下分，鸡场猪场专摊副业也不能吃大锅饭了。尽管李子雄思想不通，也得捏着头执行上级指示。大会一开，申有财头一个跳出来，声称要承包一棚鸭子。

这可让李子雄吃惊不小，会刚一散，他立刻找到申有财，叮嘱说：“那棚鸭子你不能包。”

申有财问：“咋啦？”

“你不要命啦？还想再当第二回‘典型’怎么着？”

“这回不是上级有令吗？”

“你呀你呀，不是大哥我说你。五十多岁白活，到头来还是个孩子。上边的政策你还有我懂？小孩儿的脸，六月的天，那不是说变就变吗？这回上级有令，哪回的风不是从上边刮下来的？你要是随风跟着跑，到时候风向一变，不给你吹个倒栽葱才怪！你又不是没吃过这个亏。”

“大哥，你说的这一套我也寻思过。不过这回打了谱儿只赚钱不发家。”

“赚钱跟发家还不是一码事？”

“你听我说呀，我这回是挣一个吃一个，挣两个吃一对，一个大子儿都不存下。到时候挨批也罢，挨斗也罢，我还落副好下水呢！反正他们不能给我开了膛，把我满肚子肥肠没收吧？”

李子雄知道申有财有脾气，别看他表面上绵绵软软、蔫蔫呼呼，可是个哑巴吃饺子，心里有数的主儿。他一旦有了主意，别人很难说服他。既然申有财愿意这么干，又符合上边的精神，他也就不好再说什么了。不过他还是为他捏一把汗，他不大相信申有财那套“只赚钱不发家”的宣言，因为他家里还有一个肖玉英呢。

肖玉英今年四十六岁，可看上去要年轻很多。她长得精明漂亮，干净利索。虽说是个农村妇女，整天价风吹日晒，粗茶淡饭，却一直保持着白皮嫩肉，一副细软的腰身。人们说，她是吃鲜藕长大的，身上雪白粉嫩，肚子里一兜儿心眼。她平时人缘不错，见人不笑不开口，开口就讨人喜欢。不过，要是认真跟她打起交道来，又让人觉得不放心。她那双大眼睛能传神，会说话，滴溜溜乱转，转来转去，就会把你转进去。庄稼人交朋友，以忠厚老实为本，讲究的是碌碡碰碾砣——实（石）打实（石）。所以，在运河湾，真正跟肖玉英过得着、有深交的人并不多。

论起过庄稼日子来，申有财跟肖玉英这两口子，真是天生一对，地造一双。男人是把耙子，能搂能抓，总能钻角觅缝儿把钱弄到手。女人是个匣子，匣子上还拴个狗锁儿，许进不许出。钢镚儿凑毛票，毛票凑整块的。有了整块的钱，就甭想再从她手缝里抠出去。在运河湾，肖玉英过日子那份精细劲儿和算计劲儿都是出了名的。供销社卖的花生油，是八角四分钱一斤。她心里有个小九九，懂得“四舍五入”，打一两只收八分钱。于是，她一斤油分十次打，虽说多跑了九趟腿，却省下了四分钱。

申有财不但是技艺高超的鱼鹰子，还是有名的鸭把式。从抱房孵鸭，到喂小鸭、骟公鸭、放养鸭群、挑选鸭蛋，以至给鸭子防病治病，有一整套经验。要知道，他从小就是在运河边长大的，穿开裆裤的时候，就给地主家当放鸭郎。他从队里包了三百只鸭子，买了一只小船。冰河一化，就赶鸭下河，一边放鸭，一边撒网捕鱼。等封河上冻，他便把鸭子赶进稻田，让它们在稻田里寻食。这样，一年之中，省下了大部分饲料。一年到头算总账，除了交队里的“包干钱”、饲料钱，以及杂项开支，每只鸭子还纯赚十块钱，三百只就是三千块！这一下子尝到了甜头，第二年申有财财大气粗胆子壮，一下子进了六百只雏鸭，加上原来的，有了九百多只鸭子。这一年下来，好歹也能成“万元户”。

看来他那套只赚钱不发家的“政策”要行不通了。挣一个吃一个，挣两个吃一对。吃什么呢？你不是觉得世界上只有猪蹄最香吗？这三千块钱，要是买成猪蹄，还不得有三间房那么大一堆？就算你一天啃二十四个钟头，啃得完吗？再说，这钱进了肖玉英那带狗锁儿的匣子，还出得来吗？你猜怎么着，入冬以来，肖玉英每月都让申有财买两条烟，买几斤糖。别误会，这可不是犒劳申有财的。因为现在把地都包到各家各户去了。你到人家稻田里去放鸭子，人家一耷拉脸，硬是不让你放，你有什么辙？庄稼人嘛，就是这样，一家过日子，十家瞭高。你养鸭发了财，肥得流油，闹了半天还吃了我地里的稻粒，对不起，你到别处放去吧，俺这稻田还留着招家雀养喜鹊呢！碰了几次钉子以后，肖玉英便想出了这么个办法。让申有财随身带烟、糖，遇到男人递支烟，遇见妇女孩子抓把糖。乡里乡亲的，不怕闹翻脸，就怕礼不到。话到礼到，谁也不好再说什么了。这完全是肖玉英的小算盘，打得多精明！

咱说过，申有财走的是“财运”。虽说经过了七灾八难、九死一生，可毕竟熬出了头，盼来了好世道，财运通了。

那么，李子雄的“官运”又怎么样呢？前边那些年坑坑坎坎、上上下下自不必说了，还是那句老话：仕途艰难，官场难混呀！粉碎“四人帮”以后，李子雄又官复原职，当上了运河湾大队党支部书记。开始的时候，他兴奋，激动，有一股子雄心壮志，要把“四人帮”造成的损失夺回来。他整日整夜地操心费力，身先士卒，带头苦干。可是干着干着，他发现不行了，如今的庄稼人也不那么听使唤了。“大跃进”的时候，为了建设“共产主义天堂”，家家户户不是把铁锅饭勺都贡献出来“炼钢煮铁”吗？那会儿，谁也没说半个不字。“学大寨”的时候，早晨三点半，中午带顿饭，晚上打加班，任务紧了连轴转。累得人站着就能睡着，可谁也不敢偷奸耍滑。现在不行了，一个个蹬鼻子上脸，你越跟他们和颜悦色，他们越来劲儿。任你喊破嗓子敲破钟，每天连一半出工的都没有。就是出了工也不出力，地头歇儿，三袋烟儿，要是不催不逼，敢一气坐到太阳压西山。好容易把他们动员出来干点儿活吧，也是卖不了的秫秸——戳着，给铁锨号脉呗！

后来，新鲜事像雨后的蘑菇似的，一个一个地拱出了土。自由市场开放了，包产到户了，联产计酬了，取消工分了，允许长途贩运了……好家伙！这一切都让李子雄感到眼花缭乱，感到困惑不解。这不是走回头路吗？这不是复辟倒退吗？公社也改成乡了，生产队也成了空架子。还允许少数人先富起来，富得流油，富得冒尖儿。这社会主义还搞不搞？集体经济还要不要？出现了两极分化怎么办？他想不通，怎么也想不通。“责任制”，别的村都搞起来了，他还顶着。最后，县委书记在全县“三干会”上点了他的名，他才执行决议。要不，申有财还包不上那一棚鸭子呢！

鸭子虽然包给申有财了，可是在李子雄看来，那鸭子还是集体的，是生产队的，只不过是让申有财放养了而已。上边来了人，要招待，过去打发人去鸭棚杀鸭取蛋，用多用少全凭他一句话，连个账也不用记。这会儿呢，用鸭用蛋他便打发人去找申有财。既然是李子雄打发来的，申有财驳不开这面子，要鸭就给鸭，要蛋就给蛋。一次两次不新鲜。村里三天两头有客人，总这样来白拿白要，申有财可心疼死了。肖玉英更是牢骚满腹。一只鸭，一个蛋，她全清清楚楚地记在一个小本上，准备拿着去找李子雄，要求他从“包干费”里把这笔损失扣回来。申有财左拦右劝，肖玉英才没有立即行动，等秋后兑现合同时再说吧。

不过，这种状态很快就终止了。因为李子雄不能跟党中央“保持一致”，整天散布对现今政策的不满情绪，支部改选的时候，他下了台，成为平民百姓了。官满如花谢，李子雄立刻门前冷落车马稀了。客人来了，再也不找李子雄了，李子雄也就没有必要派人来找申有财索鸭要蛋了。肖玉英那笔账算白记了，为这事，她没少跟申有财怄气。

李子雄当官当惯了，尽管下了台，还常常有一种抑制不住的指挥欲。指挥不了旁的人，还指挥不了申有财吗？农村流行着一句话，叫作有一张二指宽的条子全办了，这指的是领导者的权威。李子雄也跟大多数农村干部一样，有一个共同的习惯。他们一不抽纸烟，二不用烟袋，口袋里总装着一把卷烟纸，什么时候烟瘾上来，就掏出来卷个“喇叭筒”，也叫“大炮”。那卷烟可是一门艺术。左手三个指头把烟纸一捏，形成一个凹槽一捋，先少后多，循循渐增，非常均匀准确。然后，右手用两个指头把一头捏紧，在左手三个指头间朝顺时针方向旋转。三转两转，一支上粗下细、宝塔形的烟就卷好了。再把头上形成的纸鬏儿一掐，便可以点燃了。这整个动作，自然协调，洒洒脱脱，似有心，实无意，自己是一种享受，别人看了也很舒服。笔者常常有此感慨：什么时候我们的演员表演，作家写文章，也能这样怡然自如、轻松洒脱就好了。农村干部这种卷烟的习惯还有一个好处，那就是他口袋里那二指宽的纸条除了卷烟外，还可以用来写手令。当个村支书，百家之长，这个找来要借粮，那个要求房基地，住医院没押金要由大队开封信，做了结扎的妇女要补助三斤红糖二斤鸡蛋，诸如此类的问题，只要书记同意了，便批个条子。老百姓拿到这个条子，就等于得到了他所要求的东西。

李子雄书记不当了，可抽卷烟的习惯未改，批条子的习惯也未改。给谁批呢？他只能给申有财批。“有财：刘大姑买砖急等钱用，请你借给他现金贰百元整”；“有财：乔淑惠孵鸭，请你见条后给她十五个鸭蛋”；“有财：河西二队育稻秧需要鸭粪十车，请协助解决为盼”……条子后边的签名，自然都是“李子雄”三个字。大哥有“手谕”，申有财不敢不照办。可照办，也真让他为难。他每办一件事，肖玉英准跟他吵一架。眼下，对于申有财来说，最怕的就是看见李子雄那二指宽的条子……

终于有一天，肖玉英大胆犯上，把李子雄的条子顶了回去。那张条子是这样写的：

有财：

今有我大队社员刘贵因生活困难，换不下棉衣来。请你借他人民币伍拾元整，以添单衣之用。

李子雄

这刘贵今年四十多岁，是个有名的懒汉二流子。自打公社化以后，他就没有正经八百地干过庄稼活。仗着他自己出身贫苦，根红苗正，每次运动来了都是积极分子。不过他却不打人，不骂人，也不给人家栽赃诬陷。他只是围在工作队身边，鞍前马后穷忙活。开个忆苦会什么的，能披件千疮百孔的破棉袄上台讲一通，直讲得满脸鼻涕满脸泪。运动完了，他又跟在村干部屁股后边，为的是混个轻松差事。看个大队部呀，守青看夜呀，敲钟集合社员开会呀，反正他干的是政治活儿，挣的是政治分儿，吃的是政治饭。他孤身一人，连个老婆也没混上。有两个钱就胡吃海塞，香在嘴上，臭在屁股上，自己连件衣服都不买。反正到时候上边发下救济来，他是全村第一个困难户。这两年，“政治饭”不好吃了，农民生活水平提高了，救济金也取消了，他的日子可不好过了。包给他几亩地，他连粪都不使，地里撂了荒。到如今，清明节已过，他还整天披着那件破棉袄，褪不下“毛”来了。他找年轻的新支书，新支书最恨这种寄生虫，非要好好教训教训他不可，非但没有给他一分钱，还把他狠撸了一顿。没办法，只好找老领导李子雄。

李子雄当了这么多年干部，真可谓两袖清风，一尘不染。他给自己定了两条原则，一不贪污盗窃；二不搞女人。他觉得这样就对得起乡亲，就算得上是一个好干部。他跟那种在政治上求稳怕乱的干部正好相反，他觉得在政治上犯了错误，只不过是水平问题，千错万错，老百姓都不会记恨的。更何况三年河东，三年河西，政策变来变去，谁能保证一贯正确？他在外边当干部，把这浑身一百多斤都交出去了，家里的事一概不闻不问。多亏他那位贤淑而又能干的“贤内助”，才把他那个家支撑起来。日子虽然过得紧紧巴巴，宁肯嘴上亏点儿，也不让孩子大人光着露着，她是个很好脸面的女人。刘贵找李子雄，李子雄手上没有钱，无奈，才把条子批给申有财的。

申有财捏着李子雄的条子，带着刘贵，胆胆怯怯地去找老婆肖玉英。肖玉英一见，立即火了。把钱借给刘贵这样的人，不是等于白扔了吗？她也顾不上什么人缘外场了，当着刘贵的面，就把脸拉得老长，气哼哼地说：“没有了，没有了，一分钱都没有了！”

申有财小声地说：“你看，大哥批了条子。”

肖玉英反而大声叫嚷起来：“他批了条子怎么着？我该没钱还是没钱！俺这是居家过日子，还管救济困难户？他有本事，干吗不给县民政局批条子？这种事有政府管嘛……”

肖玉英这几句话说得够难听的，刘贵没借到钱，还弄个没脸。他回去以后，把肖玉英的话原原本本地告诉了李子雄。从此再也见不到李子雄批条子来了。

申有财很担心。李子雄有条子来，他怕；没有条子来，他也怕。生怕得罪了大哥，想去找他解释解释，可又不知道该怎么说。跟肖玉英商量，肖玉英却觉得这样挺好。不见李子雄的条子，她吃饭都香，睡觉都踏实。后来，申家不但见不到李子雄的条子，连李子雄的人也见不到了。看来大哥真恼了，申有财越发感到沉重，心里装上了一块病。阳历年，李子雄的闺女结婚，没有正式过来送信儿，可也不能算没给信儿，通过李良田告诉申丽霞了。当时正赶上申有财在县里参加科学养鸭训练班，听说了这事以后，觉得这是个跟大哥和解的机会，就打电话给肖玉英，告诉她一定要送一份重礼，补补欠下的情。要说肖玉英也认真照办了。她亲自跑到西集镇百货商店，挑挑选选。可到底什么是重礼呢？她只知道一般结婚都送暖壶呀，花瓶呀，脸盆呀，这显然是轻了点儿。售货员告诉她，有一种电褥子，是新产品，冬天铺在床上，比热炕头还暖和。肖玉英觉得这挺好，买一条让小两口铺，热热乎乎地睡在上边有多滋润！问了问价钱，电褥子有两种，一种二十九元，一种十七元。她当然买最便宜的了，送十七元钱的礼，在她看来，也够重的了。

她抱着新买来的电褥子，高高兴兴地去随份子，还觉得自己理直气壮，争光露脸呢！没想到，十七元的电褥子是单人的，那二十九元的才是双人的。新婚宴尔，鸾凤交翔，什么都讲究成双配对的，取个吉利。可你肖玉英却送来一个单人电褥子，让人家小两口怎么铺，要给人家分家怎么着？这不是成心给人添别扭吗？李子雄一怒之下，让女儿把电褥子给她退了回来。

这一下可把肖玉英撅苦了。申有财回来以后，听说了这件事，又急又恼，一个劲儿地埋怨肖玉英。肖玉英也自知理亏，又陪着申有财跑了趟西集供销社，把电褥子换成了双人的。申有财又让扯了两块被面，大闺女结婚，怎么也得挂块红呀！这一下花去了六十多块。肖玉英图省钱，反倒赔进去好几倍。她也只能哑巴吃黄连，苦在心里，谁让她自己没把事情办好呢！然后，申有财又带着肖玉英，把这些礼物重新送到李子雄的家里，赔不是说好话，算是找回了脸面。大面上的情好补，可是内心总会留下一格裂纹，任你用什么办法，也涂抹不掉。

事隔不久，又发生了一件事，算是彻底把李子雄得罪了。去年秋后，申有财包鸭群，赚了三千块钱。而李子雄什么也没包，连分给自己的那一份“责任田”也没要，思想不通嘛，他还在抵制上边的“错误路线”呢，到时候一结账，用他当干部的那份补贴钱买全家人的口粮还不够，亏了七十八块钱。申有财听说了，二话没说，从自己的钱里抽出一沓，交给了会计。这笔钱，申有财从来就没想要，李子雄也没想还。兄弟间你帮我一把，我还你一把，这是往他们交情上加分量。要是你还我一分情，我还你一笔债，这不是从交情上抽斤减两吗？可是，自从发生了以上几件事以后，李子雄心里可就不是滋味了。这一天他卖了猪回来，揣着钱来到申有财家。正赶上申有财不在家，他就把钱撂给了肖玉英。

肖玉英这娘儿们见钱眼开，表面上也推辞了一下：“大哥您先用着，这忙什么的，俺这儿又不缺钱花。”

本来李子雄也不是真心来还这笔钱的，只是想试探一下申家两口子收不收。听肖玉英这话，他心里的火就拱起来了。这会儿你不缺钱用，这笔钱就可以欠着；一旦你用着钱了，不就得找上门去讨债吗？幸亏俺今天把钱给你送来了。他二话没说，把钱撂下，扭头便走。他心里再不痛快，也犯不上跟兄弟媳妇发作。再说，情薄到这个份儿上了，还算什么兄弟？去他妈的！

就在这件事发生的第二天，李子雄打发人把孩子的订婚小帖送回来了……

说来说去，不管事情的实质如何，反正这些冲突，表面上都是围绕着一个“钱”字发生发展起来的。这真应了那句老话：古往今来以礼相交天下少，疏亲漫友因财而散世间多。

果真如此吗？

四

申有财鼓起了勇气，捏着女儿的小帖进了李子雄的家门。他想跟大哥好好谈谈，劝他收回成命，两家重归于好，成全一下那两个可怜的孩子。

李子雄媳妇正在院子里喂鸡，见申有财来了，先是一惊，立即又笑脸迎上去。

申有财问：“嫂子，大哥在家吗？”

“在呢，你有事吗？”

“我想跟他说句话。”

申有财说着，径直朝屋里走去。

李子雄媳妇忙追上来，担心地说：“他叔，话要是不好说，就先放两天吧。”

申有财果断地说：“我今儿个就当面锣对面鼓地讲清楚。”

李子雄媳妇更加慌了，高声朝屋里喊着：“喂，他叔来了！”

此刻，李子雄正坐在里屋炕沿儿上，弯着腰，低着头，一个人吭哧吭哧地生闷气、抽闷烟。见申有财进来了，连屁股都没有抬，仍然阴沉着脸，使劲吸着那“喇叭筒”。

申有财没有在乎这些，他是大哥嘛，端点儿架子也是应该的，何况又是在气头上呢！他在李子雄对面的凳子上坐下，从腰里掏出短杆烟袋，也吧唧吧唧地抽起来。

兄弟俩面对面坐着，谁也没抬头，谁也不说话。屋子里的空气变得沉重起来，压得人出气都不匀称了。

李子雄媳妇站在屋门口，胆胆怯怯地看着这老哥儿俩，连为申有财沏茶倒水都忘了。

申有财到底先说话了，这倒不是他沉不住气，是他来找人家的嘛，原来就该他先开口："大哥，咱俩谈谈怎么样？"

李子雄用鼻子哼了一声，也不知道这哼是表示愿意谈，还是不愿意谈。

申有财说："你也别这么憋闷着，有话你就说清楚。跟别人不能说，跟我还不能说吗？你生这么大的气，发这么大的火，到底为了啥呢？"

李子雄仍然没有吭声。一支"喇叭筒"抽完了，他又从衣袋里掏出一张二指宽的纸条，慢慢悠悠地卷着烟。申有财的话，他好像根本没有听见；或者说，他似乎觉得，对面根本就没有申有财这么个人。

申有财见李子雄这副傲慢无礼的架势，心里也拱起一股火，他还是使劲把它压了下去，仍然不急不恼地说："我知道有几件事对不起你。你是大哥，就是当着大伙儿的面骂我一通，捶巴我几下，我也不带说什么的。可是你……你别拿孩子的终身大事赌气呀！"

李子雄还是死豆不开花，连口大气都不出。

申有财又说："这几十年，你一向吃亏让人，我有什么对不起你的事，你都不往心里去。全村人都知道你大仁大义，肠子顶肚子大，能谅事，能容人。这一回，怎么就不能容我了呢？再说，这几件事，除了刘贵借钱我知道，别的事都是丽霞妈办的。那娘儿们的人品脾气你还不知道？她一向就是这么个抠抠搜搜的人，就是你皮鞭子蘸凉水抽她，恐怕她也改不了了。你跟个娘儿们一般见识，犯得上吗？"

申有财这最后一句话，可戳了李子雄的肺管子，把他惹翻了。他再也忍不住了，怒气地叫嚷起来："什么？我跟娘儿们一般见识？哼，亏你说得出口！男子汉做事向来敢作敢当，对就对了，错就错了，刀搁在脖子上都不改口。出了事往娘儿们身上推，算什么本事，你还算不算个汉子?”

申有财粗脖子红脸地辩解说：“我说的都是实话。就算这些事都是我做的，你身为大哥，总也得让着我几分吧，能跟我针尖对麦芒吗?”

“得了吧，你这会儿发了财，腰粗了，气壮了；我呢，是脱了毛的凤凰落了槽的马。咱俩得调个过儿了，你是我大哥!”李子雄越说火越盛，腾地站起身来，“算了，我这破庙里也盛不下你这大财神，你还是走吧!”

李子雄说完，咕咚往炕上一躺，拉条被子蒙上了头，面壁而卧了。

申有财气得脸色铁青，呼呼直喘粗气，想发作又发不起来。李子雄媳妇悄悄地把他拉了出去，歉疚地说：“他叔，你别生气。你哥的脾气你还不知道吗？冲着嫂子，你就先委屈委屈吧。等他消了气，顺了心，你们哥儿俩再谈……”

申有财无奈，只好带着一脑门子怒气、满肚子委屈走了。

几乎是与此同时，李良田来到了申家小院。刚一迈门槛，就被肖玉英拦住了。肖玉英叉着腰，叉着腿，杏眼圆睁，一脸怒气，一张嘴就给李良田来个下马威：“站住！你给我出去！告诉你，从今以后，不许你再登我这个门!”

李良田一下子呆愣住了，心里怦怦直跳，小脸吓得蜡黄。过了半天，他才醒过味儿来，嗫嗫嚅嚅地说：“大婶，您，您这是怎么了?”

肖玉英唾沫横飞地叫嚷起来：“犯什么傻，你爹给你们退婚了，你知道不知道?”

李良田激昂地说：“我爹退婚不算数，我们的命运要由我们自己来支配!”

“支配你自个儿的命运去吧，我闺女的命运用不着你操心。”

“大婶，您听我说。我跟丽霞的事您也不是不知道，这么长时间了，当家长的一句话，说退就给我们退了。你们倒痛快了，我们受得了吗?”

“这话找你爹说去吧，这无情无义的事是我们先办出来的吗?”

“大婶，您从小疼我，爱我，把我当亲独生子对待，这会儿，您得给我做主呀!”

“过去的陈年老账，打今儿起就一笔勾销了。俺申家不欠你李家什么，你李家也不欠俺申家什么，一刀两断，井水不犯河水。你走吧，快点儿走！”

“大婶，求求您，让我跟丽霞见个面，说两句话就得。”

“不行！告诉你，我闺女已经有主儿了，不是非在你们家那棵歪脖树上吊死不可！你到底走不走？我要关门了。”

肖玉英堵着院门口，李良田犯起了倔脾气。一个死乞白赖要进去，一个横竖不让路。李良田五尺高的汉子，推也推不动，轰也轰不走，气得肖玉英真想破口大骂了。

正在这时候，半路杀出个程咬金，捋胳膊挽袖子，怒气冲冲地向李良田扑了过来。

这个人叫杜金锋，二十四五岁，长得人高马大，个头儿足有一米八以上。大鬓角，小胡子，上穿紧身港衫，下着苹果牌牛仔裤，肩上挎一个红白相间的人造革大皮包，皮包里鼓鼓囊囊的。杜金锋是肖玉英的亲外甥。肖玉英的姐姐生下这个孩子，就得浮肿病死了。后来，他父亲又给他娶了个后娘。没过几年，他父亲搭拖拉机进城，过铁路口时跟火车撞上了，死于非命，父亲死了，后娘要嫁人，杜金锋就成了孤儿。他那会儿已经十四五岁了，整天跟一伙儿小流氓混在一起，到处偷鸡摸狗，闲逛乱闯，还扒过火车到过新疆，也算是见过了大世面。他交过三教九流许多狐朋狗友，学了许多谋生的本事，也学了一身流氓习气。去年夏天，杜金锋突然来投奔肖玉英。肖玉英一来可怜姐姐这个苦命的遗孤，二来他们养了那么多鸭子，忙不过来，正好缺劳动力，也就收留了他。杜金锋来到申家以后，也没闯什么祸，凭着他在外边学的一套巧嘴利舌的社交经验，出去买饲料呀，卖鸭蛋呀，总也吃不了亏。他还会开拖拉机，据说还会开汽车。这就方便多了，队里的拖拉机没往下包，谁用谁交租金。过去用趟拖拉机，还得自己请机手，好酒好菜伺候着，还得给人家开工钱。有了杜金锋，拖拉机开起就走，省了多少钱！尽管肖玉英看不惯他那身不城不乡的穿戴打扮，可是还挺喜欢他那股精明劲儿。

这会儿，杜金锋从城里回来，见李良田站在门口跟肖玉英争吵，便立刻冲了上去。他有一年多没打架了，手心发痒，心里更痒。他一把薅住了李良田的脖领子，瞪着血红的眼睛说：“你在这儿捣什么乱？你走不走？”

李良田心里还真有点儿怕这个亡命徒，可嘴上不能服软，他毕竟也是个男子汉嘛：“这件事与你无关，你甭管！”

“什么？与我无关？你欺负我姨妈就不行！”

“谁欺负你姨妈了？我来找丽霞有事。”

“你小子还嘴硬，让老子好好教训教训你！”

杜金锋说着，抡圆了拳头，就要朝李良田的头上砸。

正在这时候，申有财回来了。他见杜金锋要打李良田，立刻怒声喝住了：“住手！都给我家去！还嫌不够丢人现眼呀！”

杜金锋见姨夫发了怒，立刻放开了李良田，提起地上的大提包，梗着脖子，甩拉甩拉地进去了。

李良田犹犹豫豫，想跟申有财说点儿什么。见申有财满脸乌云，两眼怒火，便不敢开口了，只好悻悻而去。

原来，杜金锋刚一到姨妈家，就被表妹的聪明美貌迷住了。平时，他总是想方设法地在申丽霞面前讨好。申丽霞看见表哥那粗粗壮壮的凶相就害怕，看到他那奇装异服、怪打扮就恶心，看到他那不怀好意的目光心里就发颤，总是千方百计地躲着他，没有事情连句话都不跟他说。杜金锋不知是自己讨人嫌，却以为这完全是因为有李良田的缘故，他早就把李良田看成了不共戴天的仇敌。昨天，他听说李良田跟申丽霞退了婚，高兴得一夜没睡觉。今天一大早就进了城，给表妹买了一大堆礼物。他怕碰钉子，不敢直接给表妹送去，只得先交给肖玉英：“姨妈，您看我给表妹买的东西合适不合适？这是羊毛衫，最时髦的，城里的姑娘都穿这个；这是大地牌风衣，表妹穿上准够帅的；这是三用帽，又能当帽子，又能当围巾，还能当脖套儿……”

肖玉英本来就是个贪便宜爱小眼皮薄的人，见杜金锋给女儿买了这么多东西，立刻心里开花，眉眼生笑，嘴里却说：“看你，买这些干什么呀？真是的。”

杜金锋说：“我知道这两天表妹心里烦，不痛快，需要有人安慰安慰，您把这些东西交给她吧。”

“这得花多少钱呀？”

“看您说的，我孤身一人，存钱干什么？除了您，我什么亲人也没有。挣多挣少，将来还不是都孝顺您。”

肖玉英听了这些话，更是心里美滋滋、甜蜜蜜的，那胖乎乎的桃花脸上，竟然浮泛起一层胭脂般的红润。

当天夜里，肖玉英跟申有财躺在炕上，商量起了一件非常重大的事情。

“我说，你看金锋这孩子怎样？”

“干吗？”

“我想把丽霞嫁给他，明天就让他们去登记，择个好日子就结婚。别让他李子雄张狂，咱非把这口气争回来不可！”

申有财一听，惊得打了一个冷战。这不是胡闹吗？别看李子雄把女儿的小帖送回来了，他申有财可没有认这个账。他深知这两个年轻人你亲我爱，已经撕扯不开了。那天晚上在运河滩上，两个人搂得那么紧，别人不知道，他可是亲眼见。说不定女儿早就是李良田的人了。这件事，他从来没有跟肖玉英讲过。他是个心里存得住事、嘴里藏得住话的人。而对于杜金锋，他远没有肖玉英那么信任他。总觉得他没根没底，让人不放心，可他是肖玉英的亲外甥，自己也不好说什么。不要说他在这儿干活儿，就是白吃白喝，你不是也得养活他吗？是亲三分向，是火热成灰，这是人之常情嘛。

肖玉英见申有财不吱声，以为他在认真考虑她的意见，又补充说：“我看金锋这孩子不错，又聪明，又能干，还知情达理，他永远不会跟咱有二心的。这是骨肉亲，亲上加亲，骨头断了连着筋……”

申有财坚决地说：“不行！你不能打这个主意。”

肖玉英仍然用充足的理由说服着申有财：“咱就丽霞这么一个闺女，她走了，咱老两口子将来谁来管呀？让她跟金锋结了婚，这不就等于招个女婿抱个儿子吗？咱老了也有依靠了。”

“你只知道打自己的算盘。你还瞧不出来吗？丽霞根本就看不上杜金锋。这种事，得丽霞说了才算数！”

“我就不信做不了她的主儿！”

“你做主儿！做主儿！孩子让你这么耍来耍去，该几个死了！”

“你小声点儿，别让丽霞听见。”

肖玉英担心他们的谈话被睡在对面屋里的申丽霞听见。其实，这会儿申丽霞早就悄悄地从后门出去，跑到运河边跟李良田演“蓝桥相会”去了。他们究竟是怎么相约的，谁也不清楚，八十年代的年轻人，表达爱情的方式不但大胆直率，而且有勇有谋……

五

跟申有财掰了交情，你以为李子雄心里就好受？才不呢！表面看来，他出了气，解了恨，心里痛快了，实际上，他那心里更不是滋味儿。事情就是这样，当你端着满盘子满碗“理”的时候，千万别得理不饶人。只要你往前多迈一步，就等于把“理”拱手送给了人家。于是，有理的变成了无理的，无理的反倒成了有理的了。公众的同情心总是站在弱者一边，人人心里都有把尺子，有杆秤。假如李子雄不把事情做绝，那他申有财也好，肖玉英也好，总觉得欠你李子雄的情；如今，你这么一来，把“情债”都索去了，人家反而无“债”一身轻，甚至还觉得你欠下人家点儿什么。李子雄呀李子雄，你这几十年经过大风雨，见过大世面，怎么就不懂这平平常常的人之常情呢？真是聪明一世，糊涂一时啊！

不过，李子雄一点儿也不后悔。他这个人说话办事，向来是敢作敢当，不走回头路，不吃后悔药。要是让他低头服软，除非谁有力气把太行山举起来，压在他的脖子上。当年造反派那么厉害，宁可让人家关在白菜窖里，他也不做一句检查。烦恼他是有的，自从下了台，他差不多把一辈子的烦恼都堆积起来了。他看什么都不顺眼，遇到什么事都不顺心。办食堂的时候，他为申有财家偷窝头，到公社党校去“受训”，他并不觉得委屈，心甘情愿地挨整；“文化大革命”，他游街挨斗，受尽皮肉之苦，也不怎么觉得伤心，只是气得够呛。这会儿却不然了，他心里头总憋着一个大疙瘩，怎么也解不开，化不掉。他觉得运河湾的党员们对不起他，凭什么把他选掉呢？这些年他辛辛苦苦、日日夜夜地为老百姓办事，自己得到了什么好处？除了为申有财偷过一篮子窝头，他敢说自己连一根火柴的便宜都没有占过。人总得讲点儿良心，我李子雄有什么对不住你们的地方？他又觉得上级领导对不起他，这些年鞍前马后，我出过多少力，流过多少汗，干过多少事，别人不清楚，你们心里总得有本账吧。到这节骨眼儿上了，你们就眼看着人家把我选掉，连句话都不说！他还觉得全村的老百姓也对不起他。我在台上的时候，你们整天李书记长、李书记短，踢破了门槛子。为了你们，我什么时候吃过消停饭，睡过消停觉？两口子吵架，请老娘婆子接生，死了亲娘老子打棺材挖坑，我什么事没管过？如今，瞧你们一个个那神气劲，大模大样的，给谁看？好像你们统统都当了书记，运河湾只有我李子雄一个人是老百姓了。唉，别人怎么对不起我都无所谓，这个世道，本来就人情如纸，世态炎凉。可你申有财别这样呀！你发财了，气粗了，就一下子身价抬高百倍，眼里连我这个大哥都装不下了。我批条子不灵了，你送单人电褥子成心恶心我，我欠你几十块钱你还有脸要……哼！别忘了当年我是怎样从一群街痞子手里把你救出来的，别忘了咱在通州城外关帝庙的海誓山盟，别忘了咱轮换着穿一条裤子混日子……

说了归齐，还是自己的老婆最好。这个跟他过了大半辈子的女人，算是把他的心摸透了。他需要冷的时候，她送来扇子；他需要暖和的时候，她端来热汤；他需要清静的时候，她会一声不响地躲开他；他觉得冷清的时候，她又会慢言细语地跟他唠叨起他爱听的话。那天，他取出小帖去退婚，她死死拦他，苦苦劝他。他不听她的，一把将她推倒，头碰在门框上，磕了一个疙瘩。可是，当他怒气冲冲回来以后，她不顾自己的伤，却先给他打来洗脸水……唉，这女人太好了，也太可怜了。等赶明儿有了心思，非好好疼爱疼爱她不可，补补她这个情。

儿子这次表现也不错。他擅自做主给他退了婚，他没吵没闹，只说了一句："那张纸片子本来也不算数！"说完，还冲他微微一笑。什么意思？他弄不明白。是退婚遂了他的心，还是根本不把这一张纸放在眼里？他想问问清楚，又没那闲心，去他妈的！

儿子上班走了，家里只剩下他们老两口，怪清冷的。他原来嫌乱，怕热闹，整天价吵得他脑袋嗡嗡的，涨得像个斗，什么时候能过几天清静的日子才好呢！果真清静了，他又感到孤独了，有一种被人抛弃、被人遗忘的感觉。他原来是一村之主、百家之长，统管着大大小小无计其数的活人与死物。没有他，地就得撂了荒，锅里就没有米，房子就盖不起来，两口子打架说不定就得出人命，全村几百口人都成了没头的苍蝇，嗡嗡瞎撞，乱成一锅粥。可是现在，他却成了可有可无的人。有他不显得多，没他不显得少，这还有什么活头？

老婆子又来劝他："他爹，你到西集镇一趟，替我买袋洗衣粉，被子该拆洗了。"

说着，塞到他手里十块钱。买袋洗衣粉，给他那么多钱干什么？再说，村里小卖铺不也卖这玩意儿吗？他明白老伴的良苦用心。她怕他一个人窝在家里憋闷出毛病来，头两天就劝他到西集镇上去散散心，说是北京人艺正在那儿演《骆驼祥子》。他哪儿有心思看什么话剧？今天又变着法儿让他去，还把买戏票的钱、进饭馆喝酒的钱都找出来了。他不能辜负老伴的一片好心，去就去吧。

这一天正赶上西集镇大集，自由市场上，嗡嗡嘤嘤，万头攒动，拥挤得连身都转不过来。鸡鸭鱼兔，五谷杂粮，锄镐锹镰，日用百货，以及各种农副产品，一摊压一摊，一案接一案。卖艺的敲锣高叫，爆竹摊点起了千头响鞭，各种腔调的吆喝叫卖，加上形形色色风味小吃的浓香热气，把整个集镇都要胀破了。多少年没有看到这红火热烈的场面了。看来搞"资本主义""走回头路"，也能弄出点儿名堂来。老百姓就是这么没觉悟，谁让他们吃饱肚子他们就说谁好，管你什么"主义"？可他不是普通老百姓，他是共产党员呀！举什么旗，走什么路，别人不管行，他得管！

走到南门外的牲口市，李子雄不由得停住了脚步。聚集在这里的几百头欢蹦乱跳的骡马驴牛，引颈长嘶，热闹得叫人心里发痒。到这里来进行交易的，大部分是分到了"责任田"的作业组和个体农民，甚至在拥拥挤挤的人群当中，还出现了在袖筒里摸手指头的"经纪人"。老百姓管他们叫作"牙行"，光凭五个空指头，靠两头敲竹杠从中渔利。车船店脚牙，无罪也该杀，这是过去的说法。

"唉！毛主席给咱留下的这点儿家业，就这么糟蹋了，败家子啊！"李子雄自言自语地嘟哝一句，说得那么沉痛，那么气愤，那么动心，那两只深陷的眼窝里，还滚动着两汪浑浊的泪水。

忽然，他像发现了什么，一下子冲到了一匹灰骡子的前边。在那里，有两个小伙子正跟一个干瘦的老头儿讨价还价。干瘦老头儿显然是个行家，他扯开那“云遮月”的嗓子，振振有词地吆喝着：“远看一张皮，近看四只蹄，上前摸槽口，看看齲口齐不齐。您看这张皮，油光闪亮，缎子一样；您再看这蹄子，小瓦盆一般，跑起来腾云驾雾，四蹄生风……”

干瘦老头儿的话还没说完，李子雄就上前一把抓住了灰骡子的笼头，眼睛一瞪，问：“你是哪村的？”

干瘦老头儿看着这半路杀出来的程咬金，脸上冒黑烟，眼里喷怒火，觉得此人大有来头，顿时吓得脸都黄了，急忙结结巴巴地说：“老哥……您有话，咱到、到潮白餐厅去说……”

“住口！”李子雄大吼一声，立刻伸出那双大手，把灰骡子的嘴一掰，冲着周围涌上来的人说：“你们看看，这骡子的齲口本来早就磨平了，分明是一条老骡子……”

干瘦老头儿急了，暴跳起来：“你、你胡说！”

“胡说，哼！齲口是你假造的！”

“没听说过，齲口还能假造？”

“告诉你，变戏法瞒不了敲锣的！”

李子雄转身向周围的人说：“你们都过来看看，这个歹毒的牲口贩子是怎么整治这哑巴畜生的。他用钢钻在骡子的牙槽上打成眼，再用镪水一浇，就变成黑的了……”

干瘦老头儿更加急得乱蹦乱跳：“你血口喷人！血口喷人！”

李子雄说：“你还不认账？我告诉你，那齲口是方的，你钻的齲口是圆的，这是一；第二，咱可以当场试验！”

说着，李子雄把头一低，朝灰骡子的下牙口上使劲吹了一口气，那灰骡子立刻疼得浑身发抖，摇头甩尾，暴跳起来。幸亏李子雄使劲抓住了骡子的腮帮子，才没让它惊跑。

这一下可把群众激怒了。人们推搡着，怒骂着，把面无人色的干瘦老头儿架到市场管理委员会去了。

李子雄更是气得七窍冒火，当着好多人的面就嚷开了：“这算是什么新政策？纯粹是走回头路！”

李子雄话音刚落，一只大手忽然落在他的肩头上了：“老弟，大庭广众之下，说话可得注意点儿影响。”

李子雄回头一看，原来是公社许主任。他跟许主任是老交情了。从公社化以后，两个人一直在一起共事。许主任为人厚道，性格直爽，对上不拍马屁，对下不摆架子。成年累月，一身庄稼人的短打扮，抄起鞭子能赶车，抡起锄头能耪地，一手好活底子。庄稼人都挺佩服他，基层干部也挺信服他。可他呢，从解放初期，就是乡长、区长、公社主任，工资没长，品位没升，三十年一贯制，原地踏步了。他跟李子雄两个人虽然是上下级关系，却情投意合，无话不谈，交情甚厚。“四清”时一起挨过整，“文化大革命”一起挨过斗。粉碎“四人帮”以后，许主任从干校出来，官复原职，第一个就去找李子雄，让他出来收拾运河湾的烂摊子。李子雄二话没讲，立刻走马上任。

许主任和李子雄之间，还有另一层关系。许主任本来是辽宁绥中人，大军南下的时候，屁股上挨了块炮弹皮，养好了伤就留在地方工作了。解放初期演戏，区委领导都讲究坐在戏台上，面向观众，演员就在他们眼前念唱做打。而台下的观众，既能看戏，又能看到这些区干部的笑貌音容。许主任当时是副区长，逢戏必到。运河湾演《小女婿》，他一下子看上了扮演小芹的漂亮姑娘赵金香。托媒人一说，姑娘的父母满心喜欢，赵金香也点了头。两个人结婚以后，家就安在运河湾，从全公社来讲，许主任是李子雄的父母官；而在运河湾，李子雄又成了许主任的父母官。多年来，两个人互相照应，也打过不少交道。

许主任开着玩笑说：“你不是说，从今以后刀枪入库，马放南山，天塌下来都不往上挺肩膀了吗？怎么今天又管起了闲事？”

李子雄苦笑着摇了摇头：“我呀，天生的贱骨头，改不了了。”

许主任拉着李子雄的胳膊，从人群里往外挤：“走吧，我那儿还有一瓶‘通州老窖’呢！”

许主任也是那种对党的政策不大理解的人，用句时髦的话说，属于那种僵化或半僵化的干部。两个人对这些问题一起发过不少牢骚，提过不少疑问。可是他身为公社主任，自己心里怎么想不通，上级的指示还得执行。李子雄被选掉了，他也有一种“兔死狐悲”之感，可是人心所向，大势所趋，他也万般无奈啊！

许主任让食堂弄了几个菜，两个人躲进许主任的宿舍里，一杯对一杯地喝了起来。三杯烧酒入肚，心里的酸甜苦辣一齐往上翻，又一块儿吹起了烟，冒起了火。

李子雄瞪着血红的眼睛说：“开放！开放！你看，什么臭鱼烂虾、乌龟王八蛋都放出来了！算命的，赌钱的，卖假药的，牲口贩子……就差开窑子了！”

许主任神秘地说：“我看这样下去不是长久之计，这形势早晚得收。你没看报纸吗？文艺界又开始‘清除精神污染’了……”

“我看农村‘污染’得够邪乎的了，早就该清除了。”

“你别急嘛，说是农村不提‘精神污染’，你瞧着吧。历次运动还不都是这样，只要文艺界一开头，那股风很快就会吹下来。”

“咳，爱怎么办就怎么办吧。咱是个普普通通的小党员，扭转不了大局势。反正我自己不搞发家致富那一套。”

“你自己不搞，这对。你那位兄弟可有点儿冒尖儿了。”

“什么兄弟？”

“申有财呀，听说他要成‘万元户’了。”

“人家挣多少钱，我哪知道？”

“最近我们收到好几封群众来信，看来他的问题不小哇……那天在常委会上，就有人提出要整整他。要不先掐掐他的尖儿，等运动来了，就不可收拾了……”

许主任说这些话的时候，李子雄把头一低，似听非听，一句话也没说，好像完全与己无关。

这是在申有财遇到危难的时候，他第一次袖手旁观。连他自己也说不清楚，他是觉得整整申有财理所当然呢，还是他们之间的交情真绝到了这个份儿上？

六

许主任的媳妇赵金香，外号人称“参考消息”。她平时专门爱走街串户，把从男人那里得到的各种新闻传播出去。什么“公社又要派工作队啦”，“猪饲料下月开始卖玉米啦”，“演《茶馆》的那个王掌柜的到咱公社来了，身边还跟随着两个保镖的”……诸如此类的消息，她都不是在大庭广众之下公开吆喝的，而是扒着人家的耳朵，眨巴着那双迷人的小眼睛，非常神秘地告诉给那些好朋友的。说完之后，还挺郑重地嘱咐人家：“我这可是参考消息，传出去影响不好，你可千万别对外讲。”那么，都谁是她的好朋友呢？用赵金香自己的话说：“运河湾从东头到西头，挨着门楼数门楼，没有一家不跟咱贴心靠近的！”

这倒不完全是赵金香吹牛，她平时往大街上一走，人们总是上赶着跟她打招呼，这个往家拉，那个往屋让。赵金香过的就是这份“官太太”的瘾，图的就是这个风光劲儿！人家这样作兴她，她自己也不知道能有几两骨头油了。四十多岁的人了，走起路来还美颠颠、颤悠悠，甩胳膊，扭屁股，如同雨打荷叶风吹柳。有看不惯她那份狂劲儿的，也说两句损话：“瞧那娘儿们，不就是个主任夫人吗？有什么了不起！”话是这么说，用着人家的时候，还得向人家点头哈腰赔笑脸。

赵金香这些“参考消息”，有时候也使运河湾人受益不小。比方说，公社要搞统一行动，六月三日凌晨四时开始打狗。运河湾人先得到了消息，那些养狗的人家偷偷地把狗转移到外公社亲朋好友家去了。而那些没有准备的村，却措手不及，被满门抄斩，只狗不留。——在现代生活中，掌握“信息”的重要，由此也可见一斑了。不过，因为媳妇这一张漏风嘴许主任也没少吃亏。每次整党或开生活会，差不多人家都给他提这条犯“自由主义”的意见。他也曾多次下决心，做保证，回家以后，紧闭金口，什么都不对媳妇讲。可是，赵金香专门有一套本事，在男人怀里一打滚儿，搂着男人脖子一磨，许主任立刻骨酥肉麻，肚子里有什么都吐露出来。英雄难过美人关嘛。

这一天，赵金香摇摇摆摆地来到了申有财家里，把肖玉英拉进屋，关上门，火燎鸡毛似的说：“糟了，你快准备准备吧，公社要整你！”

肖玉英还不大以为意：“整我什么呀？我又没犯法。”

“有人告状了，说你雇工剥削。”

“我雇什么工了？”

“你这家里不是多了两个帮忙的吗？”

“那……那又不是外人。”

“不是外人，是一家子吗？户口在一块儿吗？听说你每月还给他们开工资，这不就等于是雇工吗？”

肖玉英一听，两腿直打战，舌头都短了，干张着嘴，愣是说不出一句话来了。

赵金香照例嘱咐一遍：“我这可是参考消息，不一定可靠。小心不为过，你还是早点儿做准备吧。”

赵金香走了以后，肖玉英立刻跑出家门去找申有财。申有财这会儿正带着那两个“帮忙的”在河西稻田里放鸭子呢。

原来在申有财家里，除了杜金锋，还有一个外人，叫白青山。年轻的时候，白青山在西集镇东边的悟仙观里当过几天老道。因此，人们都叫他白老道。白老道今年六十多岁，一辈子没结过婚，在村里是孤门独姓，身边一个亲人也没有。在许多人眼里，他是个十分古怪的人，身居世俗之中，却能超然世外，不食人间烟火。他平时不多说，不少道，静坐常思己过，闲谈莫论人非。什么事情他都不掺和，什么运动他都不参加，连村里放电影他都不去看。一年到头，队里让他干什么，他就干什么；给他多少工分，他就认多少工分；分他多少粮，他就要多少粮。什么多了少了，吃亏上当，他全然不在乎。队里的拖拉机把他的门楼撞倒了，放在谁身上也得找队长要求包赔损失，他却一句话都没说。拖拉机手觉得过意不去了，告诉了队长。等过两天队长派人去给他修门楼，他自己已经修好了。乡亲们都说，白老道在村里连条狗都没有得罪过。他无所多求，清心寡欲。他说过，酒是穿肠毒药，色是刮骨钢刀，烟是要命邪火，财是惹祸根苗。他唯一的嗜好，就是闲着没事的时候，端着把小泥壶，呷上两口茉莉花茶。

他这么一个与世无争、与人无争、与钱无争的人，怎么跑到申有财家放鸭子来了呢？说来话长，白老道曾经在危难之中帮过肖玉英的大忙，成了她的大恩人。

肖玉英的老家在河南开封地区。由于她长得容貌出众，又有一副好嗓子，“大跃进”的时候，被选入了公社文工团。她一下子被公社社长盯上了。那个社长姓郑，长得又黑又粗，满嘴黑牙，脸上还有一条二寸多长的月牙疤。他过去在国民党军队里当过兵，后来被俘成了解放兵，一身兵痞的毛病还没蜕掉，就转业到地方当了干部。他是个到处寻骚问腥的登徒子，又是个横行乡里的土皇帝。他见到肖玉英这如花似玉的姑娘，立刻欲火烧心，眼珠子都瞪出了血。终于有一天，他把肖玉英强奸了。肖玉英受此奇耻大辱，痛不欲生，又咽不下这口气，便跑到县里去告状。非但没有把郑社长告下来，还让她母亲遭了难。原来她母亲在解放前入过一贯道，还当过几天小坛主。郑社长抓住了这个碴儿，五花大绑把那个体弱多病的老人捆到公社，一顿拳打脚踢、破口大骂以后，便把她押进了公社私设的劳改队。母女俩受此磨难，在那个地方再也待不下去了。趁着一个风雨之夜，便逃了出来。一路上相搀相扶，乞食讨饭，走了三个多月，才来到了运河湾。

那是一个风雪漫天的夜晚，肖玉英的母亲一个跟头栽了下去，再也爬不起来了。天苍苍，雪茫茫，肖玉英呼天喊地，跑进村口，敲响了一家院门。出来的正是白老道，他提着一盏灯，跟着姑娘出了村，找到肖玉英的母亲，老太太已经断了气，大雪埋上了她半截身子。肖玉英哭天号地，要死要活。白老道从村里找来几个人，扒了他的两间棚子，用那檩条打了一口薄皮棺材，埋葬了肖玉英的母亲。然后，又领着姑娘去找党支部书记李子雄。李子雄见肖玉英姿色非凡，又聪明伶俐，便亲自做媒，把她嫁给了申有财……

白老道一辈子没有正经八百地干过庄稼活儿。过去在生产队里总有零活儿干，在菜园子里看看鸡，给村里的树镩镩枝，为猪场铲点儿垫脚，实在没活干了，还可以帮助保管员晒晒粮食、挑挑种子……实行责任制以后，这些零活儿都没有了。要是分给他二亩地，他真不知道该怎么种。肖玉英念及白老道过去对她的大恩大德，便把他接到自己的家里，让他帮忙放鸭子。

肖玉英这个人虽说是贪便宜爱小，抠抠搜搜，可是大面上却明理通情，让人家过得去。白老道和杜金锋来到她家，她都是先小人后君子，把话挑明，公事公办。除了吃饭以外，每月给白老道三十元工资，杜金锋四十元工资。白老道只要十元，为的是买茶叶用。剩下的二十元钱，肖玉英在信用社给立了个折儿，都存在他的名下了。早晚这钱也是他的。

肖玉英在河西稻田里找到了申有财，把刚才赵金香带给她的“参考消息”一说，申有财也一下子麻了爪，傻了眼：“这，这是真的？”

肖玉英说：“我看无风不起浪，咱还是及早打主意吧，真要是再来那么一次……”

申有财听肖玉英说“再来那么一次”，立刻想起了那场白蜡杆引起的灾难，想起了他当“高级典型”在全县挨批斗，想起了他那剜心摘肺的一万二千块钱……他不由得腿肚子直打战，后脊梁沟冒凉风，惊恐万状地说：“这，这可怎么办呀？”

肖玉英还在一个劲儿催逼他：“怎么办？反正不能伸着脖子挨宰。”

申有财六神无主地说：“要不，还是找大哥商量商量吧。”

肖玉英立刻瞪起了眼睛：“你敢？你怎么那么没出息、没志气呢？他对咱那么绝情，你还把他当神仙供着，离开他，咱就不活啦？”

“那，那你说怎么办？”

“要我说，这鸭子咱不放了，该杀的杀，该卖的卖……”

“不，不行！”

“你又舍不得是不是？到时候让人家没收，抓走，你就不心疼了。”

这两口子说话的时候，白老道便赶着鸭子躲到一边去了。人家的家务事，他是从来不插半句嘴的。杜金锋则不然，不用请，不用叫，早就伸着脖子追过来了。在这个家里，他从来不把自己当成外人，更何况，现在又是需要他好好表现的时候。他把事情听明白了，见姨父和姨妈都没了主心骨，脑瓜一转，愣是想出了一个主意。要说，这小子不愧在外边闯荡过几年，还真有两下子。

“姨父、姨妈，我倒有个办法。”

肖玉英眼睛一亮：“你快说说。”

杜金锋说："咱把这群鸭子分成三份，你们一份，我一份，再算白爷爷一份。他不是告您雇工剥削吗？到时候咱就说是合伙喂养，利益均摊，谁也没雇谁，谁也没剥削谁。"

肖玉英直摇头："你这么说，谁相信你呀？"

杜金锋胸有成竹地说："咱也找人假装疯魔地写个纸，一二三四，立个契约，一人手里攥一张。到时候，白纸黑字，签字画押，拿出来，这就是证据。"

肖玉英咧嘴乐了："嗯，这么一来，就把窟窿堵上了。他爹，你说呢？"

申有财有点儿犯嘀咕，他觉得杜金锋出的这个招儿不大对劲儿，可又没有别的办法。事到临头，谁有主意就听谁的呗，反正死马当成活马治吧。

七

申家发生了一连串事情，也说不清是悲是喜，是福是祸，是好事还是坏事。还是我们老祖宗那句话最高明，"祸兮福所倚，福兮祸所伏"。好事坏事不仅能掺和在一块儿，说不清，道不明，还能引出相反的结果。你看，李良田跟申丽霞结婚了。按说这是好事吧？可是这件事是他们偷偷摸摸办的，两个人领完结婚证就走了。说句难听的，是"私奔"；说句时髦的，是"旅游结婚"。等双方家长知道的时候，一对新婚伉俪已经泛舟在碧波荡漾的西湖上，缅怀起白娘子与许仙的缱绻恩爱之情了。

不能说两个孩子不孝顺，人家怕大人发现他们没了不放心，还从西湖上寄来一封充满甜言蜜语的平安家信，也算是给他们下了通知，让他们承认既成事实就是了。可是肖玉英硬是不知趣，怒气冲冲地找人家李子雄去要闺女。李子雄那儿正气不顺呢，一句话把她噎得差点儿背过气去："你要找我要闺女，我还找你要儿子呢！他告诉我这几天工厂加班，不回来，我就信了。可你闺女是怎么离开家的，是你没把她看住，还是成心放走的？"

这真让肖玉英有口难言。头几天，申丽霞拿出一封信，说她的同学许月仙生了小孩儿，爱人在部队请不下假来，请她去照顾几天。许月仙这姑娘肖玉英认识，是申丽霞的好朋友，过去没少到她家来。去年结的婚，今年也该有孩子了。她在县企业局工作，专管各公社“专业户”的生产。自从申家包了鸭群以后，卖鸭蛋，买鸭雏，批饲料，人家没少帮忙。这会儿人家有困难，当然不能甩手不管了。再说，以后还短不了求人家呢！谁料想，这是他们一块儿做的圈套儿呀！唉，眼下的年轻人，脸皮又厚，胆子又大，花花点子又多，真管不了他们了。

这件事，她急也好，怒也罢，可是生米做成了熟饭，她有什么辙？当然，等他们回来以后，她可以吵翻天，闹塌地，不让女婿登门，不许闺女进屋，不跟亲家见面。可是，闹来闹去，能有什么结果呢？人家的结婚证上盖着政府的大红印章，你不承认管屁用。等小两口儿在外边住上一年半载，给你抱回来一个大胖外孙子，不由得你不眉开眼笑抿嘴乐。这样的贱骨头肖玉英见多了，她可不能栽这死跟头。当然此事也不能善罢甘休，究竟怎么办，她还没想好，等那两个“挨刀的”回来再说吧。

对于这件事，最戳心扎肝、忍受不了的还是杜金锋。本来，李良田跟申丽霞退了婚以后，他觉得蛮有希望，蛮有把握把申丽霞弄到手。话里话外，肖玉英也暗示赞成这门婚事。说真格的，他可没少花心思，卖力气。为了讨姨妈姨父的喜欢，他手勤眼快，卖命地干活，给这个家献计献策，俨然是个又能干又孝顺的倒插门女婿了。为了给表妹留下个好印象，他刮掉了小胡子，剪掉了大鬓角，连说话都变得斯斯文文了。闲着没事，还常常装模作样地抱本书看。眼睛盯着书，心里却想着与申丽霞的良辰美景好日子。要不，用不了一袋烟工夫，就得打起呼噜。

当杜金锋听说申丽霞与李良田去杭州结婚的时候，直气得浑身发抖，眼珠子冒血。他像一头暴怒的狮子，磨钢牙，挥铁爪，恨不得跑到西湖，把李良田撕成碎片，把申丽霞抢回来；他又恨不得把那个说话不算数的姨妈掐死；恨不得把这个可恶的家烧个一干二净。他独自发了一阵疯以后，渐渐地冷静下来了。他这些办法都行不通，都是犯法的事，弄不好还会把自己的命搭进去。脑袋钻个眼儿，这辈子就交待了。他还没有活够呢，好多该吃的东西没有吃到，该玩的没有玩到，该享受的还没有享受到呢。他可不是那种顾脑袋不顾屁股的小流氓，他得想点儿阴办法、损主意，好好报复报复他们。反正你不让我好死，我也不让你好活着。

需要说明一下，发生这一切事情的时候，申有财正好不在家。他被白洋淀的养鸭专业户请走了。因为他有一套孵鸭的经验。过去庄稼人孵鸭，都用抱窝的老母鸡，鸡孵鸡，二十一；鸡孵鸭，二十八嘛。一只老母鸡，最多一次只能孵二十只鸭子。眼下哪一户不养它三五百只，再用老办法显然不行了，就得改用机械孵鸭，这可是一门复杂的技术。公社化那一年，申有财在公社养鸭场待过，专门到双桥农场学过机械孵鸭。后来鸭场垮台了，可他这门技术算是学到了手。白洋淀那个地方大得很，今天这村瞧瞧，明天那村看看，行无踪，走无影，到哪儿去找他？说是一个月就回来，眼下四十多天了，不见人影，连封信也没有。肖玉英急得火燎毛，咒他喂野狗了，让野娘儿们勾住魂了。这管什么用呀？没办法，天塌下来，只能她一个人扛着了。

这一天，肖玉英派杜金锋到通州城里去拉饲料。杜金锋高高兴兴地答应了，开起拖拉机就出了村。村头上，有几个铁哥们儿正等着他呢，这是头天晚上杜金锋打电话把他们约来的。这帮人，都是各村的嘎杂子、琉璃球儿，有的干脆就是偷鸡摸狗的小流氓、打架斗殴的街痞子。人以群分，物以类聚。杜金锋平时跟他们交情最厚，一人有难，七狼八虎一齐上，真有点儿两肋插刀的劲头儿。

杜金锋带着这帮哥们儿，把拖拉机开到河西稻田里，白老道还在那儿看着鸭子寻食。杜金锋告诉他，姨父来信了，让他弄三百只鸭子用火车托运到白洋淀，卖给那儿的农民兄弟，说不清是发扬风格，还是那个地方能卖好价钱。这话说得有根有梢有来头，由不得白老道不信。何况白老道又不是爱管闲事的人。这些鸭子你留着，他就放；运走嘛，也与他无关。杜金锋在几个哥们儿的帮助下，很快抓够了三百只鸭子，装进几个大筐里，抬上了拖拉机，到了通州城，他把这批鸭子卖给了新开张的潞丰饭店，钱嘛，自然装进了自己的腰包。

卖完鸭子以后，哥儿几个便在饭店里大吃大嚼起来。开饭馆的不怕大肚汉，你要什么，人家就给你上什么。乌龙凤蛋，油烹大虾，红烧鲤鱼，虎头鸡块……一盘摞一盘，盘盘色香味美，圆桌面顿时成了荷花淀。酒也拣最好的上，古井贡酒，习水大曲，还有五星牌鲜啤酒，刚从冰箱里拿出来的，还呼呼冒凉气呢！吃吧，喝吧，反正钱是白来的，吃孙喝孙不谢孙。谁不吃谁是大傻瓜、窝囊废、王八蛋、三孙子……这帮铁哥们儿如同一群饿劈了门框的饕餮鬼，甩开腮帮子吃，瞪红眼珠子灌，狂呼乱叫，起哄架秧子，完全忘记自己是头朝下还是脚朝天了。杜金锋心里揣着仇，窝着恨，酒入愁肠，如同烈火烧心，烧得他浑身冒着火，恶血攻头，越发觉得自己受了奇耻大辱，咽不下这口窝囊气。当着这帮铁哥们儿的面，泪水横流，号啕大哭，把满肚子的委屈都倒了出来。这帮铁哥们儿听了，都捋胳膊挽袖子，气愤填膺，一致要替他报仇出气，就等他一声令下了。你要说容不得李良田，咱就白刀子进去，红刀子出来，给他身上戳几个窟窿。你甭担心，到时候蹲大狱，挨枪子儿，兄弟去，你做哥哥的一点儿责任都甭负。听听，豪言壮语，刺刺冒火，落地有声，把满桌碗盘撞得叮当乱响，都是酒桌上的英雄好汉！

吃饱了，喝足了，哭够了，杜金锋觉得心里痛快了许多。他结了账，便去买饲料，拉起饲料和几个铁哥们儿凯旋。一路上，这拖拉机也像是喝醉了酒，摇摇晃晃，一溜歪斜，曲线前进。过土桥路口，剐坏了一辆大车的车帮。杜金锋完全不理会，加大油门，继续前进。气得大车把式跳着脚地骂，车上那几个铁哥们儿也站起来跟人家对骂。骂得双方谁也听不见了，还不停嘴。过武窑时，把一个骑自行车的姑娘挤到马路边沟里去了，几个铁哥们儿更是开心死了，笑呀，叫呀，惊得过往的人们都站住了：车上这几个人是不是往疯人院送呀？眼看快到家了，过运河大桥，杜金锋仍然没有减速。忽然，对面开来一辆黄河牌大卡车，车上装着高高的集装箱。杜金锋一下子眼花了，把对面开来的汽车看成了一座大山，一座黑魆魆的大铁山，大山崩塌了，朝他劈头盖顶地压过来。杜金锋惊得大叫一声，出了一身冷汗，猛踩油门，掉转车头，轰隆一声巨响，拖拉机撞断了桥栏杆，扑向了翻波滚浪的大运河里。

车上的那帮铁哥们儿还没弄明白发生了什么事，一个个都成了下了锅的饺子、落了汤的鸡。幸亏他们是喝运河水长大的，或多或少都熟悉一点儿水性，凉水一浇，都醒了酒，赶忙去救驾驶室里的杜金锋。出了这么大的事，说不定这小子早没命了。他们又呼着喊着跳下河，朝驾驶室游过去。

也是杜金锋这小子命大，拖拉机一掉下来，他先是被震昏了。恰巧拖拉机机头掉在一块浅滩上，水面正到他下巴颏儿，愣是一口水都没灌进去。铁哥们儿敲碎玻璃，打开门，把杜金锋拖出来，抬上岸。这么一折腾，杜金锋醒了，一阵嗷嗷怪叫，哭爹喊娘。铁哥们儿立刻七手八脚地替他扒掉衣服一看，好家伙！方向盘扎破了肚子，硌折了三根肋条，鲜血直流。其中有一个铁哥们儿立刻撕破了衬衣，很内行地替他包扎上，止住了血。然后，有人跑去通知肖玉英，有人摘门板，绑担架，抬起来就往西集镇上跑。

进了西集镇，杜金锋完全清醒过来了。他忍着伤痛，思前想后，一悲一喜，忽然心生一计。他见这帮铁哥们儿正把他朝卫生院的方向抬，忙让大伙停下，把一个叫作小臭子的叫到身边，耳提面命，暗授机宜。

这个小臭子，别听他的名字不雅，可人长得却聪明伶俐，能说会道，有三寸不烂之舌。这帮铁哥们儿出去闯荡，动武的，他上不了前；要讲文的，少了他还真不行。杜金锋跟小臭子嘀咕了几句，小臭子立刻心领神会。他把手一挥，命令说：“走，把咱哥们儿抬到公社去！”

一副担架，抬着一个浑身是血的伤员，不进卫生院，却一直朝公社大院闯。并且受伤的哀号恸哭，抬人的喊冤叫屈。甭说，这是一场人命官司呀！这件爆炸性的新闻，立即轰动了整个西集镇。人们风风火火，拥拥撞撞，撂下手里的活和嘴边的碗，一齐朝公社大院跑去。公社办公室内外被围得水泄不通，黑压压一片，乱哄哄一团。办公室秘书小胡从来没见过这阵势，一下子慌了手脚，赶忙请出了许主任。

许主任出来了，也被这场面吓了一跳，以为那场“史无前例”的风暴又来了呢。他定了定神，挤进人群，问明了情况，立刻命令说：“先把人抬到卫生院，治伤要紧！”

小臭子哭哭啼啼地叫嚷着：“不行啊，许主任，我们这位阶级兄弟上无父母，下无兄弟姐妹。他在申有财家当长工，今天是因公负的伤。您说，这医疗费归谁出？以后的生活怎么办？这么年纪轻轻的就残废了，谁管呀？许主任，我们是看这位兄弟可怜才来找您的。您过去领导过穷人打土豪，分田地，现在，可也得为咱‘劳工阶级’做主呀……”

小臭子的嘴里，不知从哪淘换出这么多旧词。可那些稍为年长一点儿的人，听了这些词便觉得非常耳熟、非常动心。人们不由得七嘴八舌地议论起来：

“这孩子是个孤儿呀，真可怜！”

“这年头怎么还有当长工的？怪事！”

“怪什么？这两年有人富得流油，为富不仁，雇个长工还新鲜？”

“这些人就是蹬鼻子上脸，中央刚让咱农民有好日子过，他就搞‘雇工剥削’。等把上边挤对火了，再把铁箍儿给咱戴上，他就老实了。”

“……”

许主任听完小臭子的陈述和群众的议论，心里也七上八下地折腾开了。申有财家雇工问题，群众早有反映，公社也收到过群众来信。现在，又出现了“公伤”事故，处理不好，恐怕要出乱子。摆在他面前的，一边是穷人，一边是富人；一边是财东，一边是雇工。出于一种原始的“阶级意识”和多年政治斗争的经验，他的态度倾向于哪一边，便是非常鲜明的了。他沉着脸问：“申有财来了没有？”

小臭子说：“申有财不在家，我们已经通知肖玉英了。”

话刚说完，肖玉英呼叫着跑了进来。看起来也急得够呛，看见杜金锋浑身是血，大哭大号，好像是杜金锋已经没命了。

许主任叫人把肖玉英拉起来，仍然厉声问：“他是不是你家的雇工？”

肖玉英急忙回答说：“是，是……不，他，他是俺外甥……”

“先甭管他是你什么人了，我问你，他是不是给你家干活受的伤？”

“是，是，我让他去拉饲料……”

“既然是这样，这医疗费得由你出吧？”

“我出，我出。”

许主任觉得这问题解决了，余下的事以后再说，便冲着几个抬担架的小伙子挥了挥手：“去，快往卫生院抬。”

小臭子又挺身拦住了，不慌不忙地说："许主任，这医疗费是解决了，还有工资呢？杜金锋端的不是铁饭碗，一天不干活，一天就没饭吃。"

肖玉英虽说也经过七灾八难，可这样的事还是头一回遇上。她见杜金锋躺在担架上，闭着眼睛，大口大口地喘着粗气，心里更加惶恐不安。治晚了万一有个三长两短，怎么对得起死去的姐姐呢？又见这件事惊动了公社，由许主任出面干预了，她立刻想到赵金香告诉她的那个严重的"参考消息"，更加吓得魂不附体了。再说，里里外外围着那么多人，这下子弄不好可丢尽了人，现尽了眼。她听小臭子又提出工资问题。不等许主任回答，便主动说："你们放心，金锋在养伤期间，工资照发，一分钱都少不了。"

小臭子不愧是外交专家，他见肖玉英服了软，更加寸土不让，步步紧逼："万一杜金锋要是残废了怎么办？他如今连个对象还没有呢，哪个姑娘愿意嫁给一个残废人呢？他这终身大事，您也管吧？"

肖玉英说："我管，我管，我当然要管了，他是我亲外甥，我怎能不管呢？"

"您光说管不行，怎么管法呢？"

"这，这……你们说吧。"

"还用说吗。事情明摆着，没有梧桐树，招不了凤凰来。您起码得给杜金锋盖五间房吧？得买堂家具吧？得预备两千块钱的彩礼钱吧？就算杜金锋是您的亲儿子，您不是也得这么准备吗？"

"这些你们就放心吧，到时候我会操持的。你们快把金锋抬到卫生院去吧，求求你们，求求你们……"

许主任已经有点儿不耐烦了："行了，行了，你们提出的条件，人家全答应了，快去到卫生院治伤吧！"

小臭子倒是非常沉得住气，他心里有谱儿，别看杜金锋躺在担架上装模作样，其实他的伤离心还远着呢，晚治三五天也死不了。他又缠着许主任说："许主任，咱倒不是不相信人家。这事空口无凭，以后纠葛起来不好说。其实这事跟我们无关，我们只不过是出于阶级感情才站出来替杜金锋说几句话。杜金锋现在昏迷不醒，人事不知，咱说的这些他又没听见。眼下都讲究立契约、订合同，这符合法律手续。我们请求由您做主，把刚才咱协商好的订它几条，写下来，双方签字，这手续就全了。”

许主任听小臭子一说，也觉得有道理，立刻吩咐秘书小胡说：“那你就给他们办个手续吧。”说完，他算是了却了一桩公案，挤出人群走了。

许主任其实是个粗人，从小没读过书，参加革命以后才扫的盲。这些年他又很少处理民事纠纷，没有这方面的经验。那小胡是刚从下边提拔上来的“补贴干部”，干这种事更是大姑娘上轿子——头一回。而肖玉英呢，心里早乱成一团麻，脑袋嗡嗡响，眼里冒金星。这契约怎么订，条件怎么讲，她只能听着人家小臭子一条一条盯着她点头同意。最后，她又糊里糊涂地在那张写满了黑字的白纸上按了手印。

等肖玉英跟着大伙儿把杜金锋送到卫生院，办完了住院手续，回到家里再掏出那张契约一看，可就傻眼了。那契约上写着，除了她负担杜金锋的医疗费和每月工资外，还要再给他一万二千元钱。这笔钱包括杜金锋住院养伤期间的营养补助、残废补贴，还有把她答应给杜金锋盖五间房、买一堂家具折成现金，再加上那二千块钱的彩礼钱。并且这笔钱要立即支付一半，另一半，两个月之内付清。这可真摘了她的心肝，要了她的命。可是这契约是在公社办公室写的，经了官，又是三头对案，上边还有你的大红手印，反悔是不可能的了。小臭子成了杜金锋的代理人，带着那伙赖皮追上门来索钱逼债，兑现契约，大有不给钱就要抄家的劲头。她哪儿有这么多钱呢？去年赚下的三千块钱，买鸭雏垫本，修造鸭棚，加上平时过日子，也花得差不多了。事到如今，车上墙，火烧房，小孩儿扒井沿——这都是刻不容缓的事。没办法，她只好卖鸭了。等到了鸭棚，她才知道原来杜金锋已经卖掉了三百只鸭子。她又气又急，要去卫生院找杜金锋，小臭子却阴阳怪气地说：“大婶，金锋卖的可是他自己的鸭子，是我们哥几个帮他装的车。”

肖玉英冲小臭子叫嚷起来：“胡扯！他自己哪儿有鸭子，这鸭子都是我的！”

小臭子慢悠悠地从怀里掏出一片写满字的纸，在肖玉英眼前晃了晃：“怎么，您还要打官司吗?”

肖玉英一看，原来是两个月前，她为了摆脱“雇工剥削”的罪名，按照杜金锋出的主意，把鸭群一分为三，写下的那张字据。肖玉英这才知道上了杜金锋的大当。

“杜金峰，你这条恶狗……”肖玉英惨叫一声，口吐鲜血，昏倒在地上……

八

这件事发生的第三天，李良田和申丽霞这对新婚夫妇，几乎跟申有财同时进了家门。不知道他们是凑巧了，还是有什么信息。

肖玉英躺在炕上，两眼无神，面如灰土，吃力地喘着气。受了这一沉重的打击，她垮了，她真担心躺在炕上永远也起不来了。

申丽霞抱着妈妈，哇哇大哭。

申有财呆若木鸡，一句话也说不出来。

李良田也急得搓手跺脚，六神无主了。

天塌地陷，日月昏黑，一家人好像到了世界末日，不知还能不能活下去。

正在这时候，门帘一挑，李子雄进来了。

屋里的人全愣住了。申丽霞不哭了，肖玉英睁大了眼睛，李良田的眼睛盯住了墙柜。申有财站起身来，嘴唇哆哆嗦嗦，想要说什么。

李子雄看了看屋里的每一个人，然后转身对申有财说：“别急，别怕，这事我都查清楚了，许主任判得不公！打官司告状，得上法院，公社写的那张纸不算数。”说着，他又扭头吩咐李良田说，“良田，你赶快写个‘状子’，把前前后后的事情都写清楚，明天一早我就去法院。”

全家人仍然呆呆愣愣，如在梦中，好像不相信眼前这位是实实在在的李子雄，也不相信他真的说了那些救命的话。

李子雄又说：“没什么了不起的，打官司告状我顶着，天塌下来我扛着!”

“大哥——”申有财拼尽全身力气叫了一声，一头扑在了李子雄的怀里。

这一声呼唤，撕裂心肝，惊魂动魄，把李子雄的心都撞碎了。他把申有财紧紧地搂在怀里，泪水随着他那皱着的脸颊流下来。半天，他才喃喃地说：“别哭，别急，有大哥在，你们都别怕……”

1984 年 10 月 1 日于通县

朱柏庐治家格言

一

那年月，庄稼人为了让孩子识几个字，讲究上冬仨月的私塾。读的是四本开蒙小书：《千字文》《百家姓》《名贤集》，还有一本《朱柏庐治家格言》。朱老库因为给母亲办丧事，去晚了，只赶上了读最后一本书；又因为他要跟着给财主赶大车的父亲去“拉草筐箩”，提前“毕业”了，最后一本书也只是读了前四句：

> 黎明即起洒扫庭除要内外整洁，
> 既昏便息关锁门户必亲自检点。
> 一粥一饭当思来处不易，
> 半丝半缕恒念物力维艰。

那会儿的庄稼人，脑子里没有什么主义和政策条文，他们接受了一些生活的真谛以后，便刻骨铭心，并且付诸实践。更何况，溯本求源，朱老库说不定还是朱柏庐的第多少代玄孙呢！既然是老祖宗的家传训诲，更要奉若神明，不得违逆。解放以后，各种各样的会议、学习，朱老库没少参加；形形色色的宣传，他也没少听。可大都在脑子里没留下什么深刻的记忆。唯独有一支歌，跟他心里合了拍，使他想起来就激动不已，这支歌叫作《勤俭是咱传家宝》。他先是听大喇叭里唱，后来又听他的女儿春芝唱，渐渐地，他自己兴之所至，也常哼哼起来。不过，那歌词却跟人家的不一样。他倒不是有意篡改，而是人家唱的时候，除了第一句以外，别的词他从来就没有听清楚过。他哼哼的时候，只能根据大意往下诌：“勤俭是咱传家宝，庄稼人一会儿都离不了……”

在朱老库看来，这支歌的核心——“勤俭”二字，是对朱柏庐治家格言最通俗的解释、最高度的概括，也是对他大半生创家立业最精辟的总结，真可谓传家之宝！既然是传家宝，就得一代一代往下传。于是乎，每当女儿端起饭碗的时候，他都耳提面命，谆谆以授：“居家过日子，一个是勤，一个是俭。古人说得好，黎明即起……一粥一饭……”

别看春芝是朱家这“三十亩地”里的一棵独根草，可是从小不娇不惯。饭不厌其粗，吃饱了就行；衣不嫌其旧，不露肉即可。不过，姑娘一天天大了，爱美了。粗茶淡饭她还能忍受，那大五幅白布染的衣裤，就觉得实在穿不出去了。跟她一般大的姑娘，到一块儿总是互相炫耀，欣赏各种各样的时髦“行头”：的确良半袖衫呀，纯毛华达呢筒裤呀，半高跟皮鞋呀……每到这个时候，春芝就想哭。姑娘脸皮薄，眼窝子也浅。特别是最近，差不多每个姑娘都买了一双插秧靴。有杏黄的，有粉红的，有淡紫的……穿上它下田插秧，再也用不着怕蚂蟥叮了。春芝也想买这么一双，跟父亲念叨了好几次。父亲非但不同意，还跟她没完没地念起了他那套“勤俭经”。打那以后，每逢吃饭，她都端起一碗饭，拨上两口菜，躲到大门外去吃。

“她嫌我啰唆了，是不是？”朱老库觉得被女儿冷落了，脸上挂不住劲儿，心里不由得升起一团怒气。可这怒气他不敢轻易向宝贝女儿发，却把眼睛瞪向了春芝妈。

春芝妈简直成了朱老库的应声虫，朱老库的话“句句是真理”，她准能“执行不走样”。这会儿，春芝妈见女儿端着饭碗出去了，着实心疼得慌。干了一天活儿，连顿热乎饭都吃不好，这老头子，你不兴吃完饭再说吗？可是见男人一瞪眼，她又觉得女儿做得有点儿过分了，好歹他是你爹，又没打你骂你，你甩哪家子脸呀？唉，都怨自己，把她惯坏了！

她十六岁跟朱老库结了婚，第二年“掉”了一个孩子，从此二十多年没怀胎。眼看他们就要成“老绝户”了，没想到快四十的人了，肚子又隆了起来。她实指望能生个儿子，给写过“治家格言”的朱门望族传宗接代。不料想却是个黄毛丫头。朱老库倒是挺开通："丫头就丫头吧，将来招个养老女婿，不是一样可以顶门立户吗?"这孩子生不逢时，正赶上"困难时期"。春芝妈每天吃从食堂里打来的那一点儿"双蒸法"高粱面窝头，一点儿奶水也挤不出来。孩子饿得脸色发青，连哭的劲儿都没有了。朱老库这时候才从被子垛底下抻出一个大枕头，用剪子一挑"哗啦啦"，一堆圆滚滚、亮闪闪的大黄豆撒满了一炕。这大黄豆可真来之不易。"大跃进"那年，人们光顾得炼钢化铁了，粮食没人收，"跃进"了一天，旁的人拖着软塌塌的身子回到家，连脚都顾不上洗就躺下歇息。朱老库却咬咬牙，打着个灯笼又出去刨田鼠窝。弄回来怕被人发现，都装进了枕头里。头两年吃不饱，肚子瘪得前腔贴后腔，他和老伴勒紧裤腰带，枕头里的粮食硬是一粒也没动，这会儿终于派上了大用场。嗷嗷待哺的春芝，就是靠这儿枕头玉米、黄豆养活的……

做晚饭时候，春芝回来得早，帮助母亲烧火。

春芝妈切完了抽了莛的老韭菜，一边刷锅，一边轻言细语地劝起了女儿："对你爹别那样，你爹这么大岁数了，连口酒都不喝，抽两袋叶子烟都犯算计。东院花子爹，每天晚上都要喝两盅酒，摊一盘子鸡蛋。他那一顿晚饭的花销，够你爹吃三天的。"

春芝撇了撇嘴说："谁不让他也喝呢！咱家又不是没有钱，他纯粹是自找罪受。"

春芝妈叹了一口气："唉，倒也是，他这一辈子活得也怪委屈的。"

春芝又气愤地说："他委屈他乐意，可是我们还得陪着他受罪。下个月，团支部要组织到农业展览馆参观，还要到北海公园去照相。您看我这灰裤子、蓝褂子，进得了城吗?远瞅像逃难的，近瞅像要饭的，一打听是朱家大院的，丢人不丢人?"

妈妈一听有理，便道："是呀，这么大姑娘了，也该有两件体面衣裳了。要不，人家不是说咱会过，是笑话咱穷，买不起。"春芝妈又同情起女儿来了。

春芝见母亲站在了她一边，急忙往前探着身子说："妈，我昨天到马驹桥镇上去，看到百货店里来了一种涤纶上衣，漂亮极了，才二十多块钱一件……”

“哎哟！可了不得了！”春芝的话还没说完，就被母亲的惊叫打断了，“光顾得跟你说话了，一下子把酱油倒过了。”春芝妈急得一个劲地抖落手。

原来，自从实行了责任制以后，朱老库开始买酱油了。不过，每月只能吃一瓶。他怕春芝妈掌握不准，在酱油瓶上贴了一个纸条，纸条上画了三十道格，规定每天不得超过一格，这次春芝妈一失手，一顿饭就倒了一格，这可如何是好？

春芝两眼噙着泪水，使劲咬着嘴唇，胸脯子一起一伏地喘着粗气，突然，她一下子站起身，抄起锅台上的酱油瓶，朝锅里哗哗倒了起来。

春芝妈抢着女儿手里的酱油瓶，急得直嚷：“你疯啦！不过啦！”

春芝跺着脚，带着哭腔高叫着：“不过啦！不过啦！就不过啦！”

她说完，转身跑进屋，趴在炕上呜呜地哭了起来……

二

“招个女婿顶门立户，养老送终”，这是朱老库的夙愿，也是他忧心忡忡的心事。招女婿有招女婿的难处，按照老年间的规矩，入赘的小伙子，除了“换喜帖儿”外，还得写一份“过继单”，上边的话听起来让人打冷战：“小子无能，自愿更名改姓，乞拜某某门下为嗣……”有点儿出息的男子汉，谁愿意受这般屈辱？万一招进一个窝囊废，又怎能顶门立户？社会像个万花筒，不断变幻新花样，变得人眼花缭乱。这些新花样朱老库大多不感兴趣，冷眼看上一阵，心里骂一句：“瞎掰！”也就随他去了。只有一件真是遂了他的心，这便是“新事新办，男到女家”。这样一来，他便可以从那些拔尖的小伙子里去选东床了。选中了，女婚男嫁，迎进来一个顶门立户的儿子，还落个双方脸上都有光！

当然，选女婿的自主权在春芝手里，渐渐地，朱老库发现春芝和东院的花子有了点儿意思。开始，女儿端着饭碗到大门外去吃，他以为仅仅是不愿意听他那些逆耳忠言。后来他听从了老伴的劝说，吃饭的时候不再说让女儿不痛快的话了，可是女儿还是端着饭碗出去吃，这便让他犯了疑。这天中午，他惦记着浇了半截水的“责任田”，胡乱扒拉两口饭就往外走。一出大门，他就愣住了。左边那个破磨盘上，春芝跟花子一起，正脸对脸地吃饭呢！他们中间，还放着两盘什么菜，那准是花子从家里端出来的。只听春芝惊讶地叫着：“怪了，我这饭里怎么又出了一个荷包蛋？”

花子笑着说：“有福之人不用忙嘛。”

春芝说：“准是刚才你让我看相片的时候，悄悄给我埋进去的。”

“哼，你昨晚不是说，想找个知冷知热的……”

“哎呀！你该死！”

年轻人嘴里说出来的话，热得冒火星儿，把朱老库的耳根子都烧烫了。他急忙退回身，从后门出去了。

花子大号叫高兴华，是个“山东侉子”，八岁那年跟父母讨饭来到芦花寨。那会儿，他胳膊腿瘦得像四根麻秆儿，脑袋却像个大葫芦，光着屁股穿一件大窟窿小眼子的黑夹袄，手里端一个破瓢，十足的花子相。芦花寨人心善，收留了这一家异乡人。这几年他们的日子过红火了，高兴华早出落成一个叫姑娘们动心的小伙子了。可是人们仍然叫他花子，连春芝都改不过口来。这是习惯，不是庄稼人没礼貌。

自从朱老库发现了女儿和花子的事以后，心里就像百爪挠心，他吃不好，睡不宁，翻来覆去地盘算着这件事。花子这个小伙子，长得周正、健壮，一表人才，又有心计，又有人缘。他家里也合适，上有兄嫂，下有弟妹。“娇头生，惯老生，中间的打补丁。”把花子这个“补丁”招过来，他爹也不会有什么意见。可就是有一条让朱老库不放心，他总觉得花子是个“过路财神”，钱在他手里攥不住。在庄稼地里干活儿，穿那么白的汗衫干什么？那条裤子也不知是什么料子的，两条裤线总是那么挺括括的，得多少钱一条？再有，他是芦花寨第一个戴上手表的人。庄稼人过日子，“黎明即起”，“既昏便息”，总是抬头看太阳儿，低头看影子，花一百多块钱买个“牛眼睛”拴在胳膊腕上，亏不亏？唉，把这么一个不信奉《朱柏庐治家格言》的人招进来，不成败家子了吗？败家如山倒，“哗啦”一下子，他辛辛苦苦大半辈子积攒下来的那点儿家业就会一风吹。想起这些，朱老库的心比刀子剜还难受。

这是一个秋风似水、枫叶如金的早晨，朱老库推着他那辆吱呀山响的老式独轮车，到马驹桥镇收购站去交售新棉。交棉的人很多，从南门外的收购站一直排到街心的四眼井旁边，这长长的队伍缓慢地蠕动着。庄稼人被丰收的美酒灌醉了，仨一群五一伙地谈笑着，一点儿也显不出排队的焦急和烦躁。直到太阳悬在了头顶上，朱老库的棉车还没有拐进南门。花子走来，真诚地对朱老库说："大叔，让我妹妹替您照看一下棉车，咱到饭馆吃点儿饭吧。"

花子说着，拉起朱老库的胳膊从人群里挤出来，一直进了"二合居"饭馆。花子找了张桌子请朱老库坐下，然后问："您想吃点儿什么？"

朱老库从怀里摸出一个毛巾包，递给花子："这是我从家里带来的烙饼，让他们给烩一下就行了。"

花子掂了掂那个毛巾包，笑着说："大叔，我可什么饭都没带，连粮票也没有。您这烙饼加工出来得咱两个人吃，加工费由我出，怎么样？"

朱老库痛痛快快地说："行啊，两个人吃也差不多了。不饱，卖完棉花再回家去吃。"

花子托着毛巾包朝柜台走去。不一会儿，女服务员把一盘一盘的炒菜端过来：宫保肉丁、木须肉、红烧鲤鱼……朱老库正在大惑不解，花子端着一大一小两只酒杯过来。他把一只小酒杯放在朱老库面前："大叔，您喝白酒，我喝啤酒。"

"不，我，我不喝。"

"我只给您打了一两酒，主要是为吃菜。"

"我，我也不吃菜。"

"大叔，您要是这样就不对了。我买来的菜您不吃，这不明摆着您不愿意让我吃您的烙饼吗？"

花子这个机灵鬼，生把朱老库给说动了筷。两个人一边喝酒吃菜，一边一搭一和地聊了起来。朱老库觉得占了人家花子好大的便宜，心里过意不去；又想到花子和春芝有那一层关系也觉得不该那么外道。想到"那一层关系"，他又忧虑起来。忧虑之余，他又有一种冲动，不由得想对花子进行一点儿治家之道的启蒙教育。于是，他试探着问：“听说，你卖了棉花以后要买电视机？”

花子说：“我妈腿脚不利索，晚上不能到队里去看电视，自己买一台方便。”

朱老库又说：“听说，买一台电视四百多块！”

花子不以为然地说：“四百多块算什么？”

朱老库不高兴了：“四百多块还算什么？哎呀！你们年轻人啊，真是不挑担子不知道肩上的沉重。居家过日子……”

朱老库自然又念了他那套“治家格言”。花子很有礼貌地听完以后，诚恳地说：“大叔，您呀，只会过穷日子，不会过富日子。我问您，今年您种几亩棉花？”

“八亩。”

“一亩地摘多少？”

“七十斤皮棉没问题。”

“您看，我也种八亩，一亩地能摘一百八十斤皮棉。您那八亩地最多能收入六百块钱，我能收入一千五百块钱。你别光算计有了钱以后怎么省吃俭用，也得算计怎么才能挣更多的钱。”

花子说的倒是不假，他那八亩棉花可真下了功夫。种子是从山东德州弄来的“鲁棉一号”，费了好大的周折；棉苗没出齐，为了补苗，他三天三夜没合眼；为了省下买农药的钱，他还养了许多赤眼蜂，真是花花点子！话又说回来了，他这一千五百块钱是那么好来的吗？大手大脚地花出去不心疼？

花子好像看透了朱老库的心思，又说：“我不反对您勤俭持家，可是勤俭不是一分不花，不是自己苦自己，得让钱为人服务，不能让人为钱受罪。”

正说着，女服务员送来了主食。两个盘盛的是用朱老库的烙饼加工成的扣饼，这是“二合居”的一种传统食品。历史悠久，名传遐迩。先用肉丝把饼炒熟，然后放在热油锅里煎炸，出锅时倒扣在盘子里，形成一个半球形。球面上结了很厚的嘎渣儿，金灿灿，油汪汪，外焦里嫩，色香味俱佳。在这古老的马驹桥小镇，人们提起“二合居”的扣饼，不亚于通州人提小楼烧鲇鱼，北京人提全聚德烤鸭。朱老库从记事时候起，就常听到各色人物对“二合居”扣饼传奇般的赞许。可是他不要说吃过，连见也没见过。今天借花子的光，才能得此口福。

女服务员把两盘扣饼放好，客客气气地对花子说：“请您交一元五角加工费。”

朱老库一听，倒吸了一口凉气。光是加工费就一块五，那两张烙饼才值几个钱？……

朱老库卖完了棉花，推起他那辆吱呀吱呀响的独轮车往家走的时候，心里翻江倒海般地折腾开了。这一顿饭，使他大开了眼界，大饱了口福。可是他后来悄悄跟女服务员一打听，花了八块多呀！在朱老库看来，宁买不值，不买吃物。多香的东西，一过嗓子眼，就全完了。虽说花的不是他的钱，也像割了他的肉一样让他疼得打战。一顿饭就花八块多，这是过日子人吗？要是把他招进了门，朱家那点儿小家底，经得住他这么折腾吗？……

朱家小院里，春芝穿上银灰色涤纶上衣、湖蓝色尼龙裤，站在外屋门口，举着一块小方镜，左瞧右看，心里甭提多美气了。春芝妈一只手端着一瓢黄豆，准备泡豆芽儿，一只手替女儿前拽后抻，脸上也充满了喜气。前些天她替新华书店卖了一批图书，人家给了她三十多块钱的提成。她跟母亲商量好了，瞒着父亲买下了这身梦寐以求的衣服。这回再到北海公园照相，她也会像别的姑娘一样神气活现了。

“人是衣裳马是鞍，俺闺女这么一捯饬，真添了十分光彩！”春芝妈说。

“要是让我爹知道了怎么办？”春芝兴奋之中，又忧虑起来。

“你呀，在家千万别露。出门的时候，到村边的小树林里换上，回来的时候再到小树林里脱掉。”春芝妈为自己能想出这么绝妙的好主意兴奋得脸上放光，咯咯笑个不停。

春芝却哭笑不得，她赌着气说：“我呀，就这么大模大样地穿着，看他能把我怎么样！”

春芝妈脸都吓黄了：“我的小祖宗，你可千万别这样。他把你怎样不了，自己就会心疼得咯血，你可怜可怜他吧……”

娘儿俩正说着，忽然听到大门外一阵吱呀吱呀的车轮响。

“哎呀！他回来了，这可怎么办?”春芝妈急得手脚乱动。

春芝急中生智，抢过母亲手里的瓢，往院子里一扔。大黄豆撒了一地，一群老母鸡立刻围了上来。然后，春芝跑进屋，春芝妈也跟了进去。

朱老库一进院子就高声大嗓地叫起来：“这是谁办的败家事呀？用大黄豆喂鸡，不打算过啦?”说着，一边轰着鸡，一边蹲在地上捡了起来。

春芝妈慌慌张张地跑了出来，怯生生地说：“我正要泡豆芽儿，顺手放在窗台上了，怎么让鸡扒撒了……”说着，也蹲在地上捡了起来。

春芝在屋里从容地把衣服脱下来叠好，藏在自己的小箱子里，透过玻璃窗，她看到父母亲正一粒一粒地捡着黄豆，不由得笑起来。她笑得很开心，又笑得很酸楚。

三

一般地说，正经八百的庄稼人，过起日子来都够精细的。可是精细过了头，就变成了小抠，一小抠就要得罪人。庄户人家讲究有来有往，谁家杀只羊，宰头猪，一煮肉香半条街。出锅以后，自己还没吃，就挑点儿蹄头杂碎先给左邻右舍送去。自家院子里的瓜果梨桃熟了，挎着个篮子，让东家西院都尝尝鲜。这样显得近乎，落个大方。朱老库就不搞这一套。他家院外有两棵大桑树，麦子黄梢时，树上挂满了紫嘟嘟的甜桑葚。街上的孩子都扬着脑袋往上看，顺着嘴角流口水，可谁也不敢上前。为啥呢？那树底下拴着一条大黄狗，专门看管这两棵桑树。花子小时候鬼机灵，桑叶刚一青，他就用鸡骨头鱼刺跟大黄狗“拉关系”；桑葚熟的时候，他已经跟大黄狗成了“关系户”。花子脱鞋爬上了大桑树，大黄狗睁一只眼闭一眼，一声没吭。花子把嘴唇都吃紫了，还摘了满满的两兜儿，刚要往下爬的时候，被朱老库发现了。朱老库没叫没骂，端着粪勺进了茅屋，舀了半勺屎尿汤，在树干上抹了一圈儿，断了花子的退路。然后竟荷锄下地，扬长而去了。花子急得坐在树上哇哇直哭，后来还是春芝求母亲搬来一把梯子，把花子接了下来……

有人说，小抠的人爱贪小便宜。朱老库可不是这样，他不让别人占他，他也从来不占别人。那次在“二合居”吃花子的酒菜，是有生以来的第一次。要不是有那一层关系，要不是花子把他挤对到那份儿上了，你就是捏着他鼻子，也别想往他嘴里灌。平时，谁家的鸡跑到他家的笼里下个蛋，他准打发老婆孩子给人家送去。有一次他在凉水河滩上打草，拾到一块“包袱皮儿”，这是京郊农民用来揩汗的一种大方巾，相当于姑娘的手帕，或陕北农民的羊肚手巾。第二天，他本来应该在家起猪圈，可是又背着草筐上了河滩，为的是等候前来寻找“包袱皮儿”的失主。一连等了三天，才被一牧羊的老头儿领走。放羊的老头儿对他千恩万谢，他连一袋烟也没有抽人家的。按说，这种精神也可以登个报，上个广播。可惜，那些满地找材料的记者，却把这么一件事忽略了。村里人非但不被他这种精神所感动，反而嘲笑他：“怪人，好事都做绝了！”

朱老库家缺啥添啥，这份钱他舍得花，为的是万事不求人。

可是，真的万事不求人，不可能。这不，眼下就有一件大事，非求人不可了：朱老库要盖房。他住的那三间里生外熟的秫秸顶房，还是他爷爷年轻时盖的。眼下砖瓦木料都已备齐，就等着破土动工了。土木之工不可擅动。庄稼人盖房无异于闯一道生活的难关险隘，老街旧坊都得主动前来帮工出力，就是自己家里有要紧的活儿，也得先放一放。这是多少年流传下来的惯例。朱老库知道自己的人缘不济，唯恐人家不愿来帮工，提前就挨门挨户地“叩头”。果不其然，这个说有事，那个说没工夫，朱老库只好到外村请亲戚们帮忙。没想到，开工那天，人们像潮水似的呼啦一下子都涌来了，黑压压乱哄哄的人群把工地都挤得插不上脚。朱老库又兴奋又感动，没想到乡亲们对他还是这么热心肠。紧接着，他又急得脑袋发涨，心里起火。一是人多用不上，窝工。搬砖的乱扔乱放。和泥的稀里哗啦。一个师傅垒墙，十个小工在旁边围着，还鸡一嘴鸭一嘴，胡出主意乱支招。真是“人多盖倒房”！再者，他只预备了三十个人的饭，一下子来了一百多人，给人家什么吃呀？眼下庄稼人办事，越来越排场。十二盘吃面，红脑瓜酒，带嘴香烟，这不算新鲜。

还有摆四盘五碗二八席的呢。光是吃喝，给瓦木匠开工钱，没有一千块钱拿不下来。这笔钱朱老库倒是预备足了，可他还是一包烟一盘菜地算计过，想从中省出个三五十块。这会儿见来了这么多人，他只好狠了狠心，把钱掏出来打发人到马驹桥镇去打酒买菜。

旁人办事，一般都请个“支客”，实际上就是临时总管。支派活儿呀，安排吃喝呀，都不用东家亲自动嘴。朱老库在村里跟谁都没有那么深的交情，村里人也都知道朱老库的为人，谁也不愿去揽这份“差事”。花子倒是愿意干，也能胜任，只是花子那双漏斗手，任什么也剩不下，朱老库不放心。得了，还是事无巨细，大权小权一齐揽吧！

乱哄哄半天过去了，两屋地基还没有砌起来，该吃晌午饭了。桌椅碗筷不够用，菜炒不出来，面煮不出来，急得朱老库团团转，哭的心都有。庄稼人倒是能凑合，桌椅不够，围着砖垛子蹲下来打地摊儿；筷子不够，撅根麻秸秆儿，人造象牙的。菜炒不出来可麻烦了，一盘菜端上去，一人一筷子，光了；第二盘菜上不来，就叮叮当当地敲盘子敲碗。更让朱老库下不来台的是，几个小青年成心起哄。那酒明明是原封的“二锅头”，他们硬说是朱老库掺水了，喝在嘴里不是味儿，噗地一口又吐出来。还有的人三支烟接在一起抽，一边抽，一边扬着脑袋吐圈儿。这些人，吃了，喝了，抽了，还把一大堆咸的淡的往朱老库耳朵里灌：

“喂，我说，掉在地下的肉片子你就不兴捡来吃了，‘一粥一饭当思来之不易’嘛。”

“人家那钱，每个钢镚都拴在肋巴条上！”

“……”

这顿饭，从中午十二点一直吃到下午三点多，桌子上还没利索呢！朱老库掐指算了一下，这顿酒菜就花了小二百。照这样下去，等房子盖起来，非花他个倾家荡产不可。他站在人群外的一个砖垛上，看着，听着，算计着。心里一会儿像针扎，一会儿像火燎。“天啊！这不是成心糟我、害我吗？”他惨叫了一声，只觉得眼前发黑，心口窝发堵，“咕咚”一声，从砖垛上栽了下来……

四

朱老库房没盖起来，人病倒了。春芝和花子抬着他到马驹桥镇卫生院。老头子缓过气来以后，大哭大闹，要死要活，在病房里折腾起来了。整治过他的乡亲们都来了，庄稼人心软，从来不落井下石，朱老库平时固然吝啬，可这会儿把人家整治得也太过分了。特别是那几个说三道四的小青年，还买来了点心、水果，前来慰问，表示歉意。

等朱老库平静下来以后，花子说话了："大叔，你别真生气。我想问问，这笔盖房的钱，您手里还有多少?"

朱老库嘟噜着脸说："还有八百出头。"

花子把手一伸："给我吧。"

朱老库一激灵："干吗?"

花子说："您在这儿安心养病，让大婶陪着您，我和春芝回去盖房。"

春芝在一旁帮腔说："爹，你就把钱给他吧，他能行。"

花子拍着胸脯，激动地说："大叔，您要是信得过我，就把这八百块钱给我。您那五间房要是盖不起来，这钱我如数退回。"

朱老库摇着头说："烂摊子难收啊，要是一开头就顺顺当当的，这一千块钱兴许够了。眼下，唉……"朱老库叹了一口气，又狠劲咬了咬牙，"这样吧，我给你一千，那二百算是糟蹋在我手里了。"

花子兴奋起来："大叔，咱们也订个口头合同吧。这一千块钱算是包给我了。亏了，我去剜肉补疮。要是省下呢?"

朱老库也慷慨地说："省下我也不要了，算是给你的辛苦钱。"

花子开着玩笑说："算是给我和春芝的奖金吧!"

朱老库也笑了："行啊！行啊!"

花子揣着这一千块钱回到芦花寨。当天晚上，就摆了一桌子酒席，请来了木匠张师傅、瓦匠头姚贵、领作的大老郭，还有几个帮工代表。酒过三巡，花子放下酒杯，斯斯文文、全名全姓地说："我高兴华在各位面前是个小辈，朱家这五间房我接过来了，嫩肩膀上没担过沉重，求各位叔伯兄长多多帮忙。”

花子平时慷慨大方，热情随和，在芦花寨极有人缘。又加上这几位大小师傅今天在朱家砸了锅，也觉得对不起人家，正愁找不到个顺坡下驴的机会，有花子出面，实是两全其美。于是，各位异口同声地说：“你放心，这五间房我们就是用眼泪和泥，也得把它搁起来。甭管朱老库平时为人怎么样，给他撂了台，让外庄人笑话咱。”

花子又为难地说：“可有一样，朱大叔一住院，老太太去护理，家里只剩下春芝一个姑娘，打酒买菜，做席摆桌，她全不懂呀！”

大老郭忙说：“算了，甭管饭了，眼下谁也不缺那口吃的。”

花子紧接着说：“我也这么想。不过，咱先小人后君子，把这房包给你们几位，完工以后，分俩烟酒钱。”

木匠张师傅急忙摆着手说：“不行，不行！都是一庄人，低头不见抬头见，怎好意思手心朝上跟人家要钱呢？”

花子说：“眼下都讲究经济核算，按劳取酬。这五间房工程也不小呢，让大伙儿白干也不合适。”

瓦匠姚贵倒是同意花子的说法：“我们几个没的说，冲你花子，白干也心甘情愿。就怕人多心多，有人说三道四。花几个钱包下去，也就把众人的嘴堵上了。”

花子忙问：“包多少钱呢？”

姚贵说：“一间房一百块就不少了，咱不能跟人家建筑队比，人家是指着这个养家糊口呢。”

花子说：“这样吧，我做主，再加一百，给各位加几块操心钱。咱们君子协定，也甭签字画押了，喝了这杯酒就算数！”

……朱老库本来病不大，可毕竟年龄不饶人，经不住大磕碰了。在医院里又打针又吃药，还输了两瓶葡萄糖。虽说身子软塌塌的，胸口堵得喘不上气来，可是他脑子却清醒。他几乎每时每刻都在算计着、想象着：房子盖得怎么样了？花子能行吗？春芝会招待人吗？要不是医生每天给他打催眠针，他整夜都不会合上眼。

一个星期后的一天傍晚，花子开着手扶拖拉机把朱老库接出了院。当朱老库被春芝从拖拉机上搀下来的时候，他简直惊呆了。五间大房拔地而起，青砖红瓦，明柱挑檐，窗户上已经安好了明晃晃的大玻璃，白光光的门框上贴着一副大对联：

黎明即起洒扫庭除要内外整洁

劳动致富丰衣足食建小康之家

这自然是出自花子的手笔，上联取的是朱柏庐治家格言，下联是他自己杜撰的。他不大懂得对联需要工整的对仗，以为字数一般多，念着顺嘴，意思明确就行了。朱老库简直是在做梦，他颤巍巍地伸出两只手，摸摸墙，墙是硬邦邦的；拍拍门，一拍嘭嘭响。进了屋，坐在炕头上，才觉得这是实打实的五间房。靠东房山，摆着那八仙桌和太师椅，靠后檐墙，摆着那三节大墙柜，墙柜上蓝花瓷瓶，掉了嘴的大茶壶，都是他的“传家宝”。咦？那个方方正正的大匣子是什么？怎么上边还盖着一块红纱巾？他正纳闷，见春芝和花子走过来，揭掉纱巾，叭的一声。嗬！里边出了人影，这就是花子买的电视吧？这玩意儿真不赖，坐在炕头上能看戏，多开心！就是太贵了，四百多块呀！

朱老库忽然觉得过意不去了，对花子说：“你新买的电视不放在自己家里，怎么抱这儿来了？”

花子笑着说：“大叔，这是我和春芝给您买的。”

朱老库困惑地说：“给我买的？你们哪儿来的这么多钱？”

“我们得的奖金啊！”

“奖金？什么奖金？”

“是您奖给我们的呀，那一千块钱……”

“啊？省这么多？”

朱老库好像从来没有这么痛快过，他留花子在他家吃晚饭，还要陪未来的女婿喝杯酒。等春芝妈放好了桌子，朱老库又猛然想起来了：“这是高兴华第一次在咱家吃饭，得摆果茶。”

春芝说：“算了，这么晚了，到哪儿去买点心？”

朱老库忙说：“有，有。你把那塑料包递给我。”

朱老库打开他从医院带回来的塑料包，好家伙！一大堆点心、水果，还有罐头什么的。春芝立刻明白了：“给您买的东西您都没吃？”

春芝妈嗔怪地说：“就这么贱骨头，这么多点心、水果，一口都舍不得吃，全搁干巴了。”

朱老库眉开眼笑地说：“一块儿吃，一块儿吃开心。”说着，他把点心摆在桌上，一人递过去一块，最后自己拿起一块小的慢慢朝嘴边送去……

1983 年春于通州

乡俗小记

一个姑娘告诉我，她曾经坐在海边的峭岩上，凝视着澎湃的海涛催涌着远去的风帆，从日出直到日落；我却愿意坐在家乡的河坡上，盼望着一棵棵鲜嫩的小草破土而出，从冬天直到春天……

——摘自手记

定亲饭

有朋自广州来，我带着他们进了这个小城唯一较高级的饭店——北苑餐厅。到这里来用餐的，大都是这个小城的名流、“办公人员”、拿了奖金又无家室累赘的小青工，以及到此地出差的外埠客人。今天却有例外，在靠近窗口的一张餐桌上，围坐着几个农民打扮的人。按照经验，见他们满桌的菜肴已用去大半，我们就围站在他们背后，焦灼地窥视着他们的“宝座”。

这个餐桌的“主持人”是一个五十多岁、长得肉头肉脑、满脸放着红光的男人。他穿着一件洗得发白的中山装，敞着怀，里边什么也没有穿。冒着酒气的汗珠顺着他那囊膪一样的肉脖子，汇流到了绛紫色的胸口窝上。他说话粗声大嗓，旁若无人，充满了英雄豪气，一看就知道是乡村小镇那种走南闯北、见过大世面的人。

“来来来，咱说话别耽误喝酒吃菜，看这菜都凉了。她三婶，您那是葡萄酒，一瓶还没有这一杯白酒劲儿大，您多喝点儿没关系。像您这岁数的人，最好每天晚上都来一杯，舒筋活血，顺气宽肠，老了保准得不了痰火。您再尝尝这宫保肉丁，想当初是西太后吃的菜，如今咱草民百姓也有这口福了……”

那个被称作“她三婶”的坐在右侧的上首，看上去有四十多岁，皮白肉细，穿戴整洁，稀薄的头发梳理得光光的，不知是涂的油，还是抹的水。在她的身边，坐着一个二十岁出头的姑娘。近年来，当美冲破樊篱以后，城市姑娘的服装日趋淡雅别致，农村姑娘的服装则愈加华丽红火。她穿着那件鲜红的真丝衬衫，在这色彩单调的餐厅里，简直像燃起了一团火，把她那张扑着白粉的瓜子脸也映得通红。她侧着脸，垂着眉，一声不吭。摆在她面前的那杯葡萄酒好像一滴也没有沾，还是满满的。

“主持人”才真正是说话不耽误“喝酒吃菜”，一扬脖子，把半杯白酒一饮而尽，又把一块肥嘟嘟、白花花，让人看了都腻得打冷战的条子肉夹起来，像吃凉粉似的吞进嘴里。然后，用衣袖抹了一下满脸的汗水，又喋喋不休地说：“不是一家人，不进一家门，有缘千里能相会。我说什么来的？你们这门亲事，是老何家的姑娘嫁给老郑家——正合适(郑何氏)！他大哥，今儿个你是东道主，你得张罗着点儿呀！”

所谓的“他大哥”，一定是坐在左侧上首的那个男子。他长得又黑又粗，满脸皱纹，厚厚的嘴唇像两片发面蒸饼。一看就知道是属于那种傻气外露、精气内藏的人。表面上傻傻乎乎，忠厚老实，不会说什么，但他绝不会吃亏上当，再精明的人也很难算计他。紧挨在他下首坐着的，是一个二十多岁的小伙子，清秀，白净，又有些腼腆，像个中学毕业生。这在农村，也堪称是个有学问、有教养的知识分子了。可是在今天的餐桌上，他却成了一团软面，任人家捏圆了，抻扁了，不知要做出什么馍来。

“既然你们两家都没意见了，两个‘小人儿’又见了面，那咱就商量商量，给姑娘添点儿什么衣裳。一会儿咱吃饱了，喝足了，顺便到大商场转一转。大忙的日子，省得再来一趟了，是不是这个理儿，他大哥?”“主持人”虽然肉没少吃，酒没少喝，但神智清醒，出言不乱，真是海量!

“他大哥”红着脸，嚅动着那发面蒸饼一样的厚嘴唇，说话口齿不利，呜呜噜噜，嘴里像含着一块热豆腐：“这话嘛，还是让、让三婶先说吧……”

“也好，她三婶，您就别客气。咱当面锣对面鼓，有什么条件您就提什么条件吧。”“主持人”一边说，一边抄起酒瓶，把自己的空杯倒满。

“她三婶”开口了，这时我才发现，她原来是外地人，满嘴山东口音：“让俺说俺就说，这妮子口闷，老实，跟她爹娘一个样，怕到你们这大地方来受欺负，才让俺陪着她来的。俺呢，在小山沟里也算个能说会道、有头有脸的人，到你们这儿，怕也把俺当成山东侉子、土包子吧……”

“主持人”一听，忙摇晃着大肉头说：“她三婶，你说这话就外道了，咱这是谁跟谁！再说了，您没听刘兰芳的《水浒传》吗？那些英雄好汉不都是出在你们山东的水泊梁山吗？来来，您先把这杯酒干了，我给您满上。”

“她三婶”端起了酒杯，没有干，只呷了一小口：“话要这么说嘛，俺就不客气了。从俺这头儿说，人家妮子的爹娘把她托付给俺了，俺也不能让妮子受委屈；从你们那头儿说呢，这娃子没爹没娘，咱也不能难为人家……”

“三婶，您话不能这么说，俺虽说爹娘不在，可俺兄弟的事，该怎么办还得怎么办。有父母靠父母，无父母靠兄嫂。您放心，俺绝不能让姑娘受委屈……”

“临出门的时候，她爹娘也给俺交代过，按照俺那边的情况，不能要得太高，也不能要得太低。高了，把你们要垮了，以后还得过日子呢；低了呢，让人家瞧不起，说俺妮子不值钱，‘削价处理’了……”

“三婶，您就以实求实，往秤星儿上撂吧。”

“往秤星儿上撂也没啥，咱就从里往外说吧：秋衣秋裤，绒衣绒裤，毛衣毛裤，这不能少吧？眼下时兴什么尼龙衫、尼龙裤什么的，妮子喜欢，就给她来一身吧。春秋穿的单衣单裤，至少也得四身，两身家常穿，两身省着出门穿。夏天的衣服换得勤，不预备四身也得预备三身吧。冬天的衣裳呢，你总不能让妮子冻着吧？棉袄棉裤就不用说了，大衣总得要两件，一件棉大衣，再加上一件呢子大衣……”

"她三婶"柔声慢语、不慌不忙地说着。坐在桌子对面的"他大哥"却吃不消了，十个胡萝卜似的粗指头在桌子底下扳弄着，汗水却像一条条的小蚯蚓爬满了又粗又黑的脸盘子。终于，他沉不住气了，口齿更加呜呜噜噜地说："三婶，这、这呢子大衣嘛，是、是好，姑娘穿上也、也漂亮。可您不知道，干咱庄稼活儿，穿那玩意儿不、不合适，爱招土。招了土，又不能下水洗，用笤帚掸，越掸土越多。咱、咱先把话说前头，不是俺不给买，也不是没有钱，就是爱、爱招土……"

"他大哥"一着急，车轱辘话没完没了地转了起来。

"她三婶"那皮白肉细的小脸蛋儿，"呱嗒"一下子变了色，像挂上了一条门帘子。

"来来，喝呀，吃呀，一边商量一边吃，看菜都凉了。跑堂的，跑堂的！""主持人"一看谈判出现了僵局，急忙转移话题，进行调和。他扯开嗓子冲着柜台喊起来，喊得满餐厅的人都扭过头来看他。他忽然意识到自己喊错了，又忙改过口来："喂——服务员，服务员同志，再给俺这桌添俩菜：一个芙蓉鸡片，一个干炸丸子！"

"她三婶"又开口了："他大哥，这呢子大衣买不买呢，俺也做不了主儿，还是问问妮子吧。"

"主持人"忙接过话茬说："对，对！听听姑娘的意见。"

姑娘扭着身子，过了半天，才红着脸含含糊糊地说了一句："给俺买俺就要，不给俺买俺就不要。"

"她三婶"不满意地瞪了姑娘一眼，又转向"他大哥"和"主持人"，说："听姑娘的口气，她还是想要。他大哥，你就再破费一点儿，百十块钱的事，干吗招妮子不痛快呢？"

"他大哥"红涨着脸解释着："三婶，您听明白，不是俺不给买，也不是没有钱。就是爱、爱招土，招了土不能洗，又掸不掉……"

到了用餐的高峰时间，餐厅里的人越来越多，嗡嗡嘤嘤，乱乱糟糟。有的桌子周围已经围了两三层人，似乎人们聚在这儿不是来等着吃饭，而是在观看一场场精彩的用餐表演。唉！世界上还有什么事情，比站在别人后边等着吃饭更让人心焦和难堪的呢？

不知什么时候，姑娘离开了座位，悄悄地走出了门口。"主持人"

首先发现了，向正在低着头若有所思的小伙子命令道："去，快出去看看。"

小伙子站起身来，朝门口走去。

我出于好奇，让朋友看着座儿，也悄悄地跟了过去。

餐厅门口，小伙子胆怯地问姑娘："你怎么了，不舒服吗？"

姑娘低着头，不耐烦地说："屋子里又闷又热，憋死了！"

小伙子沉吟了一下，说："咱到那边街心公园去透透风，好吗？"

街心公园，绿荫掩映的长椅上，依偎着一对对青年男女。

姑娘没有回答，却顺从地跟着小伙子朝前边走去……

靠着窗子的那张餐桌上，又响起了"主持人"那粗声大嗓："喂，跑堂的——服务员，俺要的干炸丸子怎么还不来？"

喊声刚落，"他大哥"那呜呜噜噜的，嘴里像含着热豆腐一样的车轱辘话又传过来："不是俺不给摆（买），也不是没有缘（钱）……"

拜　钱

潘家的大小子是个"工作人"，在县广播站当电工，搞了个对象是"文化人"，在马驹桥镇小学当教师。为了他们的婚礼，潘家父子"谈判"了九九八十一天，"方案"提出了七七四十九个。最后，终于把潘家老汉磨烦了。他把长杆铜烟袋在厚厚的鞋底上一磕，指着儿子的宽脑门，倔声倔气地说："依你，新办就新办。可有一宗……"

咋个"新办"法呢？彩车不坐了，吹鼓手不请了，"回门"不接了。门帘子缀上一串串红枣、花生、栗子，这不算封建迷信，取个吉利嘛。眼下都得计划生育，就许要一个，早立子（枣栗子）还不至关重要吗？当然，"子孙饺子"还得吃，这不单是取个吉利，折腾了一天，也得填填肚子呀！吃的时候问她煮得是生是熟，一定要叮嘱她说："生。"唉！"文化人"，空有一肚子字眼儿，什么全不懂。还有，更重要的一条，就是要拜亲戚朋友，这是人之常情，乡村老礼，不能让人家骂俺潘家老汉不懂"人事"。再说……

"再说"什么呢？潘家老汉把话咽回去了，举起长杆铜烟袋吧唧吧唧抽起了烟。其实，还用说吗？到拜亲的时候，明眼人一看就清楚了。

拜亲的仪式庄严郑重，又红火热烈。地点设在宽敞明亮的堂屋里。堂屋正面那粉刷一新的墙壁上，不知什么时候又供起了“赵公元帅”的神位，而且贴上了显然是为了讨好一时而吹大话、乱许愿的对联：

金炉不断千年火

玉盏长明万寿灯

什么“千年火”“万寿灯”？恐怕酒席吃不完，香火就会断。“赵公元帅”一次又一次地吃亏上当，居然一点儿社会经验都不长，还是那么天真善良，不厌其烦地为人们招财进宝。财神不贪财，真是神了。供桌一侧站着新郎新娘，一侧站着潘家婆子，在婆媳之间的桌面上，放着一个印着大红“喜”字的搪瓷茶盘。

拜亲典礼开始了。院子里，“捞忙的”扯开嗓子，颇有韵味儿地招呼着：“堂叔伯，亲娘舅，姑表姨表，世交相好，同事领导，请进屋入席！”

不说“拜亲”说“入席”，妙哉！席宴设在东西两屋，堂屋是必由之路。于是，各位宾朋按血缘远近、交情大小、往来亲疏，依次排好队伍，秩序井然，缓缓而入。潘家婆子也是第一次经历这种阵势，不免有些紧张，两只手使劲揪着衣襟，声调颤巍巍地向儿子媳妇引荐着：“这是大舅，这是二姑，这是三姨……”

新郎新娘并肩而立，低着头，红着脸，彬彬有礼地叫着：“大舅、二姑、三姨……”并且，每叫一声，都要深深地鞠一躬。

受礼的当然都是长辈，长辈对晚辈不用还礼，甚至连答应一声都不必。庄稼人在这种郑重的场合，舌头都灌上了铅水，吐一个字都相当艰难。但是他们却最讲实惠，引荐到谁的头上，谁就把那早已准备好的、在手心里攥得发黏的票子，小心翼翼地放在供桌上的茶盘里，然后又轻轻地离开，名正言顺、理直气壮地步入宴席。那神圣自豪的心理和神态，不亚于一个经过辗转磨难才获得公民权的人，第一次把选票投入票箱。

茶盘里的纸币像秋天的落叶一样越积越多，越堆越厚，渐渐地出了尖儿，装不下了。潘家婆子鼓起勇气，伸出那枯柴般的双手，哆哆嗦嗦地按了按。又想把它按实，免得后来者钱无处放；又怕把它按下去显得少，不气派。

新媳妇则是另一种神态，她每看到一张钱币落在茶盘里，脸上就涌起一片绯红，似乎这钱是从人家兜里掏出来的，从人家手里抢过来的。而她那双泪水汪汪的大眼睛，却不放过每一张人民币的面值。似乎她心里暗立了一本账，把每个人给多少钱都准确无误地记下来。

在所有的来宾中间，直系亲属中的女宾是最为敏感的。新媳妇的这副神色，一下子被她们看出来了，并且在各自的心里都引起了强烈的反响。特别是那些钱放得少的人，简直对新媳妇的这种“放肆”不能容忍了。人人心里都有数，谁也不说什么，还没到时候。

拜亲结束了。岗尖岗尖、瓷瓷实实的一茶盘票子，花花绿绿，撩拨得潘家婆子心尖震颤，泪眼汪汪；一些亲戚也馋得口水直流，嫉妒得眼蓝。这盘钱是新郎新娘挣来的，当然该归到他们的小钱柜里。但是，按规矩，潘家婆子须先在上边抓一把。这叫“抽头儿”，也叫“抓尖儿”，表明了儿子媳妇的孝敬，也是作为引荐人陪着站了半天的“劳动所得”。为了抓这一把钱，潘家婆子三个月前就天天睡不着觉了。娶这么个“文化人”的儿媳妇，就算“新办”省钱，也花去七八百块了。她天天暗下决心，憋足劲儿，到时候一定狠狠地抓一把。要不，欠下那些亏空怎么补？这会儿，真的轮到她“抓尖儿抽头儿”了，她双腿软得打哆嗦，心里怦怦乱跳，昏昏花花的眼睛蒙上了一层雾气，不知是流的泪，还是出的汗。

“抓吧，抓吧！还拘着干什么？”听不清是谁在给鼓劲儿打气儿，乱哄哄的。

“妈，您拿吧，您拿完，我好端走。”天呀！新媳妇倒先开了口。虽然是柔声细语，满面含笑，但这话是该你说的吗？这事是该你催的吗？就算财迷心窍，等得红了眼，也得绷着点儿呀！庄稼人是含蓄的，最听不惯这种“实话直说”。

潘家婆子终于鼓起了勇气，把那只枯柴般的手伸过去，五个指头张成一个扇面形，深深地插进那堆花花绿绿的票子里。看样子，她真恨不得自己的手能再扩大五倍，把那盘票子一张不落地抓起来。围观的人都把眼睛瞪圆了，一股强烈的愤慨又转向了这个贪财的老太婆。新媳妇的目光也凝聚在婆婆那枯柴般的手上，绯红的脸上一阵发白。

呀呀！潘家婆子的手抬起来了，抓了多少，不多。她那手张得很大，收拢得却很小，只是用指尖儿捏起了几张票子，真正是抽个头儿，抓个尖儿。这是为啥呢？是心疼儿子媳妇，还是怕人笑话？不知道。只见她满脸汗淋淋，呼呼喘着粗气，干瘪的胸脯风箱般地起伏着——她终于完成了一件“伟大的事业”。

按说，这件事就到此为止，圆满结束了。没想到了后来，又发展成一场不大不小的风波。等到圆席以后，送一对新人进新房。洞房花烛，自然趣话无穷，三天不分大小，窗外挤满了听房人。听听“工作人”和“文化人”怎么度过这第一夜，他们不是当着旁人的面都敢拉手亲嘴吗？这会儿说出话来还不叫人笑破肚皮？不料想，肚皮没笑破，差点儿被气炸。

新郎新娘在洞房里点开了钱，一边点着，一边悄声议论：

“你问了没有？妈那一把，到底抓了多少？”

“三十八块。”

“那二姑给的是六块，还是四块？”

“我也没看准，就算六块吧。”

“三姨带来几个孩子？”

“三个。”

二姑的脸耷拉下来了，她给的钱最少，新媳妇显然瞧不起；三姨噘起了嘴，她带来的孩子最多。按照乡俗，给完拜钱以后，新媳妇还要拿出钱来打发孩子。每个孩子至少得给一块钱吧？三姨比二姑多给了两块钱，可是多带了两个孩子，里外一边齐。这小小的名堂当然让猴精的新媳妇看出来了，她的脸往哪儿搁？其他人，虽然不像二姑三姨那么显鼻子显眼，却也像被新媳妇掀起了屁股帘，谁还有心思听洞房趣话呢？一个个都聚在了正房的大屋子里，冲着潘家两口子甩起了闲话：

“我算看出来了，越挣钱的人越爱钱。哼！什么姑表亲，代代亲，骨头断了连着筋，爹亲娘亲不如花花绿绿的票子亲！”二姑靠在墙柜上，薄薄的嘴片子都气得变成了鸡冠子，又紫又红。

“俺是多带来两个孽种，谁让俺没出息，生完闺女又生儿子呢。人家小两口，一个崽子都不要，干干净净过一辈子多省心！”三姨这话说得多含蓄，可谁都听得出来，这无异于骂潘家“断子绝孙”。

潘家老汉又羞又怒，攥着长杆铜烟袋直跺脚，恨不得一脚踢开新房门，把儿子媳妇骂个狗血喷头。潘家婆子劝了这个劝那个，一个劲儿地说好话，又骂儿子没心没肺，又骂媳妇不懂人事。这一夜，谁也甭想睡个踏实觉……

第二天一早，新媳妇出来打发孩子了。每个孩子一个小红纸包，纸包一样大小，打开一看，里边钱却不一样多。三姨三个孩子，每包两块，这真让三姨大吃一惊。一夜之间，新媳妇怎那么大方了呢？二姑一个孩子，里边是六块。她本来送了四块，小两口记错了，她还赚了两块，哪有这么便宜的事呢？再看看别的亲戚，也都是按拜钱数目、孩子多少，如数退回了。

谁也没有想到会出现这种事。开始，没有人吱声，有什么话可说呢？潘家老汉坐在外屋门槛上，呼噜呼噜抽闷烟，吭哧吭哧生闷气。潘家婆子脸一拉，嘴一撇，昂昂扬扬，谁也不正看一眼。那神色当然是告诉大伙儿：你们骂了半天俺儿子媳妇，俺儿子媳妇对得起你们，谁的情也不缺。可是想到那么一大茶盘岗尖岗尖、瓷瓷实实的票子得而复失，心疼得她真想大哭一场。

后来，闲话又出来了，当然又是二姑和三姨带的头。

“这不是用钱打咱的脸吗？”

“要知道这么瞧不起俺，俺才不来认这门亲呢！”

新媳妇呢？谁也没有见她再出来。据说，她正躲在新房里偷偷地流泪呢！

喜　帖

近来有一种说法，实在让这些乡村姑娘感到惶恐不安。搞对象（她们还不习惯于用“恋爱”这个词，目前大多数农村青年的婚姻过程，大概也算不上什么“恋爱”吧?)，在二十岁以前，是女方选择男方，二十到二十五岁，男女双方互相选择，姑娘到了二十五岁以后，则只好等着男方挑选了。草妞今年正好二十五岁，已经到了这个可怕的边缘。幸运的是，这天早上，媒婆孙二婶带来一个陌生的小伙子。两天以后，小伙子家里送来了米、面、烟、酒、茶、糖六样大礼，还有一个扁圆形的朱红色的捧盒，打开捧盒，里面端端正正放着一张大红喜帖：

谨遵冰语　　愿效秦晋

敬　　求

金诺

忝眷弟唐春生鞠躬

乾造二十八岁三月三日亥时健生　吉

看着这大喜帖和这一大堆定礼，草妞的寡妇妈激动得泪满双腮，颠三倒四，当即提起一瓶酒，拿出两包烟，请来了过去教过私塾的宋大先生，求他给人家写“回帖”。

草妞斜靠在墙柜上，看着宋大先生慢悠悠地研着墨，妈妈在旁边又倒茶，又递烟，手忙脚乱地伺候着。她觉得心酸，可是眼泪又流不下来；她又觉得可笑，好像这一切都不关她自己的事。在这决定终身大事的关键时刻，她竟然表现得是那么平静、冷漠，她似乎什么也没有想，什么也不愿想，脑子里麻木木的，出现了一片空白，忽然，她又觉得眼前蹦起一片爆裂的火星，“空白”上出现了几个闪亮的光斑……

这火星，这光斑，曾经在凉水河大堤的垂柳下闪烁过，在她心灵的底片上，至今还印着清晰的图像。哦！五年了，转瞬而逝的五年，短暂得让人难以置信。那是一个骄阳如火的中午，队长派她去给河对岸剥麻的社员送水，回来的时候，她走在空荡荡的凉水河大堤上，心里有些紧张。忽然，一个穿着工作服、戴着黑墨镜的小伙子从一棵垂柳后跳出来，拦住了她的去路。她吓得双腿乱抖，张着嘴想喊叫，可舌头怎么也卷不动，半天吐不出一口气来。

“大姐，您的水桶借我用用，可以吗?”

小伙子说话了，彬彬有礼，客客气气。可是草妞心里还在怦怦乱跳，明知小伙子不是坏人，还是紧张得说不出话来。

小伙子又解释说：“我的拖拉机该添水了。”

这时候，草妞才发现，在她前边不远的河堤上，停放着一辆手扶拖拉机。拖拉机上，装着满车的纸箱子。箱子里到底是什么，她不知道。

“大姐，求求您，借我水桶用一下。”小伙子恭恭敬敬地央求着，好像她再不答应，就要给她弯腰鞠躬了。

草妞完全清醒过来了，一句话没说，把肩上的扁担轻轻放下来。

小伙子提起两只水桶，下了河坡。不大一会儿，提回来两桶清凌凌的河水。小伙子把一桶水倒在拖拉机的水箱里，然后摘掉墨镜，脱去工作服，用另一桶水哗啦哗啦地洗了起来。

草妞站在旁边看着，心里怦然一动，一种从未体味过的情感撞开了姑娘那紧闭的心扉。这是一个英俊可爱的小伙子：他的肩膀多宽厚，胸脯多结实；那张红扑扑的脸，透着精明、秀气，又有一点儿调皮；一双深陷的眼睛，纯净得像两潭泉水。泉水在她心里荡漾着，她脸上一阵滚烫……

小伙子洗完了，直起身来。湿淋淋的头发，满脸满肩的水珠儿，他用两只手抹着，甩着。蓦地，不知从哪里涌来一种力量和勇气，使草妞鬼使神差般地扬起手来，摘下了罩在头上的花毛巾，递到了小伙子面前。

小伙子接过毛巾擦着，慢腾腾地擦着，好像永远也擦不完。草妞傻子似的站在小伙子的面前，她那秀美的腰身和桃花般的脸庞，映在小伙子那两潭纯净的泉水中。

“大姐，谢，谢谢你……”小伙子说话的腔调也变了，但仍然是那样彬彬有礼。

草妞以为小伙子用完了毛巾要还给她，伸出手后，却发现那条毛巾还在小伙子的两只大手中揉搓着，她又尴尬地把手缩回来。

“大姐，你……”

“别，别叫俺大姐，俺，俺还小。”这是她第一次开口，声音颤抖得像秋风中的树叶。

“你，你多大了？”

“十九。”她几乎不假思索地瞒了一岁。七十年代的农村姑娘，是最忌讳说二十岁的，就像五十年代的姑娘忌讳说十八岁一样。

“俺比你大两岁，不叫大姐，叫你什么呢？”

谁问你岁数啦？草妞心里暗笑了一下，但她还是低声细语地说：“俺叫草妞。”

“草妞同志……”

还“同志”呢，真会说话。

“留，留个纪念吧？”

“啊？”

“俺是说，这，这条毛巾送给俺吧。”

草妞没有说什么，她挑起两只水桶，慌慌张张地走了。好像是她从小伙子手里抢过一条毛巾，怕被人家追上来抓住一样。她走出老远，还听到小伙子在后边喊着：“草妞，俺会报答你的！俺叫张桂泉，是张家庄大队的……”

草妞的花毛巾被一个陌生的小伙子带走了，她的心、她的魂儿也好像被人家索去了一样。她整天晕晕乎乎的，白天像半睡半醒地做着梦，夜里却干瞪着双眼睡不着觉。粉嘟嘟的桃花脸瘦下去一圈儿，挂上了一层黄锈。

妈妈对女儿的变化是最敏感的，何况又是一个从二十多岁就开始守寡、十几年来守身如玉的妈妈。她先是在背后偷偷地盯着女儿，没有发现女儿什么可疑的行为；后来干脆直截了当地问女儿，女儿什么也没说。妈妈明白了：女儿动了春情，走了心思，女大不可留。妈妈伤心得也偷偷地掉起了眼泪……

突然有一天，草妞刚一进家门，就被妈妈拦住了。妈妈瞪着两只凶狠狠的眼睛逼问她：“这是谁给你的信？”

草妞吓得心里发抖，她还从来没有看到过妈妈这样厉害。一只印着暗花的信封在妈妈手里抖动着，字写得端正有力，信封的下款，她只看到了一个“张”字，不知是“张家庄”，还是“张桂泉”，其他字被妈妈的指头捏住了。她被逼得无奈，只好把实情告诉了妈妈……

妈妈哭了，把信撕得粉碎，狠狠地摔在她的脸上，又狠狠地哭骂着：“你妈守寡十多年，没落下一点儿灰渣脏点，到如今，你摘我的牌子，打我的脸……”

草妞也哭了，她一方面觉得妈妈委屈了她，一方面又觉得自己好像真的犯了罪。可是，事过之后，她又常恨妈妈，妈妈给她撕碎的那封信，上边写了些什么呢？想到这些，她的心就像被撕裂了一样。

随着时间的推移，这件事在她们母女之间平息了。她心上的伤口也结上了疤，并且把她的整个心都封死了。她每天吃饭、干活、睡觉，她自己命令自己，什么都不想，什么心思都不动。

不久，她的好朋友小秀定亲了，据说也是只见过一次面，男方拿来六样礼，他们就换了喜帖。还有，黑丫搞了一个军官，一次面也没见，只是看了一下照片，就跑到部队跟人家结婚去了。她怎么也想不通，两个陌生的男女，怎能一下子就结为夫妻呢？还要一起过日子，生孩子……天哪！她的心又发起抖来。

任媒人怎么说，怎么劝；凭妈妈怎么骂，怎么哭，她绝不跟随便拉来的哪一个小伙子见面。一年、两年……五年过去了。草有绿有黄，花有开有谢。可是她那张桃花脸却由白变黄，由嫩变粗，一道道的皱纹像伤口一样从她的心灵移到她的眼角上……她老了，到了一个可怕的年龄！

宋大先生的墨研好了。妈妈急急忙地把那张早已准备好的大红纸拿出来，平平展展地铺在墙柜盖上。宋大先生戴上老花镜，颤巍巍地拿起笔，颤巍巍地蘸着墨，颤巍巍地写着字——他也老了，土埋到脖子了吧？然而这个老态龙钟的人，居然为一个二十五岁的姑娘写下了决定终身大事的契约。“回帖”写好了，墨汁未干，他就颤巍巍地捧到草妞面前：

两姓相结　天赐姻缘

谨　遵

台命

眷高门李氏拜

坤造二十五岁六月十日丑时生

天赐姻缘！这四个字，又像火星一样在她眼前爆裂，又像光斑一样在她心灵的空白上闪烁。什么叫天赐姻缘？妈妈的姻缘是天赐的，把她赐给了死鬼爸爸，她只跟他有五年的姻缘，却要为他空守五十年的亡灵；小秀的姻缘是天赐的，她头胎生了个女儿，被丈夫打得遍体鳞伤；黑丫的姻缘也是天赐的，她现在当随军家属去了，据说她的命是最好的，是吗？那么，老天赐给张桂泉一个什么样的女人呢？

天赐，天赐！农村姑娘真有福气，自己的终身大事，用不着自己去追求，去寻找，去呼唤，到头来，自有老天关心你，安排你，谢谢老天，也谢谢妈妈，谢谢媒婆孙二婶，也谢谢这风烛残年的宋大先生！

“赶明儿一早就动身，把回帖给人家送去，后天就去扯衣服……”妈妈站在草妞面前，她那样激动与兴奋，好像自己变成了一个待嫁的新娘。

草妞像被当头泼了一瓢冷水，她顿时清醒过来，明白了这一切将意味着什么。她胸中像潮水般地涨了起来，浑身上下升腾起一股不可遏制的力量和勇气。她一下子把回帖撕得粉碎，猛然冲出了屋门，冲出了院子，冲向了凉水河大堤……

后边，响着妈妈那哀凉、凄楚的呼唤……

等到明天

又闷又热，连斑斑驳驳的月影也像火光烟雾般闪烁。差不多所有的人都跑到大街上纳凉透气去了。小云却扎在蒸笼般的屋子里，迟迟不肯出来。她洗完了澡，刚擦干身子，拿起裙子还没有穿，身上又汗水淋淋了。她急忙放下裙子，又用冷水浸过的毛巾擦起了身子。可是，一想到马上要穿起那条裙子了，她的心又怦怦乱跳，汗水止不住溢满全身……

两个月前，队里办起一个服装厂，派小云、小霞、秋妹子到北京的一家服装厂去学习。现今城里的姑娘，都绞尽脑汁打扮自己，以推陈出新、独占一绝为自豪。这三姐妹不羡慕人家涂红嘴唇，描细眉毛；也看不惯那连乳罩、内裤都看得清清楚楚的透明衣裙。可是，她们越来越为自己那密不透风的长衫长裤感到愤愤不平了，咱农村姑娘的两条腿不是泥捏的，也不是草绑的，更没有长满大窟窿小疤瘌，干吗那么严严实实地捂着不敢让人看？于是，姐妹们商量了几个晚上，最后形成了决议。星期天，她们跑到王府井百货大楼，每人买了一条百褶裙。小云喜欢素净，买一条天蓝色的；小霞怕惹人注目，买一条咖啡色的。秋妹子天不怕地不怕，小时候敢跟男孩子一样上树捉鸟，下河摸鱼。她一赌气买了一条水红色的，不图别的，就图个鲜火扎眼。谁不开眼，说三道四的就偏扎谁，扎瞎了活该！三姐妹穿上了裙子，雄赳赳、气昂昂地走上了街头，还到天安门广场照了一张全身像。她们以一副胜利者的姿态，似乎在向全世界宣布：我们农村姑娘也穿上了裙子！

她们激动万分地想象着，如果她们把裙子穿回村，一定能引起一场服装“革命”。三姐妹带动全村姑娘，全村姑娘带动四邻八村，然后波及全公社、全县、全国……而且世世代代地传下去。农村姑娘穿裙子的历史就从这里揭开序慕，她们则是这一伟大壮举的创始者！她们为自己的勇敢感到自豪，感到扬眉吐气。她们一次又一次地发誓：一定要穿着裙子回村，猛震一下！

到了回村的那一天早晨，三姐妹不约而同，又都把那密不透风的长裤穿上了。三个人都觉得有点儿理亏，小云红着脸，小霞低着头，还是秋妹子爽快，她提出了修改方案：还是回村以后再穿吧！

三姐妹约好，第二天一早一定要穿着裙子上工，结果谁也没有照办。她们又起誓发愿，下午必须把裙子穿出来，结果又都自食其言。小霞又提出了新方案：“咱们晚上再穿吧，晚上没有人看见。”这无疑是一个绝妙的好主意，三姐妹不但一致赞同，而且又激动起来。晚上穿着裙子到村西大石桥上去，那里每天晚上都是姑娘们的天下。在那里，姑娘们可以无拘无束地说笑、唱歌，也可以大胆地说一些私情话。于是，她们定下了“死约”。秋妹子把腰一叉，瞪着眼睛对两姐妹说：“今晚我带头穿，八点钟在大石桥碰头，我要是见你们没穿，就把你们的长裤子扯下来，看你们怎么回村！”

小云想到了三姐妹这个“死约”，想到了秋妹子那厉害劲儿，一下子鼓起了勇气，把裙子穿起来，打开门，冲到院子里。在皎洁的月光下，她很得意。雪白的绣花短袖衫，天蓝色的百褶裙，再加上脚下那塑料拖鞋，多风凉，多秀气，多漂亮！农村姑娘真傻，这么美、这么好的东西，为什么却怕得要死呢？

院门外的大街上，一个沙沙啦啦、絮絮叨叨的声音传进来，这是郑三奶奶在说话：“张师傅到俺家吃派饭，穿个大裤衩子就来了，这像什么话？让我把他轰出去了。在你们城里撒野行了，到俺乡村来，就得规规矩矩将两条大腿遮严实。甭说是个做衣服的师傅，就是皇上二大爷来，也不能惯你那一套！”

小云心里咯噔一沉。张师傅是个退休工人，她们服装厂通过好多关系才把他请来的，郑三奶奶怎么能这样对待人家呢？在城里，不要说这么一个六十多岁的老人，就是二十多岁的小伙子，不也是照样穿短裤吗？再说，你这么大岁数的老婆子了，装什么正经，至于把人家轰出去吗？

小云想到这些，胸脯气得一起一伏。但是，她再也没有勇气穿着裙子走出院门了。对张师傅那样的老人，郑三奶奶都要求人家把两条大腿遮严实，何况对她这样一个黄毛丫头呢？她借着月光看了看手表，还差二十分钟就到八点了。从她家到大石桥，至少也得走十五分钟，怎么办呢？要不，还是把裙子脱掉吧。

又一个骂骂咧咧的声音传过来，谁呢？

“真缺德，晌午我到河边找羊，几个大老爷们儿在河里洗澡，一个布丝都不挂，见了俺还成心呼幺喝六，在河滩上跑来跑去……”

郑三奶奶用她那沙沙啦啦的声音劝慰着：“这你怪不得人家，常言说得好：讲礼的街道，不讲礼的河道……”

小云忍不住扒着门缝朝外看了看，站在郑三奶奶面前的，是刚刚当了孩子妈的秀兰。她下身虽说穿着遮过脚面的长裤子，上身却是赤裸裸的，连个乳罩都不戴，两只鼓囊囊的大奶子像两只白毛兔一样在胸前颤动。算起来，秀兰比小云还小一岁，只因为她结了婚，有了孩子，这样袒胸赤膊就变得合法合俗了。既然你们男人在河里洗澡可以一丝不挂，女人有了孩子就可以把上身敞露着，那么我们姑娘穿裙子，露出两条小腿还不行吗？这是谁立下的规矩？

院外，郑三奶奶和秀兰骂骂咧咧地走了。小云在这种愤愤不平中，身上又升腾起一股力量。她猛然打开门，昂然地走上街头，朝村外大石桥奔去。她本来想走在街中央的大道上，可是月光太亮了，她只好靠近墙根，悄悄前行。

忽然，前边十字路口的大柳树下，一群女人吵吵嚷嚷，不知出了什么事，小云把身子紧贴在墙根上，侧着耳朵听着。

“是吗，这三个丫头穿起了裙子?”

“没错，小霞妈看到了她们在城里照的相片，把相片撕碎了，还把小霞臭骂了一顿。这会儿，小霞还在家里哭呢!”

“哎呀！这三个丫头野得没边了。我早就说过，到城里能学得出好来吗?”

小云傻了，她的两条腿瑟瑟发抖，像是要支撑不住她那软绵绵的身子。突然，她又像是猛醒过来，顺着墙根的月影，拼命地朝家里跑去，像是做了贼被人家追赶一样。她一口气跑进院子，把院门插上；又一口气冲进屋子，把屋门关紧。然后，把裙子严严实实地藏在自己的箱子底下。她的心还在跳个不停。

砰砰砰！有人敲门，是秋妹子的声音。她一看表，已经八点半了。约会的时间早已过了，准是秋妹子穿着裙子在大石桥等得不耐烦了，来找她算账。她心虚胆战，走出去，把院门打开，准备着秋妹子张牙舞爪地把她臭骂一顿，甚至会真的把她的长裤子扯下来。

门开了，小云一下子愣住了。秋妹子低着头，红着脸，一声不响。再往下一看，她也仍然穿着那条密不透风的长裤子。

“小云，咱，咱明天再穿吧……”秋妹子这个厉害丫头，柔弱得像一只小猫，可怜巴巴地央求着小云，眼泪都要流出来了。

小云心里一阵发热，过了半天，才沉重地说：“那好吧，就等到明天……”

1982 年 6 月于青岛海滨

蓝天小合唱

一

期中考试成绩榜贴出来以后，谁也闹不清郑丽娴为什么不高兴。全班总分第一，要是换了蔡小云，肯定得请大伙儿吃 mm 巧克力什么的。蔡小云的父亲是天字号的“大款”，有几次赶上雨雪天气，都是用奔驰 600 把蔡小云送到学校门口的。同学们看见了，伸出的舌头愣是缩不回去了。

郑丽娴的火就偏偏撒在蔡小云的身上了。

放学以后，郑丽娴阴沉着脸，背起书包，跟谁都没打一声招呼就往外走。蔡小云在学校大门外追上了她。

“丽娴，我爸说今晚带咱到金潞乐园去玩儿，那儿从云南大理来了一支白族表演队，还给客人敬三道茶呢……”

蔡小云说着，就像平时那样搂住了郑丽娴的肩膀。郑丽娴却一偏膀子把她甩开了。蔡小云闹了个大红脸：“丽娴，你怎么了？”

郑丽娴依然沉着脸说：“我们家是‘工薪阶级’，享受不起这高消费！”

蔡小云急了：“谁说让你花钱了？”

郑丽娴大声地说：“我不食嗟来之食！”

“不食嗟来之食”这句话是前两天语文老师才讲的，郑丽娴也不管准确不准确便脱口而出，蔡小云却像挨了一闷棍似的呆愣住了。

郑丽娴气哼哼地走了。

蔡小云泪水汪汪地看着郑丽娴的背影，百思不得其解……

二

在班里，郑丽娴和蔡小云既是一对形影不离的好朋友，又是两个具有代表性的人物。现在俩人掰了，大部分同学都很自然地站在了郑丽娴一边。这到底是为什么呢？

正如郑丽娴所说，她出身于一个“工薪阶级”家庭，父亲是一家行业小报的编辑，母亲是个疗养院的护士，还有常年瘫痪在床上的姥姥，再加上父亲在农村的老家。父母亲的工资七扯八扯，日子总是过得紧紧巴巴的。郑丽娴长得很漂亮，却没有别的女孩那些时髦的衣服，更没有女孩们珍爱的那些首饰呀化妆品之类的小家私。有一条珍珠项链还是假的，是父亲出差在海边上买的赝品。可是郑丽娴并不自卑，她以优异的学习成绩赢得了广大同学的尊重。她有几句脍炙人口的话，几乎成了全班同学奋发学习的动力。那是她在全校演讲比赛中发表的一段肺腑之言：“金钱不是万能的，世界上有许多东西是金钱不能买到的。譬如好的学习成绩，你如果不刻苦努力，不花费心血汗水，再有钱也无济于事……”

恰恰相反，时时感到自卑的倒是蔡小云。她怎么也想不明白，父亲富有，到哪儿都前呼后拥地被捧作“大人物”；而她富有，却总觉得低人一等。她那些高档服装、名牌化妆品和24K金的首饰，非但引不起同学的羡慕，反而招来许多鄙夷不屑的目光。这尤其让她受不了，觉得自尊心受到了极大的伤害。

有一次，她把郑丽娴请到自己的家里，推心置腹地谈了自己的困惑和苦恼。郑丽娴真诚地说：“物质富有不过是身外之物，只有精神富有才是真正的富有。”

一句话，使蔡小云茅塞顿开。从此，她把郑丽娴视为知己。在学习上，更是以郑丽娴为楷模紧咬住不放松。一个在全班最富有的同学和一个在全班最贫困的同学同时成了学习的佼佼者，这在全校都被传为佳话。

三

问题就出在两个人同是佼佼者上。过去，在学习成绩上，郑丽娴一直处于“霸主”地位。每次考试，不但总分全班第一，各门功课都名列前茅。蔡小云的后起直追，居然把这种铁的局面打破了。

按总分排列，郑丽娴虽说仍然是全班第一，可物理考试却让蔡小云摘了桂冠。郑丽娴得了九十八分，蔡小云得了一百分。郑丽娴简直不相信，居然到教物理的黄老师那里查了试卷。查的结果，自己确实有错，由于马虎，在一道应用题中把“电流”写成了“电压”，被扣了两分。可蔡小云也有错，她把“磁场”写成了“瓷场”，老师非但没给她扣分，还用红笔帮她改过来了。郑丽娴就是为这生的气，她认为黄老师太有偏有向了，太“嫌贫爱富”了……

如果事情仅仅如此，郑丽娴也不至于发那么大的火，顶多心里不痛快，过几天也就过去了。可偏偏这时，她看到了蔡小云的父亲进了黄老师的办公室，她看到了黄老师又让座儿又倒茶，还口口声声地尊称他“蔡总”。更让她受不了的是，她还看到了“蔡总”递给黄老师两叠钱，像是两千元的样子。黄老师点头哈腰地感激不尽……

郑丽娴觉得恶心，觉得不能容忍。她对蔡小云那么那么好，恨不得把心肝肺叶都摘给她。可蔡小云为了超过她，却指使自己的父亲向老师行贿，世界上还有比这更卑鄙的朋友吗？还有，平时那么愤世嫉俗、抨击丑恶的黄老师，为了那肮脏的金钱，居然昧着良知给蔡小云加分，世界上还有比这更虚伪的人吗？

四

星期六下午，是航模小组活动的时间。为了迎接全区的少年航模比赛，黄老师把全校的航模爱好者分成了四个小组，先在本校比赛，然后再选拔代表队到区里参赛。

蔡小云和郑丽娴是同一个小组。原来说好，小组所需要的各种电子元件，都由蔡小云去买，而且要买最好的，名牌正宗合格品，一定要制造出最好的航模，冲出学校，进军全区，力争夺魁。放学以后，蔡小云连午饭都没吃，便让爸爸的司机开着车带她去买电子元件。当她背着这些元件高高兴兴走进教室的时候，却发现郑丽娴和小组的其他三名同学都已经动手干起来了，桌子上摆着的那些七零八碎的元件也不知是从哪儿来的。蔡小云觉得很委屈，但她依然忍着泪水，抱歉地说："对不起，我来晚了。"

听到这句话，郑丽娴连头都没有抬。其他三位同学看了看她，也没说什么。蔡小云立即明白了，她在这里已经成了不受欢迎的人。她拎着那些元件，转身跑出教室……

学校后面有一条小河，秋风飒飒，把清悠悠的河水吹皱了眉头；银杏树的叶子像金币似的飘落下来，又被河水无情地冲走了。蔡小云站在小河边，越想越伤心，举起手里装电子元件的袋子就朝河里扔去……忽然，她扬起的手被抓住了，回头一看，是另一个航模小组的组长田军。

田军的年龄并不比同班的同学大，可是长得又高又壮，加上他又是班里的团支部书记，为人处世显得很老成，在同学面前，总像一个大哥哥的样子。

田军说："你辛辛苦苦买来的这些宝贝，怎么能扔掉呢？"

蔡小云流着眼泪说："郑丽娴她们……不要我了。"

田军说："那就到我们组去吧，我们欢迎你。"

没等蔡小云答话，田军就接过她手里的元件袋，转身走了。

蔡小云只好顺从地跟着他……

五

郑丽娴倚仗自己所掌握的航模基础知识，完全有把握在本校比赛中轻而易举地夺魁，根本没把其他小组放在眼里。可比赛结果却让她大为震惊，田军小组摘走了金牌，她那个小组勉勉强强跟另一组并列第三，实质上就是最后一名。

她不服气，一百八十个不服气。她当场就找到黄老师，指责田军小组的取胜不是靠真才实学，而是因为使用了蔡小云的那些高档的电子元件的结果，是靠花钱买来的。

黄老师显然生气了，不客气地对她说："你不是说许多东西是金钱买不到的吗，譬如好的学习成绩，那为什么田军他们取得了好成绩，你说人家是花钱买来的呢？"

郑丽娴无言以对了。无言以对并不是不"对"，一股巨大的"对抗"情绪愤然而生，她噘着嘴不高兴地走了，给黄老师来个下不来台。

郑丽娴也来到了学校后边的小河边。已经是初冬季节了，清悠悠的河水似乎凝滞不动了，河面上漂着一层薄薄的透明的冰碴儿。郑丽娴靠在一棵小银杏树上，心里像河水一样的冰凉，又像河水一样在冰层下无声地奔流着。她认为，她与蔡小云之间的矛盾，绝不是个人恩怨，而是一场腐蚀与反腐蚀，甚至是腐败与反腐败的原则性斗争。田军站过去了，这不足为奇。她想不明白的是，人的意志为什么如此的薄弱，像黄老师这样清高正直的知识分子，都经不住金钱的诱惑，难道金钱真有这么大的魔力吗？

一只花喜鹊停在了对面的银杏树上，冲着她幸灾乐祸地叫着。她更加气愤了，捡起一块石子朝花喜鹊砸去。她扬起的手同样被抓住了，回头一看，也是田军。

田军把一张入场券递到郑丽娴面前："一位回国的物理学博士到区里来做报告，发给咱班三张票。黄老师让咱俩和蔡小云去……"

郑丽娴不等田军说完就一口拒绝说："我不去！"

田军像大哥哥一样劝着她："丽娴，别耍小性儿……"

这句话更把她激怒了："谁耍小性儿了？这算小性儿吗？这是原则性、斗争性！"

田军一下子愣住了，他像不认识似的看着郑丽娴，半天说不出话来……

六

参加全区航模比赛的代表队是在全校师生大会上宣布的，非常隆重，连老校长都参加了。

郑丽娴低着头坐在人群里，连往台上看一眼的勇气都没有。早在上小学三年级的时候，郑丽娴在少年宫里就迷上了航模活动。这几年，她差不多把所有的业余时间都花费在各种各样的航模实验中了。为了买书和实验所需的元器件，她从自己的早餐上省钱，从自己该添置的衣服上挪用。为了迎接这次全区比赛，她在暑假的时候悄悄地给人家当了一个月的小保姆。也正是因为她有那一点儿“经济实力”，才敢于在关键时刻拒绝使用蔡小云的那些高档元件，自己掏腰包买来了廉价的处理品。正是这些廉价的处理品使她被无情地淘汰了。

郑丽娴被淘汰还不仅仅是因为那次航模比赛的惨败。她对黄老师的成见，使她对最喜欢的物理课都产生了抵触情绪。每逢黄老师来上课的时候，她都愤愤不平胡思乱想，胡思乱想便无心思听课，物理成绩直线下降，这次期末考试，她只得了八十分。要知道，她任何一门功课，都没低于过九十分。

一阵热烈的掌声把郑丽娴惊动了，她下意识地抬起头来：蔡小云的父亲笑眯眯地走上了台，台上那么多的领导和老师都站起来欢迎他，这到底是怎么回事呢？

麦克风里传出来黄老师那热情洋溢的声音：“这次航模比赛，蔡总经理赞助了我们两千元……”

掌声又起，如同一阵热风吹进了郑丽娴的心里，胸口上立即撞击起一个滚烫的浪头：那两千元……原来是赞助航模比赛的？

大喇叭里黄老师的声音又把她的思绪打乱了：“让我们以热烈的掌声欢迎蔡总经理宣布代表队的名单！”

郑丽娴心里那股热浪又化成了一股不平之气：他有什么资格宣布代表队名单，不就是有几个臭钱吗？不用说，蔡小云肯定是名单中的第一个……

“郑丽娴——”

郑丽娴似乎听到有人在喊她，她并没有在意。这个时候，她没有心思搭理任何人。那股不平之气把她冲撞得头晕目眩，她只觉得耳边乱哄哄的，什么也听不清……

忽然，蔡小云跑上来了，一把拉住了她的手，把她从地上拽起来：

"快走，让咱们代表队上台呢！"

郑丽娴惊愕地看着蔡小云那张激动万分的脸："代表队，有我？"

"怎么没有你？第一个念的就是你！"

郑丽娴的眼睛被泪水模糊了，她任蔡小云拉她的手，踉踉跄跄地跟着她朝前走去……

漫长漫长的黄昏

这位小师傅好面熟！她似乎见过他，二十几年前就见过他。也是在这棵老槐树下，也是槐花盛开的七月，也是用自行车的后架支起了一个工作台。

那是一个中午，街巷空空，只有几只闲鹅不时地引颈高唱，声音很单调。他在为她修一个小闹钟，拆下来的零件堆满了眼前的工作台。槐花的香气把槐花熏醉了，静静地跌落下来，挂在他那很黑很硬的头楂上。他干得很专注，一直没有抬头。她有点儿生他的气，好像她根本不存在似的。她管不住自己那怄气的心，只好蹲下身来，这样可以稍微清楚地看到他的脸。他的脸庞方方正正，挺直的高鼻梁，嘴唇有点儿厚，还有点儿微微上翘。上翘的嘴唇上是一圈没有刮过的嫩胡须，像头茬韭菜。

一片阴影水一样地在他们身边洇漫着，还有一股微不察的凉风。他和她几乎同时感觉到，跌落在他们头上身上的不再是槐花，而是雨点儿，有钢镚大。她手慌脚乱地帮助他收拾工具箱，拉着他进了自己的家门……

这个女人让人感到好亲切，慈眉善目的。那眼神，那笑容，都洋溢着一种让人感到暖融融的慈爱，似乎这阵阵芬芳也是从她那眼神和笑容里弥漫出来的。她是谁？她像妈妈，或者像爸爸。不，比爸爸妈妈都好。爸爸死了，两年前，是癌。妈妈带着他嫁了人，一个赶大车的男人，大胡子，很凶。他的手也毒，一鞭子下去能把骡子打一个滚儿。他看到他向牲口下毒手，他便恨他。他也恨他，恨他从来不叫他爸，总是冲他耷拉着黑风般的脸。妈妈为了讨好新丈夫，总是劝他妥协。他有点儿看不起妈妈，并总为死去的爸爸气愤不平。

他终于离开了那个原本就不属于他的家。幸亏爸爸活着的时候，便教给了他这门好手艺，留给了他这只工具箱。爸爸说过，家有千金，不如一艺在身。

这个收音机已经很老了，无论调哪个台，都伴着咝咝啦啦的声音，像个没牙的老人在吸气。乡亲们都劝她换个新的，她舍不得。不是舍不得钱，而是舍不得这物件。这是一段记忆，一段永远磨灭不掉的岁月……

老槐树下那钢镚大的雨点儿决定了她一生的命运。他在她家一直住了三天，因为雨，还因为活儿没干完。她终于跟着他逃走了，是私奔。

她跟着他来到这河边上一个陌生的小村庄。他们拜了天地，拜了公婆。婆婆送给她一对耳环，是纯金的，说是很值钱的。她只是当“新人”的时候戴着，三天一过，她便摘了下来，宝贝似的藏在自己的梳妆台里。留着以后他们有了儿子，娶了媳妇，再把它传下去。她那时是那么想的。

可是，结婚三年了，她还没能生出个一男半女。她急，他也急，公婆更急……

“大妈，您这收音机打开过吗?”

“没，没哪。”

“好多零件都该换了。”

“换，换吧。”

“您不如买个新的。”

“不，修吧，你给我好好修。”

这台收音机是知音牌的。很老的牌子了，现在市场上早已见不到了。可是爸爸总是怀念知音牌收音机，像是怀念一个失散多年的亲人。有一次，一个年轻的女人来找爸爸修一台知音牌收音机。爸爸给人家一连修了三天，把每一个焊点都检查过了。稍不如意的零件，他都给人家换了新的。人家来取收音机的时候，他死活不要人家的钱。

爸爸对知音牌收音机的偏爱，像个巨大的谜团塞在他的心里。他问他，他说他有过一台知音牌收音机，送给一个老朋友了。他问那个老朋友是谁，他不说话了；再问，他的眼里注满了泪花。他胆怯地闭上了嘴。

她终于离开了他，离开了这河边上那个陌生的小村庄，因为他带着她去了县医院。医生说，她是不能生孩子的，是先天的。

一场灾难降临了。婆婆又哭又闹，指天骂地；公公喝着闷酒，唉声叹气；而他却阴沉着脸，不吃不喝也不睡……

她是这场灾难的罪魁祸首。她也确实觉得自己是有罪的。她很小的时候，奶奶便告诉她，女人是生孩子用的，不会生孩子的女人是没用的女人。

他娶她，婆婆送她金耳环，公公总是笑着脸对她，都是要让她续上他家的香火。他家在村里孤门独姓，三代单传。这是一个神圣的职责……

“大妈，这是什么呀?”

“是掉下来的零件吗?”

“不，玻璃纸包着的。”

“玻璃纸吗?”

“是金的。”

“天呀!”

临走的那天，他抱着她哭了一夜。她把那珍藏着的金耳环拿出来，还给他。他让她带着，说是留个念想儿。她不要，这是他家的传家宝，她没有权力把它带走。

他送她上路。一路上不说话，只流泪，送了一程又一程。不得不分手了，他送给了她这台收音机。这是他特意跑北京城里给她买来的，别的牌的都不要，只要知音牌的。

“孩子，从哪儿来?”

“大河东的。”

“多大了?”

“十六岁。”

“这么小就出来干营生?”

“嗯哪。”

“怎么不读书呢?”

她贪婪地看着他，像二十几年前在老槐树下看着那位小师傅。不，又不大像。那是个正午，而现在是傍晚。太阳已经压入了山背后，西边天上镶着一片片火烧云。他那张成熟中又透着稚气的脸庞被映得红红的，叫人甚是爱怜。一股强烈的冲动折磨着她，她想亲一亲那张红润润的脸，想极了。

不，不会的，这不会是他的儿子。她是听说他又结婚了，是听说那个女人为他如愿以偿地生了个大儿子。可是，他不会让儿子干这个的，她知道。他要让儿子去读书，读初中、读高中、读大学。因为他自己只是高小毕业，他很为此感到遗憾。他说过，要是有了儿子，就是砸锅卖铁，也得让他多读点儿书。

“等我攒够了钱，就去读书。”

“你爸爸不管你吗?”

“我没有爸爸。”

“你妈妈呢?”

“我不靠她。”

他有点儿后悔自己的失言，怎么可以向一个陌生的女人说实话呢?可是，他从心眼里觉得，这个女人并不陌生。他似乎见过她，还跟她挺亲近的。是在梦里吗?

眼前的事便像是个梦。这小村，这老槐树，这金子般的晚霞，他都是那么熟悉。槐树花那醉人的香气使他更像沉浸在一个梦幻里。在晚霞的映照下，飘落下来的槐树花是金灿灿的，挂在她的发梢上，像是从收音机里滚落出来的那对金耳环……

“孩子，留下吧！”

“您也是一个人吗？”

“我供你去读书。”

“不，我要靠自己。”

他心里满满当当的，像翻腾着滚烫的浪头。他鼻子也是酸酸的，想流泪。他想扑在这个女人的怀里，痛痛快快地哭一场，像男子汉那样的哭。男子汉也在女人的怀里哭吗？管他呢，反正他想。

他走村串户，见到过无数的女人，可是不知为什么，他只觉得跟这个女人亲。他想把心里话通通掏给她……

“大妈，收音机修好了。”

“孩子，把这个带上。”

“不，不要钱，您拿去用吧！”

“这怎么行？”

“我看您也是个靠自己的人。”

少年走了，骑着自行车，奔向了铺满霞光的乡间土路。她的心也被牵向了遥远的天边。

好远好远，他回过头来，村口上还伫立着那个女人的身影……

少年寻梦者

在人生的春天，有谁没做过许多美丽的梦呢？这些梦把生命之树装点得花团锦簇，灿烂辉煌。然而，“夜来风雨声，花落知多少”，有什么地方可以寻找那些梦的残花飞絮吗？

海南大特区，一个充满诱惑的独具热带风光的椰林宝岛，一片古老而神奇的土地，一个数以十万计的血气方刚者与想入非非者的寻梦园……

菩提树下的“小学者”

一棵巨大的菩提树，像一位历尽苍桑又全知全能的老神仙，屹立在海口滨海大道上，冷眼旁观着这喧嚣纷杂的世界，慈善地庇护着竞争的失意者。

他坐在菩提树下，显得羸弱而苍白，被海风吹红了的鼻梁上架着一副白边眼镜。他那副神态，加上他面前摆着的钉鞋用的工具箱，都显得那么不真实，仿佛是童话里神仙老人膝下的一个小木偶，嗓音里带着变音期的沙哑。

我穿的皮凉鞋本无须钉掌，但我还是在他的鞋摊儿前坐下来。我知道，我是被这位文质彬彬的小鞋匠吸引住了。看上去他顶多十五岁，稚嫩的脸上强逞着男子汉的成熟与老练。我想笑，但不知为什么，又笑不出来。

他似乎也看出了我不是为了修鞋才坐下的，便红着脸端详着我。半晌，才试探着问：“叔叔，您是个作家吧？”

我一愣：“你怎么猜到的？”

“刚才您和几个朋友喝椰汁，我偷听了你们的谈话。”

好一个有心计的孩子，我主动地问：“你有什么事让我帮忙吗？”

“我想……请您帮我批改几篇作文。”

他说着，从工具箱底下掏出一个作文本，恭恭敬敬地送给了我。

“怎么，你还是个在校学生？”

“是的，不过……我逃学了。”

“为什么？”

他的目光慌乱，躲避着我的询问。

“不大好说吗？”

“是不大好说。不过我愿意跟您说，我相信您。”

我心里一阵发热，被他的信任感动了。

“……我不是一个坏学生，您别误会，真的不是。从小学到初中，我年年都被评为‘三好生’。我的学习成绩，在全校都是名列前茅的。我喜欢文学，上小学五年级的时候，我写的诗就在报纸上发表过。我相信我一定能考上大学，而且要考上一所名牌大学，我还梦想着到国外去留学，将来能够干一番轰轰烈烈的大事业……可是，我自己断送了自己，我犯下了一个无法挽回的错误……我爱上了我们班上的一位女同学。她长得很美，在学习上也是尖子。我也不知道我为什么这么早就陷入了情网。我完全被她迷住了，吃不下饭，睡不着觉，整天晕晕乎乎的，听到她的声音都激动得发抖。我实在控制不住自己的感情，花了几天几夜的时间，给她写了一封一万多字的求爱信。没想到……”

他的声音哽咽了，两行泪水顺着他那消瘦的脸颊流淌下来，他很动情，也很伤心。

半天，他才稍微平静下来，接着说：“没想到，我所爱的人是那样不尊重我的感情。她拿着我那封信到处张扬炫耀，差不多全校的同学都传阅了一遍。这还不算，最后她还把那封信交给了校长。一时间，学校里纷纷扬扬，我成了人们指指点点、嘲弄攻击的对象。校长还把那封信交给我的父母看了，并且要在全校把我当反面教材，刹一刹中学生早恋的歪风……我的人格受到了极大的污辱，自尊心受到了极大的伤害，我在学校里待不下去了，就跑了出来……”

我被他所讲的这段遭遇震惊了，社会毁灭一个人，太容易了！

我为他感到痛惜，也为他的未来忧虑。我问他：“你打算怎么办呢？”

他噙着眼泪说：“我离开了学校，但不能离开学习。我已经报名参加了高中自学班。毛主席、周总理，当年他们都是靠勤工俭学学习的，我也要一边赚钱，一边学习，走自学成才的路！”

好一个有志气的孩子！我该向他说些什么呢？无须多说了。我答应他把这几篇作文拿回去好好看一看，明天再来找他。

椰林里的神秘使者

我在海南H县公安局采访期间，他们正在侦查一起海南最大的贩毒案。一个残月如钩的夜晚，侦察员们得到了一个可靠的情报，贩毒分子要在椰岛上接头交货。

我们乘着警车风驰电掣地来到作案现场，经过一个多小时的激烈战斗，犯罪分子均被捉拿归案。当一个个罪犯被押上囚车的时候，我突然发现这其间有一个孩子。

他看上去有十二三岁，长得虎头虎脑，像是在北方长大的农家子弟。

在审讯室里，他一个劲儿地哭，哭得很伤心。

预审科的同志让我先跟他谈一谈。我把他带到另一间屋子里，他向我哭诉了他来海南的经历。

……他家住在北运河畔的一个小乡村里，那是一个我熟悉的地方：贫穷、偏僻、一片“种一葫芦收一瓢”的盐碱沙洼地。他的父亲是个村长，为了让乡亲们过上好日子，到处寻找生财之道。终于他在火车上认识了一个“财神爷”，说是可以帮助他们建一座草酸厂，只要投资十万元，每年可以赚一百多万元，父亲相信了他。回村以后，挨家挨户地凑钱。有的把准备盖房的木料卖了，有的把结婚的嫁妆拿出来，还有的卖猪、卖羊、卖鸡蛋，甚至卖身上的血。好不容易把钱凑齐了，父亲就跟着那位“财神爷”去买建厂设备。设备没买来，那位“财神爷”却把那十万元钱提走了。父亲急得吐了血，他在那个小旅馆里躺了三天三夜。他无法回来向乡亲们交代，便悄悄地出走了……

父亲走了，只留下了他和母亲。乡亲们把所有的仇恨都发泄在他们母子身上，砸了他家的门窗，抢走了衣服被褥，每天都堵在他家门前骂……一个风雨之夜，他也逃了出来。

“我不怨乡亲们，乡亲们凑那些钱不容易。我来到海南，就是为了赚一大笔钱，把父亲欠乡亲们的债还上！”他说得很果决，显出很有信心的样子。

我问他：“你还是个孩子，到海南来，一没有资本，二没有门路，怎么能赚那么多钱呢?”

“我上岛不久就遇上了黄老板。黄老板说，只要跟着他，不出一年，就能让我赚上十万元钱。”

黄老板是这一贩毒集团的首犯。

“你不知道这是犯罪吗?”

“知道。”

“知道为什么还要干呢?”

“为了赚钱。只要能让我赚到大钱，把父亲欠乡亲们的债还上，就是让我去坐牢、去死，我也心甘情愿……可是我钱还没有赚到手，就被抓起来了，这让我怎么办呢?”

他说到这儿，又哭了起来，我明白了他为什么这样伤心。我真希望他的乡亲们能够知道这一切，并且原谅他的父亲。同时，也让他这幼小的心灵从负债与负罪的痛苦中解脱出来……

天涯珍珠女

天尽头，眼前是茫茫无际的大海。海边的巨岩上，雕刻着郭沫若先生的手书：天涯海角。这便是三亚，海南岛最南端的一个海滨城市。这里的奇丽风光使无数中外宾客流连忘返。身穿筒裙、头扎花帕的黎族姑娘和戴着竹笠的吉普赛人的后辈女儿像蝴蝶一样追逐着游客，拉拉扯扯地推销着她们手中那些精美的珍珠项链。

一排巨浪把我涌到了海滩上，我舒舒服服地躺在沙滩上养神，只觉得一朵白云飘到了我的头顶上。睁眼一看，站在我身边的是一个穿着白色连衣裙的少女。

“叔叔，买几条项链吧!”她蹲下身子，一边把珍珠项链摊在我面前，一边用哀求的眼光看着我。

无论到什么地方旅游，我最喜欢的是轻装上路，懒得买任何东西。

“叔叔，您买几条项链留个纪念吧，就算是帮我的忙，求求您了。”

她说话的声音很轻柔，两只美丽的大眼睛里噙满泪花，我心里油然升起一种怜爱之情，关切地问她：“姑娘，你从哪儿来?”

“湖北。”

“到这儿来干什么?”

“来找妈妈。”

“找妈妈?你妈妈她……”

“她来海南一年多了，我想她……”

“你知道她在哪儿吗?”

“不知道。她也是跑出来的……”

姑娘告诉我，她家住在湖北那个有名的汽车城。母亲原来是个中学教师，喜欢唱歌、跳舞，还会写诗。父亲在机关里当干部，不知是个什么处的副处长。她家的条件很不错，有个三室一厅的房子。本来她的家该是很体面、很幸福的，可是不知为什么，父母亲总是合不来。他们不吵，也不闹，就是谁也不理谁，她进那个家，总觉得阴沉沉的、冷飕飕的。她经常看到，母亲一个人关在屋子里落泪……终于有一天，母亲走了，只给她留下一张字条，说不回来了，让她好好学习，做个有出息的孩子……

我听着姑娘的讲述，心里剧烈地震颤着。就在一个星期之前，我在通什采访过一位公关小姐，她在讲到她的经历的时候，说过几句让我震惊的话：“我实在忍受不了与我丈夫一起生活，忍受不了他那副假模假式的样子。他是个正人君子，他虚伪。说来他也可怜，总戴着一副人格面具，在任何人面前，即使是在自己的妻子女儿面前，也不敢暴露自己的真实面目……”

她也有一个女儿，她也是因为不愿和丈夫一起生活逃出来的，她也是来自那个有名的汽车城……莫非眼前的这位姑娘就是她的女儿？莫非天下真有这么巧的事？

我迫不及待地问她："你母亲叫什么名字？"

"她叫朱新强。"

不对，我采访过的那位公关小姐叫朱晓玲。我刚要摇头，忽然心里一闪，到海南来的人，不少都为自己换上个别的名字。我又急切地问："你有妈妈的照片吗？"

"有一张我和妈妈的合影。"

"快拿出来给我看一看！"

她从肩上挎着的牛仔包里找出一张发黄的照片，我抓过来一看，顿时呆愣住了……

"孩子，别卖项链了，跟我走吧！"

"到哪儿去？"

"我带你去找妈妈。"

"您认识我妈妈？"

"认识，我们是朋友！"

姑娘一下子爆发般地哭了起来……

地下室里的小乌托邦

在海口三角人才交流中心的地下室里，有一个奇特的家庭。

这个家庭的成员是一群十几岁的孩子，有男孩，也有女孩。他们都是从祖国大陆各地来到海南岛的。

领导这个家庭的是一个河南籍的少年。他叫崔红亮，十五岁，长得结实、健壮，还有一头发红的卷发。据说他跟少林寺里的和尚学过武艺，拳脚上很有功夫。大家都很服他，入乡随俗，按照海南的时髦，这个家庭的成员都喊他"老板"。

天刚亮，他一声招呼，所有的家庭成员都齐刷刷地起了床，穿衣、叠被、洗漱、吃早餐，动作迅速，有条不紊，像一支训练有素的队伍。

然后，他们按照“老板”的分派，分头奔向几个报社，取出当天的报纸，沿着固定的路段叫卖。

他们是以卖报为生的，这是这个家庭的共同职业。

晚上回来，每一位报童都要把所有的收入交给这个家庭。负责管账的是一位叫作阿彩的姑娘，她长得轻盈秀丽，走起路来，像一只翩翩起舞的小蜻蜓。她对工作认真负责，一丝不苟，每个人取出多少报纸，卖出多少，还剩多少，一张都不许差的。

我去采访这个家庭的时候，正赶上阿彩十四岁生日。地下室的床头上，摆着一块生日蛋糕，蛋糕上插着十四支点燃的小蜡烛。烛光摇曳，把十几张稚气而欢快的脸庞照得灿如春花。大家围在一起，十几只装着红酒的杯子叮叮当当地碰撞着，向阿彩祝贺着。

站在人群中间的阿彩激动极了，她那捧着酒杯的双手瑟瑟发抖，酒都泼洒出来了。她把那杯酒举到崔红亮面前，声音颤抖地喊了一声“大哥”，泪水便像泉水般地淌了下来……

我看到这激动的一幕，心里也涌起一股热浪，眼睛模糊了。

我认识阿彩，也是由于一桩令人感动的事件。那一天傍晚，我骑着一辆嘎嘎作响的自行车，急着要把一篇写好的稿子送给《金岛》的编辑孙学明。稿子装在一个破旧的尼龙包里，夹在自行车的后架上。到了《金岛》编辑部，才发现那个尼龙包早已不在了。我急得抓耳挠腮，孙学明比我更急，因为这篇稿子急着发排呢！他留我喝酒，我毫无心绪，非常沮丧地赶回了我的住处。

第二天一早，孙学明便打来电话，他异常激动地对我说：“你那篇稿子找到了！”

我惊喜万分，忙问：“怎么找到的？”

“是一位卖报的小姑娘捡到送来的。”

“她怎么知道该把稿子送到你那里去？”

“这多亏你用的是《金岛》的稿纸。”

“这位小姑娘住在哪儿？她叫什么？我一定要好好谢谢她！”

“她叫阿彩，住在人才交流中心的地下室里。”

就这样，我认识了阿彩，同时也知道了地下室里有这么一个奇特的家庭。

有一天晚上，我和《海南开发报》的记者闻波在办公室里闲谈，突然有人敲门，进来的竟然是崔红亮，他的身后还胆胆怯怯地跟着一个我曾经见过的报童。那是一个湖南娃子，长得瘦小枯干，人却绝顶的机灵，大伙儿都叫他“湖南猴”。

崔红亮求闻波帮忙，要在《海南开发报》上登一则招领启事。

闻波问：“招领什么？”

崔红亮把一个鼓鼓囊囊的黑钱包扔在了闻波面前，然后回头瞪了一眼“湖南猴”，非常气愤地说：“我这位兄弟没出息，掏了人家的钱包。你们一定要帮助我把失主找到，我要当面向人家赔罪！”

“湖南猴”站在门口，低着头，羞得无地自容。

崔红亮仍然余怒未消地说：“我平生最痛恨的就是偷，因为……”

崔红亮话一出口，又立刻闭上了嘴巴。

出于职业的好奇心，我追问了一句：“因为什么？”

“因为我父亲就是个贼。我一出生，人们就认定我是个贼的儿子。走到哪儿，人家都防范着我。我受不了，才跑到海南来的……”

“对不起，我不该问这些。”

“这没什么，我的底子都跟兄弟们交代过了。我之所以要把他们组织起来，就是怕他们学坏。我差不多天天跟他们说，就是穷死饿死，也不能偷人家一个钢镚儿，没想到还是有人这么不争气！”

听了崔红亮的话，我对他越发敬重起来，同时也对他那个奇特的家庭更加挂念起来。当我写完这篇小文的时候，心里便产生了一股强烈的冲动。我真想马上回到海南，去看看崔红亮，看看阿彩，看看“湖南猴”，还有那些可爱的报童们……

妃子狐

一

你娘跟俺爹结婚的时候，坐的是轿子。轿子进了俺家的门，从里边走出来两个新娘子。长得一模一样，说话也一模一样。俺爹急眼了，端出了他的长管猎枪，指着院子里那棵钻天杨说："你们谁能爬上去，就是真的；谁爬不上去，就是假的。俺爹的语音刚落，两个新娘子就争着抢着跑到钻天杨下面。一个新娘子噌噌噌地爬上了树尖儿，另一个新娘子爬不上去，坐在树底下哭了起来。俺爹把长管猎枪一扬：砰——，树上的新娘子嗷地叫了一声就掉了下来。你猜怎么着？摔死在地上的原来是一只水红水红的妃子狐……

这肯定是大狗在造谣。他恨俺娘，就变着法儿地编排她。俺问过对门的黑七奶奶，黑七奶奶说："你娘结婚的时候，早就不兴坐轿子了，她是坐着手扶拖拉机来的。再者说了，那会儿大狗还不到一岁，他能知道什么！"

俺信黑七奶奶的话，大狗也信黑七奶奶的话。俺总觉得，大狗恨俺娘，至少有一半是黑七奶奶挑唆的。比方说，娘有时给俺煮个鸡蛋，或从集市上买个气球什么的，娘不让俺告诉大狗。俺心里憋不住，就告诉了黑七奶奶。黑七奶奶转脸就会告诉大狗。有一次，俺还听见黑七奶奶对大狗说："一层肚皮一层山，后娘的孩子就是舍哥儿。"

二

俺最稀罕的就是俺爹那支长管猎枪了。俺爹也最宠爱它。每天从田里做活回来，爹就要把它从墙上摘下来，摆弄来摆弄去，用鹿皮擦得锃亮，苍蝇落上都得打滑。

俺爹是远近闻名的猎手。据说，俺爹的爹、俺爹的爷，还有俺爹的太爷，也都是出色的猎手。俺们这个地方叫北围，老早的时候，是皇家的猎场，是专供皇帝和他的龙子龙孙们打猎的地方。里边养着天鹅、四不像……还有妃子狐。那是一种很珍贵的动物，长得特别漂亮。尖尖的嘴巴，细长的腿，毛茸茸的尾巴，浑身上下都是水红色的。皇帝喜欢吃，就把它封为妃子。宫里的妃子们却喜欢它美丽绵软的皮毛。于是，皇帝猎到它，就把它的皮毛赠给最喜欢的妃子，让她做狐皮大衣穿。后来，皇帝没了，附近的猎手们就乘机杀进了猎场。俺家祖祖辈辈的枪法，或许就是这么练出来的。猎场培养了一代又一代的神枪手，这些神枪手却差不多把猎物场里的奇珍异兽都斩尽杀绝了。

这是一个炎热的夏天，放了暑假。爹娘到田里做活去了，家里只留下了大狗和俺。大狗在院子里的木墩上剁猪菜，俺偷偷地溜进了屋，小心翼翼地从墙上摘下那支长管猎枪，学着爹的样子，比比画画地摆弄起来。摆弄来摆弄去，不知道碰上了什么机关，只听得砰的一声巨响，枪便从俺手里脱了出去。俺也被震倒在地上。当俺从地上爬起来的时候，发现窗子上的整块玻璃都碎了，开出一个大窟窿。

俺知道自己闯了大祸，吓坏了。俺不敢在屋里待下去，就抱着书包，在院子里的钻天杨下做起了作业，装出一副很用功的样子。俺刚把作业本打开，爹娘就从田里回来了。娘最先看见了那被打碎的玻璃，中了魔似的大喊大叫起来。紧接着，爹又发现了那支躺在地上的心爱的猎枪，便像中了弹似的从屋里蹿出来，一把薅住了我的脖领子，吼着："谁干的?"

俺看着爹那滚着黑烟的脸，吓得两腿直打哆嗦："不，不，不是俺……"

不是俺是谁呢？家里只有俺和大狗。爹转身抄起外边窗台上的笤帚冲到大狗面前，连问也不问，一把把大狗掀翻在地，没头没脑地一顿恶打。直到爹打累了，才住了手，往他面前扔下一块搓板，让他在上面罚跪。

爹打大狗的时候，娘一直扯着嗓子大喊大骂，骂大狗是"败家子儿”“祸害精”“上辈子欠了他的冤枉债”……娘的叫骂声像啦啦队一样为爹呐喊助威，倒霉的当然是大狗了。他浑身上下被打得紫了蒿青。奇怪的是，受了这么大的冤屈，大狗却不哭，不申辩，也不求饶。

正是正午时分，太阳又毒又辣。大狗跪在太阳底下的搓板上，晒得光脑瓢上直冒油。那确实是油，不是汗，一滴一滴油汪汪地凝聚在脑门上，不往下滚。不知为什么，俺却觉得很冷，冷得心里发抖。俺呆愣愣地站在大狗对面，低着头，像是在向他认罪，又像是陪着他罚站。

他抬头看了俺一眼，那目光比正午的阳光还毒还辣。

三

傍晚放学后，俺跟大狗到北围河边去打青柴。

北围河的河滩上长满了蒺藜。毛茸茸的茎蔓像蛇一样缠缠绕绕，遮得连地皮都不露。

茎蔓上开着一朵朵的小黄花，结着一嘟噜一串的蒺藜狗子。多角形的蒺藜狗子又尖又硬，连自行车胎都能扎破。俺和大狗幸亏穿的是毛毛底的纳帮鞋，一步一探，小心翼翼地踩了过去。

可河边上的青柴不少，酸枣梁、水麻花、小扫帚、荆条子……俺跟大狗挥着镰刀，不一会儿就砍了满满的一筐。

太阳已经沉到西边的山后。河面上蒸腾起灰色的雾气，在两岸弥漫开来。那些白天躲在窝里睡觉，夜里才出来觅食的蝙蝠成群结队地飞了出来。俺们这儿把蝙蝠叫作宴梦蝠，大狗说，宴梦蝠是老鼠吃了过多的盐变成的。这东西长得很难看，很肉麻，又都是在夜里出来，像幽灵似的飞来飞去，有时还会撞在女人的头发上。村里人都认为这东西很晦气，说，撞在谁头上，谁家就会死人。因此，人们很害怕它，就像害怕猫头鹰。

大狗说，要是把宴梦蝠捉住，扣在碗底下，不喂它食，光让它喝水，把它肚子里的盐涮干净，它还能变成老鼠。俺觉得挺新鲜，特别想试一试。可是，怎么才能把宴梦蝠捉住呢？大狗说，他有办法。他脱掉那双纳帮鞋，往天空上扔。他说宴梦蝠会把鞋窠当成窝钻进去，这样，鞋带着宴梦蝠掉下来，就可以把它捉住了。

俺也学着大狗的样子，把那双纳帮鞋脱下来，往天上扔，一边扔还一边唱歌似的叫嚷着：“宴梦蝠，穿花鞋，你是奶奶俺是爷……”

俺跟大狗一遍又一遍地扔着鞋，宴梦蝠总是擦着鞋边飞过去，就是不往鞋里钻。它越是不钻，俺越是觉得它快钻了，越是起劲儿地往天上扔鞋，越是兴致勃勃地叫着、唱着：“宴梦蝠，穿花鞋，你是奶奶我是爷……”

正玩得忘情，大狗突然往河边一指：“快看，那是谁?”

河边上走过来一个人，像是个女人，穿着一身水红的衣服。她走路的姿势很是轻盈，很优美，那身水红的衣服在灰色的雾中很鲜艳，很醒目。

俺说：“是个下乡来的城里人。”

大狗说：“不，是妃子狐。”

说这句话的时候，大狗的脸上露出了非常恐惧的表情，连声音都颤抖起来。妃子狐只不过是长着水红色皮毛的狐狸，可是，妃子狐修行得有了道行，就会成精，变成狐仙。成了仙的妃子狐是以女人的样子出现的。那女人很美，穿着水红色的衣服，专会迷惑男孩。她把小男孩带到她的仙狐洞里糟蹋，怎么糟蹋俺不知道，大人们没说。反正被她糟蹋过的男孩就会变傻，长大了结了婚也没有后。这些可怕的故事差不多在俺们刚能听得懂话的时候，大人们就给俺讲过，一遍又一遍地反复讲，讲得每个孩子都好像亲眼见过妃子狐并被她糟蹋过似的。

“快跑!”大狗惊恐万状地叫喊着，拔腿就往河堤上跑。

俺吓得头发根都奓了起来，紧跟在他的后面，拼命地往前跑。脚下就是那片布满了蒺藜狗子的河滩地，这时俺才发现自己没有来得及穿鞋。一脚踩上去，蒺藜狗子扎在脚板上，疼得俺差点儿跌倒。大狗狂呼乱叫地在前边跑，俺只觉得后边也呼呼地刮起了风，像是妃子狐已经追上来，伸手就能抓住俺的后脖领子。俺什么都顾不上了，两脚扎扎实实地踩在蒺藜狗子上。

好不容易跑到了河堤上。大狗一边坐下来喘气，一边哈哈大笑。俺这才发现，大狗的两只脚上是穿着鞋的。回头看看，后边根本就没有啥妃子狐追上来。俺上了大狗的当。

俺的两只脚都被扎烂了，疼得钻心，俺嗷嗷地哭了起来。大狗过来扳起俺的脚一看，也吓得傻了眼。整个脚板上都扎满了蒺藜狗子，血糊糊的一片，连鲜肉都露出来了。大狗跪在地上，一边哄劝俺，一边给俺往下拔着蒺藜狗子。拔完以后，又把俺背到河边，用清水替俺洗脚。然后，他采来一大堆“铁砖头”的叶子，用嘴嚼烂，糊在俺的两只脚上。这“铁砖头”的叶子，又止血又止疼，俺不哭了。大狗替俺穿好鞋，背着俺回了家。

到了家门口，他让俺自己进去，他自己又朝村外走去。他说，他得把搁在河边上的那筐青柴背回来。

娘看到俺的脚扎成那样，心疼得直掉眼泪。爹吸着冷气问俺是怎么扎的，俺说是在蒺藜狗子地里不小心跑脱了鞋。不知为啥，这一回俺没有给大狗告状。

娘把俺脚板上的“铁砖头”叶子揭下来，用盐水重新把伤口洗干净，然后敷上一层草木灰。这时候，俺觉得两脚更疼了，火烧火燎地疼。俺忍着疼，等着大狗回来。

四

大狗没有回来。这天夜里，天气突变。狂风搅着暴雨，像千万头暴怒的狮子，横冲直撞，狂呼怒吼，把天地间搅成了混混沌沌的一片。全家人扒着窗户，盼望着大狗在风雨中出现。焦灼和恐惧也在每个人的心中搅起了狂风暴雨，娘急得掉眼泪，爹披上蓑衣，不顾一切地冲了出去。

俺看着外面那黑暗狂乱的世界，总觉得在风屏雨障的后面，站着一个穿着火红衣服的女人，大狗就站在那女人的背后。俺明明知道这是没影儿的事，心里却又深信不疑。俺越想越害怕，禁不住地瑟瑟发抖；可是，越是害怕却越舍不得离开窗口，越是想睁大眼睛，借着闪电的光亮看清和证实那可怕的一切……

大狗一夜都没有回来。早晨，风停了，雨住了，爹带着一脸的失望回来了。娘和俺都是一夜没睡，娘的眼圈始终是红红的。邻居们三三两两地来了。大人们一边跟爹娘说着宽慰的话，一边无可奈何地叹着气，都说这事凶多吉少，大狗不定死在什么地方了呢。有人直截了当地建议，得赶快把大狗的尸体找回来，沿着河边去找，带根长竹竿，把河底搅一搅。黑七奶奶说，得多带上块席头。说是大狗的尸体捞上来，要用席头盖上，怎么死的人都不能“暴尸”。

俺不相信大狗会死。在俺看来，死是十分遥远的、陌生的。它是属于老人们的，而绝对与孩子们无缘。就在大人们乱乱哄哄地说着丧气话的时候，俺拖着两只伤脚，拄着根烧火棍，扶着墙根走了出去。俺想，俺能找到大狗。

雨后的早晨是从水里打捞上来的，到处都湿漉漉的，连太阳光都是清亮的，像被洗过。到了村口，俺突然发现前边围着一大群人，吵吵嚷嚷，像是出了什么事。俺急忙挪过去，天呀，那不是大狗吗？他站在人群里，身边放着满满的一筐青柴，正比比画画，神气活现地说着什么。俺挤进人群，抓住大狗，急切地问：“大狗，你到哪儿去了？”

大狗看了看俺，没理俺。旁边人七嘴八舌地说：“大狗遇上狐仙了！”

狐仙？是妃子狐变的狐仙吗？难道真有这么回事？

“大狗，你再说说，那狐仙有多大的岁数？”

“也就二十多岁呗。”

“长什么样？”

“好看极了，比电影里的白娘子还好看呢。脸蛋儿又白又细，水豆腐似的。穿着一身红衣服，身上还有一股味儿。”

“是骚味儿吗？”

“不，是香味儿，茉莉花的香味儿。”

“她把你糟蹋了？”

“糟蹋啥？”

“她让你干啥了？”

“让俺吃呀。”

“吃啥呀？”

“吃白面馍、牛肉罐头，还有像弹簧丝样的面条，用水一泡就能吃。对了，她还给俺一块巧克力，你们看。”

大狗说着，从怀里掏出挺大的一块巧克力，举给人们看。

爹来了，大狗立刻闭上了嘴，向后躲闪着。爹没打他，只是从头到脚地看了他一眼，问：“你真的遇上狐仙了？”

大狗把下巴颏往上一扬。

爹又从大狗手里接过那块巧克力，放在鼻子尖上闻了闻，问：“这真是狐仙给你的？”

大狗又扬了一下下巴。

爹似乎相信了，对大狗说：“快回家吧。”

五

俺总不大相信大狗遇上狐仙的事儿。奇怪的是，放学以后，他去打青柴、割猪草什么的，再也不带俺一起去了。有好几次，俺央求着要跟他去，都被他拒绝了。而他每天都要出去，总是很晚才回来。有时，他回来的时候，俺都躺在炕上睡着了。谁都不知道他干啥去了。

这天放学后，轮到他在班里做值日。等他回到家的时候，天已经快黑了。可是，他还是背着筐出去了。俺那会儿正在墙柜盖上做作业，装作没理会的样子。等他出去以后，俺赶忙合上作业本，跟了出去。

他匆匆忙忙走出了村，连头也顾不上回一下。俺像个侦察员似的，借着路边的树木、草棵做掩护，紧紧尾随着他。

他翻过北围猎场的土城墙，绕过一个大水洼子，钻进一片树林。这时候，天已经黑下来了，天边上的月亮不圆，像是被天狗咬了一口，放着冷冷的光。月光从树叶的缝隙间筛下来，在软绵绵的草地上跳动着，像一群白色的小仙人在跳舞。树林子越钻越深，也越加瘆人，俺提心吊胆地跟着他。突然，那树棵子的哗哗声也听不见了，林子里静极了，只是那可怕的宴梦蝠在树梢上翻飞。俺心里怕极了，真想扯起嗓子喊大狗，又咬着牙忍住了。俺只能更小心地摸着路往前走，摸来摸去，眼前忽然一亮，前面是一片小小的开阔地，那里立着一座白色的小木屋。小木屋里有灯光，那洁白的窗户上映着两个身影：一个是大狗，另一个是个女人。说不清是兴奋还是紧张，俺的心怦怦地跳得厉害，像只狸猫似的蹿到木屋的墙根下，又急忙蹲下身子。现在，我可以清清楚楚地听到屋里两个人的谈话。

“阿姨，您看俺写的这份材料行吗？这都是俺跟村里上了年纪的人调查的。”

“太好了，谢谢你！来，吃个梨，洗干净的。”

“这些动物，老人们说，过去都是亲眼见过的。”

“很有可能。这北围猎场，过去有一百三十多种动物，现在只剩下七十多种了。”

“它们都到哪儿去了？”

“有的被人捕杀光了；有的不适应改变后的生存环境，自我灭绝了；还有的逃到别的地方去了。特别是那可爱的妃子狐……”

啥？妃子狐？天呀！难道大狗正在跟妃子狐说话，还管妃子狐叫阿姨？莫非真的有狐仙？莫非屋里这个女人就是狐仙？

“人类和动物共同在地球上生存，人类应该与动物和平相处。动物是人类的朋友，人类应该爱动物……”

没错，她肯定是妃子狐。她在跟大狗说，他们动物是人类的朋友，我们人类应该爱他们。可是……顿时，有关妃子狐那种种可怕的传说，一股脑儿地出现在俺的脑子里。看来，大狗已经被妃子狐迷惑上了，说不定已经被她糟蹋了。俺真为大狗担心，可是一点儿办法也没有，大狗是心甘情愿地跟妃子狐拉在一起的。

俺可不愿意让这妃子狐给迷惑上，俺得赶快逃……

六

传说灭迹多年的妃子狐又在北围场上出现了。黑七奶奶指天指地发誓说，是她娘家兄弟媳妇的三姑夫亲眼看见的。

这消息让爹坐不住了。他跟娘说，要是能打到一只妃子狐可就发大财了。不知听谁说的，在北京城里那只花外国钱的大商店里，一件妃子狐皮大衣，能卖两三万元。于是，每天晚上，爹都从墙上摘下他那长管猎枪摆弄来摆弄去，又叮叮当当地做起了铁夹子。他做这些事情的时候，眼睛里会放着幽幽的光，好像他没有去打狐狸，自己反倒先变成一只狐狸了。

这天傍晚，爹从田里回来，摘下长管猎枪，背着铁夹就往外走，俺一路小跑着跟在后边。和爹一起翻过土城墙，转过水洼子，穿过树林，来到一个开满野花的小山包下。爹放慢了脚步，一边走，一边前后左右地察看着，还迎着风口耸起鼻子闻，也不知道他看到了些什么闻到了些什么。然后，他选好地方，小心翼翼地埋下了铁夹子，一连埋了几只。埋完以后，神气十足地对俺说："咱给它布上天罗地网，让它插上翅膀也逃不了。"

这事是一件新奇而又好玩的事，可是俺怎么也高兴不起来。想到爹那乌黑的枪口，爹埋在地下的那些可怕的铁夹子，都是对着妃子狐的，心里就很不是滋味。俺对妃子狐是有几分畏惧，可它毕竟是那么美，并且还能变成那么美丽的女人。怕它，躲它远一点儿也就行了，干吗要把它弄死呢？

这天夜里，俺跟大狗躺在土炕上，睡不着觉。俺又想起妃子狐的事来，忍不住问他："大狗，她是妃子狐吗？"

"谁？你说谁？"

"小木屋里的那个女人。"

"你跟踪俺了？"

"不，是，是……"

俺不知道该怎么向他解释。谢天谢地，他没有深究。他告诉俺："她是野生动物家。"

"野生动物家是干啥的？"

"是专门研究和保护野生动物的。"

"那她到咱这儿来干吗？"

"野生动物保护协会听说北围场上出现了妃子狐，就派她来调查……"

"这么说，北围场上真的来了妃子狐！"

"那还能假，她都亲眼看到了。"

“哎呀！爹的枪，还有铁夹子……”

“啥？你在说啥？”

俺把爹要打妃子狐的事情告诉了大狗。大狗一听，噌地爬起来，穿上鞋就跑了出去……

七

以后的事情，是大狗出院以后对俺讲的。

那天夜里，他听俺说爹正在打妃子狐的主意，便冲出家门，心急火燎地往北围猎场上跑去。他翻过土城墙，绕过大水洼，穿过树林子，来到爹埋铁夹子的那个小山包下。这时候，它的眼前出现了奇迹，在一块陡峭的山岩上，立着只美丽的妃子狐。皎洁的月光下，那水红色的妃子狐显得格外美丽，格外妩媚。它扬着小巧的脸庞，摇着蓬松的尾巴，似乎在对着苍茫的夜空，倾诉它坎坷生涯中的种种不幸。

几乎于此同时，大狗看到妃子狐身边一棵橡子树下，一个熟悉的身影一闪。大狗拼命地朝前跑去，边跑边喊：“爹，别开枪……”

喊声惊动了山岩上的妃子狐，它猛地一回头。就在此刻，大狗和妃子狐同时倒下了……

八

第二天一早，娘带俺到医院去看大狗。大狗被爹埋下的铁夹子夹断了腿。娘给大狗买了好多吃的东西，还买了一身新衣服。

爹被县里公安局来的警察带走了，说他猎杀珍稀动物，犯了法。

大狗的病床前，坐着一个年轻的女人。她长得很美，穿着一身水红色的运动服，显得鲜丽动人。俺和娘进去的时候，她把剥好的橘子，一瓣一瓣地放进大狗的嘴里。

“阿姨，那妃子狐怎么样？”

“你放心，它只是后腿受了一点儿伤，我给它包扎好了。这会儿，它和你一样，正养伤呢，就在我的小木屋里。”

大狗不好意思地笑了。俺这才注意到，大狗的右腿上缠着绷带。俺走过去，轻轻摸着他的伤腿，小声问："疼吗？"

他没有回答俺，却向俺伸出了双手。俺心里一热，一头扑进了他的怀里，笑着喊了一声："哥——"

俺记得，这是俺第一次叫他哥。

大狗紧紧地搂着俺，嘴唇哆嗦着，冲着娘叫了一声："娘——"

俺看见，娘的眼泪流了下来……

桥

断　　桥

桥到河心断了，像一只钉锅儿扣在小山弯封闭的大门上。山民们不能出去，出去便无归路，颇有点儿破釜沉舟的意味。

杏儿走时是他背着过河去的，正是解冻时节，河水很浅，挂着细碎的冰花，很凉。但他不觉得，从杏儿嘴里吹出的软软的气息，透过他的后脖颈子，足够让他暖一辈子的。这会儿想起来他心里还发烫，烫得他想流泪。

那一晚的月亮很圆，像杏儿那熟杏般的脸，还红。临别的时候，他在杏儿那圆圆的艳艳的脸蛋儿上吻了一下。他没敢去吻那花蕊般的嘴唇，至今想起来，还悔得他心头发疼，疼得他同样想流泪。

杏儿没有说不回来，她怎能不回来呢？她爱他，爱他却不能嫁给他。两年前爹把她卖了，三千元，一头母牛的钱。爹就是用这个钱买了一条母牛，他想用母牛发家，发了家好给弟弟买媳妇。没想到母牛买来还不到半年，就掉进山涧里摔死了。爹至今仍然是个穷光蛋，弟弟的媳妇也愈加无望。她要退亲，人家要四千元，加利息了。她为了这四千元，才跃过断桥的，她说挣够了钱就回来，少了一年，多则三年。

她让他等她，死死地等。死死的等，便是死死的苦。“思念是两颗揉碎的心，请你告诉我，该怎样把它熨平……”每到月圆的时候，他都来到这断桥边，用唢呐吹着这揪心的曲子。而在山外的一个未知的地方，杏儿则高唱或低吟着这首歌。他们共同看着天上那圆圆的月亮，于是那圆圆的月亮，便同时沉入了四只泪汪汪的眼睛里……

月亮圆了十二次，杏儿没有回来；圆了二十四次，杏儿仍然没有回来；圆了三十六次，杏儿还是没有回来。唢呐声越吹越瘦，越吹越焦灼，像咬破了一只苦涩的青杏。这苦涩的唢呐声，随着那薄薄的雾气，飘向山外，飘向杏儿所在的地方。杏儿或许听到了，然而他却听不到杏儿的甜甜的吟唱。他终于扔掉了唢呐，非常沮丧地躺在那冰冷的断桥上。

河水在他身下静静地流着，在银色的月光下更加清澈透明。这清澈透明的河水流出了山，便再也不回来了。在山外那混浊的世界里，它还能这样清澈透明吗？

杏儿回来了，就在河那边。不知什么时候河那边停下一辆锃亮的小轿车，那是杏儿吗？穿着连衣裙，踩着高跟鞋，还烫起了鸡窝似的头发，看不清她那明亮的眼睛，也看不清她那花蕊似的嘴唇，甚至看不清她的圆圆艳艳的脸。杏儿在笑，说不清她是在冲着谁笑，笑得挺得意，挺不害臊。他想从断桥上扑过去，两条腿却僵硬得像桥上的楔子，他感到透心彻骨的冰凉。

当他醒来的时候，才发现圆圆的月亮已经压在西边的山尖上。断桥依旧，唢呐声像浸满了水的麻绳，把山民的心都勒出了血痕……

雪　桥

他练的是陶然功，山下云居寺里的一位老住持所授。功就之后，可以脱俗超凡，免除一切烦恼。他太需要解脱了，痛苦像两排饥饿的牙齿，贪婪地咀嚼着他的灵魂，他实在不堪忍受，便从这桥上跳了下去。

桥横跨在两山之间，拱形。旁边是一座游人如织的公园，这里却人迹罕见。桥上铺着厚厚的积雪，山涧很深，看不见底。他当时绝不会想到，老住持在涧边凿冰取水，更不知道老住持是用什么魔法把他接住的，并且把他引入了仙窟般的方丈里。

日落黄昏，正是他寻求解脱的时辰，他立在雪桥上练陶然功。双目微闭，却闭不上；意守丹田，却守不住。三个身影顺着铺着雪的石阶晃晃悠悠地走上来，他又看见了她。在她与那个男人之间，坠着一个花枝般的小女孩，两三岁的样子。颇像一个幸福的家庭，却没有笑声，再有笑声，他就更受不了了。

第二天，也是那个时辰，三个身影又晃晃悠悠地拾阶而上。要不是老住持说过，在哪儿跌下的，就要在哪儿修成正果，他肯定会远离这座桥的。

他无法入定，闭上眼睛便看到三年前那可怕的一幕：他打开屋门，在他和她的眠床上，却扭动着另一个赤身裸体的男人。

她求他原谅，他不能原谅她，只好离婚。在离婚协议上签完字之后，她扑在他的怀里哭了。他也哭了，是抱着她哭的。拥抱在一起哭得淋漓尽致，把压抑已久的欲望激发出来，在那被污染的眠床上，他们缠绵悱恻以至疯狂起来，这是最后的一夜。

日复一日，桥上的积雪融化了一层，又铺上了一层；铺上了一层，又融化了一层，这是一个漫长的多雪的冬天。那三个身影，几乎每日都出现在那铺着雪的石阶上，甚至带着挑衅来到他的身旁。只是悄然而来，又悄然而去。气是气，却怨不得人家什么。

不怨也罢，渐渐地竟能入定。明心见性，物我两忘，看来他还真有点儿功夫了。有一回他收住了功，睁开双眸，却发现那个小女孩依然站在他的面前，不动声色地看着他。看到小女孩那鲜丽的脸庞和充满着疑惑的大眼睛，他的心又被咬了一口似的疼了起来。

雪终于融化了，桥上露出了石板的颜色，蜿蜒的石阶上，见不到那三个晃晃悠悠的身影了。终于清净了，清净了的他却不能入定。合上双目，却看到三个身影悄然而来；意守丹田，便想起了一夜的疯狂。

雪桥消逝了，陶然功再也不陶然了。

终有一日，他感觉到面前又出现了悄然而至的声息。他收住功，睁开眼睛，却没有看到她。只有那个男人，还有那个小女孩，小女孩的胳膊上戴着一块黑纱。

小女孩走到他面前，嗫嚅地叫了一声：“爸爸……”

他看到桥上又堆满了雪。

玻 璃 桥

这桥好长，犹如一个睡不醒的春梦。月光下的氤氲在桥面上蒸腾着，河水叮咚，像绵绵春梦中的呓语。

她和他同时从长桥的两端走来，步履匆匆，跫音犹如玻璃般的清脆，在桥面上敲打着焦灼和渴求。终于扑到了一块儿，恨不得把对方吞掉。贪婪的吻，在窒息中发出喃喃的海誓山盟。伴着痛苦和快乐的呻吟，海誓山盟像秋叶一样，从嘴边耳边滑落到脚边，被四只脚踩得吱吱作响。

一阵哄然乍起的哈哈大笑，他们惊恐地分开，三只匕首对准了他们紧靠在一起的腰际。匕首的寒光袭遍了全身，他们瑟瑟发抖，僵硬的舌根发出呻吟也发出呼救。周围阒寂无声，在这无垠的地狱中只有三个恶魔，恶魔的长相并不恶，像他们一样年轻，甚至还有几分英俊、几分清秀。

三只闪着寒光的匕首同时逼近了，她终于绝望地叫出来："你们要干什么?"

"我们要惩罚你们。"

"为什么?"

"因为你们太幸福了，而我们又太痛苦，幸福总是要受到痛苦的惩罚的。"

"我们没、没有妨碍你们……"

"放心，我们只惩罚首恶，胁从不问。你们谁先追的谁，我们要把主动进攻者扔到河里去。"

两个紧靠在一起的躯体被扯开，三只匕首对准了他们的胸口和脖颈。

"求、求求你们……"

"用不着求我们，我们执法严明，是不是你先追她?"

"是……啊，不、不是……"

三只匕首又移到她那丰满得令人心悸的胸脯上："说实话，是不是你先追的他?”

“是，是我主动的。”

三只匕首把他释放了：“你可以走了。”

他只是略微迟疑了一下，便扭头鼠窜了，仓皇得都没来得及向她看一眼。

“走吧。”

“到哪儿去?”

“我们送你回家。”

“你们不是说要把我扔到河里吗?”

“好好活着吧。”

他跟着三个年轻人走下了桥头，忽然听到背后一阵爆裂般的破碎声。

长桥坍塌了，长桥是玻璃做的。

铁 索 桥

这是一个令人迷醉的黄昏，晚霞把铁索桥铺成了一条金灿灿的路。路的那一端，是一片深不可测的林子。林子里有一间小屋、一只药篓、一个声音……她管不住自己的心了，她的心又管不住自己的腿了，她终于有生以来第一次跨上了这铁索桥。当她迈出了勇敢的第一步之后，立刻发现自己陷入了一个巨大的恐惧之中。起风了，她只是觉得起风了，耳边的呼呼响声，如鬼哭狼嚎，铁索桥剧烈地摇晃起来，摇得她七魂六魄都出了窍。出了窍的魂魄，如杨花柳絮般飘洒向万丈深渊。她看到了狰狞险恶的河水正在张牙舞爪地迎接着她，她双手紧紧地攥着那冰冷的铁索，双腿瘫软得像被抽去了筋骨。她想呼救，可是干张着嘴怎么也发不出声音来，一团巨大的黑影把她吞噬了。

当她醒来的时候，发现自己躺在林子中的那座小木屋里，眼前坐着那个背着药篓的汉子……她再也没有离开过那个小木屋。

又是一个令人迷醉的黄昏，她又管不住自己的心了，她的心又管不住自己的腿了，这是她有生以来第二次上跨上铁索桥，她要到桥的另一端去。她居然成功了，没有风，没有摇晃，更没有恐惧。

她又见到了那块大青石，大青石上依然遗留那大脚印。在落日的余晖里，她靠在那大青石上睡过去了。当孙女儿找到她的时候，她再也不愿意醒来。在永恒的睡梦中，她看到那个背着药篓的汉子正朝她走来……

1993 年夏于北京

女推销员

幸福是一种恍惚的感觉。如梦，如幻，如喝醉了酒，晕晕乎乎的，除了这种全身心的美妙满足，似乎一切都不存在了，包括空间和时间。北京人管这叫“找不着北”，可是齐文思记得，一个叫马斯洛的外国老头儿管这叫“顶峰体验”。

齐文思是在自己的婚礼上获得这种“顶峰体验”的，面对着温柔美丽又对他情意绵绵的新娘子，他突然觉得不真实起来。他真怕像贾宝玉神游太虚幻境，待警幻仙子将他推进仙闺帏内，刚要领略幽微灵秀的风光，便大喊一声醒来，只落了个“冰冷黏湿的一片”。

其实，齐文思的这种“魔症”早就染上了。确切地说，是在他与柳如烟坠入了情网之后便开始了。他像是患了强迫症，脑子里总是被一个旋律、一组数字或一个念头纠缠不开。他总是循环往复地追忆与柳如烟从相识到相爱得死去活来的辉煌历程。越辉煌越晃得人睁不开眼，像是一条清清晰晰小路，一夜春雨，便被云雾一样的碧草遮盖得严严实实。

她是谁？她从哪里来？她怎样来到他身边的？她为什么让他如此痴迷？他为什么不顾身不顾名地爱上了她，抑或说迷上了她？为了她，不顾跟当市委书记的老子闹翻，不顾跟青梅竹马的妻子离婚，不顾忍着剧痛舍弃他一天也离不开的宝贝女儿，这到底是为什么？

是她的美丽？不，作为一个四星级大宾馆的总经理，他身边美女如云，什么样的倾城之色他没见过，不至于的。那为什么呢？她是怎么来到他的身边的呢？

他只记得她是推销员，悄默声地来到了他的办公室，坐在他对面的棕色沙发上。推销员他见多了，能死皮赖脸地闯进他办公室的推销员也不少。

柳如烟是属于死皮赖脸的那一类吗？不记得了。他只记得她每次来都坐在他对面那只棕色沙发上，一声不响。他该接电话接电话，该看文件看文件，该布置工作布置工作，她从不打扰他，所以他也从来没有讨厌过她。何止是不讨厌，时间长了，似乎对面那只棕色沙发就是给她预备的。她不坐在那里，这办公室就空荡荡的，他的心也空荡荡的，没着没落，总是丢三落四的，像没了脉。

这个过程大概持续了有半年之久，终于他们都不再沉默了，终于他把她从那棕色的沙发上拉入自己的怀里……

在以后漫长的要死要活天翻地覆神经兮兮跳河一闭眼的恋爱与离婚中，有多少回他都想问她，你当初来到我的办公室，到底推销的是什么呢？

他没有问，不知道为什么他没有问。他总用这个问题来折磨自己，有时想得他脑壳咯咯地裂响，眼睛冒金星，他还是想不起来。但他还是没有问，始终没有问。这个他命运中的斯芬克斯之谜，紧紧地包围着他，缠绕着他，稀释着他，渐渐地他觉得自己像他所迷恋的那个名字一样，一缕紫烟般地依附在那光彩夺目的玉体上。

他要找回自己，找回自己那一米八的实体，找回自己雄性的蓬勃，找回自己总经理的身份，唯一的路标就是要破解这个谜：她到我的办公室，到底来推销的是什么呢？喧嚣热闹又颇可称得上豪华的婚礼结束了，像烟一样地散去了。粉红色的婚床上只剩下了他们自己，幸福的浪潮排山倒海般地冲击着他，但他却没有跟着浪潮呐喊拼搏。这浪潮仍然像云雾一样让他迷惘，让他不能自拔，还是那该死的斯芬克斯之谜。

妻子已经把自己从那华贵的新婚礼服中剥出来，一只雪白的小羊羔受惊般地依偎在他的怀里，他觉得妻子那柔若无骨的身子在微微地战栗。

他终于熬不过去了，扳起妻子的肩头，轻声地问："告诉我，当初你到我办公室来的时候，到底推销的是什么？"

妻子扬起脸看着他，她的眼睛像晨雾笼罩的湖面，迷迷蒙蒙的。

他又问了一句："告诉我呀，我一直想问你。"

妻子没说话，伸出一只裸臂紧紧地搂住他，似乎生怕他跑掉。

他继续问："告诉我吧，我实在想不起来了。"

妻子把脸靠在他的胸前，像猫崽一样地磨蹭着，他的浑身发痒。

他执着地把妻子的头扳起来："求求你，快告诉我吧。"

妻子呼扇着长长的睫毛，狡黠地看着他。

他锲而不舍："说呀。"

妻子笑了："你还不明白吗？"

他困惑地问："明白什么？"

妻子把脸凑在他眼前："你看嘛。"

他更加不解："我问的是，你推销的是什么？"

妻子说："我不是告诉你了吗？"

他问："你告诉了我什么？"

妻子说："我推销的是我自己。"

1997 年 5 月于桑梓轩

田园小唱

箫　声

1

日子是阴沉的，压得他喘不过气来，甚至使他都不愿意再听到明天早晨的鸟鸣。何以解忧，唯有杜康，他喝的是稻糠酒，七分五一两，打了满满的一葫芦。这种酒是苦涩的，又上头又烧心。正好，他需要这样折磨自己，需要通过自我麻醉暂时忘掉周围的世界。猪圈坍塌了，去他的，人都不想活，还顾得上猪吗？房子漏雨了，管他呢，顶块塑料布往旮旯一扎，就能对付一夜。门前的小菜园荒芜了，里边的杂草高得没过黄瓜架。没有人采的茄子、西红柿都腐烂了，一股股酸臭掺进苦涩的酒里。那里曾经是他的乐园，是他幸福的发祥地。如今那窈窕的倩影，那迷人的笑声，那让双双蝴蝶都嫉妒的柔情蜜意统统消失了，永远消失了。

好狠心的女人，不就因为你上了大学吗？

2

他一杯一杯地灌着那苦涩的酒，大口大口地吞吸着那烂菜的腐臭。他的脑袋涨得发木，心里烧得生疼。他像那具有自食恶习的动物，一面满足着饥饿的欲望，一面忍受着肢体的剧痛。人在失去了生活的信心和勇气的时候，会变得残忍而荒唐，又变得多么懦弱可怕。

忽然，他隐隐地感到，在那苦涩和腐臭之中，似乎又掺进了一种异样的东西，是清风，是明月，是花香，是草甜？不，是声音。这声音清幽，低缓，如丝如缕，若有若无，是从另一个世界飘过来的天籁之声，在对他进行阴险的诱惑；还是由于酒精的作祟，使他产生了美妙的幻觉？

是箫声，谁在吹箫呢，牡丹仙子吗？

3

箫声是从河对岸的山那边传过来的。这奇妙的声音像一剂万应灵药，随着那苦涩的酒，渗入他身体的每一个细胞。他觉得自己心灵的剧痛平复了许多，躁动的感情镇定下来。月夜又恢复了它的宁静和美丽，清风又带来了花香和草甜，他甚至忘了喝酒，长时间凝神地倾听着这远方飘来的箫声。

渐渐地，一种被阴沉的日子埋藏起来的强烈的欲望和力量，从他的心底升腾起来。伴随着箫声，他修好了坍塌的猪圈，补好了漏雨的房屋，铲除了菜园里的荒草。

美妙的音乐具有一种神奇的力量。

4

他记不清有多长时间没有喝那苦涩的酒了。心头的乌云被箫声吹散了，生活的阳光又重新照耀在他的头上，荒芜的小菜园获得了新生。湛青碧绿的秧苗也沐浴在那甘霖般的箫声里，从他那被重新唤起的欲望和力量中，又引发出了许多的智慧和毅力。他把南方的秋叶葵、苋菜、苦瓜引进了北方的小菜园。移植获得了极大的成功，他的照片登上了全县的光荣榜。

又一个姑娘走进了他这翠绿的小菜园里。

5

新婚的生活是甜蜜醉人的。只有尝过苦酒的人，才能真正品味出佳酿的甘醇。他和温柔的妻子躺在舒适的床上，对着窗外如水的月光，缠绵地倾吐着各自的心曲。崭新的生活使他雄心勃勃，他要建一个塑料大棚，一年四季都能向城市提供新鲜的蔬菜。他要搞“立体种植”，要引进和培育新型品种；还要——这是埋藏在他心底的秘密，忍不住向妻子公开了：争气要强，读书钻研，搞科学实验，将来成为一名蔬菜专家。

然而，他总是觉得，这生活中似乎缺少了点儿什么。为此，他常常表现出一种茫然若失的恍惚，使他在幸福之中又感到朦朦胧胧的不满足。

噢，那箫声呢？

6

生活习惯具有一种可怕的顽固性，犹如肢体中缺少一种微不足道的矿物质或维生素，也会引起病态一样。他鬼使神差地渡过了河，来到对面的山头上。他焦灼地倾吐着，寻找着，忍不住想呼唤，呼唤谁呢？只有月影摇曳，只有秋虫鸣唱，只有脚下的河水低吟，他沮丧地躺在山坡的茵茵绿草上。

忽然，那熟悉的声音响了起来。他一跃而起，凝聚了全身心的精力，极力捕捉着每一个音符，他有点儿不相信自己的听觉了。不会错，这声音是真切的、清晰的、实实在在的。然而它却是从河对岸传过来的——那里有他幸福的小屋，有他迷人的小菜园，有他温柔而美丽的新婚妻子。

那么，是谁吹的箫呢？

女儿河

画这条河，是她多年的夙愿。这是她记忆中的一条河，那朦朦胧胧的山，如同几团浮动的云雾，山间那如烟的绿柳，却又如化石般凝固了。河水便是从柳烟中淌出来的，翠绿翠绿的，让人看了想落泪。

她画不好，掏空了在美术学院学到的全部本事也画不好。她调不准与这山相协调的颜色，也找不到足以表现这条河的意境。

为什么叫女儿河呢？奶奶说过，这条河是属于女人的，女人成年累月地要在这河里洗衣服、洗菜，也许还有她们自己的身子。女人有了眼泪，要往这条河里淌。女人走投无路的时候，活不下去了，就一头扎进这条河里。黑妞就是这么走的，她是奶奶童年的好伙伴，要是活着，她现在也会像奶奶那样秃了头顶，掉光牙了。黑妞十四岁的时候嫁给了二爷爷，十五岁就投进了女儿河。那是一个中秋节的夜晚，她给月亮守供，睡着了。猫叼走了贡果，丈夫打她，打得贼狠。他扒光了她的衣服，用三股绳蘸着盐水往身上抽。是婆婆教唆打的，她的丈夫是个孝子。黑妞死了，二爷爷后悔了，一跺脚也走了，再也没回来。黑妞的婆婆也投进了这条河，那是三年以后，据说是黑妞的魂儿把她招走的。

她是喝女儿河的水长大的，她一定尝过黑妞的眼泪，也一定遇上过黑妞的冤魂，要不，怎么会有这么奇怪的感觉呢？自从记事的时候起，她的眼前就常常浮现出黑妞的音容相貌，耳边也常常响起黑妞的呼号和呜咽，似乎黑妞不是奶奶的好伙伴，而是她的好伙伴一样。要知道，她是黑妞死后五十年才出生的啊。

就是现在，每当她提笔要画女儿河的时候，她的神智便恍惚起来，似乎被黑妞的幽魂缠绕了。村子里传来了敲击茶盘脸盆的声音，她猛然记起来了，今天是中秋节，临出门的时候，奶奶嘱咐她要早点儿回来给月亮婆婆摆供。供奉月亮是女人的事情，月亮属阴，与女人同性，男不拜月、女不送灶嘛。

她收拾起画夹，刚要离去，忽然看到从远处的河坡上走过来一个老人。这老人走得很慢，脚步蹒蹒跚跚的。他手里拄着一根木棍，胳膊上挎着一个竹篮子，竹篮子沉甸甸的。老人在一块石桌般的大石头旁停下来，她轻轻地走过去，老人的鞋上身上，以及雪白的胡子上，都沾满了尘土，像是经过长途跋涉走过来的。

石桌上摆满了供果，苹果、梨、月饼，三炷草香，还有一瓶酒、两只酒杯。

“老爷爷，您是要在这里拜月吗？”

老人没有理她，连头也没有抬，似乎在这个世界上，除了他没有任何生灵存在。他用颤抖的双手划着火柴，点燃了那三炷草香，然后又颤颤巍巍地把两只酒杯斟满了酒。

“老爷爷，不是男人不许拜月吗？”

老人咕咚一声跪在地上，冲着下面滔滔汩汩的女儿河，冲着点燃的三炷草香和斟满了的两杯酒，郑重地磕了三个头。

“老爷爷您……是在祭奠谁?”

老人站起身来，端起一杯酒，泼进河水里，又端起另一杯酒，仰起头来一饮而尽。

月亮升起来了，圆亮圆亮的。月光下的女儿河闪闪烁烁，像颠簸着满河的泪花，呜呜咽咽地流去了。两颗亮晶晶的泪珠，从老人的眼里滚下来，他的脸上那刀雕石刻般的皱纹凝聚着，移动着。

一股潮水般的情感在她的胸膛里涌动起来，她那只紧握着画笔的手痉挛着。她恨不得拼尽全身心的精力，把这微妙的意境和老人这一瞬间的形象牢牢地捕捉到，准确地描绘在画布上。

1984 年 8 月于通州三迁楼

图书在版编目(CIP)数据

书香门第 / 王梓夫著. -- 北京 : 中国文史出版社, 2021.3

(中国专业作家作品典藏文库·王梓夫卷)

ISBN 978-7-5205-2481-0

Ⅰ. ①书… Ⅱ. ①王… Ⅲ. ①中篇小说-小说集-中国-当代②短篇小说-小说集-中国-当代 Ⅳ. ①I247.7

中国版本图书馆 CIP 数据核字(2020)第 228864 号

责任编辑: 卢祥秋

出版发行: **中国文史出版社**
社　　址: 北京市海淀区西八里庄路 69 号院　邮编: 100142
电　　话: 010-81136606　81136602　81136603 (发行部)
传　　真: 010-81136655
印　　装: 北京新华印刷有限公司
经　　销: 全国新华书店
开　　本: 720×1020　1/16
印　　张: 20　　　　字数: 289 千字
版　　次: 2021 年 3 月第 1 版
印　　次: 2021 年 3 月第 1 次印刷
定　　价: 66.00 元